# 消失的王陵

史庆胜◎著

中國華僑出版社

**图书在版编目(CIP)数据**

消失的王陵/史庆胜著. —北京:中国华侨出版社,2013.5

ISBN 978-7-5113-3632-3

Ⅰ.①消… Ⅱ.①史… Ⅲ.①长篇小说－中国－当代 Ⅳ.①I247.5

中国版本图书馆 CIP 数据核字(2013)第 108703 号

**●消失的王陵**

---

**著　　者**/史庆胜
**出 版 人**/方　鸣
**策　　划**/周耿茜
**责任编辑**/宋　玉
**责任校对**/孙　丽
**装帧设计**/玩瞳装帧
**经　　销**/全国新华书店
**开　　本**/710mm×1000mm　1/16　印张 17　字数 250 千字
**印　　刷**/北京紫瑞利印刷有限公司
**版　　次**/2013 年 7 月第 1 版　2013 年 7 月第 1 次印刷
**书　　号**/ISBN 978-7-5113-3632-3
**定　　价**/30.00 元

---

中国华侨出版社　北京市朝阳区静安里 26 号通成达大厦 3 层　邮编:100028
**法律顾问:陈鹰律师事务所**
编辑部:(010)64443056　64443979
发行部:(010)64443051　传真:(010)64439708
网　址:www.oveaschin.com
E-mail:oveaschin@sina.com

# 目录

## 消失的王陵

# 第一章 惊现头骨

深冬的雪，凄凄飘零。

我独自躺在铺子里的椅子上发呆。自从父母在京城被皇族内阁的狗腿子杀害后，我和发小唐子雨转到西安城东北隅的旧货市场盘下了一间古董铺子。在这个军阀混战的社会，不求挣个什么盆满钵满的，只求每日不用为生计玩命似的钻在赌坊里混日子，同时也是为了更好地躲避京城里的动乱，毕竟这里与京城相去甚远，暂且图个安宁。每当夜深人静的时候，我只能这样永无止尽地思念着父亲和母亲，可在我记忆里只剩下他们模糊的影子。

旧货市场每到黎明之际，前清的遗老遗少及一些家道败落的纨绔子弟在钟楼至西华门什字的“满城”残垣上变卖家什、衣物、字画和珠宝，维持生计。双方打着灯笼在黑暗中匆匆交易，鬼鬼祟祟，卖者既不稔行情又怕失体面，买者则图早得手赚大钱，人们称之为“鬼市”。

我和唐子雨盘下的铺子在巷子最里面，平时没什么生意，加上我们没什么本钱，手上更没有一两件秦之砖，汉之瓦，六朝青瓷等上眼的宝贝，生意可以说是十分惨淡。古玩一行有句老俗话叫做“三年不开张，开张吃三年”，几个月来，来我们铺子问津的才两个人，一个是来问路的，还有一个是来瞎看的。

要说铺子里最值钱的玩意儿就是我手上把玩着的一只茄皮宣德炉了，货架上的瓶瓶罐罐，其实都是刚出炉的赝品，放在店铺内只是来唬唬那些道行浅的，这年头搞古董的越来越精，人家刚进铺子大老远的瞅着光色不对，话也不说一声扭头就走……我实在没办法，只好和唐子雨合计到街头罗老歪的铺子里借来这只明朝的宣德炉，准备在铺子最显眼的位置摆放压压堂，这样总不至于让那些眼精的家伙扭头就走，这不唐子雨正在罗老歪的铺子里胡吹海喝捣鼓着呢。

就在我起身准备寻找确当位置摆放时，门口跨进来一个驼背老头，手里拧着一只大红布袋，进了铺子后就一直站在柜台一侧，不见他有任何动静，连身上的雪花也懒得抖，这么一个下雪的傍晚，堂下站着阴森森的老头，让人心里不禁暗自颤了一下。

“老人家，您老这是……”我眼神瞅了瞅他手里的大红布袋，此时我也明白了个大概，估计他家里是遇到了什么难缠的事，急需用钱，所以不得已带着祖传的什么宝贝来碰碰运气。

老头向门外看了一眼，见没什么人在门外走动，然后走到柜台边把大红布袋轻轻放在脚边，闷声不响地蹲在地上扯出腰间的一锅旱烟吧嗒吧嗒地抽起来。我一看此情形，心中暗喜，想必这老头肯定有戏，我放下手上的宣德炉急忙从后台走出来，老头连忙用脚挡住布袋，用一只手抓住布袋口，从驼背老头的神情，我断定布袋里的器物一定是个上眼的宝贝。

“大爷，您有什么宝贝尽管拿出来，进了这个店，我敢保证这方圆几里绝对没有人敢对您老的东西起歪心眼。”我见他处处小心，连忙倒了一杯茶水递了过去，他没有伸手来接，我只好将杯子放在桌子上。

“掌柜的祖籍可是京城?”老人悠然吐了一口烟圈问道，眼睛里透出一丝让人捉摸不透的光。

“你老是?”我心里咯噔一下，立即警觉了起来，同时脸色怔了怔，心里对这老人立即起了戒心，心想他怎么会知道我的祖籍？莫不是我父亲的仇人找到西安来了，因为在西安这里除了唐子雨知道我的身世，没有人知道我的底细。

“令堂可是京城的刘天一?”老人似乎从我的表情看出我的迟疑。

“快……快……到最里面一家看看，不要让驼鬼跑了。”正在这时门外传来一阵嘈杂声，听这声音似乎又是军阀们或是哪个地头蛇在搜索什么人。像这种事，在这个年代里，我是司空见惯、见怪不怪了。

我探头向外看了一眼，发现几个满身酒气的汉子摇晃着身子向铺子里跨了进来，听他们嘴里说的驼鬼，心想会不会就是这个怪老头。我心里猛地一惊，连忙转身挡住老头矮小的身子。

“驼鬼？啥驼鬼?”我支支吾吾道，然后目光朝后瞄了一眼，可我忽然发现那老头不见了踪迹，只留下空气中丝丝呛人的烟雾和地上那只大红布袋。

“喂！掌柜的！瞧见一个驼子背着一个口袋往这边过来没有?”还没等我回过神来，一个满脸胡子的汉子跨进铺子大声喝问道。

“几位爷！没，没有，你们到其余几家问问。”我连忙用身子挡住地上的红色布袋，以免他们看出端倪来，如果这东西有个差错，我可亏大了，驼背老头把布袋放这儿，并且能说出我的祖籍，他日后必定会回来取，而且这有可能关乎着我父亲的那件案子。

“彪哥……你瞧那只宣德炉，那……那可是个好东西。”一个贼眉鼠眼的瘦子指着柜台上那只宣德炉轻声喝道，看来这家伙是个老把式，一眼就断定铜炉是个值钱的货，我心里将他的祖宗问候了十八遍。

“拿过来给彪爷瞧瞧!”彪子打了个饱嗝用贪婪的目光示意道。瘦子大摇大摆走到柜台边，一把抓住宣德炉。完了，全完了，我知道肉包子打狗有去无回了，这宣德炉可是我和唐子雨向罗老歪好说歹说他才肯借给我们店铺压压堂的，我还没焐热，堂更是没有压到，到头来还得背了罗老歪一屁股债，估计我和唐子雨这一辈子别想能还清了。

“噗——”我担心的事还是发生了，因为瘦子的脚碰到了地上的布袋，布袋顺势向大堂中央滚了过去，估摸着他早就看到了这只布袋，故意伸脚去踢的。

“什么好东西？藏得神神秘秘，打开给彪爷瞧瞧。”彪子走上前抬脚踩住布袋，然后一把接过瘦子手中的宣德炉。我一时急得不知如何是好，只能干瞪着眼睛，却毫无办法，我知道他们这些人是千万不能得罪的，惹恼他们，我和唐子雨就别想在这个地头混了。

“没……没啥东西，就一个破铜烂铁。”我弯下腰欲去捡起口袋。

“慢着，莫非是那驼鬼留下的?”那瘦子疑惑地看着我问道。

“各位爷，什么驼鬼不驼鬼的？我不知道，这是我白天刚捡漏回来的冥器，这不，我还没打开。”我向门外面看了看，此时特别希望唐子雨能及时回来支援我一下，我是撑不住了，光气场就被人家压下来。

“打开，别给老子玩什么花样，当心彪爷立即送你去西天喝腊八粥。”彪子用脚把布袋里的东西踢到我跟前呼叫道，看来这东西还真保不住了。

“慢——”正在此时一个阴沉的声音在门口响起，我松了口气。随着声音走进来的是个歪了嘴的汉子，四十多岁，一张脸倒是和唐子雨有得一拼。此人正是“荣禄斋”的掌柜罗占江，由于他的嘴歪，所以人们喊他罗老歪。听说他干这一行已经有好几个年头了，关于他的背景我们知道得比较少，这些年他手上倒是赚了几个钱，唐子雨和他十分投缘，自我们的古董店开业后，我们没少泡在罗老歪的店里看他坑蒙拐骗，但同时也长了不少学问。

“哟——这不是罗爷吗？你瞧我眼拙还真就没看出来。”瘦子抬头看着罗老歪坏坏地笑了笑，罗老歪没有搭他那一茬，只看着彪子脚下的大红布袋，然后看向我和彪子两个人。

“什么罗爷不罗爷的，我还是你家大爷呢。”此时唐子雨从外面闪了进来叫嚷道。瘦子动了动嘴唇还想咂吧咂吧，看见罗老歪嘴角跳动了几下，就憋闷了。

“怎么着，莫非罗爷也趟上这道浑水了？可知道这东西是谁先看上的？”彪子扬了扬眼说道。

“这年头人死王八活，瞧你们几位的德行，程九爷的脸都让你们给丢尽了。”罗老歪扯开嘴说道。

“说什么？你们一个个都活腻了。东西老子是要定了。胡三，拿东西走人。”彪子见罗老歪如此一说，恨不得跳起来吃了他。胡三眼睛瞄了瞄罗老歪，脚却迈不开来，好像甚是惧怕罗老歪。

“一个个都是饭桶，不就是一个过了时的歪嘴刀匪吗？”彪子将手中的宣德炉朝胡三脸上扔了过去，罗老歪晃身一把接住，彪子乘机抓起地上的布袋准备向门外走，谁知布袋口却突然松开，袋里滚出一个圆溜溜的东西。

那东西在地上骨碌骨碌滚了几下，停在了我脚下，这时我发现那东西竟然是只骷髅头骨。众人也都惊住了，尤其我和唐子雨两人，因为我们对这东西太熟悉了，我父亲当年失踪的前一夜，留给我的唯一遗物就是这颗骷髅头骨，后来被皇族内阁的狗腿子抄家抄走了，一直下落不明。

虽然我现在还不能确定这骷髅头骨就是我父亲当年的遗物，但是我能肯定，这东西定和我父亲的失踪有着密切的关系。

“原来是个破头骨，谁要谁拿去。”彪子一看是个不祥之物，抬脚就走，后面的一帮乌合之众连忙屁颠屁颠地随之而去，或许他们是忌惮罗老歪眼中流露出来的杀气吧。

“我不是眼花吧？耀祖，这……这到底怎么回事，这鬼东西怎么又……又回来了？当年载沣手下不是从你家搜走了吗？”唐子雨干瞪着眼睛，一副不可思议的样子看着我，我狠狠地瞪了他一眼，示意他止住话头。此时店里也没啥人了，我快步跑到门口探出头看了一下外面，然后连忙回身关起店铺门。

“我怎么知道啊，是一个驼背老头刚拿过来的，然后他们几个来了后，奇怪的是那个驼背老汉就不见了。”我挑亮了马灯，捧起头骨摆放在桌子上，招呼罗老歪坐下，然后递上烟卷儿点上仔细打量起这颗骷髅头骨，唐子雨眼神直勾勾地盯着我，看得我浑身极不自在。

“别这样看我，我真的不知道是咋回事。要是真有啥事，你去问那驼鬼去，咳咳……”我猛吸了口烟，呛得我咳嗽起来。

“得了，大家去隔壁同福酒楼喝上几盅。然后详细说说到底是怎么一回事，老哥一听就知道你们俩肯定是有故事的人。”罗老歪一看苗头不对，连忙打圆场，然后拉着我和唐子雨就要去同福酒楼，我和唐子雨见推辞不了，只得点头同意。这期间，罗老歪的眼睛一直没有离开过头骨，似乎对这头骨起了极大的兴致。头骨透着一种诡异的气息，整个头骨只有后脑勺部分，其余的部位是由金饰打制成的，只不过金饰如今变了色，变得和头骨的颜色差不多，不仔细看的人绝对看不出这种差异。

到了同福酒楼，找了间单间，几人靠桌子坐下，老板高汤和我们三个很熟悉了，见我们坐定，脸上堆满笑容提上两坛西凤酒过来，“三位还是照旧吗？”罗老歪点头。

“三碗葫芦头、半斤梆梆肉、半斤腊牛羊肉、九只肉夹馍。”高汤朝楼下大堂柜台直呼，然后给我们倒好了酒心领神会地下去。

“我说两位兄弟，这颗头骨大有来头啊！你们不打算给老哥透露点啥，也好让老哥长长见识。”等唐子雨风卷残云后，罗老歪捧着那只头骨端详起来。

“老哥一看就是明眼人，兄弟我若再三推辞，两老钱买碗狗血横竖不是东西了，这颗邪恶的头骨害得我和耀祖家破人亡……”唐子雨当下就满嘴的跑火车，吧嗒吧嗒地说起了当年我家被皇族内阁的人抄家的情形。

# 第二章　我的回忆

我的祖先是清朝末代的官员，唐子雨一家是我们刘家的仆人，我出生的那一年那一月那一天逢义和团占领天津，第二天就传来英、日、德、法、俄、美、意、奥八国联军抵达中国。在我 11 岁的那年，随着辛亥革命的第一枪在武昌打响后，清政府在面对动乱而无兵或养的兵不能打仗的情况下不得不把权力放给地方，从而导致各地拥有军事、财政大权，导致拥兵自重，各省宣布脱离清政府，从此中国各区以省为单位进入军阀混战的时代。

而在那年清政府成立“皇族内阁”后，天有不测风云。我父亲被人诬告参与了汪精卫组织刺杀清摄政王爱新觉罗·载沣的行动，全家上下老小全被“皇族内阁”的狗腿子杀了，由于那一天我和唐子雨去了赌坊，方才逃过那一场浩劫。我清晰地记得我们刘家被抄家的情形，当时我和唐子雨躲在假山后面，看到辫子军杀死家中的十几口仆人，然后抄走那一颗给我们全家带来厄运的邪恶头骨。

后来我去狱中探望我父亲，却发现我父亲竟然在狱中失踪了，没有人知道他的去向，有人说我父亲早就被杀了，也有人说我父亲是逃狱了。

再后来我道听途说打听到关于我家珍藏那颗人头骨的来龙去脉，更打听到我父亲竟然是臭名昭著的盗墓贼。古时候盗墓分四大门派，摸金门、搬山门、卸岭门、发丘门。又被称为摸金校尉、搬山道人、卸岭力士、发丘将军。又称“发丘有印，摸金有符，搬山有术，卸岭有甲”。

而我父亲正是来自于四大门派中日渐衰落的发丘门，发丘天官。这发丘门是中国古代后汉才有的，与起源于战国时代的摸金门颇为不同。其中最为不同的便是他们之间的信物，发丘印与摸金符。发丘印刻有“天官赐福，百无禁忌”八个字，在掘丘盗墓者手中是件不可替代的神物，号称一印在手，鬼神皆避。他们与摸金一派的手法接近，技术上稍微逊色，但比较注重众人合作。古代经常以当铺的朝奉、古董商等身份为掩饰。不轻易出手，偶尔行动多针对某些大型陵墓，是四派中唯一不忌讳与官方合作的一家。清代因为外族迫害，流亡海外，多活动于东南亚及美洲一带，他们与摸金校尉互相看不顺眼，发丘以为摸金因循守旧，空有精悍手艺只为衣食谋，却不能将行业发扬光大；而摸金认为发丘与官府合作，挖掘古墓时坏人尸骸，损人风水，对行内传统规矩多有违背。

发丘天官盗墓前多同时邀集多人，做好详细计划，对可能出现的情况做出应对措施。然后按部就班，依次进行。因此在掘丘过程中危险性最低。这发丘门由于清政府的迫害和摸金门的挤兑仇杀，传到我父亲这一代时，已经寥寥数人。而且我父亲还有一个极其隐蔽的身份，是匈奴后裔大夏国赫连家族的宝藏龙雀宝穴的守护人。

这龙雀宝穴形成于五代十国的夏国，传说是在当时的都城统万城内，那里是一个巨大的龙脉，有当时的诗歌为证：背名山而面洪流，左河津而右重塞。高隅隐日，崇墉际云，石郭天池，周绵千里……

当时的统万城完工后，造城之人利用铜铸成一面大鼓，雕刻飞廉、翁仲、铜驼、龙、虎等塑像，面上装饰黄金，排列在当时的统万宫殿之前。铸造一口百炼钢刀，作为镇都之宝，号曰“大夏龙雀”。刀背镌刻铭文：古之利器，吴楚湛卢。大夏龙雀，名冠神都。可以怀远，可以柔逋。如风靡草，威服九州。

在统万城造成之后，大夏国王就开始为自己兴建了这个龙雀宝穴，与那口大刀相呼应，名冠神都、威服九州之意。据史书记载当时兴建这龙雀穴的时候，动用庞大的国力，负责监督的国师，非常残忍，把修筑城墙的泥工全部筑进城墙中，统万厚厚的城墙里有成千上万的灵魂，所以有人又称之为尸城。统万城修建后，毁于后来的战争，尤其统万城的地下王陵龙雀宝穴的入口也随着战争消失。

之所以称之为龙雀宝穴，是因为龙雀的形象来源于古代的马踏飞燕，马超龙雀，是秦汉时期神话传说当中的风神，也就是飞廉大鸟。

龙雀宝穴是统万城国王赫连勃勃的第三子赫连昌为其父所建的陵墓。在当地的清嘉庆《延安府志》有记载：赫连勃勃疑冢，在延川县东南六十里白浮图寺前。有七冢，相传为夏王疑冢云。

七冢必有一处是真的，这和曹操七十二疑冢一样。古时候人造疑冢，最主要的是反盗墓，即隐蔽墓址，使盗墓者不知其处。据说先古陵墓不封不树，不在地面设置突出的标识，主要出发点之一，就是防止盗掘。而真正的赫连勃勃冢是为龙雀宝穴，这龙雀宝穴并不在这七冢之内。据说那里是依山傍水，坐西向阳，寝地是一脉山梁西东，两滩依偎南北，那里是人间仙境，天下少有，龙脉悠长，子嗣永居帝位，世代吉祥。

龙雀宝穴虽然建造得极其隐蔽，但最终还是被一些好事之徒找出。清朝道光年间，朝廷曾派怀远县的知县何炳勋“携带罗盘，纸笔随步定向”，到当时的白城子一带寻找史书上所记载的统万城，终于不负有心人，何炳勋终于找到了这座赫赫有名的古城。何炳勋回来后，根据脑中的记忆，将统万城的准确地址绘制在一张羊皮之上，准备上报榆林知府徐松，然而在地图绘制完成之日，何炳勋却离奇失踪了，同时随他去勘察统万城的随从也一一离奇而亡，他们死亡现状很是悲惨，每个人只剩下身子，而他们的头颅都被某件利器残忍地割去不知踪迹，有人说是他们受了什么诅咒而死，也有人说他们是被胡匪帮而杀……

清朝气数快尽的时候，广州出现了一个发丘高手焦四，他不知从什么地方得到了何炳勋绘制的统万城全图，这焦四是一位十分传奇、身上涂满了神秘色彩的盗墓贼。焦四完全靠盗墓谋生，怀有一身诡异的盗墓绝技，身边平日聚集了一班铁杆同伙。他手握一枚发丘天官印，盗墓无数，从找墓探穴，到凿洞起宝，焦四的盗墓水平代表了当时民盗的最高水平。

中国古代盗墓贼，从地区上分南、北两派，以长江为界。北派中又分出洛阳（河南）帮、关中（陕西）帮等很多派别，每帮各有活动范围，外帮很难进来。一般情况下，各帮互不侵扰，各做各的。

北派以“巧力”见长，如盗洞打在何处（棺前、棺尾）、掘成何形（方洞、圆洞）都有讲究，十分诡异。方口形的盗洞就是北派所创，因在陕西关中地区的黄土地上多见，圈内俗称“关中式盗洞”。北派盗墓贼在工具的使用上特别讲究，如洛阳铲就是北派盗墓贼李鸭子发明的，既是他们盗墓利用，也是他们盗墓绝技。

南派则以“巧技”见长，手段超强，通过自己或是祖传的经验，结合所掌握的堪舆理论来探穴盗宝，他们对中国古代的风水知识有独到研究。南派则善于使用望闻问切四法，此法便是南派中的“长沙帮”盗墓贼所总结，是他们惯用手段，当然也是绝技。

自从焦四得到这张统万王城图，便着手挖取里面的宝藏，当时他还不知道，这古城之内有龙雀宝穴。焦四的蠢蠢欲动，引起了世代守墓的赫连死士恐慌。因为焦四得到了统万王城的宝藏图外还得到了打开宝藏的两把钥匙。打开宝藏必须五把钥匙共同启动，我父亲和唐子雨的父亲唐沽风各执一把，而另一把则在摸金门的手里。

当时我父亲和唐沽风得到了摸金门派张川贤的消息，欲联手保护龙雀宝穴，于是在我出生的第二年，我父亲和唐沽风以及张川贤一同去了漠北白城子，后来他们经过了九死一生后，就带回来这颗诡异的人头骨，我父亲从不让我靠近这颗人头，他说这人头骨充满了邪恶，怕我中了道儿，再后来我们全家就遭到了载沣的皇族内阁追杀。

当然我后来还听说这颗人头骨失踪后，曾出现在伪满洲国的皇宫，据说被日本人日夜保护，至于为什么会再一次突然出现在我们面前，这就不得而知了。

我的思绪越想越乱了，嚼着肉喝着酒抽着烟向窗外看去，突然看到那个驼背老头站在酒楼的外面，直盯着我看。我惊起，揉了揉眼睛，却发现驼背老头又不见了踪迹。见鬼了，还是……我不由得站起了身想去寻找，可哪里还有那驼者的身影。

“想不到两位老弟竟是传说中发丘天官的传人。可是我总觉得头骨哪里不对……”罗老歪双手捧起头骨抚摸着，欲言又止。

“这……这头骨怎么了？莫非老哥看出什么名堂来了？”唐子雨停止了剔牙瞪大了眼睛诧异地问道。

“这里好像少了一样东西。”罗老歪指着头骨额头上的一个窟窿说道，然后看着我和唐子雨，眼神里带着一丝诡异，让我不由得颤了一下，我连忙动了动身子掩盖住心里的不安。看到那个窟窿我突然想起父亲被抓的前一天晚上意味深长地交给我的一件挂坠，那件挂坠一直挂在我的脖子上，从未拿下来过，可我越看头骨上的窟窿越觉得这挂坠应该是头骨上缺的一块。

这块挂坠藏着什么秘密？为什么我父亲把它抠出来交给我？是在暗示我什么吗？

“缺什么？不就一个窟窿吗？可能是方便匈奴王用手抠住头骨喝酒。”唐子雨将脸凑近骷髅头骨，嘴里直打酒嗝。

“看来两位老弟是瞧不起我，那行！这顿酒后，我们各走各的，你走你的阳关道，我走我的独木桥，咱们毫无牵扯。”罗老歪嘴一歪瞪上眼了。

“罗哥，您这说哪里话？我们真不知道头骨上缺什么？或许在长春伪满洲皇宫时被日本人抠去了也说不定。”我起身拉住罗老歪，以免他真的以为我们刻意隐瞒他什么。若是真和我们翻了脸，吃亏的是我们。就凭彪子和胡三对他惧怕的样子，我敢断定罗老歪定是个厉害人物。

“罗哥，瞧你这牛脾气。得！咱们兄弟敞开天窗说亮话。我们也不装什么云南大蒜瓣儿了，头骨额头上确实还有一样东西，当初是耀祖他父亲留给耀祖的。”唐子雨见罗老歪翻了脸，连忙拉住他，然后拿目光看了看我。我暗骂道，吃里扒外的东西，这些年来白忙活了，被人家使了激将法一股脑儿全说出来了，真怀疑他脑袋不是被驴踢了就是被门缝夹了。

“哈哈……和两位兄弟开玩笑的，真……真有这么回事？”罗老歪转过头来笑嘻嘻地说道，态度一下子来了一百八十度大转变。

“嗯，我知道这事不该瞒你，本来想等我们的铺子赚了大钱，安稳下来再告诉你的。一来是怕日本人知道了会对我们下毒手，二来是怕那些盗墓的找到我们。可谁想到头骨会再一次出现，可见是天命啊！咱们是逃不掉的。既然如此，我也不再藏着掖着了。你们看，这就是从头骨里抠出来的东西。”我见纸包不住火，从脖子上扯下一枚圆圆的金牌放在了桌上。金牌有小拇指厚，眼球般大小，金牌的一面阳刻着一只仰头啸月的狼。

至于这块金牌，比这颗人头骨更透着一股邪气，尤其记得我初次挂上脖子的时候，有一股冷气顺着手沿着肌肤直冲全身，如今那股邪恶的寒气早已不见了，握上去有股温热的感觉。

“这到底是个什么玩意儿，怎么会在月氏王头骨里？”罗老歪诧异地拿起金牌细细看了起来，却根本看不出什么名堂，我倒是能感觉到他眉头间的紧蹙，似乎他感觉到了什么。他握着金牌，然后很快放下金牌，双手使劲地搓了搓手掌，然后又诧异地握住牌子。

“罗……罗老哥，瞧你这神情是不是发现什么了？”唐子雨见罗占江如此这般又拿又放的，满脸诧异道，然后又狐疑地看着我，伸手过来从罗老歪手里拿起金牌，眉毛间露出一丝轻微的耸动。

“罗老哥你见识广，定能看出这东西的来历，这东西一直挂在耀祖的脖子上，咱们根本没把它当回事，真是埋汰它了。”唐子雨见罗老歪脸庞的表情生涩，连忙追问道。

“这牌子我见过，是枚‘追杀令’，品相属上乘，应该有些年头了。”罗老歪嘴歪了一下，瞧他这热乎劲儿应该不会有假。

“追杀令？啥……啥追杀令？你……你在哪里见过的？”唐子雨道，不相信这是真的，我将我的疑虑隐藏在眉宇间，我总觉得今天这事来得有点蹊跷，这一切会不会是罗老歪一手安排的？

“令牌应该有点来历，光是瞧狼的雕刻，就知道一定是非比寻常，到底怎样的非比寻常，老哥没法确定，这样，你们要是信得过我，我可以帮你们牵线搭桥找找另外一枚令牌的主人，或许大家凑在一起能弄出个究竟来。”

“老哥，瞧你说得太见外了，就这个地界，我们不信你还信谁？不就一只令牌吗，再说了这东西一直藏在骷髅头骨里数千年了，好不容易被我们祖上摸了过来，也不知道到底是个啥鬼劳什子？若不是这次头骨再次出现，我和耀祖或许就忘了这回事儿了。再说了，这忙你不帮，谁帮？你快说还有谁有这样的令牌。”唐子雨吧啦吧啦炒豆子般，一副巴不得要人家帮忙的样子。这家伙一脑袋的棉花，别人下个套子就往里钻。

既然已经说到这份儿上了，我自然也不好拒绝什么，何不做个顺水人情，看这罗老歪要什么花样，再者我确实想知道这里面的秘密，因为有可能关系到我父亲失踪之谜，尤其关联到他们去漠北白城子之后发生的事，我们是各揣心腹事，尽在不言中。

“好！我也就不推辞了，至于能不能联系上，我就不能打包票了，到时你们别怪罪到我身上就是。时候也不早了，今天我做东，要不你们两个再各点份臊子面什么的。”罗老歪笑了笑，一副老江湖的样子。

“不了，不了！我和耀祖三天两头的让你破费多不好意思！今天若不是你出手相助抢回宣德炉，我看就是砸了我们的一亩三分地也还不上你的损失。”唐子雨起身摸摸滚圆的肚子，嚼起大槽牙说道。

“对了！程九爷是谁？他们会不会再回来瞎折腾？”我心有余悸地问道。

“关于程九爷一时半会儿我还真说不清楚，这样！兄弟俩个回去了店铺也别开张了，卷了包袱到我那里住些时日，过几天我让你们哥儿俩去程九爷府上给九爷端个茶道个歉。”罗老歪拍了拍我和唐子雨的肩膀说道，从罗老歪的话语里听出程九爷绝非一般人物。

回到店铺收拾打点，我和唐子雨一头钻进了罗老歪的后院，却是怎么也睡不着觉，心里老是盘旋心事。

我觉得整件事太过于蹊跷，其余不说，就拿头骨来说，不是放在伪满洲皇宫吗？怎么离奇地出现在这里，难道是日本人想知道藏在头骨里面的秘密，故意来了这么一手。还有驼背老头是谁？他是从哪里得到头骨的？

日本人、驼背老者、程九爷，还有另外一枚金牌的主人，再加上一个罗老歪，他们之间有什么联系？罗老歪为什么这么热情帮助我们？难道他另有所图？想到在酒楼时，他眉毛间的耸动，我的心底冷不丁地颤了一下，我敢肯定罗老歪一定没这么简单，心里一定藏着事。

我和唐子雨在罗老歪的店铺里好吃好喝地住了两晚，铺子按照罗老歪的关照关门大吉，也没看到彪子胡三过来砸场子，我和唐子雨直呼阿弥陀佛。罗老歪也没有忘记自己许下的大话，寻找另一枚金牌的下落。

第三天的时候，我和唐子雨俩人在后堂烫着小酒，胡侃起来。

“耀祖！你说罗老歪到底是什么人物？竟然这么有能耐把古董店经营得这么有条有理的？要是我们俩能干到他这个份上，那我睡着了也能笑醒了。”唐子雨点上一支烟跺了跺脚道。

“你啊还真是光着屁股撵狼，光知道胆大，不知道害臊！命中有时终须有，命里无时莫强求。盐打哪儿咸，醋打哪儿酸，你还没弄清楚就想那么遥远，不是空想吗？眼下还是先顾顾手头这些棘手的事儿吧，或许咱们真的大祸临头了。”我直泼他凉水说道。

“得了得了。我看到这头骨出现，料想也该着出事了。”唐子雨显得不耐烦起来，猛灌一口酒，眼睛直勾勾的。“不过话说过来，你说驼背老头儿是不是日本人派来的？他怎么就知道咱们藏在了这破街中，这一切是不是来得太怪异了。”

“他们要找我，还不是小菜一碟。我看这个程九爷倒是挺值得怀疑的，驼背老头是被他的喽啰追进咱铺子的，他们为什么要追他？谁也不知道。我看眼下先找到那驼背老者再说。”我看了看屋外，心里希望罗老歪那边早日有个消息。

“要不这样，你看也平静了几天了，没见什么事发生，我们晚上出去逛逛，或许还能遇到那个驼子，唐爷我在这里都快憋死了。”唐子雨探头朝外面看了看。

“还是等过了这阵风再说吧，再不行咱们兄弟俩避开这鬼地方，天下之大，还没咱们俩的容身之处吗?”我拍了拍唐子雨的肩头。

唐子雨似乎有点喝高了，满脸通红，双眼看上去翻白仁，吐了一口烟圈后凑近了我神神秘秘说道：“其实我早就知道金牌子没那么简单，想想咱们上一代都是为了它而丢了性命，更加说明头骨背后隐藏着大秘密。只是我们不知道而已，加上这几天发生的事，越想越是这么一回事。”

我点了点头，这道理谁都懂。唐子雨说完叫我掏出金牌子给他，他说在酒楼的时候突然发现了金牌有个诡异之处，他想让我长长眼力见识。我立马来劲儿了，这东西跟了我快十年了，除了当时的寒冷气息，也没发现什么奥秘之处。我迷糊拿起金牌细看，除了阳刻的啸月狼显得有点诡异外，还有就是令牌的温度，我又再次感觉寒飕飕的，凉气直窜手臂，许是喝多了，我这次连个反应也没有。

“你别给我卖关子打哑谜了，有话快说。”我将令牌扔在桌子上。唐子雨嘿嘿一笑，拾起令牌，然后转身歪着身子摸出手电摁亮，吹灭了蜡烛。他将那牌子靠近电筒光源，然后示意我凑近细看。

# 第三章　金狼令

此时我发现了令人惊讶的东西，若是不对着强光源是看不出的。金牌上有一道缝隙，不是很明显，大概和头发丝那么细。更为怪异的是把缝隙连起来看上去好像是一个字体，又像是一个地图，更像一个符号。我将金牌平摊在手心，再用手电光照过去，却是什么也看不见了。

如此看来金牌没有什么秘密也不可能了。我用心记下了符号的形状，然后继续和唐子雨喝酒胡扯乱吹，直喝得舌头打架，才打住爬上床呼呼大睡。这一觉直睡到第二天中午，若不是罗老歪过来叫醒我们，我们恐怕得睡到晚上了。

“有……有消息了?”我睁开惺忪的眼睛问道，罗老歪神秘地点了点头，咧开嘴角笑了笑。

“真的?”我连忙惊得坐起来，一把拽住罗老歪的衣服问道。

“什么真的假的?”唐子雨被我的声音吵醒，本来就像茅草窝的头发此时更像个鸡窝鸭窝一样凌乱了。

“两位老弟，老哥我终于找到另一枚金牌的下落，它在一个女人手上。”罗老歪抖动着歪嘴说道。

“女人？啥劳什子女人?”唐子雨揉了揉眼睛。

“记得是上上个月的事了，当时她拿着和你们一模一样的金牌到我店里询问，当时我也没太在意，因为我看看只是一个信物而已。另外程九爷那里我已经打点好，你们不用躲躲藏藏了，只不过他知道了你们有这么一枚令牌，想亲眼瞧瞧。他在老汤那里订了一桌酒席，让我们带上令牌过去。”罗老歪递上了一张写有地址的字条，然后慢慢地说道。

“会不会是给咱摆鸿门宴?”唐子雨拉了拉我的手臂担心道。

“应该不会。程九爷在道上混也不是一天两天了，况且由我出面，他也不会明目张胆对你们咋的。但是我们如果不去赴宴，我看兄弟别在西安城混了，早日关了门就此离去早作打算吧。”

“去就去，还怕他不成，头掉了不过碗大的疤，唐爷我长这么大还没这么𡂿过。”唐子雨扯起嗓门叫道。

我和唐子雨简单地梳洗，裹上袄子揣上牌子，就和罗老歪直奔同福酒楼。高汤大老远地就堆上笑容迎了上来，然后把我们引到二楼的雅间，胡三儿带着两个人叼着烟卷儿在门口把守着，看到我们来立即堆满笑容推开门。

我一眼看到主座上坐着一个老者，头发花白，甚是精瘦，一双深邃犀利的眼神似乎能将人看穿，他旁边恭敬地站着彪子，罗老歪跨进门就作揖抱拳迎了上去。

“劳烦九爷久等了，没想到两个小兄弟的破事惊动了九爷，得罪之处，还请原谅。”

程九爷并没有开口说话，眼睛扫过我和唐子雨后，然后低头喝了口茶水，根本瞧不起我们。唐子雨抬了抬脚低声骂道，“什么破九爷，装什么山东大葱云南大蒜瓣儿。”程九爷突然一抬头向唐子雨看了过来，唐子雨立马怔住停止谩骂。

“东西呢?”程九爷问道，那声音似乎是从鼻孔里冒出来的。

“带了，带了……”罗老歪用手臂碰了我一下，示意我掏出金牌来。心里虽说一百个不愿意，可眼下不是要横的时候。我递上那枚金牌，彪子过来接，然后用布头擦了又擦，恭敬地递给程九爷。

程九爷不慌不忙地戴上一副眼镜，然后套上一副白手套握住金牌端详了起来，整个过程不紧不慢，不慌不乱，更看不出有任何表情，没有压抑感。许久他才放下金牌，起身就走，完全当我们三人不存在一样。唐子雨动了动身子，我连忙冲他挤了挤眼睛，示意他不要乱来，免得惹上麻烦吃不了兜着走。

“九爷，这……这东西。”罗老歪连忙问道。

“东西应该是汉朝西域年代的，表面阳刻的狼，是某个民族的图腾。只不过照我的推断，牌子应该有五枚，类似于古代的兵符。至于是不是兵符，就不好说了，只有等集齐了五枚才能知道。”程九爷说完，人早已鬼魅般离开了房间。

“呸！什么玩意儿！还九爷八爷呢，整得自己像哮天犬他二大爷般英明神武，装什么牛犊子嘛。”唐子雨终于沉不住气，张口就骂起来。

“得了，人早就走远了，胡嚼个啥舌头根？还不拿了东西滚蛋，难道真在这儿猛吃海喝？”我扯着唐子雨的衣袖说道。

包好牌子，我再次确定牌子后面一定隐藏着一个巨大的秘密，只是现在我们毫无头绪。而令人更可怕的是，这事还没什么眉目就被人盯上了。最早的是载沣，再后来是驼背老头，接着是程九爷，还有令人生疑的罗老歪。

从酒楼走出来，已是黄昏了，罗老歪先回店铺了，由于我们的店铺数日没开张，需要打扫一番，反正也没什么生意，也就不急。我和唐子雨干脆在路摊头上吃了一碗臊子面，在市集上闲逛着。

“耀祖，你说这东西真的是什么兵符令牌？我们拿来有什么用？咱们也不用去调查了，干脆做个顺水人情送给老歪得了，或许还能顶上那鼎茄皮宣德炉。”

“你不觉得一切来得太蹊跷？从头骨的再次出现，然后引出这枚金牌，再到罗老歪和程九爷，你有没有想这其中的关键是谁？”我点上一支烟说道。

“关键是谁？不就是那个神龙不见首的驼子吗，若是让我见着他，非得扒了他一层皮不可。”唐子雨气呼呼地说道。

“得了吧，瞧你屁股撅得高高的，真要是见了面，谁扒了谁的皮还不一定呢。”我抬头看了看街上的行人和小贩。“我觉得金牌上的缝隙形状应该是关键，如果是地图，那会是什么地图？若是文字，那会是什么文字？总不至于是古人无聊时兴起乱弄的。”

“这倒是，如果上面的裂缝真是古人们一时兴起乱弄上去的，准是脑袋让门缝给夹了。耀祖，咱们现在怎么办？要不要继续查下去？”唐子雨剔着牙问道。

“查，不查下去，你我能睡得着吗？况且那些躲在暗处的人能放过我们吗？”我们边说边走着，不知何时已经来到了城墙根下，护城河边。顺着内城墙根看去，几个戴着大大老花镜钉鞋的老头和几个卖鞋垫、花布玩具的老太太在闲聊着，摆地摊的、卖小吃的摊位占用着道路，最令人注目的还是靠在墙根下逃难的难民，我和唐子雨各要了碗胡辣汤砰咻砰咻地喝了起来。

“耀祖，瞧那边……”忽然唐子雨指了指我后面神秘地说道。

“什么啊？神神秘秘的！”我深吸了口胡辣汤转过身，顺着唐子雨指的方向看去。只见一个老者正在前面路口烧东西，从他的动作来看，应该是在烧纸钱。

“有什么好奇怪的？不就一个烧冥纸的老汉吗？这年头死人太正常了，不死人就不正常了。”我一口气喝完碗中的胡辣汤说道。

“耀祖，你再看看那个老头模样。”唐子雨再次说道。

“模样？啥模样？还能三头六臂什么的？”我心存疑惑看了过去，看清老者是个罗锅，再仔细一看竟是在我店铺消失的驼背怪老头！我心中一愣，连忙放下碗让唐子雨结账，然后慢慢向老者靠近。

“呼！”一阵风吹过，那些烧着的冥纸乘势乱飞向我扑了过来，我连忙捂住脸。风息后，却发现驼背老者没了踪影，我连忙四下寻找，愣是没发现他的踪影。

“耀祖，去哪里了？”唐子雨从后面悄无声息地伸手拍了我一下，吓了我一跳。

“你能不能正常点？鬼鬼祟祟乱吓人，差点吓得我灵魂出窍了。”我没好气地骂道。

“你就这么大的胆啊？要不要我给你叫叫魂儿？”唐子雨连忙赔起笑脸。

“得了，别得了便宜还卖乖，赶快找找，别又给跑脱了。”我推了推唐子雨。于是两人连忙沿着城墙根儿找寻了起来。

“奇了怪了，是不是活见鬼了？活生生的一个人从眼皮底下突然消失了，这符合常理吗？”唐子雨靠着城墙根儿喘着气说道。

“这年头稀奇古怪的事多了去了，有什么不可能的？”我抬脚向那驼子烧纸的地方走去，欲想找出些蛛丝马迹来。

由于刚才一阵风，烧纸的地面露了出来，借着路摊上微弱的灯光看去，却见地面上露出一个烧焦模糊的图形来，图形比较复杂，我看了几遍也没看懂到底画的是什么，有点像是某种符号。

“驼鬼搞这花样干吗？字不像个字，花不像个花，怎么越看越有点像鬼画符了。你瞧，这段的图形不就是令牌上裂缝的形状吗？”唐子雨又是一阵骂骂咧咧，然后指着地上的图形诧异道。我顺势看去，果然如唐子雨所说，他所指着的图形区域和令牌在强光照射下所呈现的图形一模一样。到底怎么回事？驼背老者是在给我传递什么信息吗？他为什么行事这么诡秘？他是谁？我和唐子雨相互看了一眼，谁都不知道该如何解释眼前这件事，恐怕就是想破了脑袋也是枉然。但是我坚定了我的想法，一定得将这件事弄个水落石出，不然睡不着觉。

“二位老弟，怎么有雅兴溜达到城墙根儿来，让老哥一阵好找。”后面突然传来罗老歪的声音。我和唐子雨赶紧站起来，然后用脚踩住地面的图形符号，同时故意扔掉手中的烟卷，死劲地碾着图形。

“老哥，我和唐子雨刚谈到令牌的事儿呢。”我掏出烟卷递给罗老歪和唐子雨，试图掩饰我脸上的慌张。

“哦！有什么眉目了没有？”罗老歪饶有兴致地问道，然后点上烟卷，眼睛的余光时不时地瞟着我的脚下。

“哪有什么眉目？兄弟我都快一个头两个大了，满脑子乱七八糟的。老哥急呼呼找我们，是不是淘到什么宝贝了，让我们兄弟俩去长长眼？”唐子雨心领神会地和罗老歪胡扯起来。

“不是，老哥找着那个拥有令牌的女人了，你们要不要见见面？”罗老歪满脸兴奋，眉宇间闪过一丝的狡黠。

“真的？那女人长啥模样？俊不？”唐子雨手搭上罗老歪的肩膀问道。

“你们去看看不就知道了。这是她的地址，现在时间也晚了，你们还是明天去看。听说她留过洋，祖先是西域的。”

我们心神不宁回到店铺，却翻来覆去地睡不着，眼前总是不断浮现出驼背老者的模样，还有怪异的似图形符号。我索性不睡了，起床亮起蜡烛来，找来纸和笔，凭记忆画出那图形来，而唐子雨倒是睡得呼啦呼啦的。这一宿一直没有合眼，一支烟接着一支烟抽着，我干脆把整件事完完全全地理了一遍。我觉得驼老汉的目的就是想牵出金狼令牌，然后顺藤摸瓜找出金狼令牌背后的秘密。至于背后之人是谁？为什么要这样做？现在依然没有任何信息。驼背老者绝对是这事的突破点，他留下的图形符号指引我什么？我们要不要将这迷局继续探寻下去？想着想着已经临天亮了，我赶紧稀里糊涂地睡了一会儿。

唐子雨一直到中午时分才叫醒我，我连忙起身简单梳洗一番，然后出门寻找罗老歪提供的地址。地址是在尚德路上，那是一家并不起眼的肉夹馍小吃店，进了店我们没有急着询问，两人先要了几个肉夹馍和稀饭，大槽牙嚼得嘎嘣嘎嘣地响，等有了饱意才打听起那个女人来。

“请问杜思琪住在这里吗?”唐子雨用舌头肆意乱撩着牙缝间的肉屑，然后翻了个白眼打着饱嗝向店主问道。

“你们是？找她什么事儿，我认识你们吗?”那女人一句话让我们呆住了，听她这话，敢情眼前她就是我们要找的杜思琪，这女人看上去并不是很标致，但也不失中国的那种古典美，让我不明白的是从任何一方面看，她都不像是留过洋出过国的，唯一让人有点相信的就是颇有印欧人高鼻子深邃的脸庞。

“我……我……我叫刘耀祖，这位是我兄弟唐子雨，我们是罗老歪介绍的……”我一时忘了要说什么，显得甚是尴尬，唐子雨在一旁偷偷捂着嘴笑着。

当她明白我们的来意后，她蹙了蹙眉停顿了一下，然后撸了撸耳边的长发，扯下围裙把我们引进里屋。

“两位请坐，看来罗叔对令牌有些眉目了？他让你们来找我所为何事?”杜思琪指着里屋两张椅子说道。我和唐子雨坐定，然后掏出金狼令牌递给她，她紧握着令牌足足看了数分钟，然后抬头看了看我和唐子雨，我们不知如何是好，眼光故意躲着她。

“这枚令牌你们是如何得到的?”许久，杜思琪开口问道。我一时愣住了，心想我总不至于告诉她是从一颗人头骨上抠出来的。这时唐子雨耸了耸肩，似乎要吧啦吧啦说了，我轻轻踢了他一脚，示意他止住。

“杜小姐，令牌是我们无意间得来的，我们研究好长时间也没弄出个眉目来，所以才请罗老歪帮忙鉴定，之后他说你这儿也有块相同的令牌。能不能看看你收藏的那枚?”我接过话头说道，整个过程毫无停顿，我有点佩服自己这种临危不惧的表现。

“你们叫我思琪好了，我确实也有一块一模一样的令牌，甚至连上面狼的形状也雕刻不差分毫。”杜思琪掏出一枚令牌递到我的手里。令牌一落在我手心，顿觉有股暖流从手心传遍全身，有点不可思议。

细看手中的令牌，果真如她所说两枚令牌厚度大小毫无相差，似乎是从同一个模子里做出来的。

“我说大妹子，能不能给咱讲讲这枚令牌的来历?”憋了好久没说话的唐子雨突然装腔作势地问道。

她握着我们的那枚令牌，闭上了眼睛，表情很是专注，看样子好像是在思考什么，又像是在感觉令牌所带来的异样寒气，我和唐子雨在一旁自然是一头雾水，心里不禁生出疑问来，难道令牌和这杜思琪心灵相通了?

“要说起这枚令牌，必须从国际盗墓贼奥莱罗·斯坦因开始说起。”杜思琪许久才睁开了双眼，然后说起了她父亲所发生的一段往事。

# 第四章　凶墓惊魂

二十几年前俄国人彼得·科兹洛夫带领的探险队在西域发掘考察，盗取了宋代《刘知远诸宫调》残本 42 页和其他文物，引起中外学者的注目。几年后，在中国累次盗得宝物的英国大盗奥莱罗·斯坦因以《马可·波罗游记》为指南，第三次进入中国西北探险，一月到达敦煌，三月悄悄折回张掖黑水国遗址，进行了一番有计划的挖掘。

那一年，由于迫于生计，加上思琪的父亲杜辰是一个学了几天茅山术的茅山道士，懂得些许风水知识，他受雇于斯坦因的发掘队。那一天奥莱罗·斯坦因的挖掘队探测到了一座坟墓，碰到了一件诡异的事，在他们准备打开墓盖时，天空突然布满了血红的云彩，金色的闪电不时地划破天幕，带着轰隆隆的惊雷重重劈落地面，声势惊人。奇怪的是只见这种恐怖的天气，却未见有任何雨水滴落。

那座孤墓是在一棵粗大的李子树下，至于树的年代已经无从考察了。树木风水在当时来说还是比较可信的，人生和树亦犹砂水耳！树有是气，人亦如是气；树有是形，人亦如是形，其感召无二理也。岂曰树木无情，可以渺小而忽之哉？

挖掘队当时在砍毁李子树后，发现李子树竟然是空心的，茅山道士出身的杜辰看出异样劝止挖掘队继续深挖，以他的经验判断，这墓应是座凶墓，阴气甚重，何况天空异象更加说明了一切不可逆天行事。

可奥莱罗·斯坦因和队长汤三并没有听取杜辰的劝说，继续大肆深挖着。汤三在撬开墓棺的盖子，全神贯注地注视着墓棺中的情况，突然一道惊雷坠落在他旁边，骇得他脚下一滑，整个人一下子站不稳，向敞口的棺材内倒去，杜辰一看情况不对，连忙伸手去抓他，却抓了个空。

等汤三在棺材内挣扎起来，发觉手里竟然抓着一根干枯的手臂骨，汤三惊慌着用力一甩，手臂骨飞出来，砸向杜辰，幸亏杜辰眼疾才躲过，等众人七手八脚把汤三从棺中拉出来后，汤三整个人站也站不住，脑门上全部是汗和泥土。

等汤三稍微缓过气，挖掘队的几个人一起伸起脖子向棺材里看过去，由于天空被血红色云彩笼罩，棺材内几乎是看不到什么东西，只看里面有半棺的沙砾。最令人恐慌的是汤三竟然像中了邪，神志不清，连说话也开始口齿不清，当时的现状给挖掘队蒙上一层令人窒息的阴影。大伙儿相互招呼，重新盖上棺盖，搀扶着汤三准备离开。

不知何时天空渐暗，四周响起唔唔的尖叫声，听得人浑身颤抖。几人面色都显得沉重，脚步加急欲离开这鬼地方。可走了老大一阵子，队中的一人嘀咕起来，“怎么还没到头呢?”队中的另一个人瞪了那人一眼骂道：“走你的路，这么多废话干吗?”杜辰下意识回头看了一下后面的路，总觉得哪里不对，可一时半会儿却说不上来。

“大家就别扯犊子了，我也觉得哪里不对劲儿，平时也就半小时的路程我们今天却走了大半天了，按理早就到营地了。”汤幺儿说道。

几人听这么一说，都惊慌地四处东张西望，突然斯坦因指着正前方叽里咕噜地说了一大通，大家看到了一棵树，连忙围去，可等靠近树时，大家半张着的嘴张得更大了，眼睛直勾勾地看着那树。因为谁都明白，这棵树就是刚才被砍了的李子树。

“杜……杜哥，这树瞅着怎么眼熟，不就是刚才被汤三砍断的那棵吗?这……这到底怎么回事？我们会不会是遇到鬼吹沙了?”一人颤抖着声音问道，杜辰围着李子树转了一圈，李子树的周围果然洒落些当时砍树时的垃圾，周围还有些深深的脚印，杜辰将脚伸出去比画脚印的大小，心里明白这棵李子树正是汤三砍断的那棵无疑，杜辰的脸色显得更加沉重起来。

“鬼……鬼打……鬼打墙!”

“妈啊——鬼啊——”

挖掘队里几个胆小的立即惊呼起来，嘴角抽搐着。因为杜辰曾是茅山道士，数他最有本事，况且当时汤三要砍李子树时，杜辰一眼就看出了危险。平时大家虽然都听汤三和英国佬斯坦因的，但是遇到了这种邪乎的事情，当然首先想到的是杜辰了。

杜辰转身看了看被吓得惊慌失措的队员，心里虽也有点害怕，但他还是假装镇定，调了调情绪叫道："大家都穷慌个啥？说不定马上就又掉下一个雷轰了这墓。但我还要肯定地提醒大家，我们可能遇上鬼打墙了。"

"鬼……鬼打墙？"

"莫不是我们都走不出去了？这可怎么办？要怪只能怪洋毛子动了歪心思动了咱们老祖宗的东西。杜辰哥，你可得救救我们弟兄几个，我们上有老下有小，可千万不能出事儿啊，我们不想死在这鬼地方啊……"

大家哆嗦了起来，紧紧跟着杜辰。鬼打墙，用农村的一句俗话来说就是棺材板子挡人。尤其这些年，鬼打墙现象在农村累有发生，夜晚在郊外坟场或者污秽的场所，空置的房屋，祠堂，义庄等等阴气极其旺盛的地方，有时人走了进去，会出现幻觉，痉挛，恍惚，神不守舍等等，此时就别想走出去了。

鬼打墙其实只是幻象，走进怪圈子的人若是认定了某一个标志物，标志物就会给人以幻象的信息，让陷入怪圈的人以为自己所认定的方向是正确的，这样人就只能在圈子里围着圈子走来走去，直至衰竭而死或者渴死。

众人仔细看着地面，寻得地上的脚印，虽然风很大，但是这些脚印却尚未消失掉，脚印看上去比较乱，一个压着一个，一看就知道是这几人重复在此走的脚印，大伙都束手无策地看着杜辰，希望杜辰能够带大伙走出邪恶之地，尤其那个洋毛子嘴里叽里咕噜不知说些什么。

杜辰看着周围的情景，紧蹙着眉毛，片刻后招呼大家手牵着手，他走在最前面，让众人都跟着他走，谁也不许松手。杜辰拿着洋毛子的强光手电照向前面，因为手电的光柱是直的，顺着笔直手电光柱走，定能走出这邪恶的怪圈。杜辰手上的电筒照射向远处，然后有一脚没一脚地朝着认定的方向走去，因为大家心里都十分惧怕，加上周围声声挠人的声音，大伙走得特别慢。

"杜辰哥，你看……你看咱们又转回来了，前面的树又是那棵空心李子树。"紧随杜辰后面的队员扯了扯杜辰的衣服道。大伙一听，顿时犹如掉进了冰窟，抬头看去，果然李子树再次横亘在众人面前。

“杜辰哥！这可如何是好？咱们不会葬身在此地吧？”此时汤三稍微清醒过来，看到大家围着圈圈儿转，心里早就骇得毫无主意了。杜辰摇了摇头，脸上闪过一阵不安，待众人走到了棺材前，每个人的脸都煞白煞白的，没有一丝血色。

此时大伙儿围在棺材前，左顾右盼，却发现刚才被盖上棺盖的棺材竟然被谁打开了。杜辰面色凝重打量起棺材，棺材内除了满满沙土，看不出里面还有啥。他有点怀疑，之前汤三随手扔出的手臂骨是从哪里扯出来的？杜辰知道，大伙走不出去的原因就是因为这棺材，只要棺材在这里，无论怎么走，都离不开这里，除非破了棺材内的煞气，或许才能有一丝转机。

可眼下要破了棺材中的煞气似乎有点不大可能，因为现场还找不到起坛作法的工具。杜辰突然直身起来，熄了手电，等手电再次亮时，他手里多了一条红色的内裤。原来那一年是杜辰的本命年，本命年的红色讲究应该是源于中国汉民族传统文化对于红色的崇拜。红色辟邪，红色吉祥，这种观念早在原始社会就已经存在，红色是太阳的颜色，是血的颜色，是火的颜色。随着时代的变迁，尚红思想却没有变，新年贴红对联，汉族的旧式婚礼中新婚的红嫁衣、红盖头、红蜡烛、新科的红榜等等，不论何时何地，人们都要用红色来增添喜庆。汉民族把红色视为喜庆、成功、忠勇和正义的象征，尤其认为红色有驱邪护身的作用。

杜辰双唇紧闭，咬紧牙关，一股殷红的舌尖血淌了出来，杜辰连忙用中指去揩拭舌头，然后用带血的手指在红色内裤上胡乱画起符咒，旁人根本不知道他画的是什么，他是想用至纯至阳的舌尖血和驱邪的红内裤破除鬼打墙。

杜辰手拿舌尖血画满符咒的红内裤，扔向棺材内。簌簌……突然几声挠心的声音传来，听得甚是真切。众人惊愕地看向棺材中，里面沙土出现大动静，搅得人内心起毛，心想莫不是棺材中的尸骨诈尸不成？众人连连后退，生怕沙土中蹦出个怪物来。

沙土中慢吞吞地爬出一个东西来，那东西形如满囊，色间黄白，短尾多足，嘴有利喙，体背和体侧布满了棘刺，它探出头来盯着大伙儿看，大伙儿吓得大气也不敢出。

这东西正是农村中常见的那种刺猬，在传说中刺猬和黄鼠狼、蛇、鼠和狐狸一样，位列“仙班”，被唤作白仙，也有的地方唤此为地仙，在民间人们对动物的崇拜主要体现在五大家，而这五大家分别是狐仙（狐狸）、黄仙（黄鼠狼）、白仙（刺猬）、柳仙（蛇）、灰仙（老鼠），民间俗称‘狐黄白柳灰’或称‘灰黄狐白柳’为五大仙。人们认为五大家是与人类长期伴生的，属于亦妖亦仙的灵异，如果侵犯了它们，使它们受到损害，它们就能以妖术对人类进行报复，使人类受到不同程度灾难的惩罚；倘若人们敬奉它们，则会得到福佑。因此，民间许多家庭中都供奉五大家，有人家将这五仙供奉在自家的佛堂、祖先堂上，也有人家在院中角落盖“仙家楼”，供奉五大家牌位。

令人想不到的是在一座坟墓里大伙竟然遇到刺猬，实在有点令人心生不安。不知汤三哪来的力气，手握一把铁锹，向刺猬疯狂剁去，刺猬慌忙缩头躲进了沙土中再也不敢出来，汤三顺势一铲，刺猬一下子被铲在铁锹上，汤三手臂一扬，刺猬被甩了数米远。

“还以为是什么值钱的宝贝呢，原来是这么个晦气的东西。”汤三向刺猬落地的方向追去，可是刺猬却瞬间不见了，让人心生狐疑。

“会不会是白仙娘娘在此作法故意迷惑我们？听说这东西挺邪的，咱们还是赶紧撤！若是等它回来，我们定是吃不了兜着走。”不知谁嘟囔了一句。大伙儿一听，点了点头赞同这一说法，而心中却早已如烈火般燃烧了。

杜辰眼疾手快拉起身边的人跑向外面，边跑边叫道：“都别扯犊子了，快点撤出这鬼地方。”说也奇怪，这回倒是十分顺利就走出了原先的怪圈儿，不出数分钟，大家伙就看到了营地，不知道是杜辰的舌尖血、红内裤起了作用，还是汤三铲飞了刺猬救了大家。

到达营地时，几个人已经是筋疲力尽了，他们躺在地上直喘着粗气再也不肯爬起来，斯坦因连大家伙的工钱也没付就马不停蹄连夜撤出营地，把他们几人撂在那里，等他们发现时早已经没洋毛子人影了。

“杜辰哥，汤三……汤三儿他又去昨儿那鬼地方了。”几人正在为自己的工钱犯愁时，胡瓜从外面冲进营帐里大声疾呼道。大家一听，顿时慌成了一团。

"早就听村里老人说了，白老仙家是不能得罪的，我看是不是开始报应到我们身上了？咱们还是赶快离开吧，白仙太太会不会再次圈了咱们的魂取了咱哥儿几个的性命。"胡瓜揉了揉鼻孔说道，然后胡乱整理了一下行李撒腿就往村里跑，其余几人见状跟着逃也似的溜了。

"杜辰哥，你可不能走，得救了我哥他!"这时汤三的弟弟汤幺儿拉住了杜辰的手央求道。杜辰见汤幺儿央求得十分可怜，心不由得一软，两人跌跌撞撞向昨天发生鬼打墙的地方走去。

还好，杜辰和汤幺儿大老远就看见汤三倒在空心的李子树旁，他满脸煞白，双目怒瞪前方。汤幺儿二话没说，连忙背起汤三就往回赶，等到了村庄时，已经是中午时分了。杜辰一到家蒙头就睡，而汤三被汤幺儿背回去后，也一直躺在床上。

# 第五章　烧旗香

第二日中午，杜思琪和一帮孩子玩耍时，看见汤家热闹非凡，而且这一带的神婆白翠花被一帮孩子拥簇着向汤家走去。白翠花是村里的神婆，没有人知道她的岁数，侏儒身体，满脸皱纹，从杜思琪记事起就见白翠花这副模样，村里只要遇到离奇的事，大家首先想到的就是白翠花。

想必汤家定是遇到了棘手的事件请来侏儒神婆白翠花跳大神。杜思琪向发小一打听，果然汤家发生大事了，汤三昨日回来后就一直昏迷不醒，并且不停地说些胡话，汤老太爷坐耐不住了，一大早就请来白翠花给汤三跳巫舞驱邪。

跳大神是一种活着的人和死着的人的交流方式。一般来说，跳大神要由两个人共同完成，一个是大神，一个是二神，大神是灵魂附体的对象，二神是助手。在跳大神过程中，大神多是在“旋转”，二神要鼓。有固定的曲调和请神词，神请来之后，由二神负责与神（灵）沟通，回答人们的问题。请来的有的时候是所谓的仙，有的时候是死去人的灵魂。跳大神又称“跳家神”或“烧旗香”，表演时，腰间系着长铃，手持抓鼓或单鼓，在击鼓摆铃声中，请各路神灵。请来神灵后（俗称“神附体”），模拟所请之神的特征，作为各路神灵的表演。

此时侏儒白翠花已经穿上了行头很虔诚地点上香，坐在椅子上闭上眼，嘴里咕噜咕噜说了一大堆谁也听不懂的胡话。然后突然停止，头仰起。人群也出奇地静了下来，和她搭档的二神也是一个侏儒，此时正弓着腰，在大堂内走起小碎步，画着圆圈，手里的铃铛很有神韵地摇了起来。白翠花深抽一口烟，晃悠悠地从椅子上站了起来，朝人群吐了一口烟雾，加上铃鼓的响声，屋里顿时弥漫一种诡异的气氛。

“翠花千里迢迢跳家神，张掖有座黑水城……桃养人，杏伤人，李子树下埋死人，今夜埋下你的魂儿……天催催，地催催，拜请收魂祖师降云来，拜请四大金刚降云来，金童玉女扶同归。不收张三魂，不讨李四魄，只收汤三魂魄回……”翠花一手持剑，一手捏着烟斗，在汤三旁边上蹿下跳地喷着烟雾，身上的九枚铜镜也相互碰撞发出一阵阵清脆声响。

二神手上的鼓忽高忽低，忽慢忽急，众人的心全部被扣到了翠花的动作上，翠花唱罢三遍，伸手在汤三头上摸了起来，嘴里念念有词，然后又抽了一口烟，将烟吹到汤三脸上，接着抬起烟杆儿在汤三头上轻轻连磕九下，汤三可能是被烟雾熏着了，抑或是被烟杆敲疼了，咳嗽了几声后晃起脑袋睁开眼，眼睛里布满血丝，透露出一丝说不出的感觉。

白翠花不紧不慢地继续摇晃身子，在二神一开始画的圈内转起来，时而睁眼时而闭眼，最后可能是转累了，一屁股坐在地上，然后躺下来在地上乱滚，最后停在了圈圈的中心，眼睛半闭半合，身体急剧地筛起糠，一旁的二神连忙将手中的铃铛摇得更急。

也不知道二神在翠花一周转了几圈，翠花突然昏厥过去，浑身抽搐。紧接着缓缓地抬头摇晃站起来，令人心生恐惧的是白翠花的眼睛竟然流出血来，样子十分恐怖。

“血色惊雷红了天，汤三胆大翻了天，砍我的庭院扒了我的房，一锹捣毁我的床，一铲撬起我的身，若不是本仙逃得快，只怕本仙把命丧。好人有好报，坏人现世报，作孽该挨刀，挨千刀！哎咳哎咳哟……”只见白翠花突然起身跺脚，嘴里念念有词。

“翠花大仙，怎么了？这到底是怎么了？我家汤三儿到底惹上了哪位仙家？他的魂儿叫回来了吗？”待白翠花和二神的动作停止，汤老太爷连忙焦急地问道。白翠花捂住双眼一言不发，吩咐二神收拾东西离开汤家，众人猜想她可能真请到某位大仙了，而这位大仙毫不犹豫弄瞎了她的眼睛。

“你尽快给他准备后事吧，他这是冲撞了白仙家，白仙不肯就此原谅他……”白翠花撂下一句话，头也不回地走了，连酬劳也没拿，甚至于连那一身的行头都没来得及脱下，大家看到翠花此番惨样，惊恐地一哄而散。

“爹，这可怎么办？这可怎么办啊？哥不能就这么死了。杜辰哥，我们找杜辰哥试试，杜辰哥曾经学过茅山道术。”汤幺儿拉着汤老爷子说道。汤老爷子一听，觉得可行，虽然村里从来没有人看到过杜辰使用茅山术，死马只能当活马医了，如今只能走这一步棋了，汤老爷子随即准备动身去请杜辰。

“汤叔！汤三怎么了？到底发生了什么事？”汤老爷子前脚还没跨出门，杜辰从门外进来了，手上拉着吓得面色煞白的杜思琪。

“杜辰哥，我哥他被棺材里的地仙勾去魂了，这可如何是好？”汤幺儿拉住杜辰的手，面色焦急，汤老爷不停地擦着眼泪。

“幺儿、汤叔，莫慌！先看好三儿，今晚我去那鬼地方开坛作法看看，一定寻得原因，可别忘了我以前学过茅山道术。”杜辰安慰起汤老太爷和汤幺儿。当即要了汤三的生辰八字，回去准备了一番，然后直奔他们遇到鬼打墙的地方，由于担心自己宝贝女儿杜思琪受到脏东西的侵袭，杜辰带上了她，让她和汤家老小避退法坛数百米之外。

寅时一过，身穿道袍的杜辰，在坟墓东边，面朝东南方向摆起法坛，点燃三根檀香插在了碗内的香灰里，并烧冥纸叩拜数次，而双手不断变化手势，完毕后双脚交叉席地而坐，烧灵符一道，接着两眼微闭两手放在下丹处，用心默诵启度文。

大约半炷香的时间，启度文念完，杜辰拎过一只公鸡，刀割喉咙，将鸡血滴入瓷碗中，同时手拿写着汤三生辰八字的黄纸，折成小块放于眉宇前，突然用力一捏，黄纸猛然烧起来，此时杜辰马不停蹄地将燃烧的黄纸甩入瓷碗，并且用木剑的剑头搅拌数下，然后用手从碗中抓出血纸浆涂在法坛上的一只纸偶身上，又烧了数道通灵符。

最后杜辰双手结印，步罡踏斗，大喝一声：“起！”

只见摆放在桌案上的纸偶竟然缓缓而立，然而纸人又突然不动，杜辰见状，嘴角再次急念咒语，并且速度越来越快，根本听不懂他到底念的什么。咒语结束后，杜辰的手朝纸人连指了三次，周围忽然刮起一阵阴风，顿时黄沙飞舞，桌案上的蜡烛摇忽不定，纸人又缓缓躺下。

与此同时，法坛上的蜡烛几乎同时熄灭，只见杜辰脸露焦急之色，手提桃木剑，口中急念咒语。并且手舞剑花，咒语完毕之前桃木剑猛然脱手而出戳向桌上的纸人。嘶——只见一声怪异之声，那纸人被木剑戳中之处冒起了青烟，接着呼地一声自燃起来。

而在外面守场的汤三突然叹了一口气坐起来，看来他总算是有惊无险苏醒过来了。

汤幺儿和汤老太爷连忙搀着汤三走过来道谢，杜辰一言不发，额头大汗直冒，用手示意众人停住脚步，待杜辰的气顺了，才让他们过来。

“杜哥……”汤三对杜辰是佩服得五体投地，对杜辰毕恭毕敬的，没了往日的蛮横之气。

“这坟怕是有些年头了，坟前空心李树，墓主可能不是正常死亡，也该你命中有这一坎，你八字太弱，极易招惹脏东西，你不止冲撞了地仙，而且犯了冲煞。斯坦因破了坟的风水，而你用铁锹伤了护坟的地仙，恐怕你还有一劫，只不过当下还是先顾了眼前。你必须得给坟墓的主人重新拣金斗，安其魂魄，方才全身而退，否则不光是你逃不过此劫，而且我也会受此牵连。”杜辰叹了叹气说道。

“杜哥……只要能救我性命，让我干啥都行，啥叫拣金斗？”汤三挠了挠后脑勺问道。

“拣金斗又叫拾骨，就是二次葬的说法，古代在亲人死后，将其尸体埋入土中，待其尸体腐烂后，把骨头取出，放入坛中贮存，再重新埋葬。”杜辰咳嗽了几声说道。

“那……那成，只不过我该怎么做？”汤三显得有点迟钝。杜辰眉头蹙了蹙，嘴里念念有词，掐着手指开始推算日子，末了告诉汤家老小，两天后起坟拣金。汤老爷子接连道谢，回去准备拣金所用的工具。

拾骨拣金就是找个黄道吉日，将死者的骨骸装入陶瓮或者某个容器内进行安装，所以称之为“拾骨”。由于装骨骸的陶瓮在民间称为金斗瓮和黄金斗，所以又被称为“拣金斗”或者“拣金”，金斗瓮男女有别，男性使用的金斗瓮较高，瓮盖写有“福”字；女性使用的金斗瓮略矮，瓮盖上写有“寿”字。

两天的时间过得很快，杜辰为墓主寻得了一块风水宝地准备安葬其金斗瓮。相定的这天，天气尚还可以，杜辰让汤老太爷找了几个身强力壮的小伙子，叫上村里的曹屠夫和陈木匠，因为拣金斗是体力活，体质虚的话很容易出事，曹屠夫的杀猪刀杀气重，鬼邪不侵，陈木匠的墨斗更能有效地制止煞气冲坟。按照杜辰吩咐，村里的小孩不得乱跑，以免惹上不该惹的东西，当然家家户户也都把狗啊猫的圈好，防止乱跑接了墓主的魂魄发生尸变。

杜辰带领众人举行了一个祭祀仪式，说是祭拜土地神和亡魂，然后带了大伙直奔坟地，汤幺儿按照杜辰的吩咐和众人抬去了空心李子树。然后杜辰在棺材的东南方烧上纸燃上香，接着叫陈木匠在棺材外面扯了九圈墨线弹上加了朱砂的墨汁，四个角落分别插上曹屠夫的杀猪刀，在棺材四周压上了冥钱和五帝钱。

棺材孤凄凄的没有石碑，由于之前挖掘队已经打开过棺材，大伙倒是省掉了一系列麻烦，很轻松地将棺盖移到空地上，然后翻过身来，用一张张冥纸覆盖上，冥纸上用九九八十一枚铜钱压住。细看棺材也没有什么特别之处，无非是些雕刻，大家惊叹这棺木经过这么多年，竟然完好无缺没有腐朽，也不知道是用了什么木料和工艺。如果硬要说特别之处也就是棺材头侧的一个雕刻了，那雕刻看上去像是一个“品”字形的排列，更像一个金字塔。棺材的四周画着色彩鲜艳的藤蔓植物，是何植物，大家也说不上来。

“你说斯坦因老毛子看中棺材里什么？费了这么大的劲儿撬开棺盖也没捞到什么，若不是他要打开棺盖，也不会牵扯出这一堆的怪事来。”胡瓜咧了咧嘴说道。

“人家探索的是棺材里的知识，你以为是什么劳什子破铜烂铁啊？”曹屠夫说道。

“得了，得了，我看时间也不早了，此时正是午时三刻，别误了时辰。曹刿，你身上杀气重，先下去看看有无异样？若没什么异样就快动手清理掉棺材里的沙土，汤三再弄出骸骨。”杜辰见两人相互争执起来，连忙吩咐道。

曹刿生得虎背熊腰、脸大肉多、膘满肠肥，上秤约一约，没有三百斤也差不了多少，看着是个凶煞的主。平时村里的人都叫他曹鬼，哪家小孩哭闹，只要大人一喝曹鬼来了，小孩便吓得不哭了，杜辰让他先动手就是因为他身上的先天凶煞之气能够镇住墓中的阴气。

汤幺儿上了一锅烟丝，上前让曹刿抽上装装胆。曹刿猛抽几口，然后操起铁锹下入棺材内开始忙活开来，几锹下去，没见到什么不妥，一阵风吹过曹刿冷不防打了几个冷战。曹刿停住然后朝手心吐了口口水，用手搓了搓准备继续开挖，但是动作却明显慢了下来。

“曹刿，平时看你一副凶神恶煞的，到了关头怎么像个娘们儿。如果不行你就从里面爬出来，别误了大好时辰。”胡瓜一看曹刿这般模样，存心看曹刿笑话。

“村里有句俗语，狗掀帘子，全仗着嘴呐。我曹刿吃的盐巴要比你吃的米饭多，要是能长尾巴，恐怕尾巴尖儿都白了，你若是嫌我动作慢，你下来挖!”曹刿一听不乐意。胡瓜一听曹刿将他与狗相提并论，脸上红一阵白一阵，气呼呼抄起铁锹下入棺材挖起来。

杜辰感觉到气氛不对，连忙叫住曹刿，让他上来先歇一歇，可曹刿正和胡瓜杠上，牛也拉不回，杜辰见他如此固执也没有再说什么。可挖着挖着，曹刿脸上直冒黄豆大的汗滴，胡瓜才挖了几铁锹连打几个哈欠。杜辰脸色凝重地连忙让众人拉他们俩上来，两人上来后直喘粗气。

# 第六章 拣金拾骨

“大家快看，这香怎么会两短一长?”突然不知谁在后面嘟囔了一句。大家连忙朝焚香处瞧去，果然发觉刚才在东南角燃烧着的香，竟然变成两短一长，常言道：“人怕三长两短，香忌两短一长。”这是茅山术中所说的鬼掐香，暗示这里阴气太重，有脏东西出没，一旦出现此现象，势必要烧三张黄纸钱重新祭拜。

杜辰让人照看曹刿和胡瓜，在东南角重新焚上香，烧了三张黄纸钱，然后摸出桃木剑挑起三张还在燃烧的黄纸钱大声说道：“瞧你孤苦伶仃，特地差人帮你拣金拾骨，倘若再敢来捏香灰，本天师就是上天追到凌霄殿，下地追到鬼门关也要让你魂飞魄散，永不超生。”

之后杜辰手拿几张纸符，各包住一枚铜钱，用陈木匠的墨斗线缠上几匝，低念了几句度文，一一递给众人，并大声说道：“放入怀中，鬼邪难侵。”

也不知道怎么回事，刚才还好好的天空，突然一股阴冷的风直吹了过来，压在棺盖上的黄纸钱随风摇坠，片刻又恢复了一片寂静，整个坟地只听见曹刿和胡瓜粗壮的喘气声，其余所有的人都屏住了呼吸。

杜辰等大家都缓过气，然后叫汤幺儿和陈木匠，还有汤家的两个堂兄弟手拿铁锹分别站在棺材内的西北、东北、东南、西南四个角落，按照他的指挥开挖，先是东南、西南对角线的两人同时挖一铁锹，然后是西北、东北对角线的两人再动手挖一铁锹，挨个儿有序地挖一铁锹停一下，杜辰撑着一把较大的油纸伞挡住阳光照射到棺材中。

撑伞是拣金至关重要的环节，拣金拾骨的骨骸忌见天日，也忌生人的影子倒映骨骸上，整个过程得用一把破雨伞将其骨骸遮盖，拣金结束将伞遗弃。

这次十分顺利，一会儿棺材中的沙土很快见了底，挖到了棺材底的尸体，才停住，杜辰接着往棺材中撒了些纸符和五帝钱，众人重重喘了喘气，压在心头的石头总算落了下来。

大家伙见棺材中没什么值钱的陪葬品，而尸体极其古怪，面目栩栩如生，陈木匠用手中的铁锹柄捅了捅尸体，发现尸体的皮肤似乎还有弹性，如果不是躺在棺材中，大家应该会认为这人才断气，尸体的着装完全是一个古西域人的打扮，衣服还没有腐烂，模样有点偏于印欧人种，最令人惊讶的是尸体的左手臂竟然没了踪迹，照此看来应该是上次汤三在棺材里扯到的那只。大伙儿眼睛直愣愣的，有点不相信眼前是真的。

"轰——"还未等大伙缓过气来，晴空中突然响起一声惊雷，雷落入棺材中，棺材里冒起一阵金色火焰，同时天色骤变，天空中瞬间布满了血样的云朵，同来的有几个人胆子小，吓得尖叫起来，连忙掏出刚才杜辰给的纸符铜钱包举在半空中，躲到杜辰背后，尤其曹刿和胡瓜两人更是浑身筛糠般颤抖着爬到杜辰身边。

"瞧大家平时在村子上人五人六，怎么遇到一点破事都一个个气短心虚了？有本天师镇场，大伙儿无须害怕！"杜辰抬头看了看天空。

"杜……杜哥，棺材里哪里有什么尸骨？我们拣什么金，拾什么骨啊，你瞧天气骤变，这尸体会不会诈尸啊？"汤幺儿口气有点结巴颤声问道，眼睛看也不敢看棺材中的那具尸体。

"好了，胆小的都散了回避吧，胆大的留下来壮壮人气，汤幺儿！快去叫三儿过来，莫要误了拾骨时辰。"杜辰没有回答汤幺儿的问话，沉默了片刻，转身吩咐道。几个胆小的自然逃也似的溜了出去，坟地只剩下陈木匠和曹刿，许是之前胡瓜用话刺激了曹刿，曹刿应该是想证明自己。

待满腹疑惑的汤幺儿去叫汤三，陈木匠掂了掂脚看向棺材里，脸上立即表现出一种不可思议的表情。"杜哥，这尸体怎么变模样了？"

"啥……啥变了？尸变吗？"曹刿一听，心里惊骇起来。

"刚才还好好的尸体，一眨眼就被雷轰成一堆白骨。"陈木匠继续说道，然后拿起铁锹就要伸进棺材中去碰触那具尸骨。此时细瞧尸体，确实凌乱不堪完全变了模样，刚才还颜色鲜艳的衣服此刻变成了一层黑色的灰尘附在身体上，栩栩如生的尸体变成了一具白骨，甚是恐怖。

杜辰只是笑了笑，他没有丝毫惊讶，似乎早已在意料之中。他将油纸伞交给陈木匠，动手准备拾骨的行当来，天空中再次刮起了风，吹得人浑身阴飕飕的，曹刿双手环抱住肩膀打着冷战。

汤三很快被汤幺儿搀扶着过来了，看他样子是被刚才的雷和骤变的天气吓得没了主意，连走路都摇摇晃晃的，似乎一阵风就会吹倒了他。

“杜哥，接下来让我哥该咋整?”汤幺儿扶着汤三走到杜辰的面前。

“先让三儿下去拾了骨头再说，你就在外面接三儿拾出的骨头，陈师傅在这里撑住油纸伞，莫让阳光照到尸骨上。”杜辰吩咐道。汤三一听哪里还敢搬动自己的双脚，吓得呆立在棺材口好大一会儿，汤幺儿催促了几次，才壮了壮胆挪动双脚小心翼翼跨进棺材。

杜辰在棺材外面的正北方向摊好了土沙纸，并在土沙纸四周洒上一圈儿的黑狗血，在西南角处留下一个豁口，几人百思不得其解，杜辰不说，他们自然也不会去问。此时大家的心思全部在汤三身上，只等汤三动手拾骨了，可汤三却趴在棺材口干吞着口水，额头上直冒汗，硬不下头来对棺材内的尸骨动手。

“汤三，再不动手就白白误了吉时。赶快动手打发墓中的主儿上路，要不然大家都得跟着遭殃。”杜辰抓起一把香灰撒在汤三的身上，说也奇怪，汤三瞬间好像被打了鸡血一样，刚才的怯懦消失得无影无踪，然后回身毫无畏惧地拾起棺材里的尸骨。

杜辰吩咐汤幺儿接过汤三递过来的骨头，并按照人体四肢的位置和顺序在土沙纸上排列好，千叮咛万嘱咐不能摆错了或是弄丢任何一个骨头。汤三很是精神地取下尸骨的头骨递出来，杜辰让汤幺儿放在土沙纸顶部，接着是左手、身躯、右手、左脚、右脚，一锅烟的时辰尸骨才被完全整理出来，棺材中没有发现任何有价值的陪葬品，看来墓主也不是有钱的主儿，要不然也不会葬得这么寒酸。

到后来棺材中只剩下些尸体的碎衣和毛发，杜辰让汤三把那些东西一股脑地塞进一只早已准备好了的坛子里，棺材外面汤幺儿已经在土沙纸上把骨头摆出了人形，看着触人心魂的骨头，不禁浑身紧了一下。汤三在拾完所有的骨头后，杜辰再次燃起三炷香，然后把香绕着汤三的头转了九九八十一圈，绕得汤三直缩脖子，直打哆嗦。

汤幺儿和陈木匠在一旁早已看得稀里糊涂了，等杜辰做完这套动作，曹刿踮起脚来借着满天空的红色向棺材中看去，突然指着棺材里断断续续地说道："杜哥，你瞧棺材里怎么有个圆圆的东西？会不会是陪葬品？"

几人听曹刿这么一喊，也连忙探头看去，却无缘无故又刮来一阵阴风，卷起地上的一层沙土落进棺材里，刚好盖住棺材底。

"好了，咱们还是尽快处理了尸骨吧，时辰紧迫。"杜辰阻止了大家的好奇心，然后点起数十根香交给汤三，并且吩咐汤三儿在土沙纸四周按照各个方位和顺序分别插上不同数量的香，正北方向插了一根，西南方向插了两根，正东方向插了三根，东南方向插了四根，土沙纸的正中插了五根，西北方向插了六根，正西方向插了七根，东北方向插了八根，正南方向插了九根，每个方向所插的檀香排成一行，每行都相互平行。

待香全部焚完，杜辰拿出准备好的小桃木锤和红线、土沙纸交给汤三儿，让他用小桃木锤敲掉头骨口腔中的牙齿，以防以后这主儿吃人，接着再让汤三儿用土沙纸一块骨头一块骨头地擦拭，然后再用红线衔接贯穿擦拭干净的骨骸，这样在进坛时不会弄乱骨骸。

所有的事做完后，天空慢慢变得暗红，算算时间此时应该是傍晚时分了，本来暗红的天空显得更加阴森恐怖，不知何时风也开始变得大起来，风穿过棺材口发出咕咕的声响，像是有人在棺材里哭泣，加上眼前土沙纸上的尸骨，让人内心颤抖不已。

"咦！鬼天气怎么下起雨了？"曹刿仰起了头摸了摸脸。"不……不是雨……是血，老天爷在下血。"曹刿大声尖叫起来，然后慌张钻进陈木匠撑着的油纸伞下，两只手在脸上胡乱擦拭着。

"不好，三儿！别磨磨蹭蹭，手脚放麻利点儿，莫让邪雨弄湿骨头，否则就前功尽弃了。"杜辰面色凝重地说道，同时吩咐汤幺儿赶快用身体遮盖住这暴露在油纸伞外的尸骨部位，汤三见杜辰连声催促，手上显得更加慌张。好在杜辰准备的金斗口比较大，加上骨骸是用红线贯穿了的，整个动作倒也不拖泥带水。

"喵……"然而还未等汤三将骨骸的头骨放进金斗，风中突然传来一声凄惨的猫叫声，还未等大家明白过来怎么回事，一只黑影夹着一阵阴寒之气猛地窜向汤三，汤三哪里见过这么一遭，手上捧着的头骨掉落下来，头骨重重敲击在金斗的外壁上，贯穿头骨与脊椎骨的红线瞬间断开，头骨滚落了下来，然后一下子滚到曹刿脚下，并且没了牙齿的口腔刚好在曹刿的脚面上。

大家定睛一看那条黑影，却发现是一只甚是邪恶的怪物，全身通黑，长着山猫的身体，却有着一张人脸，像一个刚出生的婴儿般，尤其那双令人失了魂魄血红色的双眼，把汤三吓得瞬间软瘫了下去。撑着油纸伞的陈木匠再也顾不得撑什么油纸伞，双手一松，撒腿就向村子里跑去，汤幺儿紧跟后面，直恨爹娘只生了他们两条腿。

此时曹刿本来就担心受怕，哪曾见过这阵势，顺势猛力抬起脚来，也欲想摆脱头骨逃走，可头骨却很邪门儿套住他的脚，任凭他怎么甩就是甩不掉。曹刿急得蹲了下来，双手抱住头骨往下退，可越是心急头骨越套得紧，曹刿吓得直嗷嗷鬼叫不知如何是好。

现场唯有杜辰一人依然镇定，他手持桃木剑，口念一阵度文向人脸山猫刺过去，人脸山猫并不接招，张开嘴咬住装着尸骨的金斗奔逃而去，瞬间不见踪迹，杜辰拔腿追去。现场只留下曹刿一人在挣脱，等他从腿上褪下头骨时，整个人早已没有力气了。

他有气无力地抱着头骨，却听到两声邪异的笑声从头骨的口窟窿里嘣出，曹刿眼睛呆愣愣地看着手中的头骨，然后慢慢地高高举起头骨套在自己的头上，好像有一种力量一样在引诱他这么做，让他丝毫没有反抗的余地。

当杜辰返回坟地时，不见了曹刿的身影。杜辰四下找了找，在空棺材里发现了曹刿的尸体，头上死死套着那只头骨，至于是怎么套进去的，杜辰也不能弄清。并且曹刿的手上多了一只圆形的令牌，眼球般大小，上面阳刻着一只仰头长啸的狼，没有人知道曹刿在这段时间内发生了什么。

那一天的血雨整整下了一夜，整个村子到处都是血红血红的，看上去像是经过了一场大屠杀，变成了血流成河一样，显得阴森至极，血雨到第二天的凌晨方才停住，村里的人谁也不敢去坟地寻找杜辰和曹刿，杜思琪几次想独身一人去找寻父亲，村里人怕她发生意外，被强行拉住，待到雨住的时候，杜辰却出现在村口，可他早已奄奄一息了，全身被血淋透了，脸上和身上满是伤痕，是那种皮开肉绽的伤痕。

没有人知道那一夜杜辰在坟地发生了什么事，更没有人知道曹刿、汤三为什么没有回来，更奇怪的是陈木匠和汤幺儿还有胡瓜从坟地逃回来后，人变得痴痴傻傻的，没过几个月就相继失踪。

杜辰临断气之前和杜思琪说了整件事的经过，却唯独没有说他们遇到人脸山猫之后的事，这事就像一个没有答案的谜一样。杜辰闭眼蹬腿的那一刻交给了杜思琪一枚令牌，并且嘱托让她远离村子，远离坟地，永远也不要回来。

后来杜辰的一个老朋友接济了杜思琪，让她远渡重洋，然而杜思琪这些年来心里并没有放下父亲的死这一件事，她觉得自己长大了，她有责任也有必要将父亲的死弄个水落石出，这样才对得起父亲的在天之灵。

杜思琪从国外回来后，因为国内的战事，她找到鬼市的一家古董店，刚好阴差阳错找到了罗老歪，再后来罗老歪碰到了我们，更阴差阳错的是我们手上有一枚和她手上一模一样的令牌。

“杜家妹子，整件事儿确实够悬的，这世上真有什么拾骨拣金的？我老唐孤陋寡闻第一次听说，赶明儿有空，妹子教我几手耍耍。”唐子雨见思琪说完，挠起了后脑勺说道。

“得得，别瞎起哄，瞧你猴头猴脑的样子，一看就是个满肚子水草的货，拾骨拣金自古以来就有这么一说，还孤陋寡闻，你就在这满嘴跑火车吧，也不怕别人笑掉大牙。”我拉了拉唐子雨，生怕这浑球说出什么不中听的话，伤了这妮子也不知道，更何况西安人杂，语言习俗都不相同，别让人误会我们的话，也不知道人家所说的到底是不是真的，她真的是什么茅山道士的女儿吗？杜思琪见我俩这样斗着嘴，掩嘴而笑。

“二位能不能讲讲你们这枚金狼令牌的经历？瞧二位模样，不会是传说中的关中土爬子吧？”杜思琪给我们倒上了茶水，然后目光看向我们直截了当道，看样子她早已猜到了我们的身份，至于是怎么猜到的，我想破脑袋也没想到，或许我们的言行举止让她感觉到吧。

“什么土爬子不土爬子的？这破牌子可是我们祖上冒着生命危险从统万尸城的地下王陵弄来的。”唐子雨把不住口风急乎乎地说了出来，我也来不及挡住他，本来还想拐个弯胡编瞎编糊弄过去的，看来现在只得一五一十告诉她了，我知道这妮子精着呢，糊弄不过去的。

当然这光荣的嘴皮子任务交给唐子雨去完成了，只见唐子雨张嘴就来，把我父亲和唐沽风失踪的事添油加醋说得天花乱坠，昏天黑地。杜思琪听得是津津有味，表情随着唐子雨的话儿变化，极其丰富。

等唐子雨口若悬河细说完这一茬，杜思琪长长嘘了口气，此时已是临近傍晚，我一看这时间不早了，欲起身告辞。一下午的时间我们只谈了令牌的来历，根本没有更深入一层谈谈令牌上所藏的秘密，此时脑袋也确实够乱的了，只能等下次约时间了。

杜思琪见我有想走的意思，连忙起身相送，眉宇间对令牌充满疑虑，我故意留下话外之意，巧妙地透露出令牌的怪异之处，这是为下一次来访找个借口。

今天我们到访的目的已经达到，透过杜思琪所说的拾骨之事，应该没有什么怀疑之处。我想破脑袋也不能把拾骨之事与统万城之事联系起来，根本就是两件没有丝毫联系的事，如果真要说有关联，就只有这两枚相同的令牌了，还有杜思琪的令牌上有没有神秘的隐形图形符号，只能下次相见的时候弄个水落石出。

回到店铺，我把整件事又想了一遍，硬是没想出什么由头。唐子雨显得很累了，爬上床就打起了呼噜。我拿出纸和笔，写下杜思琪所讲故事里的人物和离奇的事。杜辰、汤三、汤幺儿、陈木匠、曹屠夫、还有一只不知从什么地方窜出来的人脸山猫。

一想到杜思琪所描述的人脸山猫，我不禁打了个寒战。我嘴里不停地呢喃着人脸山猫。“耀祖，不就一只猫吗？犯得着这么中了邪一样扰了唐爷我的好梦。”唐子雨突然扯着嗓子叫道，然后又闭上眼睡去。可还未等上片刻，突然他又睁开了双眼：“耀祖！这事越想越麻烦，不如我们也别闹腾了，也甭管他什么人脸怪猫，我们干脆回京城老宅子去看一看，当年我父亲和老爷会不会留下什么线索，明明已经被载沣那老王八蛋抢了去的骷髅头骨怎会凭白无故地出现在咱们这里?”

“你就得了吧，要不是你把不住自己的嘴风，咱们也不会出现现在的局面。再说了你以为我们还能够安稳回到京城吗？如今的京城早已经不是原来的京城了，咱们恐怕还未出了西安，就咔嚓玩完了。”我点上烟卷说道。

“耀祖，这……这到底是谁想要我们的命？干脆把金狼令牌给他不就得了，还省得咱们操这份心思，弄得咱们日夜不得安宁，再这样耗下去，唐爷我就成竹竿一根了。”唐子雨起身伸了个懒腰说道。

“不过话说回来，这事真棘手，抛开程九爷和神秘的驼背老者不谈，就罗老歪屁颠屁颠的热乎劲儿，咱们好像撒不了手，更何况现在我们有了线索，杜思琪这个小妮子，她定有什么隐瞒着我们，她知道的应该不止这些，还有她的令牌上是否也有奇怪的图形符号?”唐子雨也叼上烟卷儿抽了起来。

“你明知她处处防备着我们，怎么还大嘴巴毫无顾忌说出了咱们祖上的丑事来，等下次见了她，切记！管住你这张嘴巴才是最重要的！别只顾着胡吹瞎掺和。”我白了他一眼。

“莫不是你小子看上人家了？别怪兄弟我没提醒你，这女人不是省油的灯。”唐子雨拍着我的肩膀笑道。

“好了好了，瞧你这张破嘴又开始得瑟了，咱们还是先合计合计下次见面的问题，总不至于下次见了面还讲今天这些吧，事情总得有个进展，瞧小妮子那样子，好像不大相信咱俩。我们要想想办法让她彻底对咱们消除戒心。”

“若是对咱们不起戒心才有问题呢，人家大脑又没有进水，凭什么就信咱？换成是你，你也会这样，更何况又是个无依无靠的女孩子。”唐子雨的话也不无道理。

“嗯，看来我们得先和盘托出令牌上的秘密了，看她的反应再试探她。这小妮子守着这破令牌十几年了，不就是想弄明白吗？而且令牌关系着他父亲死亡之谜，到时就凭唐爷上天入地的本领，还有胡吹神功，那丫头不信咱都不可能了。”我嘿嘿一笑。

“得，你就别暗着里骂我了。”唐子雨把烟圈儿吐到了我脸上，笑嘻嘻地说道。

正在这时，前门传来一阵敲门声。唐子雨伸着懒腰一路小跑走了过去，瞧他这得瑟劲儿，猜也猜到敲门之人是罗老歪。

“两位兄弟都回来了？怎么？也不去老哥店里坐坐，怕老哥我活吞了你们俩不成。”门刚打开，传来罗老歪阴沉的嗓门，我知道他是醉翁之意不在酒，而是在乎令牌后面的秘密。

“我们不是才回来吗？正准备去老哥店里谢谢老哥呢，你这会儿就来了，走！老地方，今天我和耀祖请客。”唐子雨忙拉起罗老歪的手说道。这麻鬼又在打肿脸充胖子了，眼下哪有闲钱去浪费，既然唐子雨这么说了，请客也是自然，更何况我们这些日子一直在人家那里，人家对我们不光是好吃好喝地伺候着，还帮了一个又一个大忙，虽然我明白他所做的事只不过是在为达自己的目的而做，我姑且不戳破他，看他到底要什么花样。

到了同福酒楼，依然是老规矩点了西凤酒、葫芦头、梆梆肉、腊羊牛肉，当然还有每次必不可少的肉夹馍。

两坛西凤酒见了底，罗老歪开始慢慢套我们的口风了，席间我少喝了些，故意装出醉意，口风把得甚紧，而唐子雨喝得酩酊大醉的，说话舌头打卷，罗老歪见问不出个所以然来，只得作罢。

# 第七章　出　　发

出了同福酒楼，已是深夜，一阵阴风吹来，浑身直打冷战。我小心翼翼地搀扶着唐子雨，罗老歪也不知是在故意和我装还是怎么的，竟然也显得醉意盎然。

离开大街，入得小巷，此时正是鬼市开张之时，旧货市场开张有三市之分，即早市、晚市、鬼市，早市也叫晓市，通常是在拂晓三四点钟起，日出散市，冬日至迟不过上午九点钟。“晚市”，开市时间在下午三四点时起，黄昏散市。而“夜市”，则在掌灯后营业，至次日三更收市。我和唐子雨盘下古董店后，夜市开张的时候极少，一是店里没真货压堂，二是我和唐子雨比较懒惰吃不了那个苦，三是这深更半夜的，心里害怕啊。

弄堂里三三两两的人围在一起使用着行话，暗中拉手递手要价还价，弄堂的尽头闪烁起一堆火堆，我揉了揉眼，看明白有人在烧冥纸，那人背对着我们，样子十分古怪，他不时地用手中器物去挑火堆里的冥纸，风吹过，冥纸带着火星四处乱飞。

“是……是他！”我心里紧绷起来，那人不正是驼背老者吗？我立即清醒了许多，真是踏破铁鞋无觅处，可是他怎么会在我们店铺门口烧冥纸？这不是在诅咒我们吗？

我放下唐子雨和罗老歪加快脚步跑过去，心想这次千万别让他跑了，还有好多疑问要问他呢。然而就在我离他数米远时，巷子里卷起一阵大风，数张还没烧尽的冥纸趁势飞了起来，直扑我的脸庞，我忙举起手来护住脸，待风停时，驼背老者却不见了踪迹，而那堆冥纸依然在燃烧着，就好像刚才没发生什么事，一直在燃烧。四下看去，却发现驼背老者失踪了，而且刚才那些三三两两在交易的人也没了踪迹，整个鬼市显得一片阴森森的，我后脊背直发怵。

"啪——"一只手重重地拍在我肩膀上，吓得我双腿直打战。

"耀祖，你真不够意思，把唐爷孤零零地扔在路边，要不是一个驼背老头搀扶我，我挺尸在街上到天明也没有人顾得上我了，你这么急慌地回来，不会是想去会会杜家丫头吧?"直到身后传来唐子雨充满酒气的声音，我才敢转过头去。

"驼背老头?哪里来的驼背老头扶你的?"我连忙四下寻觅起来，可哪里有驼背老头身影，就连罗老歪也是不见了，想必他回店铺了，唐子雨一定是眼花产生了幻觉。也许我只是心存侥幸，心想唐子雨所说的驼背老头会不会就是烧冥纸的老头?

我搀扶唐子雨跨过火堆进了铺子，舀了一盆水浇灭还在燃烧的冥纸，然后抄起扫把三两下扫散了没焚完的冥纸，急乎乎地关上门，心里却越想越不对，难不成这老头是在给我提示什么?上一次在城墙根时也是看到他在烧冥纸，之后在冥纸下面得到奇怪的符号，这次在我们店铺门口，莫不是……我壮了壮胆子，翻出手电摁亮，手电光照在刚才烧冥纸的地方，什么东西也没有，也许是我多想了。不管这些乱七八糟的东西了，再这样下去，老子我就得疯了，回屋后我蒙头就睡。

第二天，我起了个大早，一夜精神上的折腾，加上唐子雨起起伏伏的呼噜声，我的精神都快彻底崩溃了。

然而当我打开门，我却被门外站着的一个人吓了一跳，是杜思琪。看来我昨天故意留下的口风显效了，想必她也是彻夜未眠吧，要不然不会这么早就找到我的店铺。

"吆……这不……这不是杜家大妹子吗?怎么找到咱铺子里来了?"我说话有点不自然，虽想过我和她会再次见面，只是没想到会这么快，而且完全在我意料之外。

"不欢迎吗?"波澜不惊的语气让我愣了下。

"哪里哪里，快进……快进!外头冷!来了多久了?"我堆上笑容问道。

"刚到这，你是不是能算会掐?算得这么准给我开门?"杜思琪嘴角扬起一丝笑容打趣道。

"呵呵……得了，杜小姐就别笑我了，前些年跟一走江湖的学了些坑蒙拐骗，与令尊比起来，那是小巫见大巫了。”我嘿嘿一笑，算是掩饰过去了。等她跨进门来，我忽然看到门口的地面上有个晃眼的东西，是个呈“品”字形状的鬼画符，三个不规则的口宛如三只眼球在眨动，我一下子懵了，连忙用力揉了揉眼睛，这图昨天我看的时候不是还没有？怎么一夜一过，却又出现了。难道是杜思琪这丫头搞的鬼？不像！我立即否决了猜想，从任何一方面看都不像是她装神弄鬼的，应该还是驼背老者的杰作。

“咦!”杜思琪的一声轻微的诧异没有逃得过我的耳朵，此时她也发现了门口那个不太明显的鬼画符，我看到她眼睛瞄了一下就转过去了。

“老唐……快瞧瞧谁来了?”我朝里屋喊道，此时我们需要唐子雨那张破嘴来缓解尴尬的气氛。

“谁啊？又是老歪嘴找咱喝酒的吧?”唐子雨在里屋扯着嗓子说道，然后就没了动静，应该又见周公去了，这家伙除了吃就是睡，除了吹牛就是捅篓子，正经事没见他干多少。我尴尬地朝杜思琪笑了笑，她也连忙不好意思地笑了一下，我恨不得立马冲进里屋把唐子雨踹起来狂扇。

“刘先生，我没打扰你们休息吧，我这也是心急……”杜思琪哈了一下热气暖手。

“没……没有，我一夜都没睡着，思前想后地想这事，可是想破脑袋也弄不出个所以然来，杜小姐这么心急找咱？弄出啥头绪来了?”我掩饰住内心的兴奋说道。

“先不急！我想确定你们两个是不是土爬子?”杜思琪突然问出这句话来，不知她是何意，让我脸上有点挂不住。

“啥土爬子不土爬子的，我父亲当时不是被形势所迫吗？那样做也是为了完成祖上的使命，自出了统万城他们就再也没有踩过盘子倒过斗。”我心里上上下下的，不知这样的回答是否令她满意。

“耀祖！大清早这么吵！还让人活不活了？谁……谁啊?”我的话刚完，唐子雨揉着惺忪的双眼从里面走了出来，嘴里骂骂咧咧的。可等他看清楚是杜思琪后，立马堆满了笑容迎了上来。

“这……这是啥风？怎么把杜小姐你给吹这儿来了？你小子怎么不早给我吱个声儿?”唐子雨挠着头十分不自然。

“得了！你就别在这装模作样了，先去洗把脸，你老的眼屎若是掉下了打着脚面，这可不得了，定能把脚面砸出个洞来。”我瞅了他一眼说道。他一听连忙打着哈哈洗漱去了，杜思琪好像是被我们俩的对话方式逗乐了，捂着嘴偷笑。

“我和他这样习以为常了，别见笑，不知思琪小姐确定我们是不是土爬子是何意思?”我倒了一杯茶递给她，热气四溢，杜思琪接过水杯，两只手放在茶杯上不停地搓着。

“我想让你们帮我一个忙。”许久，杜思琪慢慢说道。

“先说来听听，到底是什么棘手的事情让你这么急?”我没有说答应，也没说不答应，我怕我答应快了反而让她觉得我是另有所图。

“杜大小姐！什么帮忙不帮忙的，你就说吧！我和耀祖俩上天的本事确实是没有，若叫我们下地摸墓子看风水，顶多算个半吊子，不过凭咱祖师爷发丘天官的本领丝毫不输给那些淘沙官、土爬子、土夫子。常言说得好，没有三把神沙，岂敢倒反西岐。我知道思琪小姐定是为金狼令牌而来，这就对了嘛！人不亲艺亲，艺不亲祖师爷亲，祖师爷不亲就凭咱们手上的令牌一定亲，你瞧两牌子一冷一热的，一阴一阳的，保不准还是一对儿。你放心，大妹子甭管什么忙，哥哥我们是帮定了。”唐子雨洗漱好了走了进来，满嘴的开始飘飘然了。话吹嘘得自己好像就是人们在庙里供奉的神明，而且还毫不顾忌地扯出一对儿，我差点没把喝在嘴里的水给喷了出来。

“嗯，只是这事儿……我看还是算了。”杜思琪有点退却了，我不知道她是欲擒故纵还是被唐子雨这么热情的吹嘘反而对我们不大相信了，不行！我得稳住她。

“思琪姑娘，我和耀祖平时除了吹牛打屁，吃喝小赌，当然对这令牌也有点研究，虽然现在不是很清楚两块令牌有何联系，但是我相信，只要我们肯努力就一定会调查得清清楚楚。你就别卖关子了，到底是何事?”我也吹嘘起来。

“我想让你们和我去一趟张掖，看看那座被拾了骨拣了金的坟到底还在不在？我更想弄清楚我父亲在那里到底发生了什么事?”杜思琪说完低着头慢慢喝了一口茶，试图掩饰脸上的笑容。

“啥？去那鬼地方干嘛？去拾骨拣金还是掘坟鞭尸啊？就我们三个去?”唐子雨眼睛里立即闪出一丝失落，连说话的语气也没刚才那般神气了，看来这小子肠子都该悔青了吧，这下只能翻白眼儿了。

“行！啥时动身?”我用眼色示意唐子雨，让他安分点，别搬石头砸自己的脚，既然夸下海口答应人家，就不能失了咱们的志气，世上没有后悔药吃。

“如果二位觉得后悔，可以……”杜思琪抬起了脸看了看我们欲言又止。

“得了，有什么后悔不后悔的，咱们正好闲着无事，况且铺子生意老不景气，至今还没达成一笔生意，前几天因为那头骨引来程九爷的闹腾，半个月都没开张了。给个话，什么时候动身？我们提前准备行装。”未等她把话说完，我接过话茬说道，没有丝毫犹豫。

“那就明天吧！现在世态不安定，早日弄清楚早日安心。”杜思琪终于落下心来，然后一口气喝完杯子里的热水。

我点头同意，算是和她达成共识，她起身道谢。她走的时候，再次瞄了瞄门口的品字眼球符号，眉毛蹙了蹙，然后走了。

“耀祖，真要陪这丫头去那鬼地方疯？不怕墓中的主儿要了咱们的性命？你该不会是瞧上人家大姑娘了吧?”唐子雨见杜思琪走远，碰了碰我的手肘说道。

“去去……别在这儿穷得瑟了，起先是谁夸下海口答应的？早就提醒你少说大话，莫让大风闪了舌头。牛皮不是吹的，峨眉山不是堆的，只知胆大也不知道遮羞，现在后悔，晚了!”我忍不住白了他一眼。

“我哪知道她找咱们是为这晦气事儿。得了！明天你和她夫唱妇随，这事和我一点关系也没有，谁爱去谁去，我还要留着这条破命娶个婆娘过日子呢。”唐子雨扭头进了里屋。我知道他说气话而已，凭他的性格是不会就此窝在这里的。

第二天唐子雨比我起得还早，他早就迫不及待准备好行当，杜思琪天刚亮就过来了，三人胡乱吃了些早饭乘上罗老歪一大早为我们准备好的马车向杜思琪所说的六合村而去，罗老歪对于我们这一行没有任何意见，只是默不作声给我们张罗一路所要用到的东西，我总觉得他眼睛里有着不可告人的目的。

西安到张掖说远也不远，说近也不近，我们一路走走停停差不多走了十多天，从兰州进入河西走廊，沿路的风景非常美丽，我们没有心情欣赏，我们都在担心此行的结果。

祁连山一直是一个令人神往的名字，在秦汉以前就已经载入文献，起先月氏部落游牧于此，后来被强盛的匈奴驱逐。西汉时期，霍去病马踏祁连，将匈奴势力逐出河西，匈奴人事后哀叹，“失我祁连山，使我六畜不蕃息；夺我焉支山，使我妇女无颜色”。汉室衰微以后的近千年，更有党项、突厥、吐蕃、回鹘、蒙古诸部族先后在祁连山下建立牙帐，共筑五彩缤纷的历史。

张掖，古之“甘州”，是“甘肃”名的一个由来。东晋时，北方十六国之一的匈奴族政权北凉国曾在此建都，此后数百年，吐蕃、回鹘、西夏在此征战不断，直到元朝时才重回中国版图。这座古城，饱经烽火连天的劫难，也有过繁荣兴盛的大集市，曾被多个异民族占领，在相互的杀伐声中又有多少英勇者和胆怯者的尸骨长眠于地下。千载不变的巍巍祁连山，始终无言地看遍世间沧桑。

经过一番长途的跋涉，我们终于到了六合村，杜思琪说六合村的地理地貌都是一个风水宝地，山如北斗，村似锁。六合村一开始只有几户人家，由于受当时的战乱，越来越多的人开始迁徙到这里，至于为什么叫六合村就没人知道了。六合村是一个面北朝南的村庄，南面阳光能够射进来，周边的山势山形呈北斗七星形状。

六合村不大，也就五六十户人家，村里是清一色的土坯房，土坯房的墙体外留下密密麻麻的蜜蜂洞，像是一群迟暮的老人，缩着脑袋挤在一起等待着老去，在村头叫一声村尾都能听到。可能受到当年那一场拾骨拣金事件的冲击，加上汤三和曹stab的失踪，汤幺儿和陈木匠变疯，杜辰死亡，给当时的全村蒙上一层层诡异的阴影，于是村里的人开始慢慢离开这里，至今村里也就剩二三十户人家了。

平时村里可能没有生人进村，大家一看到我们连忙闭门不出，就连狗啊猫啊也听不见吠叫声。杜思琪凭当年的印象找到了曾经住过的那房子。

房子早已破旧得不成样子，土坯外围被雨水冲刷得更是不成样子。

一阵北风吹过，我们裹了裹外套，我和唐子雨叼上烟卷儿，想到这样的鬼天气还要到沙土堆里去扒人家的坟，不由得打了几个寒噤，再想到杜思琪说的八年前的拾骨，心里一刻也不能安宁下来。

# 第八章　神秘人

此时正是傍晚时分，杜思琪下了马车推开破破烂烂的栅栏门准备把屋子里面收拾一番，我和唐子雨紧跟在后面，土坯的院墙上长满了半人高的杂草，散发出一种淡淡的泥草气息，风吹过传来一阵簌簌的声响，令人浑身极不自在。

“我说大妹子，天快黑了，咱们就在马车里歇息算了，待明天一早再去寻那破坟。”唐子雨打起了退堂鼓，看样子有点害怕这种气氛。杜思琪没有说话，回头看了我们一眼，冷艳的眼神让人有种说不出的感觉。

“啪！”突然土坯房里头传来一声刺耳的声音，让人为之一颤，我急忙摁亮手电，刺眼的灯光照去，却没发现有什么不妥之处。

“谁？”唐子雨捡起一块土坷垃，喝声问道。杜思琪一把推开木门，探身进去，而我一只手提起一把管插，跟在她后面，万一发生什么事有个照应。

“噗——”就在这时，一只黑影从屋里突然迎面冲了出来，我们根本看不清黑影是什么模样，唯一能确定是个人，他是谁？我来不及多想连忙拽住前头呆愣住的杜思琪往边上闪躲。“咚——”唐子雨躲闪不及，黑影和唐子雨撞了个满怀，两人相继倒在地上。

“谁这么缺德冒烟！撞得唐爷满眼找星星，赶着去投胎啊？”唐子雨翻身一把扯住黑影，顺手摸起地上土坷垃就要砸去，我手中的手电也顺势照过去，发现黑影是一个瘦得皮包骨头的中年汉子，身上穿着邋遢破烂的衣服，头发形如枯草般蓬松，满脸污浊不堪，浑身臭气熏天。唐子雨看清撞他的人竟是这般模样，手上攻击的动作明显变慢，那汉子乘势一把打落唐子雨手上的土坷垃，挣脱着。

“汤……汤三叔叔！”被吓得魂不附体的杜思琪缓过了气来，看着中年汉子突然颤颤叫道，黑影停止挣扎，然后看向她，唐子雨乘势一把抓住他的头发使命地往下按。

“嗷……嗷……”中年人一直盯着杜思琪看，嘴里发出一阵阵低吼，我上前拉住唐子雨的手，示意唐子雨松开。

“汤三叔叔！你怎么在这里？你不是……你不是……”杜思琪一把拉住他叫道，脸上露出诧异的表情。

“死了，死了，你们都要死，你们谁都别想离开这里，哈哈……”谁知汤三却冒出这么一句话来，让人听去，背后直冒冷汗，不过看上去似乎神经有点不正常。

“汤三叔叔，我是思琪，那一年我爹杜辰和你们去坟地拾骨拣金，你能不能告诉我那一天到底发生了什么事？”杜思琪也不管汤三浑身污浊不堪，一把拉住汤三的手臂焦急地问道。

“呵呵……哈哈……拾骨，我去拾骨！”汤三却只是傻笑，两眼呆滞无光，嘴里说着我们听不懂的话。

“杜小姐，他脑袋好像受到刺激了，现在就是杀了他也不见得问出什么话来。”唐子雨翻身爬起来拍着身上的泥土说道。

“嘿嘿，傻子……我是傻子，你是傻子……”汤三伸出手在杜思琪脸上摸索，然后傻笑道。杜思琪连忙松开双手往后仰避过，我顺手扶住她，方才站稳。

“想占便宜？打不死你个浑蛋！”唐子雨抓住汤三猛推了一把说道。

“雷劈……雷劈……你们被雷劈了，他们被雷劈了！”汤三咧着嘴说道。

“喵——”漆黑的外面突然传来一声猫叫，那声音好像是抓挠在大家的心尖上。“来了……来了……”汤三惊恐地看着门外，然后夺门冲了出去，杜思琪去追，我怕会有危险忙拉住她。

“什么东西，搞得老子一身臊味。”唐子雨骂骂咧咧使劲儿拍着手上的灰尘，然后放在鼻子下使劲嗅了起来。

“思琪，你上次不是说汤三和曹刿在同一天失踪了吗？怎么会出现在你家的老屋里，你真能确定他就是当年的汤三？”

“是汤三，就是他，我不可能看错的，他怎么会出现在我家的老屋，我也不知道。”杜思琪肯定了自己的认定。

“若真是他，这事就扑朔迷离了，他一定知道你父亲和曹刿他们发生了什么事，他这般傻傻痴痴的，一定也和那件事有关。他刚才听到一声猫叫为什么那么害怕？莫不是人脸山猫来了？”我大胆地推断，然后侧着耳朵细听外面。

“咴——”屋外突然传来马的叫唤声和一阵乱糟糟的挣扎声。

“不好，我们的马车。”我快步奔了出去，当我跨出大门时，眼前的情形却令我惊讶异常。马车塌倒地，马歪倒在地上，手电光照过去，让人不寒而栗，只见马的肚子四分五裂，内脏肠子凌乱不堪地撒了一地，顺着手电光看去还冒着热气，看样子是受到某种动物野蛮的攻击。

“什么东西这么残忍？会不会是汤三弄的？”唐子雨蹑手蹑脚地走了过去，嘴里叽里呱啦说道。

“不像是人所为，定是人脸山猫作祟。你们注意到刚才汤三听到猫叫声的神情了没？”我拉着杜思琪走近马旁边说道。

“得了！快别人脸山猫不人脸山猫了，说得人心惶惶的，世上哪有这么多奇怪的动物啊？咱们还是赶快拾掇拾掇，北风吹在人身上冷飕飕的，这夜一过怕身子骨早就僵硬了，我们今夜不得不在破屋里将就一夜了。”唐子雨动手拾掇起马车棚里的行李，我和杜思琪也急忙帮忙。

等拿上行李，回到破屋，大家绷着的神经稍微放松了下来，我用手电四处照了照，没有发现什么惹人生疑的情况。唐子雨将行李扔在地上，一屁股坐在上面，我掏出烟卷递给唐子雨，然后也坐在行李上。

“耀祖，你说汤三会不会再折回来？咱们得小心提防！”唐子雨吐了一口烟雾道。

“也说不定，或许来，或许不来。咱们抓紧时间休息会儿，夜里我们去摸索一趟，熟悉一下地形，咱们白天去那鬼地方，怕是村民要产生误会。”我点着头说道。

夜愈发深沉，北风越刮越大，宛如一把刀子割着我们的皮肤。趁着夜色我们三人各自背着行囊向坟地走去。不知道是紧张还是害怕，我出了一身汗，北风一吹，连续打了几个冷战。杜思琪回头向破屋看去，眼睛里不禁生出一丝的悲凉，我拉了拉她的手肘，我知道此时不需要什么话去安慰她，只需一个动作就够了。

出了村子，杜思琪凭印象辨明方向带着我和唐子雨向坟地而去。也不知过了多久，我们终于步入了沙土之地，事隔这么多年，仅凭这小妮子的印象，寻到那座坟是比较难的，更何况是夜间，怕早就被沙土掩埋了，抑或是被盗墓贼或村民扒挖了。

手电光在沙土里乱打着晃儿，要不是天空中的北斗星，我们怕是要迷了方向。

“杜家妹子，不如等到明天白天咱们再来打探一番寻得具体位置再动手，这么多年都过去了，也不急在一时，黑灯瞎火的，我们在这里乱转，莫不要遇到不该遇到的东西。”唐子雨吞了一下口水说道。

“老唐，瞧你个孬样，别乌鸦嘴。”我回过头来说道。同时将手电光照射在他的脸上。

“沙沙……”就在这时，突然传来一阵窸窸窣窣的声音，像是什么动物在沙土上行走的声音，我连忙将手电光移开唐子雨的脸庞，四下照去，却是什么也没看到，唐子雨和杜思琪也连忙掏出管插警惕着四周。

可手电光所照之处根本没发现什么可疑的东西，除了北风、除了沙土，什么也没有。许久唐子雨才缓过神来，收起管插。

手里的手电继续在四周探寻着，因为刚才的声音太明显了，除非我的耳朵听错了。过了片刻后，依然没有发现什么，这才缓缓地松了口气，却是一刻也不敢大意。

“得了，怕是风刮到某些东西弄出的响声，咱们还是再朝前探探，如果还是寻不到，明天白天再来。”我安慰杜思琪说道，杜思琪没有说什么只是点了点头算是同意了。

“沙沙……”然而我的话音刚落，诡异之声又再次传来，而且声音越来越大了，甚是明显。杜思琪抓紧了我的手臂，我能感觉到她的手在颤抖着。唐子雨操起手上的管插大声喝问道：“谁？别在那里鬼鬼祟祟的，给唐爷出来。”

“耀祖，思琪妹子，会不会是些蛇虫鼠蚁出来觅食？感觉它们正跟随着我们，我们赶快撤吧，别无缘无故在这破地方白白丢了性命。”唐子雨接着说道。

“打住！这才什么破事？就把你吓成这副模样？至于吗？”我怔声说道，把手电递给唐子雨照着，然后蹲下身子耳朵紧贴着沙土，细听起来。

“沙沙……”果然这次声音更加大了，而且能肯定就在我们四周。

“耀祖……快闪开！”未等我抬头，唐子雨忽然大声惊呼，手中的手电掉落在地，与此同时我看到前面的沙土出现一阵阵耸动，好像有什么在里面钻。

“噗——”唐子雨手上的管插准确地插中了那东西，然后猛力一拔一股热热的液体从沙土间喷溅了出来，夹带着一股臊臭味喷了我一脸。我慌忙坐起来，用手擦拭着，沿着手电光，我发现刚才喷在我脸上的是血，是一股臊味的血。

我惊愕地看着那地方，举起管插，扒开泥沙，一只硕大满身是刺的东西躺在那里，体型足有一个搪瓷脸盆大，那东西嘴上的利喙噘起，嘴里发出一阵阵嘶鸣，全身在挣扎着，刺猬！怎么会有如此大的刺猬出现在这里？而且它们在沙土里行走竟然如此迅速，若不是唐子雨眼疾手快一管插下去，恐怕我这脸也要变成老唐脸了。我的后背升起一种无边的恐惧，像有无数条虫子在我后背蠕动攀爬着，我们从杜思琪的口中早就领略过它们的厉害，那些恐怖的画面仿佛历历在目，如今真正看到刺猬，心里不由得阵阵发怵，更何况这刺猬竟然有如此之大。

“耀祖！你没事吧？”杜思琪惊醒，连忙拉住我焦急地问道。

“没……没事！”我拍了拍脸说道，尽量使自己放松下来。

“耀祖，会不会是坟里钻出来的地仙？看情形恐怕不止一只，大家还是小心为妙。”唐子雨一脚踢开刺猬的尸体说道。

可戏剧性的事情却发生了，那刺猬竟然没有死，它在沙土上翻了个身，然后快速地朝远处爬去，沙土上留下一条血迹印，唐子雨提起管插想再次插进去，我连忙握住他手上的管插，唐子雨和杜思琪不解地看着我，我用手示意他们不要发出声，然后冲唐子雨打了一个手势，紧跟在刺猬的后面，看看刺猬到底爬向哪里。

三人紧揣着噗噗乱跳的心，轻手轻脚小心翼翼地顺着刺猬爬的方向摸了过去。然而爬着爬着那刺猬忽然失去踪迹，同时在我们前面不远的地方竟然斜竖着一棵孤零零的李子树，树叶甚是茂盛。这不得不想起思琪所叙述的事来，俗话说桃树养人，杏树伤人，李子树下埋死人，这棵树的存在让我们多少有点畏惧，而且不是说李子树被挖掘队砍掉了吗？可这……这怎么会？

簌簌的声音再次响了起来，听得人心里抓挠般痛痒。我们停下脚步不敢再往前走动，而那声音瞬间消失了，就连刚才的风也突然停止了，唐子雨抄着管插轻轻地移动起脚步，可声音又再次响起，像是有什么东西在隐蔽之处窥视我们。

“思琪，李子树定有古怪，会不会下面就是那座坟墓？”我看了看杜思琪问道，同时手中的手电光照向树的四周，寻找有没有什么可怕的东西。然而却发现在树下竟然趴伏着数十只刺猬，个个都有白搪瓷盆般大小，长长的尖刺，俨如一个个武士，它们正龇着牙瞪着眼看着我们三人。

“咋会有这么些个东西，莫不是真成精了？瞧得人浑身直哆嗦。”唐子雨也被吓了一跳，冲我说道。而此时杜思琪吓得不知如何是好，眼睛里全是惊恐。

“都得小心些，怕是这些刺猬吃了某些东西发生了变异，你们看它们的眼睛透着一股邪恶红色，若是被咬上或者被刺中了，定会一命呜呼嗝屁。”电筒光一刻也不敢离开刺猬，我怕我稍微一松懈，它们就会争先恐后地冲过来，刚才从沙土中爬向我的那只就是很好的例子。

我担心刺猬是吃了死人尸骨，方才浑身充满阴邪之气的，所以这体积、眼睛等都发生了变异，当年汤三只用铁锹铲了它们，就被缠住，如果被咬了，真得断气不可。

我话刚说完，几个阴邪的刺猬就发生异常了，它们像是收到某种信号，争先恐后地向我们冲过来，阵势着实把我们吓得半死。杜思琪哪里见过这种架势，一阵尖呼后出于本能把手上的东西向刺猬扔了过去。

在最前的几只刺猬被杜思琪砸中，并没有放慢速度，依然龇着牙冲过来，杜思琪这小妮子估计是被吓得魂飞了，站在那里一动不动的。我扔掉手上的手电，然后挥起手中的管插用力一甩，管插的尖头重重地砸在领头刺猬的身上，那只刺猬随即被砸得稀巴烂，可后面的几只却是蜂拥而至，速度丝毫不减。

“真当你家唐爷吃素的啊!”忽见唐子雨抡起管插甩了起来，冲在前面的刺猬当即被砸得滚向一边，我和杜思琪松了口气。我猛推一把杜思琪，让她捡起地上的手电赶快逃命去，我也抡起管插奋力地乱砸，被我和唐子雨这一闹腾，它们停止了前进，趴伏在地上盯着我们看。

“啊——”就在这时逃出去的杜思琪突然尖呼着往我们这边退了回来。

“大妹子，怎么又回来了啊？这儿危险，快走。”唐子雨连忙说道。

“刺猬！后面也有刺猬，好多……好多……”杜思琪结结巴巴地用手电光指着后面说道。我连忙转身看去，差点没把我吓得半死，只见方圆几米，竟然围了一圈大大小小的刺猬，它们都瞪着血红的眼睛，发出诡异的红光，却没有冲过来。

“这可怎么办啊？这些鬼东西越聚越多，这么多的刺猬怕是要瓜分了我们的尸骨了。”唐子雨咬了咬牙低声说道。我也一时慌了阵脚，不知道该迈哪一条腿了。

“耀祖，这些是什么刺猬？怎么会如此凶残?”杜思琪后背紧靠着我。

“这些刺猬专门吃死人尸肉，阴气极重，千万小心，被咬着估计也别想活了。”我扭过头给杜思琪解释道，该怎么对付这些刺猬，要是弄个炸药多省事，这种想法根本不切实际，天方夜谭，就是杜辰在世也不一定能够驱散得了这么多的刺猬。用舌尖血，我们哪有这么多？用童子尿，得了，我们早就老了。用内裤，顶个屁用，我们不会画符咒啊。

“唉!”正思绪间，一个阴气沉沉的叹息声在空旷的沙地上突然传来，感觉像是从地底下冒出来的，吓得我们三人毛骨悚然，大气也不敢出一声。

“呼——”还没等我们回过神来，忽然一个夹带着一股酸臭气息的黑影从李子树后面扑面而来，杜思琪手上的手电照了过去，发现原来是傻痴了的汤三，刚才那一声叹息定是他，他怎会无缘无故地出现在这里？事情越来越复杂了，根本理不出个头绪来。

“汤三叔叔……”杜思琪一看汤三出现，立马高声叫喊又要问她父亲的一些情况，我生怕汤三神经不稳定出手伤了她，连忙拉住她，摇头示意她不要轻举妄动。

此时却见汤三不言不语不笑，血红的双眼瞪着地上那些硕大的刺猬，奇怪的是那些刺猬像是受了很大的刺激，缩起了头弓着身体。汤三兀自上前抬起脚来照领头的一只踢去，那只刺猬哀嚎一声滚了好远，我们三人相互望了一眼，感到甚是惊疑，朝那地方再望去时发现那被踢了的刺猬不见了踪迹。

对汤三的怪异行为，我们无法理解。未等我们回过神来，汤三又毫无畏惧地连踢几只刺猬。其余刺猬一见，连忙一阵轰散，瞬间不见了踪迹，我用手电光寻找了起来，最后把疑点放在那棵树叶茂盛的李子树上。

果然发现了令人费解的一幕，那些硕大的刺猬整齐地在树干上从上到下排列成一排，脚不停扒着树干，弄得噗噗直响，挠得人心里发毛。

“汤三到底耍的什么把戏？看上去这些变态的刺猬好像对汤三存在畏惧，它们……它们不会是在给咱们几个摆什么乌龙阵吧?”唐子雨扯起嗓子说道。

“别乱扯胡扯，摆什么乌龙阵不乌龙阵的，打起精气神当心点。”我压低了嗓子说道。正说话间，杜思琪突然拉了我一把然后示意我看过去。却见刺猬整齐地向李子树最上面爬去，丝毫不见混乱。

“这奇了怪了，难不成它们在等升天位列仙班不成?”唐子雨把头伸了伸。此时却见汤三摇晃着身子靠向李子树，不知他哪来的力气，双手一把抱住李子树，猛然用力，啪！李子树竟然拦腰而断，我这才发现树干是空心的，原来刺猬是从树干里钻入了地底下。

我们等了许久见没有异常情况发生，才动脚向李子树跑了过去。杜思琪一直在我身后，不敢太靠近，更不敢落下；唐子雨紧握着管插神情紧张地盯着李子树看。我掏出罗老歪送我的那只精致罗盘，让思琪举着手电帮我照着磁针，却见罗盘天池里的磁针快速旋转起来，最后指着李子树西北边的方向来回摆动。此时我绷紧着的心松了下来，看来这方位定有古怪。

唐子雨未等我言语早已心领神会地抄起的管插在指针所指的方位捣鼓起来了，地面本来就是沙土，果不其然，咚！一声闷响，唐子雨的动作突然停了下来，眼睛直盯着我们看。

“耀祖，找到了，就在这下边。”唐子雨叫道，汤三也跑过来学着唐子雨的模样说道：“耀祖，找到了，就在这下边。”引得我们哭笑不得。

我收起罗盘，然后掏出一把可以脱卸的铲头安装在管插的当头，这种管插是罗老歪给我们配备的，手柄是由把手和连接杆组成，均为活动连接，连接杆外设有一套管及管状螺母，管状螺母与套管间螺旋配合。套管和管状螺母两侧设有套接于连接杆上的挡片。

在铲头上设有连接件，连接杆通过连接件与铲头活动连接。铲头与连接件通过铆接固定，环环相扣，使用起来简单方便，又很牢固，携带方便。而且当头不光只有铲头，还有多种工具，比如钩子，或者镐头等等，使用者要用哪种工具，只需换装即可，既方便又实用。

我挥起手臂就铲了起来，还没几下，就碰到了下面的东西。事隔这么多年，也不知道下面的情况会如何，为了预防发生意外，我让思琪在旁边打着手电，唐子雨在我旁边警戒，以免出现情况大家好快速出击，而汤三蹲在一旁看着我们三人忙碌。

因为是沙土，挖得很快。很快就看见整个棺材的模型了，我继续理出棺材里的沙土，同时心里跟着紧张起来，因为我不知道棺材里会出现什么样的危险，再者就是那些钻到地下的刺猬会不会突然冒出来。等挖到了一半的时候，我吩咐唐子雨认真点，而我每铲一下沙土，心就像是被什么东西揪了一下。

"耀祖，要不要换唐爷下去，你到上面来歇一会儿。"唐子雨盯着棺材里说道。我摆了摆手，让唐子雨谨慎行事。我再向下挖了一会儿，铲头碰到硬物了，思琪的手电光一照，发现那是白骨，我心里愣了一下。这白骨到底是不是曹刿的，一时半会儿说不上来。不过从白骨的架势推断白骨生前定是个身材魁梧之人，并且在死前曾经挣扎过，以老化程度来看，这人死的时间不算很远，完全符合思琪所说的时间。

等我完全清理开泥土，发现在白骨架的下面有一把杀猪刀，这人定是曹刿无疑了。可是这些也不能说明杜辰那年为什么会死？他那一年到底遇到什么可怕的事？待完全清理好泥土，我才打量起整个棺木来，棺木看上去倒是光亮如新，并没有出现什么腐烂或者蛀虫。

我爬出棺材，长长嘘了口气，脸上早已大汗淋漓了。"咱们这是白忙活了，除了杀猪佬的尸骨，咱们啥也没捞着，妹子！咱们是不是该撤了？"唐子雨用管插使劲敲着棺材边沿发泄着心中的不满。

# 第九章　棺下有棺

杜思琪愣在那里，没有回答唐子雨的问题，神志不清的汤三蹲在棺材边看着棺材底的白骨发出阵阵的哀叫，看样子他认识这具白骨。只可惜和他沟通不了。

“我看大家还是撤吧，这里阴气重，不要中了棺中的邪气。”我提醒道，唐子雨对于我的话连忙附和，杜思琪却拿不定主意了。

“喵——”空旷的夜空里突然传来一阵猫叫的声音，声音极为凄惨，仿佛就在我们身后，又像在比较遥远的地方。杜思琪吓得直往我怀里靠近，手电一下子滚进了棺材中，在棺材里打着滚，停在了曹刿的骷髅旁，我的心一下子提到了嗓门儿，只觉得后背冷汗直冒。

“人脸山猫！”唐子雨尖声呼叫道，声音中透着阵阵恐惧。只见一只黑影早已跑到我们的对面，中间隔着那口被挖出的棺材，吓得杜思琪的两只手紧紧抓住我，而我也不知该如何是好了。猫的脸像一个初生婴儿的脸，令人恐惧的是那两只眼和它那庞大的身材。

“呼——”就在这时，唐子雨手上的管插猛然甩出，山猫巧妙地一闪，管插一下子砸在李子树根上。汤三似乎受到刺激，突然跨越过去，双手捏成拳头砸向怪猫的脸庞，突如其来的变化令我们的心提到了嗓子眼，没想到的是人脸山猫好像被汤三的拳头砸中了，发出一声声撕心裂肺的叫声。

唐子雨连忙奔跑过去，俯身拾起管插，砸向人脸怪猫，可能由于心中紧张，管插从手上滑落，掉入棺材内，人脸怪猫乘势扑向唐子雨。

“老唐，小心。”我大声叫道。然后让杜思琪俯身趴下，抄起手中的那把还未来得及卸了铲头的管插奔了上去，猛然朝山猫拍了过去。

“咚——”铲头一下子拍到人脸猫额头上，山猫吃痛看着我们，在我们对面僵持起来。此时唐子雨和汤三喘过气，藏到了我的身后。

“耀祖，这猫真邪门儿，看来今天我们得大战一场了。”唐子雨翻身跳入棺材，抓起插在棺材底部的管插跳出来。

“呜……”沉闷的空气中突然传来一阵奇怪的叫声，人脸山猫一听晃了晃身子，快速地转过头奔逃而去，这倒把我们瞧得莫名其妙，我怕有诈继续等了好久却不见有什么动静。

“咋就这么逃了？要是落到爷手上，不活剥了它的皮，算它长得结实。”唐子雨一屁股坐在地上骂骂咧咧道。我思索着刚才那一声的呼叫声到底是什么声音，听上去好像是人为的，可猫为什么听到叫声就突然撤了？难道是受谁控制？

“啊……耀祖，唐子雨……救我……”然而还未等我们缓过气来，突然传来杜思琪的呼救声，我心里猛地一沉，只见汤三趁着我们喘气的时候抓住了杜思琪，将杜思琪托了起来，似乎要把她扔进棺材。

唐子雨看清了汤三那骇人的模样，一下子跳了起来，抡起旁边的管插就甩了出去，嘣的一声正砸在汤三的腰间，汤三摇晃了几下。

“轰隆——”杜思琪的身体一下子从汤三手中滑落，掉入旁边的那口棺材里，上前托住她已经来不及了，只能看着她掉入棺材中去了。

“哎哟——”棺材中传来杜思琪的惨叫声。我让唐子雨在上面警戒，然后急忙跳入棺材扶起杜思琪，此时发现棺材中曹刿的那具白骨早已散了架，却看见在棺材底部，有一个小小的洞口，应该是唐子雨刚才落下的管插所致。只见洞口不停地冒着黑色烟雾，我连忙闭气，托住杜思琪的身子，依靠棺材壁吃力地向上推，守在上面的唐子雨一把接住。我拾了手电，急忙爬出棺材。

“大妹子！你怎么了？伤着哪里了没有？”唐子雨关切地问道。杜思琪喘着粗气，一只手按住腰，慢慢地坐起来，似乎对刚才的变故依然心有余悸，两只眼睛不停地向棺材内望去。

“这棺材底有个洞，下面定有古怪。”我指着棺材中的那个洞说道。

“啥古怪？难道有宝藏？真要这样，就阿弥陀佛了，咱们总算没白来这一趟，不弄两件宝贝回去给咱们铺子压压堂也对不起我们此行。”唐子雨随即兴奋了起来，连忙把头伸进棺材中巴望着。

"唐子雨！小心中了里面的黑烟。"我连忙拉住他说道。

"咳咳……"唐子雨连忙撇开我，用力咳嗽了起来，看样子他呼吸到烟雾了。

"哪里来的烟雾？害得唐爷差点喘不过气来。"唐子雨嘟囔道。

"这棺材只是一个幌子，真正的东西是在棺材下面。还有那么多的刺猬从空心李子树的树干钻到了哪里？一定都囤积到了下面。"我一下子全明白了。

"那还等什么？咱们快点动手啊？不要等人脸山猫再折回来，那就有我们受得了，但我们先得把汤三处置了。"唐子雨催促起来，然后掏出一根绳将倒地的汤三捆个结实，最后还给他来了个老王啃瓜，这馊主意也只有唐子雨这家伙想得出来，汤三倒也老实，没有过多地挣扎。

唐子雨说动手就动手，他把管插当头换上了铲头，在棺材四周开挖起来，我掏出水囊，让杜思琪先喝口水喘过气，然后也动起手开挖。时间不长，棺材很快就在我们俩的捣鼓下露出全身的面目来，当棺身全部露出时，我突然被棺材当头的符号惊住了。符号看来十分眼熟，和上次驼背老者在我们古董店门前所留下的符号一个样。三个不规则的口，摞起来形成一个"品"字，左看右看又不像品字。这时杜思琪也发现了这个字，掏出笔和纸在旁边拓印了下来。

"耀祖，捣鼓这个干吗？直接掀了它不就得了。"唐子雨早就不耐烦了。

我掏出烟卷点上，喘了口气，没有理他。然后把整个事件在头脑中理了理，觉得事件到这个地步总算是有些眉目了，细想那驼背老者的身份，他到底是谁？我们现在不能弄明白的是人脸怪猫，还有就是汤三，一个十年前失踪的人随我们的深入探索却离奇出现，这好像是被人刻意安排好的。也只有他知道十年前到底发生了什么事，知道曹刿是怎么死的，知道杜辰遇到了什么危险。

唐子雨拉起棺材的一头使劲往上提，欲试试棺材的重量，我掐灭烟卷，然后让杜思琪在一旁握住管插和掌好马灯，一会儿如果出现情况可以向下面摔出手中的马灯，那样就有足够的时间来对付了。

我吐了两口唾沫在手上来回地搓了几下，然后示意唐子雨和我一起出手，相互铆足劲，然后猛力地抬起。咚！棺材哪是我们能够抬得动的，更何况棺材的体积甚大，我们抬出一丝空当后，突然又滑脱了。随着棺材的下坠，从棺材底部扑出一丝阴冷寒气，同时夹带着一股恶臭。我和唐子雨躲开，大口大口地喘着气。

“想不到竟然这么沉，我看咱们得痛下杀手了，彻底毁了它。”唐子雨瞪起眼。并且他说动就动，抄起管插就砸起来，他这样瞎捣腾我真怕他弄出祸端来，但不这样，可能我们今夜无论如何也移不了这棺材，或者是放一把火烧了这破棺，来个火烤棺材，一步登天，一了百了，如果这样的话，就有可能弄毁了这棺材下面的东西，所以这个办法不到万不得已是不弄的。

在唐子雨的猛力摧毁下，棺材最终松散了下来，他用铁锹挑着凌乱的棺木向棺材外面扔，最后又把曹刿的尸骨整理出来，这是对死者的尊重。看到棺材底的全部面貌的时候停止了下来，这可万万马虎不得，刚才我们早就见识过黑烟雾了，此时若不小心对付，可得吞烟儿炮，脚一蹬去地狱喝孟婆汤了。

唐子雨爬出棺材，然后一屁股坐在地上，点起烟卷吞吐起来，此时天空却突然无缘无故地刮起一阵冷飕飕的风，我将手电照向棺材底，已经看不见黑烟往外冒了，应该是全部散尽了。

“耀祖，把老爷传给你的天官印弄出来压压这坑里的邪气。捣鼓这么长时间，汗也没出一滴，相反还感觉冷凄凄的，好像有什么东西趴在我背上一样。”唐子雨看着我说道，我顿时心中惊骇起来，莫不是唐子雨刚才乱砸棺材，冲撞了棺材里的邪气或者白仙？我连忙将手电光移到了他脸上，杜思琪也把马灯凑近唐子雨的脸，他那张长脸上除了数不清的麻坑外，倒是没见什么异样。

“好良言难劝该死的鬼，你啊缺的就是头脑，什么事都想出头。”我乘机拿话来刺激他，同时掏出那块刻有天官赐福的发丘印递给他，我知道他现在这情况只是心理因素，唐子雨若真是冲撞邪气，甭说发丘印，就是发丘天官在世也未必有用，我猜想他可能只是累了的缘故。

“我不出头，那咱们的行动不就打水漂了，难道还指望你啊？你啊，成天的就在那婆婆妈妈的，烦不烦啊？”老唐掐灭烟头，起身道。

我让他在一旁休息会儿，剩下棺材底我来搞定它，我若再不出手帮他，还不知道他要弄到什么时候。我让他握好手电，然后拿起脚边的管插憋住气快速撬起棺材底板来，唐子雨顺势腾出一只手帮忙掀掉。

“啊——”还未等我们细看棺材底板下面有什么东西，杜思琪大声尖叫起来，同时手上的马灯向下掉来。沿着灯光我们看清了下面的情况，原来是一个长方形的回字形坑，比刚才的棺材底板小一点。杜思琪之所以尖叫，是因为看到回字形坑的最外层竟然爬满了大大小小的刺猬，那些刺猬瞪着双眼看着我们，在东南方向有一个缺口，李子树的树干中心正好通往缺口，和我猜想的十分吻合。

最令人惊奇的是回字形中心是面青铜古镜，体型有搪瓷盆大小，古镜四周一圈镏着金，还镶嵌了好多颗宝石，闪闪发光，我细细数了一下，差不多有九颗。在易经中9是为老阳之说，所以常被古人用在墓葬上，我惊叹这些宝石是怎么镶嵌上去的。

当然镜子上还刻了些稀奇古怪的纹饰，手电光照上去，铜镜发出一丝丝幽光折射在我们身上，只觉得寒气逼人。此古铜镜乃为镇尸镜，聚四周阴气，然后传到这镜子下方或者反射到镜子上方，以保护尸体免受外界的某种气场侵蚀，上方的尸体已被杜辰所掘，他们应该谁也没想到棺材下方才是最主要的，我敢肯定这下方的棺材中定是个凶悍的粽子或者什么阴尸。

“死人多作怪，人都去西天了，还搞这些花样嫌不嫌累啊？到头来还不是被扒了土掘了坟。”唐子雨眼睛盯着回字坑直发光芒说道。

“刘……刘耀祖，这里太诡异了，咱们接下来该怎么办？”杜思琪清了清喉咙看着我问道，眼睛里尽是恐慌。

“大妹子！还能怎么办？这深更半夜的咱们来干嘛的？不就是为了这个嘛？唐爷敢打包票，这里一定和你爹的死有关系。”唐子雨朝那些刺猬吐了一口浓痰大声叫嚷道。

我将管插柄拉长，试探着弄开古铜镜。然后让唐子雨配合我将铜镜弄上来，只要铜镜动了，一切就好办了。铜镜和下面的贴合不算太密封，似乎只是盖在上面，我没费多大的劲就挑开铜镜，唐子雨伸出手瞅准当隙一把抓住古铜镜。

借着灯光，我们看清古铜镜下方的情况，古镜下果然是一个尸体，而且是站立着的尸体，就像是用胶水粘住的那样，从他的穿衣和一束辫子来看应该是清朝装束。从我的角度，尸体是背对着我的，我看不清他的面容，唐子雨急呼呼地跑到了尸体对面，欲看个清楚。

“耀祖，大妹子，你们快看！这鬼东西还在喘气。”唐子雨惊呼道。我心里暗道准是唐子雨又在嚼舌头根了，如果说尸体没烂，我勉强还能相信，说他喘着气，这不是睁着眼睛说瞎话吗？我和杜思琪连忙也跑了过去，然后将手电光聚焦到尸体的脸上。

这一看，我的心急剧跳动，正如唐子雨所说尸体不腐不烂，嘴巴处在冒白气，而且我对这张脸太熟悉了，他和驼背老者十分相似，我急忙又跑到后面用管插挑起他的一束辫子察看起来，我想确定是不是真的，这一看，让我更加惊住了，没错，是他，他的确是那个神秘的驼背老者。

“耀祖，怎么了？这么神神秘秘的，难道这老东西是你家祖宗？”唐子雨见我脸上凝重，好奇地问道。

“得得……你少胡说八道，没空和你胡扯。我只是觉得这尸体甚是奇怪，我好像在哪里见过。”我将手电光照到了他脸上。

“耀祖，这……这到底怎么回事？不会吧？你……你见过这老古董？”杜思琪结结巴巴的，难以置信地看着我问道。

“见过，而且不止一次。”我继续说道。

“不止一次？耀祖，你别吓人好不好？”唐子雨也感到了事件越来越离奇了，经过刚才我的一顿臭骂，他相信我说的。

“对，不止一次。他就是把头骨送到咱们店铺的驼背老人。”我颤抖着摸出水囊，咕噜咕噜猛喝了几口。

“什么？他就是那个老棺材瓤子？”唐子雨疑惑地答道，同时伸出管插挑起尸体的辫子，等看到尸体是个驼背时惊吓得差点掉下坑去。“不会吧？太邪门了！真是这怪物。”

“思琪，你记不记得第一次去我们店铺时，发现店铺门口地面上有一个奇怪的符号？”我看向杜思琪。

“这……这，我记起来，有这么回事。那符号看起来像‘品’字一样，可又不像，当时我只是觉得这符号奇怪，还以为是你们在研究什么。”杜思琪的表情有点尴尬，低着头说道。

“可是你们有没有发现，刚才那口棺材当头也有一个一模一样的符号。”我指向已经成了一堆废材的棺木。

“太怪异了，难不成这老棺材瓤子跑出来，然后去了西安?”唐子雨抓耳挠腮道。

“这回字坑看上去应该一直是封闭的，而且上面还有这面镇尸镜，他又怎么可能出得来。”我吞了吞口水，心里越想越不对。

大家陷入了一片沉寂，杜思琪被我们这一来一去的对话弄得越来越怕，然后下意识地靠近了我。

“嘿嘿……月儿圆了，月儿圆了，你们都逃不掉了。”突然传来一阵傻乎乎的声音，循声看去，却发现汤三不知何时挣脱了唐子雨捆缚的绳索，仰着头看着天空，嘴里叽里呱啦地说着胡话。

“怎么会?连老子捆的仙人索也能挣脱开来。”唐子雨抬起脚步追了上去，汤三也发现唐子雨在追他，连忙拔腿就跑，很快就消失在大家的视野中，气得唐子雨开口大骂。

月儿圆了，月儿圆了!我重复着汤三撂下的这句话，心想这是什么意思?

“耀祖，唐子雨，你们快看，汤三没有说错，月亮还真圆了。”杜思琪突然拉了拉我的手肘颤声说道，抬头看去，果真一轮圆月挂在空中，细细看去宛如铜镜般大小。

“圆就圆了，有什么好稀奇的，月亮不是圆的难不成还方的啊?还是赶快再看看坑里有没有什么宝物，取了咱就走。”唐子雨唏嘘道。

我心里暗自想了起来，这月亮也太巧了。刚才挖出棺材的时候没看见月亮圆，怎么现在冒出个圆月亮?同时算了算日子，今天才月初，按道理不应该有这么圆的月亮啊，不会要发生尸变了吧?

我倒吸了一口凉气，连忙看了看回型坑中心站着的尸体，却发现那具尸体依然完好地站在那里一动不动。我没有把我心中想的告诉他们，怕吓着他们俩。

果不其然，就在唐子雨在坑边站稳的时候，突然从竖棺里面传来一阵咕噜咕噜声，颇像我们刚才喝水的声音，直透我们的肺尖儿上。听这声音好像是尸体的某处骨节在动，我心想莫不真是粽子吸了日月精华准备跳出来闹腾吧？

迟疑间我将手电光再次聚焦到回型坑中心的竖墓中，脚踮了几踮向前移动着脚步，杜思琪紧闭着双眼，双手紧攥着我的手臂，虽然隔着厚厚的棉衣，但我还是能感受到那一份手指掐痛。

我壮着胆子将脖子伸了过去，突然发现那具尸体的头颅竟然在扭动着，刚才刺耳的声音应该是从他的脖子处发出的，而且我惊奇地发现他那罗锅般的驼背竟然开始慢慢变直，整个尸体瞬间变高了许多。

“耀祖，丫头，你们看不会是要发生尸变了吧？”唐子雨吓得直咧嘴，同时高举起手中的管插，对准那尸体的头颅骨，咚！唐子雨手中的管插脱手而出，准确无误地从尸体的头顶插穿进入身体，管插尽数没入驼背尸体的头颅中，那尸体再也动不了了，不过嘴里发出一阵阵怪叫声，刚才那冒白气的嘴巴现在改冒黑气了。尤其令人惊讶的是，被管插插中的头颅中央，竟然开始冒起了殷红的血液。

没想到唐子雨竟然有这般身手，而且瞄准的准确率竟然这么高，本来我还在担心他偷鸡不成蚀把米的，看来这担心是多余了。杜思琪许久才睁开眼来，看到驼背老者被唐子雨插成冰糖葫芦顿时傻了眼。此时想不明白的是尸体所冒的血液，按道理说死了的人血液会凝固或者被蒸干，更何况是具死了数千年的尸体，可眼下这尸体的血并没凝固，而且尸身不腐不烂，难道他这数千年来一直活着刚被唐子雨捅死的。

我猜想，定是青铜古镜，要不然也不会遭遇这般离奇怪异的事。正思索间，却见挂在半空中的圆月突然不见踪迹，而驼背尸体也突然直挺挺地歪倒在竖棺的棺壁上一动不动了。

“哈哈……看他还想怎么的？估计这货正在阴间噘着嘴喝汤呢。耀祖，咱们要不要下去摸摸竖墓中有什么值钱的东西？弄两个冥器上来回咱铺子里压压堂，这样咱们就不用看罗歪嘴的脸色去他那借了。”唐子雨说道。

“算了吧！不要中了中间的陷阱，咱们是来帮助杜小姐寻找他父亲的死因的，不是来求财的，更不是来摸冥器的。何况你砸了他的棺材，还插穿了他的尸身已经是够造孽的了，不要再造次反而会伤了自己。咱们还是打道回西安，只求个平安。”我摇了摇头，杜思琪也点了点头。

“咱们还是送佛送上天，好人做到底，干脆一并烧了他的老窝，让他走得彻底些，不用留在这鬼地方再害人，还有把这些诡异的地仙一并烤了。”唐子雨征求我和杜思琪的意见，我点了点头算是默认。

话完，唐子雨掏出些固体燃料撒向坑中，我和杜思琪连连后退，就等唐子雨划火柴了。可唐子雨连续划了几根火柴都被无端刮起的风吹灭，气得唐子雨直咬牙，好不容易最后一根火柴划亮了，他小心翼翼地将火柴扔了下去。

“喵——”可就在火柴快要落入坑中时，又再一次传来了人脸山猫的叫声，同时一个黑影窜到眼前，只见一个矮小的身影骑着山猫从墓坑上方越过，同时矮小的身影向回形坑的中心甩出一根绳索，等人脸山猫落到对面地面时，绳索上竟然捆着竖墓中的那具驼背尸体。同时整个墓坑里瞬间起了大火，墓坑里面传来一阵阵霹雳的响声和刺猬的尖叫声乱窜声。

我心叫不妙，不好！怕是要发生大事了！于是立即示意唐子雨向人脸山猫落下的地方包抄过去。却见那矮小的身影正弓着背在那具尸体身上摸索着，像是在寻找什么东西。

# 第十章 地仙葬

“耀祖，这……这鬼东西从哪里钻出来的，他在那尸货身上摸什么？”唐子雨首先惊呼了起来。我将手电光一下子照到了那人的脸上，只见那人没有撇开手电光亮，而是继续埋头在尸体上寻找什么。

“小翠花，她是二神小翠花！”在我一旁的杜思琪突然大声尖叫，然后用手捂住嘴生怕惊动了那身影。

“啥……啥小翠花？”我诧异地问道。

“当年汤三中了邪，后来给汤三跳大神的二神小翠花啊，她……她怎么会在这里？”杜思琪指着矮小的身影解释道。

我一下子云里雾里了，这到底是怎么回事？驼背老者的身份还没弄清楚，现在又冒出二神小翠花来，这事实在令我们想不通，如果真是小翠花，那她的拍档老翠花一定也在附近。

此时小翠花翻腾着尸体，我暗想她不会是在这老古董的身上寻找某件要紧的东西？此时小翠花似乎已经找到了她所要的东西，她俯身掰了掰尸体紧闭的嘴唇，对周围的一切旁若无人。

正在这时唐子雨突然拾起地上的棺材板使劲地向小翠花甩了过去，在一旁警戒着的人面山猫见状，连忙跃起用双爪抓住棺材板，看得我们目瞪口呆，也难怪小翠花这么淡定，原来有这畜生保护着她。

那具尸体在小翠花的摆弄下，突然猛地张开嘴，小翠花伸手从它的喉咙深处连续抠出几样东西来，说也奇怪，那红光满面的尸体嘴里的东西被抠后瞬间变得枯萎，整张脸上只剩下一张布满皱纹的老皮了。而小翠花的手里拿着从尸体嘴里掏出的东西发出声声冷笑。

“砰——”还未等她将手中的东西收起，突然传来一声枪响，我惊讶地发现小翠花的额头间竟然出现一个窟窿，紧接着她的身体扭了几下就倒下去了，手中三只发亮的东西滚出了她的手掌。

我们惊魂未定，从李子树后面猛然蹿出一个身影，急速地奔到小翠花的尸体面前捡起三枚东西，呆呆地傻笑着，是汤三，是他枪杀了小翠花，他的手上还提着那把毛瑟手枪，他看着手上的东西发出阵阵轻笑，却不知他在想什么，这事件发生得太快了，让我们颇为不安。

“喵——”在旁边警戒的人脸猫也突然反应过来，龇着牙就向汤三扑过去，此时汤三完全沉浸在欣喜若狂的心境里，根本就没想到会发生这种事，我不禁替他担心起来。

汤三猛然蹲下了身子，那人脸猫扑了个空，重新调整了身子和方位向汤三继续扑了过去。汤三举起手中的毛瑟手枪，脸上毫无畏惧地指着山猫，嘴边露出一股冷冷的微笑。

“砰……砰……”紧随着两声枪响，却见人脸山猫夹着尾巴逃窜而去，汤三并没有去追击，神情很是冷然，瞧上去并没有我们初时遇到的那种痴傻，看来我们是小看他了，竟然伪装得这么好。

“真是林子大了什么鸟都有。我怎么就没想到他是装模作样？白白浪费唐爷的表情。”唐子雨恨得直咬牙。汤三蹲下了身子察看地上的尸体。我和唐子雨在一旁，与他相差数步之远，杜思琪死死地抓住我的手臂不放，害怕到了极点。

可还没等我们几个看明白什么，唐子雨突然又惊呼了一声，同时往后倒退了一步，用手指着那具尸体冲着我和杜思琪说道：“耀祖，你快瞧他的肚皮，好像有什么东西在里面乱动。”

唐子雨这么一说，我的脊背上直觉得凉飕飕的，像是有两把钢刷子在我后背使着劲儿来回刷。这死了不知道多少年的尸体，肚子能有这么大的动静，莫不是真成了精？更何况它不是刚中了唐子雨那一管插吗？若不是成了精就是起尸了，这尸体本来在这回字形的墓坑中摆放得很好，也没招谁惹谁，经过我们这一瞎折腾和小翠花的一阵乱抠乱掏，自然会发生某些意想不到的事情。

此时汤三倒是没有注意到尸体的变化，我和唐子雨都屏住呼吸，紧握住手中的管插，瞪大着眼睛看着那具尸体和眼前的汤三，可等了半天也没见有动静，只是看到尸体的肚皮一起一伏，好像是在做深呼吸一样。

“瞧你这屃样，估计是火光产生的错觉，他能动弹个魂啊，净在这无风起浪。如果真有啥动静，汤三也不见得毫无防备。”我虽是害怕，连忙稳住场面，让杜思琪和唐子雨放松点，思想不要绷得太紧。

墓坑中的火光忽明忽暗了起来，许是烧得差不多了，那些硕大的刺猬此时已经变成了焦炭，空气中传来一阵阵呛人刺鼻的味道，杜思琪剧烈地咳嗽起来。

就在这时，我抬眼看到尸体的肚皮一起一伏，汤三看着眼前的尸体，然后弯腰将耳朵贴近尸体的肚皮，也不知道他哪来的力气，伸手就拽住了尸体的清朝官服，官服经过这翻光景早就腐朽风化了，瞬间那官服一下子全都变成了灰尘飘洒在空气中，露出尸体膨胀的肚皮。

“耀祖，这……这……”刚咳嗽完的杜思琪看到这样的情景言语变得不清晰起来。我紧紧握住她的手，能够感觉到她心底的那一份惊慌。

此时我看到尸体的肚皮上竟然有一团乌黑的东西，汤三也觉得奇怪，用手胡乱抹了一下。我这才看清楚那团东西竟然是一只不大不小的刺猬，头朝尸体的肚脐眼，令人毛骨悚然的是尸体肚皮上竟然长出一根根灰色的刺，一根挨着一根，密密匝匝，使人感觉那刺就扎在自己身上。

谁也不知道这尸体肚皮上是怎么回事，都忘记接下来该怎么办。我和唐子雨傻愣着，唐子雨把目光看向我，似乎在询问我的意见。我心想这尸货也没见有什么特别的动静，咱们也不至于临阵脱逃吧？

我探了探脖子，硬着头皮看去。尸体身上的刺猬已经和他身上的皮肤长在一起了，整个刺猬的身子全镶在死尸的肉里，只剩下那一身皮依然露在外面，紧挨着刺猬皮的肚皮已经长出一簇簇的尖刺来了，这种诡异的情形根本无法形容，完全超出了我们的思维能力。

我记得有一本古籍曾记录过一种“盘龙葬”，就是在人还未断气的时候让蛇盘旋在尸体的腰间，让蛇咬住人的肚脐眼，钻进肚子里，利用蛇的毒性镇住要断气的尸体，使之不烂，活血活肉，随着时间的增长，蛇身会和尸身长成一体，随着年代的久远，人身上会长出一片片的蛇鳞片来，据说尸身最后会化成仙身飞升。看来眼下这诡异的葬法一定是和盘龙葬如出一辙的“地仙葬”了。

汤三在旁边壮了壮胆子，一只手用枪顶住尸身的肚皮，一只手掏出一把匕首来，然后用刀尖往尸身上的刺剁去，却发觉刺坚硬无比。

“莫非这鬼东西要化仙飞升了？老唐，准备家伙，防止肚子里爬出什么东西来对我们不利，等会儿你保护好思琪姑娘。”我颤了颤嗓子说道。

“什么化仙飞升？我还化成玉皇大帝如来佛祖呢。”唐子雨扯起嗓门叫嚷道。

“这是一种最邪恶的‘地仙葬’，快按照我的话去做，否则我们谁也逃不掉。”我瞪了他一眼，唐子雨这才收住话头。

“那……那我们现在该怎么办？”唐子雨双手一摊问道。我指了指还在燃烧的墓坑，意思是把尸身推到火坑里烧了一了百了，唐子雨心领神会地点了点头，我让杜思琪往墓坑里再添些固体燃料，免得火苗熄灭。

此时汤三依然用刀砍着尸身肚皮上的刺，尸身却是根本没动静。他突然站起身来，手上突然扣动扳机，砰的一声，我们大家的神经都暗自颤了一下。可等我们再看去时，却发现尸身的肚皮丝毫没有受损，从手枪里射出的子弹崩落在旁边。最要命的是那肚皮突然从肚脐眼处开裂成四瓣，汤三很显然也被眼前的情形吓呆，一时不知所措。

“汤三，快动手把他踢入火坑，快……快……”我大声惊呼道，同时快速奔过去，唐子雨眼疾手快，也向尸体走过去。

“轰——”随着火花四溅，我和唐子雨手上的管插几乎同时落在了异变的尸身上，尸身一下子受到撞击向火坑中坠去，杜思琪连忙把我们所带的固体燃料悉数全部倒入尸身落下去的地方，火光一下爆起，尸体瞬间淹没在火焰里。

“嗬……嗬……”唐子雨松开管插，双手撑住膝盖大口地喘着气，一股畅快淋漓的感觉油然而生。

“这……这真是让唐爷大开眼界啊，耀祖，快说说什么叫‘地仙葬’？看那尸体肚皮开裂好恶心。”唐子雨看着我问道。

“这地仙葬……”我刚想解释，却发现汤三情况有点不对，可具体哪里不对，我又说不出来。

“怎么了?”唐子雨见我停顿，连忙大声问道，可看到我盯着汤三看，也疑惑地看着汤三。此时汤三两眼布满了血丝，尤其脸上出现许多凹凸不平的坑来，比唐子雨脸上的还要难看，好像有什么东西要从他的皮肤里钻了出来，他松掉了手上的枪，两手开始撕扯着身上的衣服，表情极为痛苦，从他撕扯掉衣服的地方我隐约看见他全身竟然也长出尖刺。

眼前的恐怖状况，让我们三人再次掉入恐惧的深渊，此时我们根本不知道该如何去帮助他。汤三龇牙咧嘴地哀号起来，并且整个人瘫在地打滚，看来他越是这样，神经越是疼痛。

沿着手上摇晃的手电光，我发现汤三的身上却是一滴血也未曾看见。我们三个后退着身子，以防他身上有什么突发情况伤到我们。

刚才汤三从小翠花手上抢过的三颗闪光宝石，此时随着汤三痛苦的挣扎，滚落了下来，而他却变得和那尸货一样，肚皮鼓鼓地胀了起来，片刻之间肿胀得就像一面鼓，弹指可破。杜思琪蹙着眉双手紧紧抠住我的手臂，一刻也不敢松手，唐子雨也吓得张大着嘴巴，竟然不知道如何闭合。

“耀祖，这汤三到底怎么回事？莫不真是中了那尸货的地仙葬?”唐子雨吞了一口口水这才回过神来问道，额头上早已经是冷汗直冒了。

说话间，汤三突然坐起来，双手紧紧抱住暴胀的肚皮，两只眼睛斜看着我们笑着，藏着一丝邪恶，一丝诡异，然后他低着头抚摸起长满灰刺的肚皮，一脸的茫然，看他那样子没有丝毫痛苦。他抬头看着我们，嘴一张一合，隐约可以听到气若游丝的声音，我竖起耳朵聆听，可是墓坑中爆燃的声音瞬间盖住了他的声音。我只能根据他的口形判断出他说的每一个字：“三……龙……堆……祭……祀……台!”

汤三说完这些然后用手拔起肚皮上的尖刺，由于尖刺与肚皮相连，肚皮被生生撕裂，看上去就好像被拔了毛的公鸡，片刻间汤三肚子上只剩下了一层血红的肉包裹着肋骨和内脏，竟然看见内脏器官在里面蠕动。看得我们几人毛骨悚然，若不是亲眼看见，我们这辈子也不会相信这是真实的。

汤三用手按住肚子，脸上再次出现笑容。然后突然拣起地上的那把毛瑟手枪，指着自己的头颅，看来他是不想承受这痛苦，想快点了结自己，可是比画了半天却是没扣动扳机，不知是他害怕，还是他没了力气。我几次想上前帮他完成这一枪，让他死得痛快些可是又怕他肚皮里冒出什么怪物缠着我。

手枪最终还是从他手中滑落，就在这一刻，汤三的肚皮出现了新的情况，只见在肚脐眼上出现一个十字裂缝，从裂缝处冒出一个又一个灰黑色的头来，越来越多，并且越来越快，好像他肚子就是个仓库，里面有数不尽的刺猬。

“耀祖，他肯定是作孽太多才遭到这鬼东西的吞噬。”唐子雨晃了晃脑袋。还没有等唐子雨说完，汤三再次发出一声凄惨的吼声，然后用手伸进肚皮上的裂缝用力扒开，裂缝处开始滚出许多一团团刺猬来，并且很快爬满了汤三全身，把汤三包裹得密密麻麻的，直看得我们浑身打颤，若不是我们相互依靠，杜思琪定会瘫在地上。

这些小刺猬拳头般大小，和一般老鼠的个头差不多大，在这些刺猬的吞噬下，顷刻间，汤三只剩下一具白乎乎的骨架，连刚才还露着笑容的脸也只剩下一张一合的骷髅头。

“走！”我感觉到我的心已经到了嗓子眼，此时如果不逃，这些邪恶的刺猬一定会在片刻间吞噬了我们。杜思琪已经没有丝毫力气了，整个人依靠着我坐在了地上，任凭我怎样拉她，都没有任何反应。我急忙呼叫唐子雨过来帮忙，唐子雨脸色煞白地跑了过来和我架起杜思琪往远处逃跑。那些吞噬完汤三尸体的刺猬此时果然调转过头来，一齐对准我们三个奋起直追，并且分散开呈包围之势合围我们。

“耀祖，这可怎么办？我们拖住这小妮子这样跑，迟早要和汤三一样被刺猬吞噬了身子，得想个法子解决了这些魔鬼……”还没跑几步，唐子雨就已经气喘吁吁了。

“废话少说，你拉着杜思琪先走，我来断后，咱们在杜家老宅会合，快快！”我照着唐子雨屁股猛力踹了一脚，然后转身抡起管插与疯狂的刺猬对峙起来，唐子雨扛着杜思琪，脚步变得快速了起来，手脚并用一会儿就离我数十米之远。

“耀祖，若是有什么不测，你在奈何桥上等等唐爷，给唐爷留点汤，别全喝光了……”唐子雨恋恋不舍地扯着嗓门叫道，我知道他这是舍不得我，我又何尝不是。

说话间，有几只刺猬已经冲上来了，我把管插挥舞得密不透风，我能感觉到管插的尖头碰触到刺猬的身体，想必那几只刺猬早已去西天报到了。可是我发现我的手臂挥舞了一会儿感觉到麻木了，而刺猬数量却是没有见少。我心想这下彻底完蛋了，不觉间额头早已是大汗淋漓了，手也慢了下来。

“砰——”手上的管插脱手而出，一下子落在了不远处的古铜镜上，发出一丝刺耳的响声，古铜镜受到了管插的碰撞，蹦了一下向我这边滚了过来，然后在我脚边斜着滚了几个圈儿，一下子停在了我脚面上，铜镜的正面斜对着上面。

不知何时，天空刚才消失的那一轮血月又出现了，幽冷的光芒射向古铜镜，并折射出一束刺眼的红色光芒来，那些蜂拥而上的刺猬突然停住，鸦雀无声地看着古铜镜，然后四处逃窜了起来。

我长长地嘘了口气，心里直呼喊如来佛祖观音菩萨。待刺猬悉数散尽，我满怀疑虑捡起古铜镜仔细端详起来，除了上面的九颗宝石，没有什么特别之处，我再次仰头看了看天空，却发现那轮血月又没了踪影。

这也太怪异了，难道古铜镜存在某种力量能够驱散这些邪恶的刺猬，抑或是铜镜本身就是镇邪之物。不管它了，先收好铜镜，等这件事结束了，再研究研究，或者等回到西安交给罗老歪看看，兴许能弄出个名堂来。我小心翼翼地再次回到了墓坑边，除了汤三尸骨外，倒是没有发现什么情况。

当我准备回杜家老宅与唐子雨会合时，我却感觉到脚掌被什么东西硌了一下，抬眼看去，发现竟是那三枚发光的东西，原来是三枚鸽蛋大小的珠子，我险些忘了，汤三、小翠花不就是为这三颗珠子丢了性命的吗？这三颗珠子到底是怎么回事？汤三临死说的那六个字“三龙堆祭祀台”又是什么意思？

我怕唐子雨着急，而且我还担心昏厥过去的杜思琪，没有再多想，收好珠子和铜镜后，趁着夜色往杜家老宅赶去。

刚到杜家老宅，唐子雨正焦急万分搓着手跺着脚，一会儿回到屋里看看杜思琪，一会儿跑到门口张望，看他这焦急的样子，也真够难为他了。

“老唐!”我跨进栅栏呼喊了起来，唐子雨一听连忙奔了出来，看到是我忙叫道：“耀祖！唐爷我没眼花吧？你竟然还活着？”

“当然活着了！你盼着我先去地狱喝汤啊？杜思琪怎么样了？醒过来了没？”我捶了一下唐子雨的肩膀说道。

“哪能呢，你这么久不回来，急死唐爷了，那丫头到现在还没醒，我看了她应该没什么大碍，只是昏了过去。要不是她，唐爷我一定会和你去下面走一遭看看有谁敢收了我们俩。快和我说道说道，你是怎么逃出来的？”唐子雨让开身子指着屋里破席上的杜思琪说道。

我简单地把整个过程说了一遍。然后递给他三枚珠子和古铜镜，径自走向屋里察看起杜思琪。

当我蹲下身子准备抱起杜思琪时，我突然看到她的嘴正一张一合地说着梦话，声音很细，根本听不清楚说的什么。我根据她说话的嘴形，判断出她所说的梦话竟然和汤三临死时所说的六个字一模一样，“三……三龙堆……祭……祭祀台!”

没错，杜思琪所说的正是这六个字，三龙堆，祭祀台。这到底是什么地方？为什么杜思琪会在梦中说出这六个字来？

“谁？”正思绪间，院子里突然传来唐子雨急促叫嚷的声音，看样子似乎有人闯进杜家老宅，我怕他中了埋伏连忙放下杜思琪，追了出去。

“子雨，怎么回事？”

“好像看到有个人在那鬼鬼祟祟的，一晃就不见了。”唐子雨抬起头指着院子的侧面说道，我用手电光照了过去，却是什么也没瞧见。我捡了个石块扔过去，依然没有任何动静。

“可能是夜猫子，别自己吓自己了，进屋生个火暖和暖和。”我拍着唐子雨的肩膀说道。可等我们进入屋里时，我们却惊住了，因为杜思琪不见了，刚才还躺在席子上说梦话的杜思琪不见了，这怎么……怎么可能？

“咦！杜家妹子哪里去了？你小子刚才不会……不会对人家做了什么吧？”唐子雨看着我结巴地说道。

“去！有多远给我滚多远，你把我耀祖想成什么样的人了？我能对她做什么？”我推搡了一下唐子雨吼道。然后急呼呼地在屋里寻找了起来，可我们把屋里翻个遍也没瞧见杜思琪人影，我确定她是被人掳走了，就在刚才我出去的那一会儿，刚才在院子里唐子雨看到的人使的调虎离山之计，我和唐子雨着了他的道儿了。

“耀祖，你……你真……真没对她做什么?”唐子雨还是一副不相信的神情，瞪着眼睛盯着我的脸上看。

“我哪有这份心思寻乐，定是被刚才你在院子里见到的人掳去了，还不快帮忙找找，再在这里叽叽歪歪的，当心我扇你!”我吼叫道，唐子雨见我不像说慌，也显得急躁了起来。

“竟然使烂招。可我们怎么寻找？六合村我们不熟悉啊？而且由于我们的到来，村子里家家紧闭大门，看到我们就像是看到了鬼魂一样避闪。”唐子雨咬牙切齿道。

# 第十一章　思琪失踪

是谁掳去了杜思琪？他们是出于什么目的？是金狼令牌？还是我手上的珠子或者是古铜镜？可这些东西后面有什么更大的秘密等着我去揭开？我想来想去，想不出个什么，这一切太玄了，从整个事件发生状况来看，杜辰当年应该不仅仅是为了给墓主拾骨这么简单，白翠花也不仅仅是给汤三驱邪这么简单，也许他们是为了同一个目的。而且此时我有一个更为大胆的设想，杜思琪或许也不仅仅是为了寻找杜辰的死因，而是有和白翠花、杜辰同样的目的。照这样的猜想，我父亲失踪之谜会不会也是……？我越想越乱了。

"喂！耀祖，你在想什么呢？别是中了邪吧？"唐子雨见我许久没动静，双手在我面前摇晃道。

"行了，行了，咱们仔仔细细搜索下破屋有没有什么不对，我总感觉这里阴风阵阵的，好像有冤鬼来索魂一样。"我下意识用双手抱了抱双肩。

"啊……救我！"我突然听到一声呼救声，隐隐约约像是杜思琪的，可等我静下心来去听却又什么声音也没有了，也许我思想过于紧张产生了幻觉。我摇晃了几下头脑，尽量使自己清醒，可是越摇，头脑越是昏沉，而且眼前接二连三地出现一些人的身影，汤三、小翠花、驼背老者、罗老歪、程九爷、杜思琪……

此时我感觉有一种无形的力量正在压抑着我，让我无法喘过气来，又好像这屋里的地下有无数只手正在拽着我的身子往下拖，我的眼皮往下沉得甚是厉害，"咚！"我感觉我的身子瘫倒在地上。

"怎么了？耀祖！耀祖！"我的耳边传来唐子雨的疾呼声。

我醒来时已经是第二天的傍晚时分了，这是唐子雨告诉我的，当然我也出去看了一下外面的云彩，我确定那不是朝霞而是晚霞，傍晚时分没错，我确实昏迷有些时候了。

“吓死唐爷了，还以为你小子就这样嗝屁撒手归西了呢。”唐子雨扶着我的身子一惊一乍地说道。

“可能是这几天精神太过于紧张了，没事！暂时还能喘气，只是劳累过度了。”我笑了笑说道，此时顿觉肚中翻滚，甚是饥饿。

“你倒好，想睡就睡，搞得我神经兮兮的，差点儿没去阎王爷那里为你讨个理，看来唐爷我白浪费感情了。”唐子雨一听又开始满嘴扯皮了。

“好了，先整些吃的！都快饿得前胸贴后背了。”我掏出烟卷递给他，然后自个儿点上，长长地吐了一口烟圈儿，唐子雨掏出些牛肉干来充饥。

“耀祖，你……你不会忘记杜思琪了吧？这丫头都失踪十来个时辰了，你一直昏迷，所以我也脱不开身去寻找。但是我发现杜家老宅有些……有些……”唐子雨环顾四周，然后脸色神神秘秘地说道。

“怎么了？快说……”我起了个身嚼着牛肉干说道。

“你昏迷后，我内急去院子里撒尿，突然发现这土坯屋竟然是坐南朝北，而且我发现这破院子的门前竟然还有个臭水沟。”唐子雨看了看外面说道。

“坐南朝北？”我连忙跑出屋去，可发现并不是如唐子雨所说的坐南朝北格局，分明是坐北朝南格局啊。又在鬼嘘鬼嘘了，还是少闲扯了，得赶快寻找杜思琪这丫头，要是晚了真担心黄花菜都凉了。

“我的唐大爷，你不会哪根神经搭错了吧？怎么连个方向都弄不准。这房子分明是坐北朝南，哪里是你所说的坐南朝北？而且门口根本就没有你说的那条什么臭水沟啊？得了，我们休息片刻寻找杜思琪吧。你昨晚在院子里发现的那人长啥模样？”我摇了摇头瞄了一眼唐子雨道。

“你才搭错神经呢，我的意思是说现在是坐北朝南，到了晚上这破屋却变成了坐南朝北，邪乎着呢，你瞧这屋后面是不是有条臭水沟？到了这夜里臭水沟就跑到屋前去了。”唐子雨有点着急，看他这样子倒不像是撒谎。

早在原始社会，中国人就开始懂得按照坐北朝南的方向修建村落房屋，迄今为止所发现的绝大多数房屋都是大门朝南。到了商朝，测量方向是选择环境的先行步骤，汉代政治家晁昏提出在选择城址时，应当“相其阴阳之和，尝其水泉之味，审其土地之宜，正阡陌之界”。北为阴，南为阳，山北水南为阴，山东水北为阳。

修屋之所以要坐北朝南，不仅是为了采光，还为了避北风。中国的地势决定了气候为季节性，冬天有西北的寒流，夏天有南方的凉风，一年四季风向变换不定。在中国的古文献甲骨卜辞《史记·律记》就有测风的记载，我记得我曾经看过一本《阴阳尸经》，当中曾简明扼要地记录山水术表示方位有数种，分别以五行、以八卦、以历法等。这也就是说这房屋坐北朝南是对自然现象的正确认识，是顺应天道，得山川之灵气，受日月之精华，颐养身体，陶冶情操，地灵人杰。

相反房屋如果是坐南朝北的话，在风水上来说是大忌，这样的格局根本就不是人住的地方，而是护阴养尸之地，按照唐子雨刚才所说，白天是按照坐北朝南，黑夜变成了坐南朝北，加上杜思琪无缘无故地在这屋里失踪，更加说明这房屋有古怪，让人浑身极不自在，那我们现在的处境岂不是很危险？难怪之前一夜到这里的时候就觉得这里透着一股阴森森的气息。

不行！得想办法逃出这屋，可杜思琪怎么办？她是被人劫持了，还是被杀害了？我越想越感觉到这事情的严重性，要想救杜思琪，我们决不能坐以待毙。可现在我们该从什么地方下手？

“耀祖，你倒是说话啊，莫不是被吓傻了吧？别像个闷蛋一样吓唐爷啊。”唐子雨推了我一把说道，显然他是被我刚才愣着的表情吓着了，可眼下如何跟他说清楚？总不能直截了当地和他说这屋是护阴养尸地，如果唐子雨听了还不撒着脚丫子就跑。

“等到了夜晚时分再说，今夜我们必须找到杜思琪。”我晃过神来应付了一声。

“那行。”唐子雨环顾了四周，然后点了点头。此时离夜黑的时间还早，我索性掏出那三枚珠子和古铜镜端详了起来，这珠子到底是怎么东西，为什么小翠花和汤三都对这东西十分重视，若不是这三枚珠子，他们也不会丧命。

天渐渐黑了下来，我数次跑出去观察，都没有发现唐子雨所说的方位变化，坐北朝南一直没变，我干脆摆好罗盘，只要一发生变化，罗盘一定会有动静。唐子雨有意无意地摁着手电筒按钮，手电光一亮一灭的，让人更加心烦，只是我却不知道该如何说他，他可能是心里感觉到害怕才用肢体上的某些动作掩饰。

我举起其中一枚珠子，靠近眼睛，然后对着唐子雨照过来的手电光看了过去，却突然发现黄乎乎的珠子变得通体透亮，而且发现珠子中心竟然有一条细长的东西在蜿蜒游动，看上去竟然像是一条龙，可等我再仔细看去的时候，唐子雨却摁灭了手电。

“老唐，快摁亮手电……”我叫道，未等他反应过来，我早已抢过了手电摁亮，可是珠子里又变成黄乎乎的一团，根本没了刚才我看见的景象，我揉了揉眼重新看了一遍，依然是一样。

“耀祖怎么了？发现宝藏了还是找到杜思琪了？”唐子雨凑过来满脸疑惑问道。

“瞧你个德行，不是手抽筋就是脑袋被驴踢了。”我瞟了他一眼。正说话间却见摆在地上的罗盘指针快速转了起来，看到这情形我立马收起了手中的珠子，我知道这屋古怪来了，危险来了。磁针晃动了几下然后固定在了一个方位，我发现磁针竟是罗盘奇针八法中的“投”。所谓的奇针八法是指磁针配上八卦、阴阳、五行后对气场的感言，按照罗盘天池内的异常动作，来推断气场的形态变化，这些在那本阴阳尸经上有详细记载。

这八法分别为搪、兑、沉、转、投、逆、侧、正。

搪针是指针摇摆不定，不归中线；兑针是针头上突浮针；沉针既是针头下沉；转针是指针转个不停；逆针是针归中线不顺或针头斜飞；侧针是磁针静止不动，不归中线；正针是指针不偏不斜；投针是指针半浮半沉或上浮不达顶下沉不达底，这地下定有伏尸或坟墓，此时这罗盘的磁针为投，难道这屋子的下面真有什么伏尸坟墓？

“变了，变了，耀祖快来看，这屋子的方位变成坐南朝北了。”唐子雨看了一下外面突然惊奇地叫道。我将手电光照去，果然如唐子雨所说，屋后面的那条臭水沟不知何故出现在屋前，而且抬头观看北斗星，竟然正对着屋的正门，我连忙将罗盘重新归位，可是磁针却是来回浮沉，而且速度比较快。

这怎么可能？纵观整个华夏历史还没有人能够改变地理方位，能改变的除非只有那些旁门左道，而且是在人的思维错觉上改变，并不是真正能够改变。我心想，这能够使我们产生错觉的人莫非就藏匿在破屋中？他是什么目的？想着想着，头竟然有点晕晕的，好像有人在给我催眠一样。

我连忙伸手从挎包内掏出一把香灰，在唐子雨的眼部和我的眼部抹了几下，我眨了眨眼，刚才的头晕症状随即消失，而且等我再看向外面时，发现刚才还在屋前那条水沟现在归位到屋的后方了。

“这到底是怎么回事儿？搞得老子晕头转向的。”唐子雨也醒悟过来，确实是有人在暗中作法。我谨慎打量着四周，感觉角落边的灶头十分古怪，阵阵阴风正是从灶膛口发出。我没敢贸然前去，而是屏住呼吸，然后招呼唐子雨从旁边包抄过去，并示意他不要轻举妄动，唐子雨心领神会提着管插慢慢靠近灶头。

靠近灶头后，才发现灶头果然另有玄机，轻轻挪开灶底，里面露出一只能够容纳一个成年人身体的洞口，仔细看去竟然发现还有一条石梯延往下方，不知下面是什么情况，我当然没敢贸然张望，怕里面会发生什么情况，想来杜思琪从这屋里突然消失，终于有了一个完整的答案。

唐子雨张着嘴压低了声音轻轻说起话来，意思是否要下去探个究竟。我点了点头，然后摁灭手电，找了一块石子扔了下去，见没什么动静后，又找了一块大点的石子扔下去，依然没有动静，我这才小心翼翼地摁亮手电顺着那石梯下去，每走一步，心就收缩一下，生怕里面会蹦出个什么东西来。

待我们到了地下，我的心才稍微放松了些，却见这下面竟然只是一个通道，至于通向哪里就不知道了，通道的墙壁是用大理石人为垒成的，唐子雨低声问我要不要继续？我指指前面然后慢慢往前面摸索过去，通道也不知道有多长，差不多走了两炷香的时间，我们这才到了尽头，而且尽头竟然也是一条和我们刚才下来一模一样的石梯，就连石阶的个数也完全相同，如果不是一直在通道中走，我一定以为这就是我们下来的地方。

“耀祖，我们会不会又遇到棺材板子挡路了？”唐子雨尖着嗓子问道，他这一问倒让我有点不自信了，我怔了怔，“管他鬼打墙还是神打墙，出去瞧瞧就知道了。”

我硬着头皮走上台阶，唐子雨捋了一下脸上的灰尘赶紧跟上来，待确定上面没有什么动静时，我这才用双手轻轻推开台阶上头的灶底，然后小心翼翼地跨出来，唐子雨抓着我爬上来。

“这里……这里怎么还是杜家老宅，难道我们根本没有离开这破屋?”唐子雨首先说道，其实我一上来就发现这样的情况，我在想我们在下面的通道里是一直向前走的，根本没有岔口，我们怎么又回到了起点？我用手电四下照照，愣在原地，因为从地上凌乱的物什来看，那是我们随手乱扔的生活垃圾，这确实是杜家老宅无疑。唐子雨看着我，一脸的迷茫不知所措。

“这也太邪乎了？遛了这么大的圈子，到底是谁在耍我们?”唐子雨挥起手中的管插就乱捅乱砸了起来。

“嘣——”可就在唐子雨砸向侧面的那一道墙时，管插突然猛力地弹出来，像是砸到什么硬东西上去了。唐子雨看了我一眼，然后提起手上的管插继续朝墙体砸了过去，嘣！嘣！听上去这墙坚硬无比，铜墙铁壁，唐子雨朝我摊摊手，晃晃头，这下没招了。我诧异地伸手在墙上摸索了起来，不时地在墙体上敲着，希望能找到突破口。

“耀祖，咱们还是快离开这破屋吧，再耗在这里，我看我们得下地狱了。”唐子雨甩着膀子嘀咕道，同时抬起脚就向破屋外跑去，可是就在他走近门口的时候，突然“嘭”地一声，整个人被弹了回来，好像有一面无形的墙挡在他前面。

“这是什么妖法?”唐子雨感到甚是惊讶，一时间嘴竟然合不上去。我也是大惊失色，连忙也跑了过去，想弄清楚到底是怎么回事，可是等我走近门口时，却是无论如何也冲不出去，越是用力想朝前走，越是无从着力，好像面前的空气形成了一层软绵绵的棉花，迈出去的脚随即又被弹了回来，我试探了几次，根本走不过去，霎时间我不禁心里发怵了起来。

我们这到底怎么了？碰到什么巫术了？难道是失传的祝由巫术？还是什么幻术？还是鬼遮眼？虽说我从没亲眼见过这些巫术，但是听罗老歪说过，一直以为他是乱吹嘘的，所以一直不相信。祝者咒也，诅咒就是说最不好听的话，发出的信息也最不好，可以干扰一个人的场，场受到干扰，大脑就易于失控，丧失分辨能力，按照施术者的意念做事。所以说祝由术的威力是相当大的，是最神秘的。照此情形来看，我们眼下遇到的这怪事和罗老歪所说的祝由术差不多。

“老唐，咱们一定是被祝由巫术困住了，我们得镇定住，千万别自己吓着自己了。”我拍了拍唐子雨的肩膀说道。

“啥……啥祝由巫术，是不是和跳大神差不多?”唐子雨抬头说道，眼睛里露出一丝怪异的目光，看上去令人浑身极不自在。

“行了，行了！我看你这𡳞样倒像是跳大神了，咱们还是赶快看看这屋子里还有什么古怪的地方吧，别到时死了都不知道怎么去的。”我用手电朝屋里四处照了照。

唐子雨点点头，提着管插，一步三回头地看着门口，极不情愿地挪动着脚步。这巴掌大的破屋，除了刚才那座孤零零的灶台和旁边的橱柜，其余没什么。要说有那就是屋犄角口的破缸了，破缸看上去陈旧不堪，缸外头还用水泥补了几道疤痕，而橱柜更是破烂不堪，用手电照去，隐约还能看到摆放在里面的坛坛罐罐。

“这屋就这么大，老子撒泡尿的时间也能围着屋四周转它十几个圈儿，我看也不要再在这瞎折腾，要不我们还从灶膛折回去看看。”唐子雨围着灶台说道。

我摇了摇头，一下子否决了唐子雨的提议。他这提议太过于危险了，刚才我们能从通道里出来可能是侥幸，谁也说不准若是我们再次通过通道会发生什么事。我慢慢靠近了灶台边上的橱柜，想把里面的那些坛子看个究竟，看看里面有些什么东西，是否对我们有用。

唐子雨也明白我的意图，早就大步上前抱起一只坛子，摇了摇，里面传来一阵闷闷的响声，感觉好像是那种泥封的女儿红，他迫不及待地扯开坛子上的封口，果然一股酒味扑鼻而来，唐子雨不管三七二十一的就把鼻子凑近坛口使劲儿嗅着，就差用舌头去品尝了。唐子雨收起那馋相，把手伸进了坛里乱搅了起来，我刚想呵斥他停止，可他的手从坛子里已经拔出来，而且唐子雨就像中了邪一样，愣在橱柜门口一动不动，他的脸皮一下子扭在一起。“啪!”唐子雨手上的坛子一下子摔在了地上，坛子里的东西撒了一地。

我一看不对劲，一边喊着老唐，一边将手电光朝地上照了过去，只见一具人骨凌乱地撒在地上，隐约间还可以看到串连在骨头间的红线。看样子这尸骨是被拾骨拣金的，至于为什么放在橱柜上还被泡了酒就不得而知了?

“啊！尸……尸虫……”紧接着唐子雨猛力甩掉手上握住的骨头，吓得嘴里尖叫起来。同时手舞足蹈，用脚不停地去踩地上的尸骨，而且握起管插毫不客气地砸向那尸骨。

借着手电光看去，只见唐子雨脚边的液体间瞬间爬满了一种白白胖胖的蛆虫，尤其那些折断的骨头孔洞中还在不断爬出这种蛆虫，看得人头皮发麻，说不出的恶心。

“呕——”唐子雨突然狂呕起来，然后一只手使劲儿地卡住喉咙口，另一只手伸进嘴里使劲地抠，那样子像要把他这辈子吃进去的东西全都吐出来。他一直弯着腰紧闭着双眼，一直不敢去睁眼看自己吐的东西，生怕那东西里爬出那些令人作呕的蛆虫来。

“太恶心了，谁把这破玩意儿放在这地方？杜家以前不会整这些东西吃吧?”唐子雨用袖子擦着嘴，腰渐渐直起来说道。

“老唐！活该！不吃次亏你就不会长记性，这些邪门儿东西能经得起你这样瞎折腾吗？是否还记得杜思琪说过，当年杜辰给骸骨拣金拾骨，瞧那骨头间的红线，再看坛子外面的福字，这不就是装盛骸骨的黄金斗瓮吗?”我用手电光照了照那一堆碎片和骸骨。

“你个浑蛋！怎么不早说？差点老子就张嘴大喝了，才闻了几下就已经害得唐爷我翻江倒海的了。”唐子雨掏出火柴来，欲将焚烧这些东西，火光将他的脸衬托得惨白惨白的，只是他那双眼睛我看来看去觉得有些古怪。

“得了！你就别怪天怪地了，你咋就没怪你这破嘴，再说你也没喝着这玩意儿，应该不会有事的，如果真有事，这些尸虫早就把你的肚皮吞噬穿了，你还能完好无缺站在这里和我唠叨着?”我连忙吹灭他手上的火柴。

“咦！尸虫怎么都不见了?”唐子雨突然指着地上的瓦瓮碎片诧异地尖

叫起来。我也连忙看过去，确实如此。整件事太不可思议了，尸虫的失踪就和杜思琪的失踪情形一样，神出鬼没得让人头皮发紧。

“太邪门儿了，这屋里的东西都透着一股邪恶，好像都不按常理来。”唐子雨挠挠后脑勺说道。

“如果按常理来，我们还会像没头的苍蝇窝在破屋里乱晃悠？也不知道杜思琪这丫头怎么样了？”我摇着头，心里越来越为杜思琪担心起来，算算从昨晚到现在也十几个时辰了，她在哪里？会怎么样？

“咱们自己都泥菩萨过河自身难保了，还管那么多干嘛？再说若不是她，我们哪会来这破地方？说不定她早已躲到哪里享受了呢。而且她家老屋这么诡异，说不定就是她在搞鬼。”唐子雨越说越愤恨。

“行了，为这点破事心里不舒服，你还是个男人吗？就现在的形势，恐怕我们能逃出这座破屋都是个难题。既然我们俩蹚了这趟浑水，就既来之则安之，眼下还是快点找到出路，揪出背后的主谋。”我拍了拍唐子雨的肩膀。

“要是咱们真挖出背后捣鬼的主谋，唐爷我不把他捅死算他命大。可我们现在是进退两难，骑虎难下啊，你瞧着这屋，除了能互转方向，在门口还拦了一道无形的墙，眼下可怎么办？”唐子雨歪着脑袋，冲着我呱啦起来，内心的恐惧与害怕一点也没减弱。

我没有回答他，也不知道怎么回答，只是不停地转着头重新打量着土坯屋，却发现在屋梁上一个犄角里出现两只眼睛，两只发着绿光的眼睛，人脸山猫！我心中陡然咯噔了一下，这邪恶的东西怎么会跑到上面去的？它不是被汤三的毛瑟枪打伤腿了吗？手电光乱扫过那双眼睛，只见它龇着牙，俯着身子，嘴里突然发出喵喵的声音，看样子似乎要朝我们扑过来活吞我们。

我连忙拉住唐子雨往旁边闪，山猫准确无误地扑在刚才我们站着的地方，我站稳身子。人脸山猫全身毛倒竖着，两眼瞪得铜铃般大小死死地盯着我们，一声惊呼，唐子雨双手紧握住管插，只等那怪物再扑过来时，以死殊搏。

“这怪物怎么阴魂不散地跟着咱们？我都快被这人不人猫不猫的东西逼

疯了。”唐子雨依然不忘他那张嘴。

“咋了？你莫不是被这怪物缠得尿裤子了？这要传出去说是我们俩栽在了猫爪下，我看咱们这两张老脸都得夹在裤裆里走路了。”我握着管插暗自使力，丝毫不敢马虎，我一边和唐子雨胡扯，一边暗自思量起来，这猫什么时候来的？是不是也被人困在这儿了？还是和那暗处的人是一伙儿的？

猫低伏在地上，两只眼睛不停地在我和唐子雨身上来回，看样子它确实是和我们耗上了，空气中弥漫起一种不明的味道，连呼吸也感到压抑起来。我朝唐子雨晃晃头，示意他移动到后面和我从正面对人猫形成夹攻。山猫似乎明白我们两人的意图，嘴里时不时地发出阵阵低吼声，却不敢顶住风险奔过来，好像在顾忌着什么。

“耀祖，这畜生腿伤着呢，估计正在想法子逃跑呢。”唐子雨冷不防地叫道。

唐子雨顾不得与我配合不配合了，瞅准空子，抡起管插朝山猫的伤腿刺了过去，那畜生似乎看穿了唐子雨的心思一下子掉过头来，恶狠狠地朝唐子雨扑过去。唐子雨一下子扔出手中的管插，管插的尖头向人猫张开的嘴里插去，而唐子雨的身子乘势巧妙地躲向旁边，那畜生的身子收不住一下子落下来，嘴不停地张合着，双腿挠着管插柄，无奈管插柄却是光滑无比，那人猫毫无办法，只能看着管插当头的管孔里涓涓不停地流淌着自己的血。

不消片刻人脸山猫慢慢闭上眼睛，头歪倒在一边，四肢开始乱蹬，血液淌得满地都是，唐子雨朝手上吐吐口水，两手相互搓了几下向它走去，并且伸手去拔那根管插，可谁知管插像生了根一样，唐子雨一只腿蹬着猫脸，撅起屁股用力拔了起来。

“噗——”还未等唐子雨用力，人脸山猫突然蜷缩起四肢，然后猛力朝唐子雨的腿上狠狠抓过去。

“老唐，快闪开。”我一看情况不对，急忙抓住唐子雨的后衣襟猛力一拉，同时快速后退，那猫在地上打了几个滚，然后一动不动了，估计刚才只是临死的挣扎。我拉着唐子雨的身体，一下子撞在旁边的碗橱上，橱柜的木头可能是经过数年的风化，已经腐朽了，哪里经得住我们两人的相撞，橱柜向一旁歪倒下去，里面的坛子轰然落地，坛子里的骨头凌乱散了一地，和着人脸山猫流淌的血渲染了整个堂屋，一股怪怪的臭味扑鼻而来，令人直想呕吐。

“耀祖，这怪东西怎么这么厉害，还给老子诈死，要不是咱们躲得快，我看我此时早就过奈何桥了。”唐子雨擦了一把猫血说道。

# 第十二章　密室棺材

“你还好意思说，你那两个招子连这畜生突然攻击也没看出来。”我乘机奚落他一番。同时踮起脚来向墙根处的那几根朽木踩去，以躲避地上四处流淌的液体。

“这……这不是一时大意了吗？谁知道这畜生劲儿这么大，专等唐爷我中套子啊，瞧我不将它大卸八块。”唐子雨被我这么一激，挥手就跑过去，我怕那畜生再有个什么，连忙拉住他，谁知他抬起胳膊甩了一下，我一下子站不住向旁边退了几步方才站稳。

我后背突然一阵阵发凉，感觉一股阴森森的寒气直扑脊梁骨。我转过身来，发现刚才橱柜的后面竟然有个黑洞，外面的风正朝里面直灌，难怪我的后背直发阴寒。

“老唐……唐子雨，这里……”我把手电光朝唐子雨晃了晃，此时唐子雨已经从人脸山猫嘴里拔出管插，正在敲打它的脑袋，听我这么一呼叫，立即转过来。

“哈哈……原来是别有洞天啊，看来咱哥俩不直捣黄龙是不可能了，想不到这破屋竟有这么个玄机，从外面看就一坍塌了的土坯屋。走，说不定这里面可能藏着他们掳来的宝贝，不乘机捞他一把，唐爷我这心里还真不能平静下来。”唐子雨面色泛光跑过来叫嚷道。

“得得……别又见钱眼开，老是想着什么宝贝啊，冥器啊。”我狠狠瞅了他一眼。

说话间，我手上的手电光突然暗了一下，似乎快没电了，唐子雨连忙拿下那灶老爷祭台前的油灯点亮。然后两人就像鬼魂一样向里探了探，发现洞口的里面是一个圆形的空间，空间不算太大，有二十几个平方，一只棺材安放在洞穴的中央。

"真要命，咱们怎么就这么背，怎么又是一口棺材……"说话间唐子雨双腿跨进墙体上洞口，嘴里叫道，我紧跟在后面，同时警戒着后面有没有异常的情况。

"这棺材里别又是个什么千年尸货。"我轻声随口嘀咕起来。

"管他是千年尸货还是万年尸货，干脆咱们放一把火烧了它，一了百了，省掉一切麻烦。"唐子雨回过头来看了我一眼，语气倒是十分坚定，我没有理他，而是步步惊心地向那棺材慢慢靠近。

这屋打扮得十分简陋，只是这棺材显得十分光亮鲜艳，棺材外面刷了一层红色油漆，那红十分耀眼，就像是流动的血一样令人浑身打战。棺椁上一只华丽的金色凤凰，从幽暗中飞来，真切地落入了我们的眼中，我和唐子雨不由得呼吸急促了起来，我和唐子雨保持着一个呆滞的姿势好久没动，直屏住呼吸，生怕我们的呼吸声打扰了这屋的寂静。

许久唐子雨才动了一下身，手中的那油灯灯芯顺势摇晃了几下，唐子雨连忙用手挡住灯芯防止熄灭。我直直腰，这才发现这棺盖上也彩绘着数只腾飞的金色凤凰，这些腾飞的金色凤凰中心有一部分留白，留白的部分是一个球状的，我托住唐子雨手上的油灯靠近了一些，发现那留白的部分中间散布着数条或浅或细的金色线条，看上去竟是那么地熟悉。

"符号！又是那个符号。"我的双手不禁颤动了起来，这符号又一次出现了，而且是在一只凤棺上出现。记得第一次是那驼背老者在城墙处留下的，当时就觉得古怪，因为这符号的一部分和令牌上所出现的符号十分一致。我掏出当时从令牌上拓印的那张纸来，确实如此。

"耀祖，你看……看，这里还有'品'字。"唐子雨蹲了下来，将灯光靠近了棺材的当头。只见那里显然雕刻着一个"品"字的符号，细想这符号已经是数次出现了。两个谜团一样的符号数次出现，让我们完全迷失了方向，觉得这件事太扑朔迷离了，整座棺材透着一种古气，更透着一股邪气，让我们忐忑不安。

唐子雨也看出不妥，小声地问我："这些个破符号到底是啥意思？咱们好像掉进这些符号里走不出去了，咱们还要不要打开这棺材了？"我茫然地揉了揉眼，一脑子的空白。

我最终还是摇摇头，我觉得不打开是最好的，免得里面跳出个什么粽子尸货，咱们已经经受不起折腾了，还是少惹为妙，眼下最重要的任务是找到杜思琪，离开这里。

我打着手势示意唐子雨往回走，我们不能再在此待下去了，否则越陷越深越走越远。"嘣——"可是就在我们刚走到洞口时，突然整个空间内发出一个沉重的声音，这声音着实让我们吓了一跳，那刚跨出去的脚连忙收了回来。

"嘣嘣……"那可怕的声音再次响起，似乎在召唤我们。我也终于听出了这声音是从那凤棺里发出的，似乎有什么东西在使劲地敲着棺材壁。

"耀祖……咱们……咱们……"唐子雨结巴起来，一时不知他要说什么了。

"咱们走吧！别被自己的好奇心圈进去。"我拍拍他的肩膀示意道。

"可……可我怎么听到杜思琪那丫头在叫唤?"唐子雨回过头，慢慢挪动起脚步说道。

"杜……杜思琪？哪里？你一定是听错了。"我也回过头来，侧耳细听着，依然没有唐子雨所说的杜思琪叫唤声，我猜想一定是他听错了，或者是那使祝由术的人，使了什么幻觉让唐子雨中招。

"不对，越听越像杜思琪那小妮子的声音，你之前还教导我说，做人不能这么自私，莫要让别人笑话我们。"唐子雨止住脚步，转身向屋里跑过去，那样子好像是中邪一样。

"老唐……快回来……"我在后面连连叫道，可是他对我的话好像当作耳边风，径自向那透着邪气的彩绘棺走去，我怕唐子雨吃亏中了什么招儿，也只好跟过去。

唐子雨走近彩棺将耳朵贴近了棺材侧壁，可是那声音却消失得无影无踪。我继续劝着唐子雨赶快离开这里，别蛮干中了别人的阴招儿。而他只是瞟了我一眼，将油灯放到我手上，然后抡起管插换上铁锹头沿着那棺材盖与棺材身的那缝隙插进去，用尽力气撬了起来。我一见这架势看来也劝不回这蛮牛了，眼下这情形也没有别的办法了，死就死了，权当唐子雨是对的，这棺材里真要是藏着杜思琪，那这件事更加扑朔迷离了。行不行，姑且孤注一掷，听天由命。

我在西南角上挂上鬼铃铛，手握天官印，然后把油灯放在一个空地处，等我做好这些，唐子雨手上的铁锹已经把棺盖撬出一条缝隙来了，他眼睛直勾勾地看着棺材内，手上的动作一刻也没停止。我连忙也腾出手来，抡上管插伸进那缝隙中，然后两人配合奋力地撬着棺盖，我故意没有全力去撬留了一份力，提防着棺材内会不会蹦出个什么怪物来。

唐子雨看着已经撬开的棺材，嘴里直哈着粗气，我双手握紧管插，直视着棺材，然后点头示意唐子雨最后一刻猛掀棺盖，唐子雨深吸一口气，然后紧紧裤带，抡圆胳膊，闷哼一声，双手猛推棺盖，“啪”的一声，棺盖嗤嗤的摩擦棺口发出一声刺耳的嗡鸣声，同时唐子雨按照我的吩咐猫着腰向我这边跑过来，以免棺材中出现情况。

此时我能感觉到整个空间内的空气浑浊，连喘气呼吸也有点疼痛起来，像是刚吃了一瓣大蒜头一样辛辣逼人。

“难道是我感觉错了？”等了许久，唐子雨站起来一手拿着油灯一手握着管插锹头向棺材口探了探开腔疑虑道。我硬是白了他一眼，算是回应他，心里是又好气又好笑，刚想让他安静等等再说，就隐隐感觉那棺材中发出一阵簌簌响声，我和唐子雨连忙又弯下身子。

“噗——”突然一只雪白的手扒在棺口，我和唐子雨看得心惊胆战，只觉得每根头发都竖了起来，后背湿漉漉的全是冷汗。我们紧张得在那里等了好久，那只手扒在棺材口半天也没动静。

“耀祖，你在这里守住……我去瞧瞧……要真是个尸货，唐爷我一管插放了他的血，散了他的阴气，毁了他的臭皮囊。”唐子雨用肩头顶顶我的手臂道，我点头同意，示意他从棺材的侧面过去。

“噗——”然而就在他才跨出一小步，另一只雪白的手突然从棺材内伸出扒住了棺口，一个头从里面冒了出来。说时迟那时快，唐子雨再也管不住他那双打战的腿了，急呼呼地转过身来，撒开脚丫子往后退，那身子差点就歪倒在地上。我连忙伸手扶住，他这才稳住身子。我和唐子雨直愣愣地看着那棺材口，嘴巴一直那么张着。

“这……这尸货演的哪一出戏啊，吓得老子这个心啊，都快蹦出来了。”

唐子雨看着露出棺材的半个头一脸迷茫地说道。我见灯没熄，铃没响，这尸货应该不算是什么凶尸恶煞。

我把油灯又往前举了举，试图看清冒出的头颅和那双手，却是什么也看不清楚。只看见那颗被枯草般的头发遮盖住的脑袋，沿着灯光，发出一种黄色的光芒。

我指指棺材，依然示意他从左侧面上去，我从右侧面上去，两人千万不能从正面，这要是真是个尸货粽子，绝对让我们横着下地狱。此时唐子雨紧紧贴着我的后背，迟迟不肯过去。我见如此，把灯交给他，俩人一起朝那棺材走去，这样也好有个照应，只有几米远的距离，我们感觉是走了几个小时，好不容易靠近棺材了，那只头突然又缩进了棺材里，而且那双雪白的手也落进棺材中，同时传来一阵阵碰撞的声音。

不好，那尸货不会要跳了出来吧，我抡起管插就向棺材砸了过去。而一旁的唐子雨吓得把手中油灯扔进了棺材里。

“耀祖，唐子雨，救我……”当我手上的管插落下去的时候，我发现那缩回去的尸货竟然蜷缩在棺材的一角，而且举起一个什么东西挡了一下，并且嘴里发出一阵疾呼的叫声。唐子雨落下棺材的油灯点燃了棺材中的一些衣物。

我一听那叫声却是如此熟悉，心里一惊，这尸货不是别人，是杜思琪无疑，我赶忙脱下衣服来扑着棺材里着起的火苗。“老唐，快……快拉她出来，她是杜思琪。”我用脚踢了唐子雨的腿，唐子雨也从刚才的恐惧中清醒过来，来不及细想，伸手就去拉杜思琪两只手。此时火苗越来越大，根本不是我能控制的，我干脆扔下衣服，一把抓起杜思琪的头发就往外揪。

我和唐子雨费了九牛二虎之力才将她拖了出来，此时整个彩绘棺木全部着起了火，空气中发出一声接一声的噼里啪啦声，顿觉呼吸有点困难。顾不得多想两人架起杜思琪就往外奔，借着棺材上的火光我们三人这才跌跌撞撞跑到了破屋里。

可是我们仍然觉得空气稀薄，那种窒息的感觉依然没有褪去。我心想，这怎么回事？门和窗都出不去，难道这破屋是个封闭的空间，还是……

“耀祖，咱们还是快下了灶膛看看，甭管什么鬼打墙神打墙了，活命要紧啊，咳咳……”唐子雨扯着嗓门剧烈咳嗽了起来，而杜思琪也猛烈地咳嗽了起来，许是被烟雾呛着了。

唐子雨的这一声提醒了我，我终于知道这破屋的玄机了，之所以这屋里的烟不能消散，因为这破屋并不是我们原先的那土坯屋，这屋是在地底下的，是在杜家老宅的地底下，只不过是和杜家老宅一模一样，难怪我们之前如何也冲不破那道门，那只是一道虚幻的门，这是某人使了祝由巫术在作祟，抑或许是因为神经太过紧张而产生的幻觉。

看来灶膛是我们唯一的出路，我来不及和唐子雨说清楚，连忙让他下去在前面开路，我架起杜思琪紧跟其后，三人大气直喘下了灶膛下的台阶，向通道那头直奔，直恨爹妈少生了我们两条腿。

“呼……呼……”唐子雨翻身出了灶膛，帮我把杜思琪拉出后，后背依靠着灶台慢慢蹲了下来，嘴里直喘着粗气就怕一下子背了过去就再也呼吸不过来。

“搞这么个迷圈圈儿，咱们差点就这么栽了，还好如来佛祖眷顾我们，舍不得让老子下地狱去折腾。”半晌唐子雨才缓过气来叨咕着。

我拉着杜思琪靠着灶台壁，心里不能平静，我不得不佩服造这房屋的人，竟然有如此玄机，可按照风水来看这破屋并不处于上佳的风水位置，我心力憔悴地摇了摇头，现在只有问问杜思琪这小妮子才能知道怎么回事。

“我说思琪妹子，你不是好好地在这堂屋躺着的吗？怎么一下子就到了下面？而且离奇地出现在棺材里，要不是我耳朵尖，听到你在那彩绘棺材里弄出声响，这会儿可能就已经在阎王爷那儿报到了。”唐子雨转过脸来问道，眼里和我一样充满了狐疑。杜思琪没有回答我们，眼神里充满了一种说不出的眸光，好像故意掩藏着我们什么，我想她眼底的掩藏正是我们想知道的。

“这……这一切也许就是上天注定了的，逃也逃不掉的，他们……他们想把我抓过去祭祀。”可能杜思琪执拗不过我和唐子雨的眼神，开始断断续续地说了起来。

# 第十三章　圣女祭祀

“他……他们？他们是谁？祭祀又是怎么回事？”唐子雨听出了话中有话，立即问道。杜思琪吞了吞口水，像是口干了，本来没有血色的脸庞更加惨白惨白的，似乎还没从刚才的情形中回过神来，我给她递过水囊，她有气无力地接过水囊打开随意地喝了几口。

“他们……他们是月氏王庭的守卫者。”杜思琪长长地嘘了口气。

“啥……啥……月氏王庭的守卫者？什么守卫者？守卫什么？是月氏宝藏？”唐子雨一听立即瞪大了眼睛问道，那样子绝不亚于打了鸡血一样兴奋。

“这……这一切说来话长……”杜思琪摆弄着手中的水囊慢慢说道，从她的话中，我不由猜想起她的身份来，她到底是谁？她嘴中的祭祀又是怎么回事？难道是用活人祭祀？

“月氏是古代的民族之一，早在商代在《逸周书·王会解》中作禺氏，并云当时分布于周朝的正北方。《穆天子传》中作禺知，《山海经·海内东经》作月支。许多西方历史学家认为阿西伊和吐火罗就是大月氏。月氏是一个游牧民族，在匈奴的西边，曾与匈奴多次发生冲突。

“秦代的时候，秦始皇派蒙恬北击匈奴。当时，月氏比匈奴强大。匈奴头曼单于遣太子冒顿至月氏作质子。头曼为了诱使月氏杀死冒顿，以便自己另立小儿子为太子，曾突然袭击月氏。后来冒顿杀父自立为单于。之后匈奴大破东胡以后，冒顿又向西击走月氏。造成了大部分月氏人从今甘肃省西部，进入今新疆维吾尔自治区东部。冒顿单于当时致书汉文帝，告已派右贤王至西方寻找月氏，并予以击破；于是楼兰、乌孙、呼揭及其旁26国均归附匈奴。当时乌孙尚在河西走廊西北部，楼兰在今新疆东部罗布泊至若羌一带，呼揭在阿尔泰山至斋桑泊之间。月氏则更向西撤，大概已抵达准噶尔盆地。冒顿之子老上单于继位，又西击月氏，杀月氏王，以其头为饮酒之器。”杜思琪不急不慢地娓娓道来。

“大妹子，你就挑些重要的说说吧，我这都快急死了。”唐子雨有点急不可待了，我瞪了他一眼，让他有所收敛。

“这故事要从月氏王的头颅被老上单于做为酒器说起，由于匈奴的屡屡攻打，把月氏人驱逐出甘肃，迫使他们向西迁徙，由此产生了发端于亚洲高原的有史记载的第一次各民族大迁徙。这老月氏王一死，加上连连的战乱，留下了许多未解之谜。

“在老月氏王上阵杀敌前，国师大祭司早就预测到这一次月氏王会凶多吉少，老月氏王给自己选好了陵寝，同时交代了自己的身后之事，他只是没想到自己会落得个身首异处。

“在新月氏王带领族人西迁之前，由于匆忙带不走老月氏王的骸骨，可是他们又怕匈奴带领兵马再来挖坟鞭尸取其尸骨做成别的东西，他们选择了一个极其隐蔽的地方秘密下葬了老月氏王那颗没有头颅的尸骸，同时暗中派五位勇士世世代代追杀匈奴，这五位月氏勇士每人都有一面金狼牌，又称五行令，因为它们是按照金木水火土命名的。

“按照国师的吩咐，每一个轮回年所有的族人必须前往圣地祭奠一次老月氏王，由于月氏族人的西迁，这祭奠的任务也不由得落在了这五人身上，只是这国师吩咐的祭奠极其邪恶，他留下的昭示是用圣女的鲜血和圣体来祭奠月氏王的尸骸，他们这样认为月氏王的灵魂就会聚在一起永不消亡，与天地同在。”杜思琪停顿了一下，然后举起水囊咕噜咕噜地喝起来。

“圣……圣女？啥圣女？这国师也太胡扯了吧，人死就死了，人头和尸身都分家了，还要再折腾女人，这不是活活糟蹋吗？”唐子雨掏出烟卷点上。我将目光向杜思琪递了过去，心里也在询问着同样的问题。

“圣女必须阴年阴月阴日阴时生的纯阴之体，而且要是童女，这两条件缺一不可。”杜思琪擦着嘴边上的水迹。

“这是哪门子的主意？太……太缺德了。”唐子雨起身深吸了一口烟狠狠地说道。“那……那大妹子你……你莫非……”唐子雨掐灭手中的烟，然后眼睛盯着杜思琪问道，我也一下子猜到他的问题。

“我就是他们这一个轮回年要寻找的纯阴圣女。所以发生了之前的事，记得当时我就躺在这屋的堂屋里，你们正在院子里，可当我醒来刚想开口叫唤你们的时候却被一个带着黄金面具的人击晕，等我醒来却发现自己竟然躺在了一个封闭的箱子里，我知道他们这是找到我了，他们是要用我去祭奠老月氏王。我在那箱子里胡乱地挣扎着，后来就发现你们正在撬盖子，接下来发生的事你们都知道了。”杜思琪谈到在彩绘棺材中的情形依然面带恐惧，似乎受到的惊吓不浅。

“你是阴年阴月阴日阴时生的？思琪妹子，有我和耀祖在你就放心好了，谁动你一根汗毛，唐爷我的姓名就倒着写。”唐子雨拍拍胸膛信誓旦旦地说道。

“得了，你那姓名也不知倒了好几百趟了，不还是正着写吗？思琪妹子，你看清是谁掳你下了下面的阴屋的？或者你有没有发现什么蛛丝马迹？”我推搡了一下唐子雨，然后向杜思琪问道。

“没……我只看到他腰间有挂着一枚五行令，我趁他们不注意时，偷偷扯下了，你们看就是这一块。”杜思琪举起手，手心露出一枚金狼令牌，和杜思琪、我们身上的那一枚一模一样。

“这五行令有什么用，我们又不想当什么月氏勇士。我们更不是刽子手，拿了这五行令等于废物一个，弄不好反而丢了自己的性命。”唐子雨看也不看就急忙说道。

“传说没有人知道埋葬月氏王尸骸的地方在哪里，就连那五行勇士也不知道圣地的确切位置，只是到了每个轮回年的时候这五行令的后人就会不约而同地聚在一起，然后找到纯阴之体的圣女，去往圣地进行祭祀，然后他们散去，忘记了自己做过什么，就像被人抹掉了某段记忆一样，他们更不会去相互联系。等到下一个轮回年的时候这五人的后代又再次稀里糊涂地聚在一起，做着和上一辈同样的事，寻找圣女去圣地祭祀，这样如此一个轮回一个轮回地重复下去，直到天荒地老……”杜思琪看着屋顶慢慢叙说着，听得我们汗毛直竖。

我觉得这也太不可思议了，但又不由得不佩服这月氏大祭司，他把中国古老的天干五行运用得炉火纯青得心应手，他应该是根据干支纪年法计算，六十年为一甲子，六十年，所有的闰月、节气一类的都将轮回一次，也就是六十年一个轮回。六十年一个打转，不管岁差如何，按照六十花甲算下来，亿万年的宇宙数字，亦不差分毫，这是一个非常伟大的法则。

试看中国的历史，每个朝代换了、皇帝换了、年号换了，可是六十花甲的岁次是固定不变的，必然六十年一转。如果把这个法则予以扩大，用途就多了。古文献早有记载在尧就位的时候，金、木、水、火、土五星联珠，在天上列成一排，有一定的天象，在那时呈现，把这第一个六十年定为上元，名叫上元甲子，第二个六十年为中元甲子，第三个六十年为下元甲子，一共为一百八十年；然后再扩大，第一个一百八十年为上元，第二个一百八十年为中元，第三个一百八十年为下元，像连环套一样，套得整齐严密；再以这种甲子的法则，和《易经》等配合演变，就知道历史、社会、人类的现象，多少年有一个变化，如何变化；再配合中国天文学上，推算到该有什么人物出来，这是我们中国人发现的一个很妙的法则，也可以说是儒家孔孟思想里所说的"天人合一"。

"思琪妹子，这五人的后代不会是被那什么大祭司种了什么巫蛊了？弄得像行尸走肉般。"唐子雨挑了挑油灯灯芯，灯芯爆了一声，火花四溅。

"青蚨蛊。"杜思琪依然没有转过头说道，那声音听得人好刺耳。

"青蚨蛊？什么是青蚨？是不是又是那些乱七八糟稀奇古怪的虫子？"唐子雨皱着眉头问道。

"这青蚨确实是一种虫子，名字叫蚁蜗，又叫青蚨，亦名鱼伯。它的形状似蝉、蝶且稍微大一些，翅膀像蝴蝶那样宽大，颜色美丽，食之味道鲜美。它产卵必须要依附着花草的叶子，大小像蚕蛾的卵。如果把它的卵拿过来，那母青蚨就一定会飞过来，不管离得多远都一样。虽然是偷偷地拿走了它的卵，那母青蚨也一定知道藏卵的地方。

"古文献《搜神记》卷十三曾记载：'南方有虫，名嫩蝎，一名恻蝎，又名青陈形似蝉而稍大，味辛美，可食。生子必依草叶，大如蚕子。取其子，母即飞来，不以远近。虽潜取其子，母必知处。以母血涂钱八十一文，以子血涂钱八十一文，每市物，或先用母钱，或先用子钱，皆复飞归，轮转无已。'

"再后来有《淮南子·万毕术》记录有'青蚨还钱'，所以世人称钱为青蚨，把传说中飞来的青蚨钱，称作神钱。”杜思琪毫不含糊地答道，让我不得不对她刮目相看，更令我疑惑的是她的真实身份，也许她之前在西安时对我们所说的只是掩人耳目罢了。

“世上真有这样的神术？若是唐爷我学会此术，定会吃穿不愁，妻妾成群……”唐子雨的双眼露出贪婪的目光来。

“大祭司将子母蚨炼成了蛊虫，将母蚨的血涂在了月氏王的骸骨上，然后在浇注五行令牌时将子蚨的一半血浇溶进金水，另一半血作为引子全部下在了那五人的精血里，让五行令与五人的世世代代永不分离，而且这样五行令牌在六十年的轮回日时就会重逢一次，然后带领五行令的主人前往圣地进行轮回年的祭祀。”

“他们这样急着把你捉起来，照此说来今年是一个月氏轮回年？他们要去圣地祭祀月氏王。”我起身伸了一个懒腰，然后双手在脸上胡乱地捋了起来尽量使自己精神点。杜思琪点了点头，算是回答我。

“管他什么轮回年，什么甲子年的，若是真危险我们连夜撤退不就得了，而且我们这次来这里的目的是什么？如果不危险，我们不如就蹚了这趟浑水，找到月氏圣地，掘了坟地拿了宝贝，毁了它，免得下一个轮回年又得用一个圣女祭祀。”唐子雨接过我的话茬说道。

“逃不掉了，看来这是天命，该有此一遭。就像我是他们要找的圣女一样，没有办法逃避的。”杜思琪长叹了一口气，似乎她的心里掩藏了好多的事，只是不想说出来。

大家沉默了好久，唐子雨打了个哈欠道：“那我们现在该怎么办？耀祖，大妹子，你们俩给个话，是继续还是放弃？”

我和杜思琪相互看了一下对方，我弄不清楚她的想法，而且整件事有好多的疑点，现在的杜思琪和之前的杜思琪完全是两个样，我忽然产生一种想法，她会不会另有什么目的？她只是在利用我们俩达到她的目的。我觉得我们有必要继续下去，因为那是一个充满着离奇的世界，一个未知的世界，一个让人欲罢不能的世界。我点了点头算是同意，杜思琪过了好久才点头。

我们三人吃了点零食，等待着天亮，盘算着该如何继续下去，我重新整理了我们手头的线索和物件。并用笔在纸头上记录了下来：

1. 三枚五行令牌，不知道另外两枚在何处。

2. 三颗身份不明的珠子。珠子里出现的怪异现象和整件事有何关联？

3. 汤三临死时所说的那六个字和杜思琪昏厥后所说的那六个字为什么是相同的：三龙堆，祭祀台。这是不是和月氏王的圣地有关系？为什么他们都会说起这六个字，如果有关系，这三龙堆会在什么地方？

4. 杜思琪是月氏族圣女。至于这个是不是真的，我想在以后的日子里会慢慢得到证实。

5. 那驼背老者接二连三给我的提示，一个鬼画符样的图形和一个“品”字形状的符号，这两者之间有什么联系？而且他为什么只给我提示，是不是在暗示什么？再者这那鬼画符的图形是五行令牌上的图形的组合，这说明什么？是月氏宝藏地图，还是通往月氏圣地的地图？

记下这些，我不由得掏出自己身上那枚怪异的令牌来，然后要过杜思琪身上的那两枚来仔细观察着，我希望能进一步找到突破点。翻开挎包找着两节电池来，给手电重新装上，然后将摁亮的手电用腿内侧夹住，接着把三枚令牌依次拿着迎着手电光看去，那令牌上陡然出现稀奇古怪的符号来。我将这些符号仔细地和我从西安城墙脚边记下的那符号比对，并且按照符号的位置排列，发现是缺了当中二和四那两块，集齐了五枚应该是一个完整的符号。

“耀祖，汤三临死前说过什么没有？”杜思琪突然转过头来，两眼看着我。

“有，就说了六个字‘三龙堆，祭祀台’。”我故意把这六个字说得比较响，因为她之前在昏迷时也说过这六个字，或许她应该有些印象。

“三龙堆？祭祀台？”果然杜思琪的神色立马变得严肃起来。“这……这到底是什么意思？它们在哪里？为什么我感觉这地方好像见过，又好像十分陌生？”看她的样子应该不是在伪装，或许当时她真是昏迷，我是听错了。

“这么简单的问题还要拐了这么大的弯道去想，依我看这叫三龙堆的地方一定是月氏族人的圣地，也是祭祀老月氏王的地方。汤三或许去过那破地方罢了。”唐子雨接过话茬说道。这一层我早就想到了，我只是在试探杜思琪，不曾想唐子雨竹筒倒豆子般全倒了出来。

杜思琪皱了皱眉头，眼睛深邃苍茫，“或许是吧，咱们下一步该怎么做？我想已经十分明了，那就是寻找三龙堆，找到圣地，这一切就结束了。”

“这……这谈何容易啊？就只凭汤三的一句废话，咱们就这么肯定？是不是有点太草率了？我们是不是好好打算打算，然后从长计议慢慢寻找三龙堆的位置。”我有点乱了，尽量克制住内心那一份激动。

“不过话说回来，咱们到现在还没弄清楚当年你父亲和曹刿是遇到了什么？而汤三又是怎么变成行尸走肉的？还有你父亲的那一枚五行令牌是从哪里得到的？你家祖传的吗？”我将话题扯到了这方面来，我觉得在我们寻找三龙堆之前有必要弄清杜思琪的身份，免得到头来中了她的套儿。

“对……对，咱们只顾着眼前这些事了，倒把我们来这里的初衷给忘记了。大妹子，躺在那棺材里的那堆白骨，是不是就是曹刿的？我猜想，当年他一定是发现了什么，之后可能是受棺下那尸货的邪气，所以才跌下刚被拾了骨的空棺材内，而那缺了头的尸骸被你父亲安置在黄金斗中后被人脸怪猫夺了去，被安置在地下的那座破屋的橱柜里，至于汤幺儿和陈木匠估计也是中了邪冲撞了什么。”唐子雨接过话茬说道。

“可我父亲身上的伤和满身的鲜血又是怎么回事？”

“一定是那人脸怪猫作怪，我们来这里后不也三番五次遇到那畜生了吗？在坟地的时候，若不是咱们福大命大，现在恐怕就在喝孟婆汤了，哪里还能活生生地在这里，还有刚才在地下屋的时候我和耀祖不是也差点命丧它口吗？”唐子雨吐了口烟圈。

“看来也只有这个理由说得过去，如果真还有别的理由，我看我们还忽略了两个重要的人。”我挪了挪身子，小心翼翼地走到门口，坐在了门槛上观望起周围来。

“谁……谁……”杜思琪和唐子雨几乎同时问道，眼睛里充满了疑惑的神情。

“白翠花！”我裹了裹衣服，不知何时天已经渐渐亮了起来，一阵寒风吹来，浑身凉飕飕的。

“啥？那个老巫婆？这么些年她还活着？我倒想看看她长个什么模样。”

唐子雨几乎跳了起来叫道，杜思琪说的往事历历在目。

“仙姑神婆白翠花?”杜思琪一听我们提到白翠花，脸上的神情立马疑虑了起来。

“怎么啦? 大妹子你不会也相信耀祖的鬼话吧?”唐子雨伸手挠了挠头，脸上闪露出一丝诧异来。

“不是相信不相信的事，或许真是白翠花在作怪，因为我们当时没有人知道白翠花的真面目。”杜思琪在屋子里走动了起来。

“对，大妹子在西安的时候也说过，这白仙姑大神和二神神出鬼没。昨夜在坟地二神出现的时候，我就感觉不对。”被唐子雨这么一瞎打误撞地分析，我的心也立马亮堂了起来，看来我的这一提议是正确的。

“看来咱们得去那白仙姑家拜访一下了，思琪，你是否还记得白仙姑家住在什么地方?”我抬头看向杜思琪，杜思琪停下脚步，双眉紧皱起来，左手的中指不停地敲打着额头。

“好像在……在……在村的东头靠牛鼻子岭那边，具体地方我也记不得了。”杜思琪想了好久说道。

“是不是也是六合村?”

“不是，是在六合村和牛鼻村的搭界处，牛鼻子村是因为牛鼻子岭才这么叫的。我小的时候，父亲从不允许我去那里玩，说那里有脏东西出没，而且都是些冤魂野鬼，在我的印象里，那里只住着白仙姑和二神，我们这边的小孩子从没有去过那里，大人们都不允许去。牛鼻村和六合村在‘S’形的两个大回环中间，牛鼻子岭环绕在牛鼻村和六合村当中，牛鼻子村的东头与六合村的西头相接处是牛鼻子岭的最中间。因为这交接处有两个玄朗如门的峭壁之洞，形如牛鼻子，遥望整个‘S’形的山岭，好像两只水牛在相互斗杀，可真正深入细看，却发现两个牛岭的头正是这牛鼻孔的峭壁之处。”杜思琪说起了牛鼻子岭来，把我们弄得是云里雾里，找不着北了。

“大妹子，咱们就别牛鼻子不牛鼻子，你说说这白仙姑所住之地如何阴邪，如何骇人?”唐子雨耐不住思琪这么说下去了。

# 第十四章　探寻仙宫

“咳咳……至于这牛鼻子洞的阴邪我一时半会儿也说不上来。只记得当年村里的人流传着这样的故事，就是说晚清的时候，随着西域各个地方政权建立，从热西丁政权的建立到帕夏政权建立再到伊犁地区苏丹政权建立；还有阿古柏入侵新疆，几年后阿古柏先后在新疆的喀什、英吉沙、莎车、和田、阿克苏、乌什、库车悬挂出奥斯曼土耳其帝国国旗并发行货币；当年左宗棠被任命为钦差大臣，督办新疆军务。左宗棠坐镇甘肃酒泉，收复新疆战役打响，经过1年多的征伐，左宗棠收复了除伊犁地区外的新疆全部领土，阿古柏离奇的死亡失踪，传说这牛鼻子岭就是阿古柏死亡的地方，村里有人看到阿古柏的头和身体被分了家，而且分别悬挂在两个牛鼻孔处，样子极为恐怖。当然也有人传说阿古柏服毒自杀，还有人传说阿古柏被葬在了喀什。

“至于这个故事是不是真的就不知道了，但那里闹鬼却是真的，两村的人夜里从不敢从牛鼻洞通过，就连大白天的也要结伴而行。记得牛鼻子村当年有个瘸子喝醉了酒，夜里从牛鼻子村回六合村，经过牛鼻子洞那里后，就再也没有回来，第二天人们发现他的头和身体分了家，分别悬挂在两个牛鼻子洞口中间，样子极其邪门。后来，不管白天还是黑夜，再也没有人从牛鼻洞经过，两村的人若是要走动，都必须绕过‘S’形的山尾。

“这个传说被传得沸沸扬扬，突然有一天从村外来了两个侏儒一老一少，此二人正是白翠花仙姑和二神，她们远离住在紧靠在牛鼻子洞的东面，也就是在六合村的西面，而且人们发现她们竟然会跳大神驱鬼，所以她们就一直被人们追捧为神婆，哪家有了什么不对劲的事儿，就去找她们俩人跳大神驱鬼。”杜思琪停顿了下来，然后又陷入了沉思。

“大……大妹子，那地方真有这么邪恶？那……那她们两个怎么会不怕？会不会就是她们俩个在那地方作祟捣鬼?”唐子雨听完结巴起来。

“思琪，我想问问当年村里有没有人口失踪，或者更加离奇的事?”我突然想到这个问题，如果真要是神婆搞鬼定有什么蹊跷之事，两村的人也不会太平。

“人口失踪?”杜思琪惊讶地问道，“有……又好像没有。”

“大妹子……你好好想想，到底是有还是没有？保不准都是被这两个变态的巫婆给残害了。”唐子雨也明白了过来。

“有，之前不是说过汤幺儿和陈木匠失踪吗？之前好像隔三差五地有好几家的男人突然失踪，甚至于全家失踪，大家以为他们都去京城闯天下了，大家都认为很正常，因为当年日子过得苦，温饱哪里能够解决啊，所以村里人常常外出闯天下。”

“这就对了，肯定是她们两个暗地里搞鬼。走！咱们这就去牛鼻子洞捣了她的老窝，唐爷我不把她活剐了悬挂在牛鼻子洞，就算她命大。”唐子雨不禁骂起来。

“得得，就你这尿样，少扯犊子，别反被人家活剐了。咱们还是先到村里摸清情况再说。”我瞅了他一眼说道，唐子雨看着我憨憨地笑了起来。

“刘哥，唐哥，你们记不记得咱们进村的时候村里十室九空，只有几个人在村里走动，而且都是上了年纪的，当时我还以为村里的人都出去闯荡了呢。”杜思琪站在门口，向村西东头看去，脸上一阵紧张。

“嗯，当时我也这么认为。我看这天也亮了，折腾一夜也累了，咱们先歇会儿，然后再去村里转悠转悠查探一下，或许能够弄出一些稳当可靠的消息来，这牛鼻子洞，我们夜里再摸过去看看。”我点了点头，然后建议道。

“好，是要出去透透气了，闷在这鬼屋里，都快闷死了，而且这下面还有座阴宅，就差没有粽子了。”唐子雨附和起来，杜思琪也点头同意。

我们三人掏出干粮来胡乱地填了填肚子，我和唐子雨先后眯起眼睡去，杜思琪靠在门槛处眼睛微闭着，估计脑子里还在回忆之前的那些事。我头脑中继续想着那一古怪的符号，却依然弄不出个所以然来，不知不觉间我迷迷糊糊地睡了过去。

不知过了多久，我被唐子雨摇醒，起来一看已经是晌午时分了，连忙起身，看到杜思琪倚靠着门槛那里睡着了，我刚想叫醒，唐子雨却一把按住我的嘴，然后用手指了指她的嘴，我莫名其妙地看了过去，却发现杜思琪嘴里呢喃重复着熟悉的六个字“三龙堆……祭祀台……三龙堆……祭祀台……”

“耀祖，你瞧这妞老嘀咕着什么三龙堆祭祀台，怕不是中邪了吧？还有之前瞧你研究了令牌和珠子老大半天了，你是否发现了什么？有没有算到宝藏藏在哪里？咱们能不能找到？”唐子雨压低了嗓子，嘴凑近我的耳朵边问道。

“瞧你这脸大麻坑多的家伙，眼里除了宝藏就是冥器，晚上进了村东牛鼻洞，两个肉招子给亮堂起来。”我用肩头耸了一下唐子雨，算是回答他。

“放心，唐爷我是黄大仙转世，命硬着呢。倒是这杜家妮子，不谈从西安到这里有多辛苦，光是这几天也够她受的了，这不睡着了还在说着梦话。”唐子雨瞧了瞧杜思琪，然后摇了摇头。我们没有叫醒她，让她继续休息，这两天确实够戗的了，我让唐子雨留下来把风照看杜思琪，然后我乔装一番准备进村里打探一番。

也不知是怎么回事，那天我们进村的时候还看到有人走动的，虽然他们是上了年纪的主儿，但总归是人气儿，可今儿个整个村子死气沉沉的，一个人影也看不到，连推开几户人家，屋里都是空空的，我怕遇到什么可怕的事，直接在村里转了几圈，稍微摸熟地形。

此时天气突然无缘无故地变了下来，我大老远就看见牛鼻子洞连住两头的山岭，迎眼看去犹如两只巨大的血洞。我没有继续前进，因为我担心着杜家老宅的唐子雨和杜思琪。当我回到杜家老宅的时候，杜思琪刚好醒来，相反唐子雨这浑蛋睡得像头猪，我悄悄照他的小腿踢了一脚。

“谁？谁？”唐子雨蹦了起来揉着腿叫了起来，等看清是我后嘟着嘴道：“耀祖，搞啥名堂，扮猪吃老虎啊？我这才合上眼皮呢，你这浑蛋就残忍地弄醒我。是不是发现什么了？”

我把我发现的情况细细和他们说了一遍，大家的心里更加蒙上了一层阴影。心里都在想着同一个问题，村里的人都到哪里去了？被人脸猫啃了，还是被刺猬咬了？三人胡乱地吃了些干粮，有一句没一句地闲扯了些无用的家常，然后乘着阴沉的天气朝牛鼻洞走去。

我们沿着村里的小道走得很慢，一是想再探探村子的情况，二是生怕从我们旁边蹿出个什么人来。我们渐渐靠近东面的牛鼻岭，终于可以看清楚牛鼻岭上的风景，两个洞口紧贴着地面，有三四米高的样子，能够容纳一辆马车通过，穿过这两个牛鼻子洞，洞那边应该就是牛鼻子村了。

也不知是多年没人走动还是怎么的，洞口的地面上凌乱地堆放了些石头，一块上到下数米高的突兀石头将两个洞口隔开，石头缝里零星地长了些野草，风一吹簌簌的，加上风从洞口的呼啸而过，听得人浑身打战。

“这两个洞口怎么看都像鬼门关，难怪这里透着古怪。”唐子雨忽然回头说道，他的话语没有经过丝毫修饰。他这话听得我们心里直犯嘀咕，后背凉飕飕的，尤其杜思琪听他这样一说干脆停下来不前行了。这浑蛋，什么话不好说，非要说这些晦气的话来。

“你别乱扯犊子大嘴巴了，什么鬼门关不鬼门关的，咱们已经到这里了，难不成再折回杜家破屋去挺尸睡觉啊？”我用管插轻轻捅了一下他说道。

“我哪是这个意思？你刘耀祖也太小瞧唐爷我了吧。别说眼前不是鬼门关，就是鬼门关，唐爷也要视死如归地冲在最前头。”唐子雨憋红了脸说道。杜思琪在前面止住脚步看向我们，然后两眼继续瞅着前面的那两个洞。

“思琪姑娘，怎么……怎么停下来了？”唐子雨见状，连忙话锋一转。杜思琪连忙轻轻嘘了一声止住唐子雨的话，然后用手指了指洞口那里。

此时天气完全暗了下来了，整个天空像是一个巨大的黑帐篷，重重地扣在我们头顶上，让人心里感觉到层层压抑。山岭上十分寂静，除了洞口吼吼的风声，偶尔还夹带着几声乌鸦回巢叫声，让人心里更加紧绷绷的。俗话说抬头闻鹊喜，老鸦叫不吉，乍听这几声老鸦的叫声，无疑是给我们几个心里添了几分恐惧。

我仔细听了听周围，没有什么杂音，然后摁亮了手电。光束穿过牛鼻子洞一下子没了踪迹。我连忙照近洞口乱照探起来，整个山岭只有一条碎石小路直通向牛鼻子洞，道路旁探出几棵大树来，枝丫迎风摇晃，让本来显得诡异的小路看上去更加阴气森森，毛骨悚然。

“白翠花的仙宫就在那洞口北面，平常没人看到仙宫是啥样。正常的时候，白仙姑是不露面的，如果谁家犯事儿，都必须要花些钱财雇用村里的劳力，穿上大红的衣服，大红的鞋，八人扛着大红的轿子前来迎接神婆，若是谁家没有这些行当就冒昧前来，那是万万不可的，如果真要弄出寒碜样来请，不光是来请的人走不出牛鼻洞，而且三天内，这主人家必出祸事。但是听村里的几个劳力说，没有人看到过白翠花的仙宫是什么样，因为他们抬了白翠花进村后，关于那一段记忆就没有了，好像被人凭空抽掉了一般。”杜思琪压低嗓门说道。

“大……大妹子，你咋不早说？”唐子雨踮起脚瞪着双眼在那洞口边来回看起来。

“这早说晚说有什么差别啊？别忘了咱们又不是来请她捉鬼请神的，而是来拆了她的仙宫的。”我拍了一下唐子雨的肩膀，唐子雨陡然回过头来看着我，似乎受到了惊吓。

“我说耀祖，这黑灯瞎火，别在人肩膀上乱拍啊，要吓死人的。”唐子雨咧着嘴说道。

“得得，别文绉绉地搞这么多嘘头，招子放亮点紧跟住，咱们这就前往探个究竟。”我一手握住管插，一手举着手电慢慢向牛鼻洞口靠近，同时不停地寻找洞口北面所谓的仙宫，可是照来照去愣是没发现什么情况。

“这要是带了炸药多省事儿，一下子连牛鼻子洞也一并崩塌它，省得在这提心吊胆地瞎折腾。”唐子雨在后面嘟囔了一句，我将手电光干脆直射他脸上，他连忙用双手捂住脸闭住嘴，杜思琪在后面看得捂嘴直笑。

“嗖——”就在这时，突然传来一阵声响，我眼睛的余光似乎看到有什么东西从牛鼻洞的左洞飘过，杜思琪连忙向我这边靠了靠，关键时刻这丫头还是挺信任我的，看来我是走了桃花运。我急速地将手电光照向洞口，可是却发现什么东西也没有，就听见洞旁的树丫乱响。

“谁？”唐子雨壮了壮胆儿捡起脚边的一颗石头扔向了那棵树，发出石头撞击树丫的声音，“呼呼……”“嘎……”惊起了躲在树枝间歇息的乌鸦和其余一些鸟儿，它们在黑暗中乱飞了一阵后，又钻进了松树枝里。唐子雨继续弯腰去捡路边的石头，可等他第二次扔出去的时候，我感觉到他扔出去的东西不对劲儿，那石头好像是人的手骨。

“老唐，住手，你这是扔的啥？怎么会是人手骨？”我大声说道，显然唐子雨还没发现不对，头看向牛鼻洞旁的松树上，手又再一次从路旁拾起东西来，我陡然发现这次他拾起的竟是一个人的手臂骨。

“啊——”杜思琪猛地拽住我，唐子雨也发现了手上的东西不对，手上加劲地甩出那根手臂骨，“这路边怎么会有尸骨？”唐子雨嘴里哆嗦着，手猛力地搓了起来。

我将手电光照向唐子雨捡石头的路边，眼前情景让我们硬是愣住了，我的心仿佛快要从喉咙口蹦出来了，骨头！满眼都是人的骸骨，这些骨头横七竖八地堆在一起，而且他们的头骨正上面都缺了一块，缺口的骨头没有任何规律，从骨头风化情形来看，这些人应该就是近几年被人敲了头骨死去的，如果猜得没错这些骸骨一定是村里的村民了。

“啊——”唐子雨陡然扯起嗓门高声叫起来。声音再次惊起树间的鸟儿和老鸦。杜思琪更是惊恐着，双手死死拽住我的臂膀不肯放手。

“好了，好了，别再鬼叫了。你这样乱吼乱叫是想告诉仙姑神婆，咱们来拆她老窝吗？”我拉了拉唐子雨说道，许久唐子雨才止住吼声。

“看此情形一定是白仙姑和二神敲了他们的头骨吸食了脑髓……看来咱们今儿个是来对了，不弄死这个老棺材瓤子，我就不姓唐。”唐子雨喘着粗气急促地说道。

“你这声杀破狼的鬼叫早就给她警觉了，估摸着我们接下来的危险更加大了，但是可以肯定白翠花一直在装神弄鬼欺骗村民，她们十几年前就蛰伏在六合村了。”我掏出烟卷儿来递给唐子雨一根点燃。

“会不会是六合村有她们想要的东西？所以她们一直藏在这里。”杜思琪终于也透过了气来说道。

“想要的东西？无非就是五行令牌，或者是那三枚诡异的珠子。”我的心豁然开朗，觉得她们只有为这两件神秘的器物而留在这里。

“对，在坟地的时候，二神不就是因为抢那尸货嘴里的三枚珠子而被汤三用枪射死的吗？”唐子雨连续吸了几口烟卷，吐着烟雾慢慢说道。

“咱们赶快仔细地找找看，保不准咱们还有更大的发现，更说不定能够找到有关神秘的三龙堆祭祀台线索。”我扔掉了手中的烟头，用脚猛力地碾了又碾，然后长长嘘了口气，仰脖子猛喝了些水，手电光来回继续在洞的北面寻找起来，我们三人手拉着手，我在前面，唐子雨断后，杜思琪紧跟着我。

本来只要一会儿的路程我们三人足足用了一炷香的时间才到牛鼻子洞，大家的内心一直被那股恐惧压抑着，胸腔内有点透不过气的感觉。牛鼻子洞孤立在两村的中间，加上夜晚，让人看上去就觉得阴森森的感觉，更别说站在洞口处了。

我一只手紧捏着手中的手电，手电光随意地在洞旁边照射着，心里祈祷着能够尽快找到白翠花的地仙宫。经过几番来回扫射，这才发现在离门洞的一百米的样子果然有一间茅草屋，屋子不大，有点像农村夏天看西瓜搭的那种瓜棚，由于距离稍远，加上草屋半掩松林里，我们只能看到大体的轮廓，根本弄不清里面的情况。

这会是白翠花的地仙宫吗？怎么会如此简陋？我的印象里如果真是个什么地仙宫的话，那也得应该是个供奉着地仙塑像的小庙，没有少林寺那么雄伟也要有土地庙那样气派啊，可眼前的这破屋出乎我们的意料，整个破屋乌漆抹黑，整体看上去好像在外面套了一层黑色纱帐，透着一阵阵邪恶之气。

我和唐子雨、思琪交换了一下眼神，然后开始向草屋走去，心咚咚地加速跳动，浑身鸡皮疙瘩也肃然鼓了起来，“耀祖，这破屋看起来越来越不对劲儿，别是那个老棺材瓤子下着套儿等我们去钻，干脆一把火烧了它再说。”唐子雨压低了嗓门儿说道。

“老唐！白天是谁在说风凉话要将白翠花仙姑大卸八块的？怎么一到这儿就打退堂鼓。没事，咱们先靠近它，说不定刚才你之前的那一声鬼号声早就把她吓跑了。”我回头看了思琪和唐子雨一眼，硬是装着若无其事的样子。

唐子雨被我这么一说，不说话了，两只眼盯着前方不动，说话间我们已经靠近破草房了，终于看清楚房子整体模样，这是一座非常破旧的草房，有二十平方的样子，屋子的正门上方悬挂着一块匾，上面写着两个朱红色的字“仙宫”。为了避免惊扰了屋里的人，我大老远就摁灭手电，只是凭着感觉围着草屋转了两圈，屋里没有一丝的亮光，我仔细听了听，也没听出个什么动静来。

正在我们思量要不要推门进屋的时候，突然茅草屋里亮起了一丝微弱的灯光，整个屋顶同时传来扑哧扑哧的声音，我心里大叫不妙，莫不是咱们惊动了屋里的人。

“嘎嘎……”然而还未缓过神来，草屋顶突然传来一阵老鸦的叫声，那声音透着一股凄凉，紧接着铺天盖地飞起无数只乌鸦，乍一看像一张无形的黑纱帐向我们包围过来。我终于明白屋顶之所以这么黑漆漆，是因为栖息了如此之多的乌鸦。

慌乱中我按住杜思琪的头卧倒伏在地上，唐子雨倒好，挥起手中的管插就乱舞起来，只听见乌鸦撞着管插的声音，还有那些乌鸦惨叫的声音。这可怎么办？如果照此下去，未等我们进入仙宫，早就被这些晦气的乌鸦弄得精疲力竭了。我们得想办法，要不离开这里，要不闯进草屋里，可闯进草屋里并不是这样简单，因为茅草屋里面一定还有厉害的角色等着我们。

杜思琪卧倒在我旁边大气也不敢出，两眼呆呆地看着空中乱飞的乌鸦，和我一样是没了主意，看来我们只有等奇迹发生了，奇迹不发生，我们三人只有等死了，或许连死也不能保留个全身，因为凭眼前乌鸦的凶残相，非啄食了我们的皮肉不可。

“耀祖，甭管他里面是人是鬼，我们赶快冲进去避一避，要不然我们真成这些老鸦的美餐了。”唐子雨早已没有力气了，手上的动作明显慢下来，而且我还看到有几只乌鸦已经紧贴着他后背在啄食他的衣服。唐子雨也未等我回答，人早已迫不及待撞向草屋的木门。

“啪！”当门被唐子雨踢开时，悬挂在门上方的牌匾突然掉落下来，要不是唐子雨躲得快，定会砸在唐子雨的脑门子上。我见状，连忙翻身起来拉住杜思琪也往屋里跑，眼下相对于安全的地方也只有茅草屋里。

说来也怪，那些乌鸦见我们进入草屋，不再追了，又再次落在茅草屋的屋顶，连同那一声声嘎嘎的惨叫声也顿时消失了。整个屋里只听见三人有一声没一声的喘气。

“唐爷我差点就命丧这些畜生的嘴下了，这些催命鬼，怎么这么邪门儿？好像一只只被打了鸡血一样的，弄得老子手忙脚乱的。”唐子雨用手扯住后背的衣服，嘴里嘀咕道。

我没有去安慰唐子雨，而是连忙察看起草屋里的情形来，屋里根本没看见什么地仙的塑像或者供台，只看见屋子的当中摆放着一张四方桌子和一张长凳，桌子上一根点着的蜡烛在摇晃着火苗，最令人惊奇的是桌上还有一壶用青花瓷茶具沏好的茶水冒着一股热气。唐子雨顾不上多想一屁股坐在长凳上，捧起那一壶茶就要往嘴里倒，我和杜思琪连忙用手压住。

“猪脑袋！不怕这壶里被别人下了蛊或者什么烂肚肠的毒药。怎么就没见你这大脑壳长个记性？你难道忘了杜家老宅里那只装着尸骨的酒坛吗？”我急忙叫道。

唐子雨一听连忙撒开手，吐吐舌头，然后打量起四周。可这破草屋仅此一桌一凳一蜡烛，外加一壶透着热气的茶水，空荡荡的什么也没有，细想这茶水是谁沏的？蜡烛是谁点燃的？难道茅屋的主人知道我们要进来，故意弄这么一出吓退我们？

“啪！”唐子雨操起手上的管插向茶壶上砸过去。茶壶顿时爆裂开来，细看那壶里哪是沏的茶水，里面淌出的是一摊摊白花花的东西，有点像白嫩嫩的豆腐花，透着一股腥味，看上去有点像是某种动物的脑浆。隐约间还看见三条不同颜色细长的虫子在那白花花的东西里蜿蜒蠕动。

“呕——”杜思琪忍不住呕吐起来，唐子雨一只手也连忙捏住喉咙，最终还是忍住自己的一阵狂泻。我扶起杜思琪拍着她的后背，让她尽量好受些。

## 第十五章　血池伏尸

“耀祖，这里面装的什么鬼东西？幸好老子没喝。”唐子雨还不算太过于木讷，一眼就看出了这三条虫子有诈。

我拔出随身携带的匕首，然后照着三条虫飞快地剁了起来，一股股红色的血液从它们断掉的身子里殷殷淌出来，瞬间将那一摊白花花的东西染得血红。

“老唐，思琪，来不及细说了，咱们还是得赶快出了这屋，晚了怕就走不出去了，此地非咱们久留之地。”我收起匕首在桌子边缘上擦拭了几下警觉地说道。我突然感觉到事情并不是那么简单。

“不就一茅草破屋吗？又不是什么铜墙铁壁，唐爷一只脚就能掀翻这鸟屋。”唐子雨又吹嘘起来，他起身走到茅屋的墙边，抬起脚就朝墙壁踢起来。

“哎哟——”唐子雨一脚下去，愣是没见墙壁有什么散架，倒是看见唐子雨弯腰捧住脚号叫起来，脸皮痛苦地扭在一起。

“唐子雨，怎……怎么了？脚抽筋了还是扎到刺儿了？”杜思琪疑惑地看着唐子雨然后跑了过去细细地问道。唐子雨捧着脚一屁股坐在地上，然后指着草屋的墙壁，“墙壁有诈！”

杜思琪不明就里用手去推墙壁，墙壁却是纹丝不动，“这……这……这草墙怎么会一下子变得如此坚硬？刚才可不是这样的墙啊？”杜思琪尖叫起来。我来不及细想了，或许这屋的古怪还远远不止这些，此时此刻离开这里是我们唯一的选择，也许我们根本就不应该进来，刚才在外面那些乌鸦一定是有人故意安排的。

“快……快离开这屋子。”我抓住唐子雨的衣领往门口扯，然后朝杜思琪大声叫道，杜思琪被眼前的情形吓懵了，看到我一脸的严肃，也过来帮我扯住唐子雨的衣领往门口拖。

“嘣！”随着一声尖锐的响声，破屋门猛地合上，杜思琪连忙上前去拉门，可那门根本就拉不动。看来我们是被困住了，也许等一会儿桌上的青花瓷壶里就盛着我们三人的脑髓。

“这……这……怎么会这样?”唐子雨急得从地上跳了起来，此时也顾不得脚上痛不痛了，抡起管插就朝墙壁乱砸一通，从管插在墙壁上嘣出的声音看，破屋果真是变成铜墙铁壁了。

“得了，我说老唐你还是省省力气吧！等你力气全部用完了，白翠花可能就要先找你开颅取脑髓了。”我拍拍他的肩膀吓唬他。

“咱们怎么就没想到她使阴招，反倒成了瓮中的王八了，先让人喝了咱们的汤，这也太让唐爷死得憋屈了。”唐子雨跺着脚懊悔起来。

正说话间，我突然感觉到整座屋子摇晃了一下，接着感觉好像是在下降，我连忙拉起杜思琪抓住桌子稳住身子，心里七上八下不能平静，看来白翠花要对咱们动手了。可过了好大一会儿，屋子的摇摆戛然而止，胸腔的那颗心差点从喉咙处蹦跶出来。

我们三人扶住桌子全身有种散了架的感觉，正在此时门却轰然而开，迎眼看去门外黑漆漆的，空气中好像还夹带着一丝血腥味，我们屏住呼吸大气也不敢出。唐子雨最终还是耐不住，松开握住桌子的手，想要冲出去，我连忙拉住他，然后摁亮手电照过去，却发现门外哪里是那牛鼻子山，而是另一间屋子。

“这侏儒翠花搞什么东西？整得老子云里雾里的。”唐子雨打破沉寂愤愤地叫道。

我也顾不得去理会他，举着手电慢慢朝那间屋子走去，手心沁出潮湿的汗水，唐子雨和杜思琪两人分别跟了上来。等我跨过门槛，却发现另一个我们更加意想不到的情形。

只见两具赤裸着上身的尸体伏躺在屋子里的角落，而在屋的东南面竟然有一个用石头砌成的水池，粗略估计有两米见方。唐子雨小心翼翼地伸出手中的管插将两具尸体翻过身来，我手中的手电一刻也不敢离开他们的身体，生怕他们发生尸变突然冲过来，大家就真的嗝屁了。

“耀祖，快看！这两个尸货怎么这么面熟？好像咱们在哪里见过?”唐子雨突然叫道，眉宇间显出一种不可思议的神情。

“莫不是你眼花吧，连个死人也能混个面熟……”我和杜思琪连忙走过去，可我的话刚说一半就止住了。因为这两人确实如唐子雨所说，这两人看上去确实面熟，尤其一个人长得和唐子雨一个样，长长的驴脸，另外一个人肥嘟嘟的；而且我还发现这两个人的死法和坟地里驼背老者的死法是一个样，在他们的肚皮上匍匐着一只刺猬，地仙葬！不！这应该是地仙蛊。

“他们不就是程九爷手下的阿彪和胡三吗？”唐子雨再次惊呼道。他说得没错，我终于想起他们来，他们追驼背老者时在古董店里差点打我的那两个家伙。

他们怎么会出现在这里？而且死相太恶毒了。难道程九爷果真和这件事有关？我的心立即生出很多疑问，看来这事越来越扑朔迷离了，程九爷会不会就是操纵整件事的始作俑者，我们在杜家老宅遇到的那些怪事会不会就是他搞的鬼？

“耀祖！你这是怎么了？是不是想到什么了？”杜思琪轻轻地推了我一下，把我从沉思中拉回来。

“没……没啥？我只是觉得这事越来越乱了。”我举起手电在屋子里绕了一圈。

“耀祖，这两个尸货怎么解决？烧了还是……”唐子雨用手中的管插抵着胡三的胸口，拿不定主意，其实我也不知道该怎么处置他们俩。

“不如先看看这池里是些什么东西，这么大的屋就整一个水池，确实太古怪了，莫不是这屋的出口。”杜思琪踮了踮双脚，却不敢靠近石池，石池的高度有半人高，里面黑咕隆咚的，根本看不见有些什么东西。唐子雨跑到刚才的那屋把竖在桌上的那根蜡烛拿过来，这才发现这里屋的四壁中间各有一盏油灯，我接过那根蜡烛挨个点燃。唐子雨又从刚才那屋将那张长凳也搬来，然后人踩上去，探着头看石池里到底有什么东西。

“里面太黑了，连个鬼毛什么也没瞧见。耀祖，把手电拿过来照照看，里面到底是什么？看这胡三和彪子的死相，里面千万别蛰伏着什么怪物？”唐子雨把蜡烛递给我，然后拿眼又瞧了瞧地上的那两具尸体。

“啪！”就在唐子雨接过我手上的手电时，手电一下子掉在了地上。“活了……那两个尸货复活了。”唐子雨从凳子上摔落下来，嘴里道。

“老唐，什么活了死了？我们快被你这㞞样吓死了。”我举着蜡烛转过身去，可那两具尸体依然躺在那里，根本没发现有什么异常的情况。

“刚才……刚才我看见他们的两对眼朝我眨啊眨，嘴边好像还带着笑呢。”唐子雨站稳身体，捡起手电照过去，然后握住管插。然而手电却突然熄灭了，看样子是刚才摔坏了，唐子雨见状连忙死命拍着手电，却是怎么也拍不亮。

“眼睛哪有眨啊？他们不是好好地躺在那里吗？瞧你这样，是不是精神太过于紧张，产生幻觉，自己吓自己罢了。”我摇摇头。唐子雨眼睛盯着胡三和彪子的尸体继续看了数分钟，然后一只手按住太阳穴晃了一下脑袋，看样子他是真的眼花了。

“耀祖，这破手电怎么这么不经摔？这么轻轻地落地就报废了。”唐子雨把手电递过来。

“你们快听，这石池里好像有什么东西在动？”杜思琪突然拉拉我的手臂惊慌道，我连忙示意唐子雨安静，然后侧耳细听。

“噗噗……”那石池里果然传来一阵阵冒泡的声音，隐约间还有流水声，这难道真是什么出口？我连忙搬起长凳靠近石池，然后踩上长凳，身体紧贴着石池边，心提到嗓门眼向里面张望着，唐子雨和杜思琪也壮了壮胆扒在石池口向里瞭望起来。

我看到石池里盛着一大半的黑色液体，而且还有什么东西在里面游动，由于蜡烛光比较暗，所以看不清楚那是个什么东西。唐子雨将手中的管插拉长了一些，然后壮着胆子把管插探进去。

“噗……”突然那东西猛然翻了个身，一个没了皮没了头盖骨的尸体跃出液体面，一把抓住唐子雨手上的管插，唐子雨连忙用力往后拉，而我也吓得差点将蜡烛掉进去，杜思琪立刻转过身弯腰嗷嗷直吐。

那尸体浑身冒着血，双手紧紧揪住唐子雨手上的管插，竟然和唐子雨比起力气拔河，而且他竟然顺着管插慢慢向上爬，看他鲜跳活蹦的样子好像是刚被活剥了皮一样。

“老唐，快松手，别让他顺着管插爬上来。”我连忙拉住唐子雨的衣服叫道。也不知唐子雨有没有听进我说的话，只见他两手一松，管插向那血尸落去，血尸重重落下去，溅起一股较大的血花，鲜艳的血液溅出石池，虽然蜡烛光比较黑暗，但看上去却依然是触目惊心。

“真……够惊险的，没想到这被剥了皮的无头血尸竟然还有这般力气和老子拔河，唐爷我差点就被他拉进去了。”唐子雨脸色苍白，嘴角颤动。

“这应该是邪恶血尸，你若是被拉下去，下一个冒出血面的可能就是你了。”我半带着玩笑打着寒战说道。

“难怪村里的村民都不见了，会不会全被拉进这里炼成了血尸，然后他们的尸骨又被扔到了牛鼻子岭。”杜思琪捂住胸口，若有所思地说道。

“一定是，定是白翠花这老巫婆对乡亲们使了某种巫法。”唐子雨朝那石池吐了口唾沫说道，我壮了壮胆继续将蜡烛靠近石池，准备再探。

石池中没了刚才血尸的踪迹，现在完全换成了另一具尸体，看样子刚才那血尸可能是躲到下面不敢出来了，也有可能躲在某个我们看不见的地方，只等我们一靠近就跳出来拉我们进去。

“咦——”杜思琪疑惑道，“这不是白翠花老巫婆的尸体吗？怎么会躺在血池里？耀祖，子雨，你们快看她脖子上的东西。”

我看清了那具漂在液体上面的尸体，一双眼瞪得滚圆，像一对死鱼眼，而她那短小的身体甚是完好，看样子并没有被剥了皮，仰面浮在血面上。顺着杜思琪指的方向，我发现一枚和我们身上一模一样的五行令，被用一根乌黑的绳子串着，圈在她的脖子上，可能由于尸体的浮力，那东西沉浮不定。至于她是不是白翠花，我也不能判定，因为我们三人也只有杜思琪见过她，不过看这尸体的装束，应该如杜思琪所说无疑了。

由于唐子雨手上的管插刚才随着那具血尸掉进血池，唐子雨急着伸出手欲去捞那五行令，我见状连忙扯住他的手。

“真不知道你是脑袋进水了还是被鬼踢了，刚才沉下去的血尸万一从里面蹦出来，你逃也逃不掉。”我大声训斥他，唐子雨见状两只手相互搓着缩缩身子。

“耀祖，看这情形，白翠花一定是被人杀了扔进血池的。你瞧她那双眼睛瞪得滚圆滚圆的，一定是死不瞑目。”杜思琪扒着血池口歪着头看着血池里的浮尸。

“活该！她前世作了那么多的孽就这么死了，还太便宜她了。唐爷我真想给她来个大卸八块，扔进黄河里喂王八。”唐子雨恨得牙痒痒地愤愤地说道。可是就在唐子雨话完，我突然发现躺在血池里的白翠花眼睛眨了一下，而且嘴角咧了咧，似乎在看着我笑，我的手连忙抖动了数下，然后腾出一只手来揉了揉眼睛，却发现白翠花的尸体根本就没什么变化，那双死鱼眼依然翻在那里看着房顶。

“耀祖，怎么了？”唐子雨见状问道。

“没……没啥，好像看到她那双眼睛眨了眨，可能是我眼花了。”我抬起身子，然后目光转到她的头部，这下看得更加清楚了。

“眼下我们怎么办？是取了五行令还是就这么算了？”

“当然取了，只有聚齐五行令才有转机。”我把蜡烛交给唐子雨，然后取下我身上的管插，拎下扁尖的头，换上一只钩子。然后小心翼翼地举起管插从侧面伸向挂在白翠花脖子上的那块五行令，如此试探了几次，见她没有反应，最后壮大了胆子钩住五行令。

“老唐，你在旁边注意着她，如果她一有什么动静，就给她吹灯拔蜡，一匕首送她上西天。”我交代好唐子雨，生怕白翠花的尸体有个什么怪异举动。

“你就放心好了，我盯着她呢，只要她一睁眼，我就叫她头顶插花。”唐子雨晃了晃手上的匕首说道，而杜思琪也举起手中的管插密切注视着白翠花的尸体。我见没有危险，双臂用力钩住那根黑绳，白翠花的尸体在血水面上荡动了几下。绳子也不知是什么材料的，硬是不见它断开。我干脆转到了她的对面，用管插前的钩子绞了几下，预防那枚五行令万一掉下后沉入血池那就前功尽弃了，我暗自使着劲儿地拉住管插，白翠花的头颅在管插的力道下竟然慢慢离开了血水。

唐子雨见状做出了一个大胆的动作，他让杜思琪用管插顶住白翠花的脸，然后伸出手去，准备用匕首划断那根黑绳。“嘣……”匕首砍着黑绳发出一声沉闷的声音，依然未见那黑绳断开。

“嘿嘿……”我忽然看见白翠花那嘴又再一次咧开，而且嘴里发出一阵阴阴的笑声，我吓得连忙松手，用管插顶住她的脖子，杜思琪手上的管插也猛力戳住了她的脸上，不知是她的力道小，还是白翠花的脸皮厚，那管插竟然没有伤着她的脸皮。由于情况突然，白翠花的头颅猛然落水，溅起了不大不小的血花。

“耀祖，你个浑球，怎么不声不响地就松了，我还以为她复活了呢。”唐子雨后退着身子吼道。

“你没看到她看着我们笑吗？咱们这样不行，危险太大了，万一尸体真的发生尸变，也不知道会发生什么事端。得找个保险的法子取了五行令牌。”我心有余悸地说道，手上却是一刻也不敢松开管插柄。

“她笑了？我怎么没看到？我只看到你突然发神经了，不如我们把她钩出血池，不就行了！总比在这血水里取令牌方便。”唐子雨建议道。唐子雨说得倒是轻巧，但是真若做起来，那就困难了。先不说她会不会复活，光是她这臭皮囊就已经很沉重了，虽然她身材娇小，但她是死了，就会显得无比的沉重，加上我们心理上的作用，那就更加沉重了。

“我把她头颅钩起来，你乘机用绳子套住她的脖子，然后再拉出血池。”我细细交代，然后摸出一根拇指粗的绳子递给唐子雨，让他打个活结做好准备。

杜思琪手上的管插慢慢离开白翠花的脸庞，我手上又再次用力，待她的头颅离出血水面时，唐子雨将活结扔了过去，然后杜思琪用管插小心翼翼地把活结套在白翠花的脖子上。唐子雨然后猛力一拉，活结死死套住白翠花的脖子。

“老唐，小心一点，别扯断她的脖子。”

“不会的，我当心着呢。”唐子雨点点头，然后拉住绳子往后退着身体，我松开那根黑绳，然后和杜思琪用管插配合着唐子雨将白翠花的尸体弄出血池。白翠花的尸体在地面上拖出了一条很深很深的印子，血红血红的，看得人心里直打战。我和杜思琪硬着头皮将管插放置在尸体脖子处，唐子雨才敢轻轻松开紧握住绳索的手。

唐子雨喘着粗气放松了一下情绪，老大一会儿我和唐子雨交换了一下眼神，示意他弯腰去摘取那枚五行令。唐子雨牙一咬，然后也不管危险不危险，伸出手抓住那令牌就扯，可就是不见那串着令牌的黑绳断开。

“嘿嘿……”可还没等唐子雨接下来有什么动作，尸体突然咧着嘴嘿嘿直笑，这下不光是我看到了，唐子雨和杜思琪也都看到了，这说明了我之前看到的并不是眼花，是真实的。

“妈啊……鬼啊……”唐子雨吓得连忙松开手尖叫了起来，起来时还不忘用脚死命地照白翠花脸上踹了几下，谁知白翠花的嘴突然张开，一口咬住了唐子雨的脚尖，并且双手一把抓住我和杜思琪手上的管插，任凭我怎么用力，愣是没伤着她。

“耀祖，快掰开她的嘴，唐爷我的脚趾头就快被咬断了。”唐子雨弓着腰使劲拔那只脚，可能是死尸的牙齿咬住他的脚趾。我见摆脱不了手上的管插，腾出另一只手快速地拔出腰间的匕首，然后忽然松开手上的管插，双手用力合抱着匕首柄，一记泰山压顶朝白翠花的胸口扎去。

“扑哧……”匕首一下子没入白翠花的胸口，我也没想到我会有这么大的力气。白翠花似乎并没有感觉到痛，慢慢松开嘴，然后抡起左手上刚才我留下的管插朝我的头脑甩过来。

“耀祖，快闪开……”杜思琪吓得大声吼叫起来，然后奋力地拉起我，向后躲去，唐子雨一屁股坐在地上，双手捧着脚呱呱直叫。上天保佑，他这次穿的是那种帆布的鞋，白翠花的牙齿并没有穿透帆布，他的脚趾并没有被白翠花的牙齿直接伤到，若是被伤到了，麻烦可就大了。

白翠花一记落空，翻身起来，咧着嘴看着唐子雨。唐子雨吓得一下愣在那里，停止住叫嚷，不知道该如何是好。我和杜思琪在一旁看得真切，更是不知该如何帮得了唐子雨，此时我唯一能做的就是帮唐子雨祈祷了。

“耀祖，快……快取了胡三尸体边上的那把刀救唐子雨，快啊，快啊……”杜思琪反应倒是很快，指着旁边那两具中了地仙蛊的尸体疾呼起来。我也及时反应过来，握住那把砍刀飞快地向白翠花冲过去，待到她前面时，砍刀重重朝她头上砍过去。

“咕噜……”白翠花一下子头身分家，头滚落在我的脚边。与此同时她手上的管插也一下子松开了手，管插朝唐子雨砸去，唐子雨急忙向旁边躲闪，管插还是砸着了他的后背，虽然是力量不大，但也够他受的。可还未等他哼哼，白翠花的尸体重重向唐子雨倒去，这下唐子雨来不及躲闪了。

尸体压在唐子雨的身上，唐子雨吓得连忙翻身跳起来，并且双手扯住白翠花的双手，欲想扯开她。可是白翠花的尸身竟然像一块磁铁死死紧贴着唐子雨的后背，唐子雨差不多把吃奶的力气都使出来了也未见白翠花的尸身有丝毫松动。

“耀祖，思琪，你们在那里干吗？快过来帮唐爷我拉开这尸货啊，快……”唐子雨见弄不开白翠花的尸体，急得直呼我和杜思琪帮忙。我们也从惊愕中醒过来，连忙跑过去，和杜思琪各自抓住白翠花的一只脚奋力地往后拉，奇怪的事发生了，未见白翠花的尸身离开唐子雨的后背一点，好像她的胸已经与唐子雨的后背长成一个整体了。

“嘿嘿……”想不到刚才被我砍下的那颗头，竟然还发出阵阵阴邪笑声，同时那两只怒瞪的眼睛快速地眨了起来，嘴角妩媚地咧开，那神情令人毛骨悚然，让我们思维更加混乱。也就在这时我看到白翠花的尸身发生了极大变化，只见刚才被砍得齐刷刷的脖子口冒出无数个绳索样的头来，细细一看，那些竟然是些怪异的蛇身，倘若再不把白翠花的尸身与唐子雨分开，看来唐子雨今天是难逃此劫。

“耀祖，到底怎么了？动手帮忙啊！”唐子雨大声地急道，额头和身上全是白翠华尸身上的血。

“老唐，等明年的今天，老子给你多烧些纸钱，你就安心地去孟婆那里给老子排个号，给阎王爷疏通疏通关系，帮我谋个职位。”面对眼前的情形，我是束手无策了。

“去你的！不就一具侏儒尸身吗？你也不要这么急着咒唐爷我死啊！”唐子雨背着白翠花的尸身并不知道那尸身发生了什么变化，他转过身来，后背朝着墙壁，然后奋力地朝墙壁撞去。

由于唐子雨这般用力的挤压，反而加速了那些细蛇的涌动。唯一让人诧异的是那些细蛇并没有探出头去乱咬唐子雨的脸庞。而是一条条从白翠花的脖子间爬了出来，然后慢慢蜿蜒在唐子雨的身上，我连忙用刀尖去挑开那些蛇，杜思琪眼疾手快地用管插照那些落地的蛇头戳去，那些蛇急速地躲闪着。

唐子雨经过这般折腾，可能也耗尽力气了，到最后后背只能死死靠在墙壁上了，中间夹着那白翠花的尸身，着实让人不是很痛快。那些细蛇在我和杜思琪的袭击下，也都缩到了尸身里去了。

“这侏儒的尸身怎么会这般邪恶，没了头还死死黏着人不放。”唐子雨弯下腰只剩哈气的份儿了。

“没准她把你当她老汉呢……”我半开着玩笑说道，可话还没说完，杜思琪脸色煞白地突然拉着我的手臂指着唐子雨的背后。只见从白翠花那齐刷刷的脖子间冒出两只手臂一样粗的蛇头来。

令人惊讶的是这两只蛇头竟然是合用一个蛇身，蛇身的一半呈白色，一半呈黑色，白的白得刺眼，黑的黑得邪恶，它探出头来在唐子雨的背后吐着蛇信子，发出嘶嘶的响声来，屋子里死一般的寂静，我根本忘记了该去怎样救唐子雨了。

“老唐……别动……别动……”我猛地回过神来，吓得疾呼，我怕他乱动惹怒了两只蛇不高兴生吞活剥了他。此时唐子雨也感觉到背后不妥，或许他是真感觉到怕了，几次想张嘴问个明白，却又闭上了嘴。

但见那条黑白蛇并没有去绕着唐子雨的脖子，而是慢慢从唐子雨的背后开始绕住唐子雨的腰，我们根本不知道这怪异的畜生要干嘛？难道是勒死唐子雨？不对，应该是双头盘龙蛊，这和倒在地上的胡三、彪子的死法是一个样，我急得几次想用砍刀去挑开盘旋在唐子雨腰间的蛇身，都被它吐出的蛇信子吓得缩回了手，而且蛇嘴里还夹带着一股令人作呕的腥臭味。

“耀祖，别费神了，你和杜丫头赶快想办法逃离这鬼地方，永远也别回来，记得每年这个时候给唐爷我多烧些纸钱和纸人，别让老子在阴间里闷得慌。”唐子雨看着腰间缓缓爬行的黑白蛇说道，有点大义凌然视死如归。

看这黑白双色蛇是要破肚而入了，这是何等的邪恶，现状有点惨不忍睹，唐子雨脸上完全没有了血色。我沉痛地闭上了眼睛，不忍去看这悲惨的一幕。“啪……”一声奇怪的枪响，惊醒了我，我脑中一个激灵，这是啥声音？连忙睁开眼，却发现一直在旁边害怕的杜思琪手上竟然举着一把袖珍手枪对准着那黑白蛇的脑袋，那枪口正冒着一股白烟，而黑白蛇的白蛇头早已被爆得粉碎，血肉模糊，不停地涌出一股腥臭的血液来。而那颗黑色的头颅痛苦地摇曳着头，在唐子雨肚皮间来回伸缩着，停止了向唐子雨肚皮中的钻入。

“噗——”我瞅准目标连忙挥动手中的砍刀瞄准黑色的蛇头砍去，黑色的蛇头滚落在地，血液像一股喷泉一样喷了我一脸，那股腥臭味差点让我把肚中的存货吐得一干二净。

“耀祖，快帮我把这蛇身扯开，它勒得我透不过气来了。”唐子雨费了好大的一会儿才扯起嗓门说道，我顾不得心中的作呕，由于怕伤着唐子雨，我只能用砍刀紧靠着蛇身划拉着，片刻盘旋在唐子雨腰间的那黑白蛇身被我划得皮开肉绽的，看上去那蛇身还在做垂死的挣扎收缩着蛇骨，我奋力割断了蛇身，唐子雨这才缓过气来，然后一屁股坐在了地上双手捧着腰部，但是他没忘顺手扯下白翠花脖子上的那枚金狼令，说也奇怪白翠花的臭皮囊瞬间散了架，连同皮肉组织也尽数腐烂，最后只剩下了一堆白骨堆在一摊满是臭味的黑色污水上。

“老子又从鬼门关晃过了一遭啊，世上怎么会有这种邪恶的蛇？只听说过有双头蛇的，没听过有黑白双头蛇的，老唐我今天算是长见识了。”唐子雨紧贴着墙壁说道。

“这是双头盘龙蛊，和之前坟地上遇到的粽子是一种死法，也和胡三、彪子的死是同一种类型，能够使出这一种邪恶的妖术的，一定非常强大，首先他必须能够控制住蛇和刺猬。”我把我所想到的说了出来。

“这会不会是一种祭祀？坟地的清朝大粽子、白翠花的死尸，包括汤三、我父亲和二神的死都与金狼追杀令有关。我们有了白翠花脖子上的这一枚金狼令也就是一共拥有四枚金狼令，这金狼令的背后到底隐藏着什么秘密？”杜思琪接过话茬说道。

“祭祀？啥祭祀？世上怎么会有这种邪恶的祭祀？而且我看白翠花死不瞑目，像是被人做了手脚推下血池的，碰巧咱们误闯进来碰到了这么晦气的东西，若不是她脖子上的金狼令，咱也不会把她给捞了出来，这金狼令咱也拿了，我们是不是要把她这把老骨头扔进血池里？”唐子雨诧异道。

“这是必须的，而且要快。我看胡三和彪子的尸体也必须得扔进去，如果晚了，我看我们就得和他们一样被蛇啊刺猬啊钻肚皮而入了。”我用手中的管插拨了拨胡三和彪子的尸体。他们的眼睛就在这时突然眨了一下，我吓得连忙用力握住管插顶住胡三的额头，只要他们一动，管插就会插进他的额头。

“耀祖，怎么了?”杜思琪看到我的动作，急忙问道。

“鬼……鬼眨眼，他们两个浑蛋在向我眨眼。”我摇晃了一下脑袋说道，感觉头脑有点昏昏沉沉的。

“甭管他们眨不眨眼，赶快丢他们进血池不就得了。”此时喘过气来的唐子雨诈唬道，然后弯腰就要拉住胡三的双腿，我连忙制止住他。

“老唐，你怎么老不长记性?胡三的尸体要是和白翠华一样跳起来，我们都会吃不了兜着走。”我踢了唐子雨一脚说道。我一直觉得胡三和彪子的尸体有古怪，害怕他们的尸体接触到唐子雨的阳气会诈尸，一不小心很容易把命搭上，就算不会发生诈尸，更怕唐子雨沾上尸体上的蛊毒惹上麻烦。而且唐子雨根本未作任何防护就直接接触他们的尸体，这更加容易中招，在之前坟地时汤三就是一个很好的例子。

我用管插强拆了那张板凳，然后拾起凳腿递给唐子雨，这样既可以让唐子雨得力叉住他们的尸体，更可以隔住阴阳，让他们的尸体近不了唐子雨，最起码能保证唐子雨的安全。我示意唐子雨用凳腿小心贴着胡三的后脑勺，然后弄一根红线绑住胡三的脖子系在凳腿上，以防胡三突然发生尸变时头撩起来吓着了大家。同时我让杜思琪握着枪守在一旁，只要胡三的尸体发生尸变，她就会扣动扳机，让他来个穿心透。

唐子雨做完后冲我点了点头，同时他抬起手中的凳腿，胡三的头跟着离开了地面，我把管插头拎下换上一根弯弯的钩子，然后一下子钩住胡三的腰部，胡三的尸体随即离开了地面，我们试了几次才将他拉到了血池边上。

“大妹子，弄那板凳面帮把手，赶快把他扔进血池早点省心。”唐子雨朝杜思琪说道。杜思琪一听连忙收起手枪，抢起板凳面托住胡三的背部，我们这才感觉轻松了许多。随着一声扑通，胡三的尸体落入了血池，然后又从血池里漂浮了上来。我们接着依样画葫芦将彪子的尸体也扔进了血池，等做完这些时，我们早已累得快虚脱了，三人依靠着血池边喘着粗气。

“咕噜——”可还未等我们恢复过来，血池里突然传来一声奇异的响声，那声音似是骨头关节发出的，同时还传来一阵水响。

“他们两个讨债鬼不会是复活了吧？还好咱们未雨绸缪将他们俩预先扔进血池，要不然他们在这里复活了还得了。”唐子雨转过身探出头向血池里面看去。

“耀祖，快看……”唐子雨瞪着双眼拍了拍我的肩膀道。

“有什么好看的，不就是两个中了地仙蛊的尸体诈尸了，这血池口这么高，应该不会爬上来的。”我依然喘着粗气大声说道，虽嘴上如此说，但是心里却是咯噔了几下。

“不……不是诈尸，是之前和唐爷我拔河的那具没了皮没了头盖骨的血尸。”唐子雨蹙着眉头说道。我和杜思琪一听连忙转过身扒着血池边看去，果真瞧见那具没有皮没有头盖骨的尸体翻到胡三的尸体上，手骨在他身上乱扯着，这胡三、彪子的尸体哪经得住这番折腾，衣服早就被扯得无影无踪了，就连刚才还硬邦邦的肉身此时也是毫无踪迹了。

“白翠花在这屋里弄这么一口血池，竟然是为了养这么一个邪恶的东西，可到头来她自己却被扔进血池里，要不是咱们眼热那枚什么金狼令，老子才不会把她弄出来，更不会差点要了老子的命。”唐子雨猛吞了一口口水说道。

“不知这血尸又是村里的哪一个村民？太残忍太邪恶了！”杜思琪随口跟着说道。

就在这时，只听扑通一声，漂浮在血液表面上的血尸突然站起来，我们三人吓得跳了起来，杜思琪拼着命尖叫，然后死死抓住我的衣袖再也不肯放手。那血尸的脑袋晃了晃，甩下不少的血滴，头颅中隐约可以看见里面的白花花的脑髓，散发出阵阵恶心的味道，可能刚才它漂在血液面上，我们没看见，现在看到，浑身瑟瑟发抖。

血尸转过头来看着我们，一张一合的嘴唇间还残留着胡三、彪子的衣服和人体组织，尤其那空洞的鼻孔里还在呼啦呼啦地使劲吸着流出来的血液，更令人恐怖的是它竟然自行地飘到了血池边，伸出两只血淋淋的手扒住血池墙壁向上爬。我倒抽了一口凉气，胸腔中的那颗心就差没蹦出来。

"这鬼东西不会是要爬出来吧？快……快推他下去。"唐子雨说完一把拿过杜思琪手上的板凳面，然后照着那血尸的头中央砸了过去，板凳角刚好戳进中它的脑髓，血尸停顿了一下，然后一把抓住了唐子雨手中的板凳硬是扯了下去，像一只蜘蛛一样慢慢沿着墙壁爬了上来。

眼看血尸就要爬出血池了，我和杜思琪一时愣在了那里，不知该怎么应付。心想这下完了，想必咱们几条小命要交在这鬼地方了。交就交了，怕是连个全尸也不能保住了。我和唐子雨拉着杜思琪直往后退，杜思琪连手中的那把枪也不知什么时候吓得落地了。

血尸直向我们走来，身上不断地淌着血液，他每跑一步，我们的心就跟着收缩一下，到后来我们连大气也不敢喘上一口了。这刚制伏白翠花那尸体还没缓过气来，现在又摊上这令人心颤的血尸，我想我们不完蛋也得完蛋了。

血尸迈着血步，向唐子雨扑了过去，唐子雨连忙避过跳到旁边。我把杜思琪拉到之前的那一间房里，然后提着那柄装有钩子的管插照着血尸头上的窟窿勾去，钩子一下子钩住了血尸的头颅，勾尖穿过头骨。我用力拉着管插柄，血尸却是再也动弹不得，僵持了半会儿，我感觉我的力气坚持不下去了。而血尸并没有因为钩子钩住了他的头骨而停下，相反好像有一股使不完的劲儿，在向前面拉着。

"唐子雨，快过来帮忙拉住，别让他乱跑了。"我朝吓得浑身颤抖的唐子雨吼道。唐子雨惊醒，绕过血尸来到我身边，一把操住管插柄，然后使着劲儿向旁边拉，许是那血尸吃不住，身体往后退着。

"咔嚓——"钩住血尸头骨的钩子突然从钩子上掉下来，并且顺着我手上的那一份甩力向旁边冲去。把在另一个房间的杜思琪再次看得失声尖叫。

"呼哧呼哧……"我用管插顶着地直呼着气，浑身直冒汗。

"耀祖，估摸着这血尸不散架也完蛋了。"唐子雨蹲在了地上直喘着气说道。

"咕噜……"唐子雨的话音刚落，被甩到墙角的血尸突然发出骨骼关节的声音。它竟然又再次活动了，我和唐子雨惊骇得连气也哈不出了，脚上连逃的力气也没有了，只能眼巴巴地看着血尸一步一步地靠近我们，杜思琪吓得在旁边直呼我们快点逃，可我们哪里有力气。

“哗!”血尸那血淋淋的尸手一下子抓住了唐子雨的脖子，唐子雨一时透不过气来，双手在地上乱挣扎，同时感觉脖子上像是套了只铁箍，越来越紧。

“耀祖……帮老子忙。”唐子雨翻着白眼竭力地呼道。

我陡然惊醒了过来，提起管插就要砸过去，可是又怕这一管插下去反而伤了唐子雨，举在半空中的管插又停顿下来，不知该如何是好。

“枪……”唐子雨的手指着地上叫道。我见状连忙弯腰捡起那把杜思琪掉在地上的手枪，瞄准着血尸的头颅，奋力地扣动扳机。“砰”的一声，子弹从血尸的头颅穿过，可是愣是没瞧见他松下唐子雨。我见一击未成，又再次瞄准他紧掐住唐子雨脖子的左手臂骨又是一枪，这下血尸吃痛了，掐在唐子雨脖子上的力量明显小了，并且左手臂挂了下来一荡一荡的。“砰!”末了我又再朝他的右臂膀来了一枪，这下血尸掐住唐子雨的两只手臂全松开了。

“咳咳……我……我的个娘哎，我……唐爷的肉是不是刷了调料的，喷喷香啊?”唐子雨顺势躲过血尸的反扑，一下子绕到了我后面，双手直在脖子上揉着，嘴里嘟囔起来。

“我的个唐大爷，别在那叽叽歪歪了，快拿起地上的那把砍刀卸了它，晚了就等着它卸了我们吧。”我大声吼叫着。

唐子雨听我吼叫也顾不得脖子上的伤痛，弯腰捡起砍刀直奔血尸，随着一声大吼，砍刀落了下来，同时跟着落下的还有血尸的头颅。啪地一声脆响，头颅在地上滚了起来，在地上留下了一道血痕，嘴还不停地张合着。唐子雨并没有因此而停下手中动作，而是继续挥着砍刀照血尸的头颅连砍数十下，同时嘴里嗷嗷乱叫，血液喷了唐子雨一脸，再看那头颅，哪里还有头的形状，早已变成了无数块碎骨稀巴烂了。

“老唐……行了……行了，瞧你这点出息。”我见状拉住近乎发了疯的唐子雨，以免他精疲力竭。狭小的屋子里，一口血池、一只没了头的血尸、三个还能喘气的大活人、满地的血水，这画面太血腥、太骇人了。

“耀祖，唐子雨，你们没事吧?”杜思琪从隔壁屋里探出头，看到眼前的状况，停住脚步问道。

“没事，唐爷我正过着瘾呢，你瞧这什么血尸不血尸的，还不是被唐爷我砍得稀巴烂。”唐子雨扶着血池壁又开始吹嘘起来。

“你啊！就别吹了，没个正经样。刚才谁在那呼啦呼啦鬼叫的？要不是之前思琪把手枪掉在地上，我看就是再来十个唐子雨也不是那血尸的对手。”我瞅了他一眼，然后起身拿下墙头上的一盏油灯来准备向另一间走去。我是生怕这血池里再冒出个血尸什么的，那咱们就真得嗝屁了。

“咱们还是快想办法出去吧，再在这鬼地方待下去，咱们不变成血尸，也要中什么地仙盘龙蛊了。”唐子雨挥着那把砍刀活动了一下四肢说道。

“咕噜，咕噜……”就在我拿起左边墙壁上的油灯时，突然那个血池里发出一阵阵令人警觉的声音，空间内同时传来股股腥臭的味道，让人浑身起了鸡皮疙瘩。

“啥，啥声音？不会又有血尸从这尸池里爬出来吧？”唐子雨停住动作，然后两眼紧瞪着血池，却是不敢探头去看血池里。我也愣在原地，手上捧着的油灯摇晃着，墙壁上投射出长长的影子，让人感觉是到了阎罗殿。

我捧着油灯欲靠近血池看个究竟，可是当我跨出步子的时候，那声音更加响了。我心里这下更加迷茫了，这是什么原理？

“耀祖，快点把灯点过来看看这血池里啊？怎么像个二百五一样的停顿在那里了？”唐子雨有点不耐烦，他转过身来伸手握住右边墙壁上的油灯，可油灯突然从他手里掉落了，只是那灯没有落在地上，而是一下子撞在了墙上，灯火却没有熄灭，那灯倒吊着一晃一晃的，而我们的身影也随着灯的来回晃动一会儿变大一会儿变小，让人心头不由得一紧一松的。我暗自摸了我手上的油灯，才发现油灯的底座竟然有一根细细的绳子与墙壁相连，刚才我们没有发觉。这不会是什么机关吧？

“咕噜……咕噜……”血池里的声音越来越响，而且那腥臭味越来越大。

“不好！这灯一定是机关，而且是和血池相连的机关。”我暗道，内心一时焦急起来。

# 第十六章 逃出仙宫

“唐子雨、耀祖，怎么回事？你们俩是怎么了？点个灯也这么费劲？”杜思琪没有发觉屋里的情况有变，更没有看到刚才唐子雨拿的那灯异样，只看到我和唐子雨在那里发呆了，她嘟囔着走进来，然后顺势拐弯，伸出手紧握住我们前面墙壁上的油灯。我刚想叫她别动，灯已经握在她手上了，而且接下来和唐子雨所发生的情况一样，灯缩了回去，灯火没灭，依靠着墙壁上下摇晃。

“啊——”杜思琪这才看出异样，吓得尖叫。

“不好！血池里的血水往外溢出来了。”唐子雨突然拍着屁股叫道。

“血水溢出来了？”我抬头看去，这一看让我惊骇住了，只见血池里的血水正漫过血池壁往外不断地溢出，灯光照去，猩红猩红的，此时已经流淌到我们的脚边了。

“怎么会这样？我们再找不到出口出去，就要变成血池里的血尸了。”唐子雨惊叫道。

“怎么会这样？还不是这破灯下连着机关。刚才你们手中的灯坠落，可能是触动血池里的某个机关，所以才会弄成现在这个样子。你们赶紧到前面的一间屋子里，要不然咱们可都得被淹死。”我跺了跺脚说道，同时慢慢放下手中的油灯，尽量不能让它有什么相撞。我心里不停地祈祷着，但愿这血水赶快停住，不要往外溢了。

然而血池里的血水反而变得更加汹涌，沿着灯光看去，血池中央不断地泛着泡泡，好像有什么东西在下面正在大口大口地喘着气。

我顾不了许多了，抬起脚步向另一间房屋走去，血水已经漫过脚脖子，感觉上去那血水竟然还有稍许温度，踩在脚底下粘稠稠的。等我到了那房间里，唐子雨正不停地在墙壁上乱敲，希望能够找到出口出去。而杜思琪不停地抬着脚，嘴里一直恐惧地叫喊着。

血水越来越多，上涨的速度也越来越快，并且很快就漫过我的双腿。看来我们三人今天就只能这么交代了，不在血水里呛死，也得被养在血水里的血尸剥了皮抽了筋食了肉。

我拉过杜思琪，将她托上屋里的那一张唯一的桌子，她踩在桌子上惊恐地望着血水向上蔓延。此时我也不知道该说什么话来安慰大家，面对着死亡的威胁，我沉默着，不是无话可说，而是有太多的话要说，却不知从何说起。

“咕噜，咕噜……”更要命的是连屋里的血水也开始不停地泛起泡泡了，看样子是血尸爬到屋里来了，抑或是有别的东西在血水底下搅动。“啊——”唐子雨的双手不停地拍打着血水表面，然后突然从血水里摸住一只骷髅来，吓得扔向了墙边，那骷髅头骨又再次滚入了血水里。

血水依然没有停止上涨，我和唐子雨也爬上那只桌子，杜思琪似乎也已经精疲力竭了，她用力踩着桌子，突然她表情一下子僵在了那里，不动了。

“大妹子，怎么了？被血尸咬着了还是？”唐子雨也看到了她的不对，连忙问道。杜思琪没有回答，而是目光扫过我们惊恐的脸，然后暗自踩动脚，我用脚在血水里探了探，发觉她踩中的正是那桌子上的烛台位置。更令人咂舌的是，我们发现杜思琪的这一踩，竟然让我们感觉这屋正在摇晃，并且空间内的血水竟然开始下退。

原来这一切玄机都在烛台上，待血水下退到桌面下，我发现并不是血水在下降，而是我们所处的屋子在上升，与有血池的屋子脱离了相连。唐子雨弯着腰喘着气下了桌子，待屋子不再摇晃，他迫不及待地打开门，也不管外面到底是不是原先的地方，急速地冲出去。

我想到那些啄人的老鸦，刚想制止他，可是已经来不及了，也就随他去了。但我突然看到了一张邪恶的头颅吊挂在唐子雨的屁股后面，我费了老大的力气才看清楚那颗头颅竟然是白翠花的头颅，由于当时情况危急，被我砍下来后，也没在意她的头颅滚到哪里，想不到竟被唐子雨阴差阳错地带出来。

“老唐，当心你屁股后头的头颅，白……白翠花的头颅吊在你衣服上跟着出来了。”我急忙大声疾呼道，拉着杜思琪跟了出去。发觉此时已经是清晨，我们在尸屋里竟然待了十几个时辰，山间弥漫着雾气，东方正泛着鱼肚白，细细打量起整间屋子，令人奇怪的是不见了昨晚那些啄人的老鸦。

唐子雨听我叫唤心中一阵紧张，人冲到外面还没站稳，连忙转过头去看个究竟，看到白翠花那张脸掉在他屁股后头时，整个人激动起来，一时却不知道该如何扯了它。

“耀祖，快帮我砸了她……”唐子雨的一阵叫声把我惊醒。我连忙提上手中的管插钩，钩住白翠花的头颅，然后猛力一扯，白翠花的头颅掉下来，唐子雨见状提起右脚愤怒地踢去。

“啪……”头颅在唐子雨奋力的一脚下，飞快地向前滚去，然后撞在前方牛鼻子洞口的石头上，传来一声极其轻微的哎哟声，听这声音似乎是从白翠花的头颅发出来的，我的心咯噔一下，心想这怎么可能？头离开人身已经几个时辰了，那头不光能发出声音来，还能咬住唐子雨的衣服跟着逃出来，这一切也太扯淡了吧。

我们三人也顾不得这么多了，生怕血水会从屋里冒出来，连忙相互搀扶着逃也似的下了山岭直奔六合村而去，待到了杜家老宅门口，三人干脆躺在地上直喘气了，此时若是谁看到我们三个，准是吓得魂也没了，因为我们浑身都是血，不明就里的人，还以为我们三个从十八层地狱回来的呢。

“咱们三个差点就这么不明不白地去西天报到了。原来这一切都是白翠花老侏儒在作怪。”待大家的呼吸都平稳了，唐子雨愤愤地说道。

“可是她怎么会被人扔进了血池里，而且竟然中了双仙盘龙蛊？还有胡三和彪子，这俩人怎么也会出现在白翠华的仙宫里？不对，仙宫里一定还有别人去过。”我肯定了我的想法。

“还能有谁？一定是那个什么程九爷，他一定也是发现了白翠花有这么一枚金狼令，于是动了歪心思，可谁知派来的两个饭桶却中了白翠花的地仙蛊，兴许这老棺材瓤子也早已掉进血池变成了血尸也不一定呢。”唐子雨坐起来，然后擦了一把脸。由于我们的行李大部分都放在杜家老宅里，杜思琪起身进屋子换衣服去了。我也起身打着哈欠，心中不得不盘算起来。

“可我总觉得哪里不对，既然程九爷发现了白翠花的那一枚金狼令，可为什么没有亲自来拿走，而是依然挂在白翠花的脖子上？要不是我们觉得白翠花可疑，可能白翠花这枚金狼令就沉入血池底下不见天日了。”我侧着头，满脸的狐疑，对于这其中的原因我还是想不通道不明。

“咱们还要不要继续查下去了？倘若不行咱们就打道回府，继续捣鼓咱们的古玩店，甭管什么金狼令、三龙堆了，如果咱们继续查下去，我想我们都不知道怎么死的，或许整件事就是别人安排好的局，人家下着套子等着咱们去钻呢。”唐子雨清清嗓子然后转头看向屋子里说道。

“咱们还有退路吗？咱们总得对杜思琪有个交代啊？之前答应得好好的要继续查下去，现在遇到困难就打退堂鼓，这和三岁两岁的小孩有什么区别。到时回到西安可别把罗老歪的歪嘴笑得更加歪了。”我拿出我身上所有的金狼令，然后仔细地打量起来，希望能够寻找出什么线索来。

“得了！别和我说这些大道理，要不咱们去镇上弄些吃的，然后休息几天再说，咱们这么拼命是为什么啊?”唐子雨见我观察金狼令也把头伸过来，同时伸出手来挠起腰间，看他样子好像有点怪怪的。

“那也成，不如咱们先找家旅馆住下再说，住在这屋里，我心里老是心惊肉跳的，尤其经过这些事件，更加让人觉得这里阴森森的。”杜思琪从里屋走了出来，倚靠着门框说道。

“好！咱们这就出村去。找家旅馆歇歇脚，然后痛痛快快洗个澡，吃饱了喝足了再美美睡上一觉，这几天咱们累得也够戗的了。”唐子雨见杜思琪也提议，连忙附和着就要出村。

“等等，你瞧咱们这副鬼样，就这么出去，不把人家吓死才怪呢。”我拉住唐子雨进了屋，各自从行囊里翻了一身干净的衣服换上，然后三人陆续出了村向镇上走去。

今天的天气特别的冷，天空灰蒙蒙的一片，北风呼呼地嘶喊着，我们沿着进村的路向村外走去，阴森森的六合村，看不到一个人影，唐子雨和杜思琪两人在前面走走停停，我紧跟在后面，我一边走着一边胡思乱想着整件事，从月氏王头颅到金狼令，再到杜辰、汤三拾骨，再到驼背老者，还有白翠花，这些看似不相连的人和事，却又存在着必要的关联，要说关联那就只有金狼令了。

“耀祖，大妹子，快看……杜家老宅！”突然唐子雨止住脚步惊呼道。

杜家老宅？这怎么可能？我们不是沿着进村的路向外出发的吗？我和杜思琪抬头向前张望着，唐子雨确实说得没错，这杜家老宅果然就在我们前面，尤其屋后的那条臭水沟，让我更加肯定了这个事实。心中不由得一阵激灵，莫不是我们又遇到鬼打墙了？心里祈祷起来，可别再碰上什么麻烦事。

我掏出烟点燃，然后用嘴角示意唐子雨进去看看，唐子雨明白后提上管插点了点头，我和杜思琪与他离开有十米远的距离，紧跟在后面。可等我们冲进杜家老宅时，里面一点异样也没有，屋里除了阴森就是死气沉沉。

“耀祖，不如咱们按照出村的路再走一遍，刚才风大看不清路，是不是我们走错了，自己吓自己。”唐子雨咳嗽几声说道。

“嗯，现在只能这么着了，如果再耽搁那就晚了，我们可又得窝在这破屋里过夜了。”我抬脚看了看来时的那条路，杜思琪点着头算是同意了。

路还是刚才的那条路，我们根本看不出有什么异样，为了预防再次迷路，唐子雨还特地在路上做了标记。尽管这样，我们还是没有走出这个村子，而是又再次回到了杜家老宅。

“咱们怎么一直在破屋旁边转圈子啊？太邪门儿了！”唐子雨扯着嗓子嘟囔起来，一脸的愤怒。

“老唐，思琪，照现在的情势看，我们确实是遇到棺材板子挡路了，既然咱们走不出去，不如静下心来把整件事理顺，我觉得这事件没有我们想象得那么简单。”我一屁股坐在门槛上抽着烟说道。

“得，也只能这样了。咱们总不至于硬着头皮走吧，它们这是要累死咱们，然后好把思琪妹子捉了去祭祀什么月氏王。”唐子雨咕哝着和我并肩坐在门槛上，然后翻出一大摞的干粮嚼了起来。杜思琪点着头站在我们面前，听唐子雨一诈唬，脸上自然而然地显露出一丝恐惧。我用眼光剜了老唐一眼，真想臭骂他一顿，这哪壶不开提哪壶。唐子雨也感觉到自己的话有点危言耸听了，嚼着干粮停在那里看着我和杜思琪傻笑着。

“杜家妹子，别怕！有我和耀祖在，我看哪个王八蛋敢动你一根汗毛，老子第一个就不放过他。”唐子雨堆满笑容说道，嘴里的干粮喷了一地。

“呼——”就在这时，我突然感觉到有一个火红色的影子在屋子左侧晃了一下，然后向屋后面的那条臭水沟窜去，一下子不见踪迹。

“老唐，操家伙跟上。”我掐灭烟卷儿，拔出那把砍刀，起身追过去，眼睛不断扫着四周。

“耀祖，这不会又是那什么人脸猫吧？咱们不是在密室里把它给宰了吗？”唐子雨和杜思琪追上了我，我没有回答他，而是紧盯着前面枯草乱动的地方。

“什么人在那鬼鬼祟祟的？给老子爬出来，要不然唐爷我就不客气了。”唐子雨壮着胆子大声喝道。可那里却是什么动静也没有了，我有点怀疑我是不是有点神经过敏了，或许是我眼花了。我和唐子雨、杜思琪继续摸索着前行几步，看到前面的臭水沟旁的枯草丛中隐藏着一只东西，看上去不应该是人脸怪猫，倒像是只黄皮子。

我示意唐子雨从旁边包抄过去，我和杜思琪两人蹲伏在原地不动。可能是唐子雨的动作大了些，就在唐子雨手中的管插奋力砸下去时，那只火红色的影子嗖地蹿出去，然后缩在一棵光秃秃的树桩子后面，探出头来，看着我们。看来一定是这玩意儿在搞鬼，这东西身上应该会附着些不干净的东西。我们在村子里来回两次折腾了，应该就是它在作怪。

我和唐子雨相互看了一眼，刚想提上砍刀去追时，却被杜思琪猛力地拉了下来。

“先别动，你们看，那东西背上怎么趴着一只刺猬？”杜思琪神色慌张道，一提到刺猬，我们不由得想起坟地。

“刺……刺猬？哪儿呢？”唐子雨侧过头看去，嘴里嘀咕着，看样子也想起坟地的那些刺猬。我也侧过头看去，发现果然如杜思琪所说黄皮子的背上果然趴伏着一只灰色的刺猬，人头颇般大小，更令人惊奇的是那刺猬竟然也在探头看我们。

唐子雨壮了壮胆向前迈了两步，黄皮子依然靠着那棵秃树，不见动静。我刚想呼唤唐子雨别去招惹它们时，唐子雨手上的管插早就嗖地一声刺过去了，管插带着风声插向黄皮子，刺猬发出一阵刺耳的尖叫声，黄皮子晃过身子，管插一下子扎了空，躲过这一招的黄皮子回头冲着我们看了一眼，然后扭捏作态地扭动臀部，“噗噗”地凌乱放起屁来，顿时一股臊臭味在空气中弥漫开来。

“咳咳……”唐子雨用衣袖捂住口鼻，剧烈地咳嗽起来，然后顾不得去拾管插，急速地后退数步。

“真晦气……百闻不如一见，我快呛死了，咳咳……”唐子雨喘着粗气说道。

“活该！那东西也是你能杀的啊？小心附在它身上的东西上了你的身。”我拉着杜思琪也连忙后退数步。等那股臊臭的气息消尽，我发现那黄皮子不见了踪迹。

“我们千万别掉以轻心了，当年汤三就是因为不敬白仙，才被脏东西上了身的，刚才可把我吓死了。”杜思琪也喘过气来说道。

“行了，唐爷我的命硬，一切牛鬼蛇神奈何不了我。”唐子雨捋了一把脸，然后神气活现地说道。

“沙沙……”就在我们准备离开屋后的臭水沟回到破屋时，空气中突然传来一阵沙沙的声音，夹带着一股腥臭。我连忙向前看去，只见离我们数丈之远的地方卷起一阵灰尘，看上去好像有什么东西正在往这边冲过来。

不好！莫不是那只黄皮子回去带着它的子孙杀过来了？我心中暗叫不妙，这次不知道是什么危险等着我们了。

“老唐、思琪，快跑，快点跑到屋子里。”我带着头拉起杜思琪就回转向屋子的正门跑去。此时杜思琪突然脚一歪，哎呀叫起来，原来她被我拉着往前跑崴到脚了。

“耀祖……你瞧……”唐子雨指着那边嘴里呢喃道。

# 第十七章　黄皮子

只见在离我们不远的地方，聚集了一大窝各色的黄皮子，足足有二十来只，在它们身后，那只浑身长满了火红色毛的黄皮子正抬头目光如炬地看着我们，灰色的刺猬一直在它背脊上，正饶有兴致地观察着四周。隐约中感觉那黄皮子的嘴角竟然诡异地向上翘了一下，它竟然笑了，看到这样的情形我们心里直打哆嗦，加上杜思琪崴了脚，我心里更加是没个底了，看来在它们的眼皮底下逃走是不可能了。

“这真是奇了怪了，连这些畜生也不放过咱们，老子要是抓着它们一定剥了它们的皮烤着吃。”唐子雨心里一急呱啦呱啦又乱喷了起来。

“行了，都什么时候了，还在这里没正形，你拉着思琪先跑，跑得越远越好，待我想办法驱赶了它们。”我瞪了他一眼，然后扶住杜思琪，示意唐子雨过来。

“你怎么驱赶它们啊？可别被它们的屁熏得找不到东南西北啊！再说了这天就快黑了，我们跑哪去啊？别又中了别人的圈套。”唐子雨担心地看着我问道，我一时也说不上来怎样驱赶。

“得了，得了，赶快背上思琪，听我的口令，大家一起逃。逃到哪里是哪里，总好过被这些黄大仙啃噬了好。”我白了他一眼，然后暗自开始后退脚步。待我大声呼叫跑的时候，唐子雨背着杜思琪撒着腿也不管什么方向就朝前直奔。

“呼呼……”北风直灌我的耳朵，往前看去，仿佛掉进了一个无底的深渊，我们大约奔了有一炷香的时间，才甩掉了那一窝的黄皮子的追赶。待停住脚步，唐子雨突然结结巴巴地惊呼起来：“耀祖，我们怎么跑到这鬼地方来了，这不是我们之前逃脱的牛鼻洞炼尸屋吗？”

唐子雨话一出口，我也立即意识到情况不对，我们折腾来折腾去又回到这鬼地方来了，心里猛地咯噔一下，“这村子确实古怪，怕是有人故意做了手脚，老唐，你负责好思琪的安全，把招子放亮点，不要着了别人的道。”

“你就放一百二十个心好了，有我老唐在，谁敢动思琪姑娘一根汗毛，老子一管插敲了他的脑袋。”唐子雨信誓旦旦地点着头。

“嘘——”杜思琪突然示意我们停止说话，然后指了指草屋。却见那草屋的门打开，从里面闪出一抹微弱的灯光来，此时已经天黑，显得更加阴森恐惧。我记得之前从那屋里逃出来时，在屋里根本没有留下蜡烛或油灯，这是谁在里面作祟？

我们三人相继看了一眼，然后相互点了点头，三人深一脚浅一脚地向那茅草屋后面移过去，心里却是七上八下，虽然感觉到情况不对，却说不出个究竟，我轻声叮嘱唐子雨千万别胡来，等摸索出情况再动手。杜思琪强忍住脚上的疼痛紧跟我们后面，我把那把枪递给她让她防身。

“耀祖，你说黄皮子是不是故意把咱们赶到这边来的？这屋从外到里透着血腥，而且还有老鸦在屋顶把风，咱们是不是还要闯进去？”唐子雨回过头战栗道。我挤着一丝苦笑摇摇头，我也拿不定主意是不是要闯进屋去。

虽然拿不定主意，但我们还是必须得面对的，我们只有继续往前探探情况再说，毕竟在我们后面还有危险，或许黄皮子正在寻找我们。我看看杜思琪，她的表情反而要比我们镇定许多，可能是这几天经历的事情太多了，有点见怪不怪了，唯一能肯定的是，恐惧一定有。

和茅草屋的距离越来越近，“哇哇……”屋顶传来老鸦阴森的叫声，我们三人连忙相互靠在了一起，等了好久也没看到老鸦冲下来啄食我们，大家稍微松了一口气。

“嘶嘶……”“呱呱……”“唰唰……”就在我们准备再向草屋移动时，猛然间传来一阵嘈杂的声音，好像有什么东西正在包围我们。我们三人又是猛地一阵紧张，此时也顾不得屋里有没有人了，摁亮了手电向四周照了过去。

眼前的情景让我们浑身一阵哆嗦，脸色吓得发白，此时才发现在草屋的四周，聚集了一大堆的毒虫，蝎子、壁虎、蜈蚣、蟾蜍、青蛇、长虫、獾子、老鼠、刺猬、狐狸，还有一大群的黄皮子，我用手电在四周照了一下，没有发现那只背部顶着刺猬浑身火红色的黄皮子。整个茅草屋周围布满瘴气，散发出一阵阵腥臊味。

“大冬天的，这些畜生不冬眠吗？怎么都爬出来吓人了？它们唱的是哪一出戏啊？”唐子雨牙齿直打战，唐子雨的一句话让我后脊梁骨上的寒气直冒。说实话，我也不知道这是怎么回事，这些毒虫大聚会是为哪般？和这血尸屋有关系吗？还有那只火红的黄皮子哪里去了？

“老唐，思琪，这些毒虫鼠蚁大聚会一定是有什么特殊情况发生，接下来我也不知道会发生什么事，如果今天谁能够有幸逃出去，以后每年的今日别忘了烧些纸钱超度在此亡了命的人。”我回过头看着他们俩说道，确实早把生死置之度外，这生死只在一瞬间了。

“耀祖，这还没怎么着，你小子怎么就说这些泄气的话？咱们大不了再进炼尸屋躲一躲，等这风头一过，再出来。”唐子雨大声呼叫道。杜思琪惊恐地看着四周，愣是说不出一句话来，看来她定是被眼前的形势吓坏了。

对！进炼尸屋还有一线生机，不进炼尸屋那就只有死路一条了，这些毒虫只需那么一会儿，我们三个就只剩下三具白骨了。我暗自握紧砍刀，牙齿一咬，豁出去了，不管这些了，死就死了，先进炼尸屋躲避再说。唐子雨挥着手中的管插在前面开道，我紧拉住杜思琪弯着腰向白翠花的仙宫小心翼翼地摸去。

说也怪，这些毒虫鼠蚁被我们的大动作惊动了，也没有对我们进行攻击，依然围在草屋四周，像是在等待什么。等摸到草屋门口，我们三人朝里张望起来。却看见那只火红色的黄皮子正蹲在草屋的中央，它背上依然趴伏着那只刺猬。更令我们内心疑惑的是在黄皮子身旁立着一个人，一个蒙着黄金面具的神秘人。那面具上画着一幅令人心生恐惧的狼图形，看上去和令牌上的狼图形差不多。

“是他……”杜思琪突然失声尖叫道，她发现自己突然失声，连忙用手捂住嘴，两只眼睛紧盯着屋里，我和唐子雨回过头不解地看着她。

“是在我家老屋里把我带入到地下的蒙面人。”杜思琪把声音压到最低。此时屋里的神秘人似乎并没有发现我们三人，唐子雨抬着脚，然后轻轻地落地，慢慢向门口靠去，两只手在管插上来回地扭捏着，以此来掩盖内心的那种恐惧。

为免唐子雨冲动做出过激的事来，我也轻手轻脚地跟过去拉扯他几下缩了缩脑袋，示意他和我一起躲到门一侧去，等弄清了里面的情况再说。唐子雨有点不情愿地点了点头，算是应允。

“耀祖，这是什么人？躲在屋里还戴个面具，搞得这么神秘？不会是杀了白翠花的那个神秘人吧？”唐子雨把嘴靠近我的耳朵轻声说道。

“我哪里知道他是谁，不过看上去这人不光和白翠花的死有关，还一定和整件事脱不了干系。”我凑近他的耳朵旁说道。

“刚才思琪妹子不是说被这人弄晕，然后把她藏到了老屋地下的棺材里了吗？”唐子雨说完，向我后面看了看，然后猛然停住。“思琪，思琪妹子哪里去了？”

思琪？她不是就在我们后面吗？看到唐子雨那脸色心里一惊，我转过头张望，没发现杜思琪的踪迹。刚才不还在那里的吗？就这么一会儿工夫，她上哪里去了？是被周围的动物吞吃了还是被捉去三龙堆祭祀了？我心里一阵嘀咕，然后又蹑手蹑脚跑到杜思琪刚才在的地方四处搜寻了起来，却发现她掉落下来的手枪，就是没发现杜思琪的人影。

唐子雨看到我的表情，知道杜思琪是遇到不测了，他一下子探出了身子，举起手中的那把管插向屋里戴着黄金面具的神秘人甩过去。神秘人却没有任何动作，但见那管插临近神秘人时，突然停止住，管插好像被什么东西凝固在空气中。

我一看不好，怕是那面具人要发怒了，连忙举起刚捡起来的手枪扣动扳机，子弹呼啸地向那面具人飞过去，那人伸手来挡，却没挡住，子弹一下子打在面具上，同时那管插砰然落地。而那只火红色的黄皮子受到了惊吓撒起脚就往外面蹿，我急忙拉住唐子雨避让，以免不干净的东西乘机附了他的身。

“啊——”还未等我们回过神来，突然传来杜思琪的尖叫声，我循声看去，这才发现杜思琪也不知从什么地方冒出来躲闪不及，刚好和黄皮子撞了个满怀。黄皮子脊背上的刺猬被撞得滚入碎石中不见踪影，而思琪惊吓得大声尖叫，双手捂住眼睛蹲了下来，而包围在草屋四周的那些动物轰然而散，也就在一眨眼的工夫，它们无影无踪了。

“耀祖，你快看!”我刚想过去帮忙扶住杜思琪，唐子雨突然扯着我的手肘指了指草屋里面，语气有点不自然，脸上的表情像是吞了一只鸡蛋那样。我侧身看去，却发现屋里蒙面人的面具被我刚才的那一枪射落，露出一张惊愕的男人面孔，我打量了一下，却发现这个男人竟然是罗老歪。

“这一路原来是你个歪了嘴缺了德的东西在我们后面捣鬼?”唐子雨也看出了是罗老歪，愤怒地叫了起来，抬脚就要往草屋里冲，我怕有诈，连忙拉住他。

“枉咱哥俩把这歪嘴当亲兄弟看，原来他对我们是另有所图。我们在西安那会儿早就应该想到这一层。唐爷我这就进去嘣了他。”唐子雨仍然难以压抑心中的怒火。

这时被黄皮子撞了的杜思琪看到我们俩的表情，也连忙走了过来，等看清是罗老歪的时候，也连连惊讶，“怎么会是他？他到底是谁?”

“还能是谁？不就是鬼市荣禄斋的罗歪嘴呗，他处心积虑地帮助咱们，然后一路鬼鬼祟祟地跟踪咱们，一定是为了什么三龙堆祭祀台。你们等着，唐爷我这就进去抓他来，让他给咱们几个一个交代。”唐子雨卷了卷袖子，嘴里叽里呱啦地说了一大堆。

我在旁边不吱声，目光剜了唐子雨一眼，唐子雨见状，连忙收起那副模样，隐约间我却看见唐子雨的脸上发生一丝惊人的变化，只见他脸上若隐若现出现两种颜色，一黑一白各占一半，黑得令人心颤，白得令人刺眼，这一黑一白各占据了唐子雨的半张脸，这使我想起那条双头黑白蛇，唐子雨是不是中了黑白盘龙蛊？一个大大的问号在我心中盘旋着。

“怎么了？我脸上长什么了?”唐子雨也感觉到我的目光不对，连忙用手捋了捋脸诧异地问道。

“没……没什么，我好像发现你脸上麻坑又变多了。”我连忙支吾道。

“都这个节骨眼上了，你怎么还有这个闲情来拿唐爷取笑?”唐子雨一听我取笑他，立即显得不高兴起来。“你看歪嘴老罗，到现在怎么连句话也没吭一声，会不会有诈?”

我们迟迟不敢进去，主要是怕中了屋里机关，那就吃不了兜着走了。

"罗歪子，给老子出来！鬼鬼祟祟地在里面算什么，有种的和老子单挑，唐爷我让你三招。"唐子雨扯着嗓门在门口乱叫起来。同时弯腰捡起一块碎石使劲地朝罗老歪扔去，石头刚好磕在他的额头。却不见罗老歪有任何动静，他依然像一尊雕塑坐在那里。

"歪棺材瓤子，和咱们兜这么大的圈子。耀祖，把枪给我，唐爷我一枪送他去西天佛祖那报到去。"唐子雨显得有点焦急起来，伸手就要拿过我手上的那手枪，我怕他乱来出事，硬是没给。在此过程中我又观察了一下他脸上的情况，刚才那种骇人的现象没有发生，我的心稍微宽慰了，但这只是片刻，我不知道接下来唐子雨身上会发生什么事，双头盘龙蛊，听起来就十分骇人。

"唐子雨，听耀祖的，我们先看看再说，别中了敌人挖好的陷阱。"杜思琪也连忙说道，看她的模样，好像还没从刚才那惊魂中完全醒过来，脸上依然有点惨白。唐子雨伸手挠了挠头，掏出烟点上。

"要不咱们这么着，用捆尸绳试试，像蒙古人套马那样套住罗歪嘴，然后把他拽出来，看他还像不像死人一样坐在那里。"老唐吐了几口烟圈，喜形于色道。我细想了一下，思琪点点头，觉得这个办法可行。

此时唐子雨早就迫不及待地从挎包里掏出长长的捆尸绳打好套扣比画起来，最后猛力地朝罗老歪扔过去。

"呼——"当唐子雨准备往回拽绳索时，却见罗老歪伸出手一把拽住绳套扣，随着唐子雨猛力地拉拽，套扣急速收缩，套扣紧紧套住了罗老歪的四只手指。

"耀祖，思琪，快过来帮忙拉啊。这歪嘴动了，别让这浑蛋乘机逃脱了。"唐子雨扭过头对我们焦急地呼喊道。此时我看到唐子雨的拉拽并没有移动罗老歪半步，而唐子雨差点被他拉了进去。

"快松手……"我一看势头不对，连忙大吼，同时伸出手从后面拉住唐子雨，那捆尸绳快速地在唐子雨手上滑动着，罗老歪嘴角露出了一丝邪恶的微笑，双手不停地拽着捆尸绳。

这老小子到底在玩什么花样，血尸屋本来就够恐怖的了，加上这老棺材瓤子的怪异行为，让人有种想退的感觉。

“罗歪嘴，别得意，等唐爷想办法抓了你，不把你大卸八块喂了大猫，老子就随你姓。”唐子雨指着屋里的罗老歪愤怒起来。而我又再次看见唐子雨的脸上发生较大的变化，黑白相间，像是黑白无常的集合体了。

“唐子雨，你……”杜思琪也看到唐子雨的变化，吓得指着他的脸话说了一半就说不出来了。

“我，我怎么了？”唐子雨用手摸着自己的脸，诧异地问道。我连忙向杜思琪使了个眼神，让她把话头压下去，别吓着唐子雨。可是我这样的眼神已经包不住火了，唐子雨还是发现了自己的不对，因为他的双手也在发生巨大的变化，左手瞬间白得吓人，像是死人的手；而右手瞬间黑得宛如焦炭一样，同时不停地在腹间抓挠着。

“老唐，快住手。”我见瞒不住唐子雨，连忙抓住唐子雨的双手，杜思琪也从旁边扶住唐子雨。

“我……我到底怎么了？怎么会这样？”唐子雨清楚自己身体的变化，说话结结巴巴起来，我当时也愣住了，不知道该如何回答他。我顺势扯开唐子雨的上衣，却见他的肚腹间出现黑白相间的鳞片，鳞片有指甲大小。

蛇鳞？一定是蛇鳞片。我仔细回想了一下，脑袋猛然“嗡”了一下，头皮发麻，后背直冒凉气，看来唐子雨确实是中了双头盘龙蛊。

“一定是白翠花给老子下了蛊，我……”唐子雨急速地颤抖起来。一旁的杜思琪也吓得直翻白眼，嘴角却露出一丝笑容，好像还能听见一声极其微弱的嘿嘿声。

我浑身一阵激灵，这丫头是怎么了？那眼神怎么这么奇怪？透着一股邪魅的气息，不对！她不会也中了蛊吧？我壮了壮胆子问道：“思琪，你没事吧？”

杜思琪捂着胸口，然后诡异地抬起头，看了唐子雨一眼，然后摇了摇头看着我，借着屋里的烛光，我发现杜思琪的眼睛里竟然乌黑乌黑，根本就没有白仁，眼珠里面好像是一个深邃的黑洞，甚是吓人。

我一时急得毫无主意了，这半天不到的时间，唐子雨中了盘龙蛊，而杜思琪中了邪，我猜想问题一定出在刚才和她相撞的黄皮子上。杜思琪转过头瞧着唐子雨，脖子晃了晃，嘴角一咧，傻笑了起来。唐子雨只顾着身体的变化，等他抬头时，杜思琪的两只手死死地掐住了唐子雨的脖子。

杜思琪的手越掐越紧，唐子雨紧翻着白眼，额上的青筋暴突，一口气喘不上来，尽管他伸手去拉杜思琪的双手，可杜思琪的那两只柔弱的双手就像一把钳子死死钳住唐子雨。唐子雨挣扎了几下，就差刨腿脚蹬了。

我随即被眼前的情况惊醒了，连忙伸手去掰杜思琪的两只手，可无论我怎么用力丝毫没弄开思琪的双手。

“嗖!”就在我急得像热锅上的蚂蚁时，恍惚间一个黑影从草屋里闪出来，两手一伸，一下子捉住杜思琪的两只手腕，竟然毫不费力气地把杜思琪的两只手硬从唐子雨的脖子上拿开。我急忙拉住唐子雨往我这边一拉，唐子雨一个趔趄，栽倒在地，然后剧烈地咳嗽，而他身上出现的那种黑白现象此时也正慢慢褪去不见了踪迹。

我怕杜思琪有什么意外，顾不得唐子雨了，赶紧操起一旁的管插，准备与那黑影对峙，我仔细看了看，这才发现黑影竟是坐在草屋里的罗老歪。

“不想这丫头死，就赶快配合我把她捆住。”罗老歪看都没看我们一眼说道。杜思琪脸上毫无血色，牙齿咬得死死的，双手正在用力挣脱罗老歪的束缚。而罗老歪好像此时有点力不从心了，看样子就要被杜思琪挣脱了。

“傻愣着干嘛？快点啊!”罗老歪见我还不行动，朝我大吼道。我顾不上多想，此时毕竟还容不得我多想。我连忙拉住刚才的那条捆尸绳来，然后打了一个绳结套住杜思琪的脖子，接着左捆右勒地把杜思琪捆了个结实，当然我没怎么用力，怕伤着她。

罗老歪试了几下，直至确定杜思琪挣脱不了绳子，才后退数步，然后直喘着粗气。此时唐子雨也恢复过来，见罗老歪就在旁边，起身就抓住罗老歪的领口。

“老歪嘴！今天你得给唐爷和耀祖一个交代。”唐子雨挥着拳头就要朝他脸上砸去，我连忙拉住他的手。

“老唐，住手，别伤他！等他救了杜思琪再说。”我示意唐子雨松开手道。

“好！今天看在这丫头的颜面上饶了你，若是今天救不了她，老子和你老账新账一起算。”唐子雨愤愤地松开罗老歪的领口，罗老歪连连后退数步。

此时却见罗老歪闷声不响地走到杜思琪面前，从他的挎包内掏出一把檀香、一把木剑、两根蜡烛、一把糯米、一叠黄纸、一个小纸人，一只瓷碗、一只阴阳镜。然后点燃蜡烛和三根檀香，插在瓷碗里的糯米上；接着朝其余三个方位三磕三拜各烧黄纸三张，完毕，用右手中指在地上画一个“十”字，把小腿压在“十”字上，右腿压在左腿上，盘腿而坐。

我和唐子雨看得心生狐疑，这罗老歪到底在耍什么把戏，搞这些东西倒像是茅山道士开坛作法。唐子雨几次想上前打扰罗老歪，都被我拦住，我想如果罗老歪真能解了杜思琪身上的邪，那他一定也有法子解了唐子雨身上的蛊。

“别在那边瞧着，过来帮忙。”传来罗老歪的声音，却不见他启动嘴唇。我将信将疑地走过去，然后用手势示意唐子雨千万别打扰罗老歪的动作。

罗老歪扔过他的挎包，然后两眼微闭，身体周正，鼻吸口呼九次，然后慢慢起身，在杜思琪周围连续转了九圈，突然在我站的地方停住，猛然抓住我的左手，掏出一把刀来在我手指上画了一刀。我心里一阵紧张，挣扎着想抽出我的手，可是感觉罗老歪手上的力气大得十分可怕。

手上的血顺着刀口流在了瓷碗内，接着他松开了我，掏出一支笔来，在黄纸上写下了一组数字，看上去像是生辰八字。他将黄纸折叠成一个三角形状紧贴着额头，口中叽里咕噜念着一些人听不懂的度文，最后用力一捏。说也奇怪，那黄纸竟然自燃起来，他拿着燃烧的黄纸在瓷碗口转了九圈，烧完的纸屑尽数落在瓷碗内。他马不停蹄用手在碗里搅拌起来，接着抠出一摊和着血的纸灰涂在那个两手掌大的纸人上。他掏出一把灵符点燃撒开，同时双手结印，跺了三脚心，一声闷喝道：“起！”

那纸人果真听了罗老歪的话，纸人头缓缓升起，而脚却定在地上不见动静。当头与地面垂直时，纸人突然倒了下去。罗老歪大喝三声，双手结印，连续来了三次，那纸人还是不起，此时罗老歪额头渗出了汗滴。

“这歪嘴原来是个神棍！可惜是个骗吃骗喝的神棍！”唐子雨乘机过来拉住我的手嘟囔道，我没有理他，继续看着罗老歪作法。

罗老歪连着三次未将涂着血灰的纸人竖起，起身连续双手结印，然后咬破中指含在嘴里吸着，片刻才抽出手指，朝空中猛喷，一阵血雾弥漫在杜思琪的面前。

“起!”罗老歪再次指着那纸人，纸人这才有了动静，和刚才一样缓缓升起，可是升到一定的角度，却再也不肯升起了。“呼……”就在我心里也在着急的时候，突然刮起了一阵风，蜡烛摇晃着，却没有熄灭。风吹在人身上阴飕飕的，好像空气中有什么隐形的东西在抚摸我们全身，我不禁哆嗦了起来，双手环抱住肩膀。

“耀祖！快看！那……那纸人又倒下了。”唐子雨轻轻碰了我一下示意道。果然刚才还斜站着的纸人突然又再次倒了下去。

傻子也能看出这架势。虽然我从不相信这世上有什么鬼魂之说，但是谁也不能给出权威的答案。此时两根蜡烛也瞬间熄灭了，风明显比刚才大了。我和唐子雨心里不禁发慌，双腿打起战，并用手捂住眼睛，只能从指缝间观察着周围的情况。

# 第十八章　罗老歪

罗老歪手抓桃木剑，口中大声念道："临，兵，斗，者，皆，阵，列，于，前！"却见他跟前的蜡烛倒了下去，瓷碗突然碎开，尤其那只阴阳镜竟然竖起来自动向草屋滚动。罗老歪围着纸人舞起剑花，大声喝道："耀祖，快拦住阴阳镜！"

我一听，也顾不了那么多了，迈开脚步就去追滚动的阴阳镜，可阴阳镜滚的速度太快了，唐子雨见状也快步追上来。

"啪！"当唐子雨双手抓住那阴阳镜时，却传来一阵破裂的声响，碎片从他手上撒落下来。罗老歪听到声响后，动作停了一下，然后继续舞着剑花，我能感觉到那动作明显慢下来。

"我的唐大爷啊！这紧要关头你咋就没拿好它？"我大声吼叫道。

"我哪里知道破镜子这么不牢固，才拿到手上，好像被什么无形的东西砸了一下就破了。"唐子雨扯着嗓门叫道。此时我心里一阵发慌，这镜子破了，看来罗老歪起坛作法驱邪失效了，也就是说杜思琪不能恢复正常了，而且罗老歪可能也会受到那东西的牵制，不能脱身，就是脱得了身也得脱了层皮了。

"耀祖，用你身上的那只镇尸镜凑个数看看。"唐子雨突然看着我，指着我后背的布袋说道。对！死马当活马医，先拿出来再说。

我找出镇尸镜，然后快速送到罗老歪的面前，罗老歪也没顾得多看，伸出桃木剑挑起镇尸镜，然后一把握住。那镜面朝杜思琪照去，这也奇了，此时没有任何光源，却见镇尸镜发出一束强烈的光芒照射在杜思琪身上。杜思琪身上猛然冒起黑烟，侧耳细听好像还听到几声什么东西哀嚎的声音。

待杜思琪身上黑烟消失时，纸人簌地站立，和地面形成直角，然后旋转了几圈接着突然火光冲天自燃起来。而此时罗老歪手上的桃木剑重重地坠落在地，一口鲜血从他嘴里直喷了出来，接着摇摇晃晃地瘫倒在地。

我连忙抬脚过去欲扶住他，唐子雨却拉住我，道："耀祖，小心有诈，等……等看看思琪姑娘的情况再去。再说了那脏东西会不会上了他的身?"我瞪了他一眼，都这个时候了，竟然还这么小肚鸡肠。

就在这时候杜思琪晃了晃脖子，然后挣扎着身子，看到身上五花大绑的绳子后，疑惑道："我这是怎么了？你们……"

"思琪妹子！你……你清醒了？刚才可吓死我了，你差点掐死唐爷我了。你看，我这脖子上还有你掐的印痕。"唐子雨伸直了脖子指着刚才的掐痕叫道。

"我……我掐你？唐子雨，你快告诉我，这到底怎么了？我为什么都记不起来了?"杜思琪颤悠悠地起了身焦急地叫道。我顾不得去扶她，因为罗老歪比她更需要去扶，再怎么着，是罗老歪救了杜思琪，他能救她，而且自己负了伤，说明事情并不是我们所想的，可能是我们刚才心急误会他了。

"罗哥，你身体不要紧吧?"我弯腰扶起罗老歪焦急地问道。

"身板硬着呢，还死不了。"罗老歪挣扎着坐起来，擦拭着嘴角边的鲜血苦笑道。我连忙掏出水囊递给他，他接过去咕噜咕噜地直灌了几大口，而那边唐子雨也解开了捆绑在杜思琪身上的捆尸绳。

"老歪嘴，这到底怎么回事？你怎么会在这血尸屋里？你今天不把这事解释清楚，唐爷我这就捆了你，把你头尸分家吊在这牛鼻子洞上和那个什么阿古柏做个伴。"唐子雨扶着思琪哇哇直叫，把杜思琪看得更加云里雾里。

"老唐，你就别瞎添乱子了，等罗哥缓口气抽根烟卷再说。"我审时度势地掏出烟卷递到他嘴边，然后划亮火柴点上。唐子雨被我这么一唬，也掏出烟卷吞吐了起来，他那气呼呼的模样瞧得人想笑。

"罗……罗叔，你怎么会套着那只面具出现在白翠花的炼尸屋里，您老不是在西安荣禄斋吗?"此时杜思琪完全清醒过来，眼睛也恢复正常，不再满是眼仁了。

"咳咳……"罗老歪剧烈地咳嗽起来，看来他是有话要说了。"说来话长啊，这一切都是程九爷在后面搞鬼。"

"程九？咱们猜得果然没错，我说在血池旁边怎么会有彪子和胡三的尸体呢。”唐子雨一听程九，心头立马上火，恨得直咬牙切齿。

“怎么？彪子和胡三也来了？他们……他们死了？怎么死的?”罗老歪诧异地问道。

“还能怎么死？中了邪恶的地仙蛊身亡的。”我答道。

“地仙蛊？是不是有一只地仙刺猬伏在腹部的肚脐眼上?”罗老歪眼睛显现出一丝光亮，还有一丝颤动，我不知他是惧怕还是激动。

“好了！别给唐爷扯什么地仙蛊盘龙蛊了，快把事件原委讲个明白。”唐子雨迫不及待地说道，罗老歪看看唐子雨那猴急样，摇摇头苦笑了一下。

“自从你们离开西安后，阿彪三番五次地到荣禄斋打探你们的去向，我深知这事一定和程九爷有关。而且他一直在注视着咱们，如果我猜得没错这次月氏王头颅在西安出现也是程九故意安排的，如果不是，怎么会这么凑巧？

“我知道程九的意图后，对他处处多了个心眼。有一天在高汤的铺子里，我无意间听到他和一个秃陀的密谈，这才知道了你们这次定是有去无回了。”

“秃陀？他是谁?”我诧异道。

“他是盗墓四大门派中的摸金校尉，说起这个摸金校尉，和发丘天官倒是有些渊源。”罗老歪故作神秘地说道。

“渊源？啥渊源?”我和唐子雨几乎同时问道。

“这说来话长，我就挑些重要的说说。其实我对盗墓倒斗界里的一些恩恩怨怨还是有一些了解的。比如摸金门的张三和发丘门的王壬。王壬和张三本是同父异母的兄弟，只苦于当时张家败落，两兄弟失散，王壬便随了母姓。张三从家乡流落后，几经波折，后来做了朝廷命官，当年朝廷命一等恪靖伯左宗棠在湖南、浙江、江西与太平军作战，张三就追随在左大人左右。在太平军退入江西时，张三奉左宗棠的命令追击太平军李世贤、汪海洋部，直至将二人歼灭于广东嘉应州，也就是梅县。

“在这次的剿杀中，李世贤的部下不知从何地方知道张三有位同父异母的兄弟，并且他们抓住了王壬，以其作为挡箭牌。在一次与张三的交战中，王壬被张三的洋枪队不小心射中了下身。张三甚是内疚，便在左宗棠面前为王壬谋得了生计，让他入宫做了一个太监总管。然而在张三那年随左宗棠镇压新疆叛乱时，王壬就在宫里失踪了。没有人知道他的下落。

“再后来，张三改行做了摸金校尉出了名堂，家财万贯，成为了倒斗行业的一段神话。发了财的张三并没有忘记王壬，可苦苦难寻。这件事张三到死也没有对外人讲过。

“在张三做摸金校尉出了名堂时，倒斗界也出现了一个风云人物，没人知道此人的名字，也没人知道此人的模样，只知道外人都叫他二爷。传闻此人身怀绝技，有通天神力还会缩身术，他每次入墓时都会在墓的东南角挂上一只铃铛，腰间系上一方紫铜宝印。此人独来独往，盗得几处大墓。当时在倒斗行业中众多的盗墓者将摸金张三、发丘二爷两人拜为祖师爷。

“话说当年张三隐隐约约感觉到这位神秘的二爷有可能是自己的哥哥，之所以金盆洗手也是为了有足够的时间去寻找王壬。皇天不负有心人，历经数年两人终于相认。可谁知王壬与他相认，是布了一个大的阴谋。

“王壬被废掉后，悲愤难平，进宫后没多久就悄悄溜出了宫，在张三出征新疆时，他尾随而去，想暗中使手脚除了张三，以平心中之愤。可王壬途中误入塔克拉玛干沙漠，在那里九死一生，巧得先人遗落的发丘之术，回来后盗得几处大墓。在与张三相认前，他就在西域的某个地方布置了一个大墓，兄弟相认后，王壬死磨硬拉着张三，让他和自己一起去干最后一盗。得手后，两人同时退隐江湖。

“张三哪里知道王壬有如此害人之心，也就信了王壬，毕竟他变成一个废人完全是因为自己，于是两人在相认的当年就去了西域。尚未等张三进入墓中，在墓道口王壬就触动了墓中血咒，使张三受害。等张三反应过来时，为时已晚，空有一身盗墓之术，也无任何用处了。

“中了血咒的张三，当时并不知道自己是中了何种毒，等他回来后没过多久就死了，没有人知道他是怎么死的，也没有人知道他死，后人只知道他归隐山林了。说来也奇怪，这张三死后，张三的后人也离奇地受到血咒之侵，并且代代遗传，从没间断。传到这一代时，已是张三的孙子了。幸亏张三的摸金之术早在金盆洗手前就传给了一个姓孙的徒弟叫孙国辅，孙氏又把摸金之术传给了张三的后人。

"张氏后人一直在找办法解除身上的血咒，从生下来从没有间断过。这一代的张氏后人名叫张传良，此人身材瘦小天生秃头，右手六指，又称六指神爬和六指秃陀，因为北方管盗墓叫爬子。

"当年摸金校尉先祖张三爷的徒弟孙国辅最终没有听师父的交代，传给了张三爷的儿子张川贤《十六字阴阳风水秘术》风水残卷后，就远走他乡了。张传良出生后，他带着家族的血咒，随着父亲张川贤移居北方无定河一带，只是想找到解除自己家族身上的血咒之法。十年前，没人知道张川贤的去向，也没有人知道他的下落，他是死是活更没人知道了。"罗老歪说完，我的思维一直停留在他的一番话语里，一来是为这段故事，二来是为罗老歪，原来这老棺材瓤子隐藏得这么深。

"张川贤？就是当年和我父亲一同去统万城龙雀宝穴的张川贤？"唐子雨诧异道。

"确实是他，当年张川贤年事已高，事实上他并没有去统万城，而是六指神爬张传良。"罗老歪继续说道。

"原来如此，那他一定知道当年到底发生了什么事。"我有点激动起来，罗老歪没有回答我，只是轻轻点了点头。

"当天他们俩在厢房里，谈了很久。当中我托高汤乘机送酒送菜进去帮我打探打探情况。这才知道五行金狼令的秘密。"

"金狼令的秘密？啥秘密？是不是有关什么月氏王宝藏的秘密？"唐子雨脸上露出一丝喜色。

"根据我查了些野史和地方志，再根据他们的谈话这才知道每一枚金狼令都藏着一份地图，而把五枚金狼令里的地图集合起来就是一个完整的地图。"

"原来这么回事，难怪我和耀祖上次看到金狼令显现出那些稀奇古怪的印迹来，唐爷我还以为金狼令被我们弄裂开了呢。"唐子雨按捺不住心头的兴奋，把这大实话给倒了出来。

"什么？你们知道了金狼令里藏有秘密？为什么不告诉我？"杜思琪目光盯着我和老唐，眼眸里露出一丝不信任的目光。

"大妹子，我们也就是刚才在你家老屋里才发现的，还没有来得及说给你听。”唐子雨说完直朝我挤眉弄眼的，他的意思我当然知道，千万不可穿帮了。

“对，就是在发现那只黄皮子之前发现的，当时你不是进屋换衣服吗，就没来得及和你说一声。罗哥，快接着说，这后来又怎么了?”我连忙帮唐子雨圆起了谎。而杜思琪手拿着一枚金狼令好奇地翻看起来。

“集齐五行金狼令，按照里面的地图可寻找到三龙堆月氏宝藏。”

“三……三龙堆？我怎么感觉这地方好熟悉?”杜思琪没找到金狼令上面的怪异之处，然后紧闭着眼说道。

“怎么？你们也知道了三龙堆这个地方?”

“我们哪里知道这破地方，只是觉得它好奇，之前汤三死的时候嘴里就是说着三龙堆祭祀台，而且杜思琪几次说梦话都在重复这几个字。”唐子雨挠了一下头说道。

“程九在西安倒卖文物网络势力比较庞大，他手下有数个部门，有专门查探情报的、有专门盗墓行动的、有专门负责联系买家的，到最后一关时他才现身与买家交易。几年前他们情报组织查探到五枚金狼令分别被五人所掌握着，分别在王启、杜辰、白翠花、汤幺儿手里，这四枚几年前曾经在六合村、牛鼻子村出现过。还有一枚在统万城的龙雀宝穴里。”罗老歪停顿了一下。

“不对，我父亲的那枚金狼令是从坟地里捡来的，这是我父亲临死前告诉我的。”杜思琪突然细声说道。

“唉，丫头。你知道你父亲杜辰是个什么样的人吗?”罗老歪放下水囊，嘴角翘起一丝笑容问道。杜思琪想了好久，然后摇摇头，不知道是他们父女俩阴阳相隔这么长时间了，还是怎么了，留在杜思琪脑海记忆里的杜辰，是那个风雨飘摇的冬季，他吐着血交给了杜思琪那枚金狼令。

“我想你父亲的初衷是为了保护你，让你不要为他的死而难过，让你带着金狼令永远离开六合村。”罗老歪了动身子说道。

“当年我父亲临死的时候，确实是让我带着金狼令离开六合村，永远也不要回来。罗叔，你是不是很早的时候就认识我父亲?”杜思琪看了过来，眼睛看着罗老歪。

“何止是认识，十几年前他是我师弟。我和他都是茅山第一百零八代传人，当年他学艺未成，却无缘无故失踪，之后我才知道他是为了完成一个家族使命，一个数千年的使命。当年我找到他的时候，他好像被迷失了本性，似乎被什么人抽走了灵魂一样，根本不知道自己到底做了些什么。连我师傅九白道长也不知道他这是中了什么邪门妖术。”罗老歪慢慢地说起了些成年往事，他的身份让我们为之一怔，看来我真是有眼不识泰山了，想不到他竟是真的茅山道人，难怪刚才开坛作法会那么娴熟。

“那一年我暗中跟踪了他，尾随他去了新疆东黑沟一带。却发现他和另外两个与他毫不相识的人运了一具棺材，说是去祭祀什么祖先。那两个人和你父亲一样，都好像失去了灵魂一样。后来我暗暗使用茅山术，才发现棺材里竟然是一个年轻的女子，而且那女子是阴年阴月阴日阴时生的，是一个纯阴女子，他们是要用这女子祭祀祖先。再后来，好像是因为缺少什么东西，加上我从中作梗，祭祀没有成功。唯一值得庆幸的是你父亲竟然和那女子结了婚隐居在六合村内，一年后便生下了你。可是你母亲却还是没逃得过命运的安排，竟然也无缘无故地失踪。杜辰隐约知道些什么，也没有去寻找，其实他知道你母亲去了哪里，只是他不想找回她。

“时间追溯到八年前，由于全国军阀战祸连连，民不聊生，你父亲和村里的人为了生存，不得不受雇于洋人干些苦力活。直到汤三撞了邪后，汤家请来白翠花跳大神。白翠花神色慌张地迷惑大家说是撞了凶仙，却无意中被你父亲知道她是相中了坟墓下的那枚金狼令，你母亲的失踪与白翠花有关，和三龙堆祭祀台有关。寻找三龙堆之前就必须找到五行金狼令，五行金狼令是唯一能够打开三龙堆祭祀台的钥匙。”罗老歪长长地叹了一口气，此时杜思琪听得有些悲悲切切，眼泪婆娑起来，我轻拍着她的肩膀，让她不要伤心。

“白翠花在汤家跳大神后，杜辰鼓动汤家老爷子为死者拾骨拣金，其实是想得到棺材下那粽子身上的金狼令。如果猜得没错，棺材下的驼背老粽子就是王启。只是不知这老粽子是如何将自己埋葬在那鬼地方的，而且给自己的身体下了地仙蛊。可谁知拾骨的中途，却被白翠花养的那只人脸怪猫给搅了，曹刿和汤三俩在坟地中邪发疯，误伤了杜辰，曹刿被汤三杀死在棺材内，杜辰重伤回了村子。而村子里的人却因为中邪这事被传得神乎其神的，人人因为此事都闭门不出。汤幺儿和陈木匠从村中失踪。这件事尘封了八年，直到张传良和唐沽风，以及刘天一，还有淘沙鬼龙打开统万城的龙雀宝穴取到月氏王头颅后，这事才再次浮出水面。”

“从种种迹象来看，好像是有人在背后策划好的。”我若有所思。

“可这人是谁？张传良还是程九爷？还是另有其人？”唐子雨疑虑道。

“呵呵，你们的直觉是值得肯定的，这背后之人确实是程九爷，其实他还有一个身份，说出来你们可能会不信。”罗老歪咧了一下嘴。

“罗歪嘴，有话快说，别藏着掖着，你这样说一句藏一句的，急死唐爷我啊。”唐子雨迫不及待地催促道，我扶着杜思琪的肩膀，她还没从刚才的悲伤中走出来，看她这样子确实挺可怜的。

“他就是当年和汤幺儿一起失踪的陈木匠陈塘。”罗老歪看了一眼唐子雨说道。

“陈木匠？不会的。耀祖他们刚才说程九爷是一个瘦瘦的老人，而陈木匠我见过，是一个满脸肥肉的胖子，又怎会是一个人。”杜思琪一听，连忙否决罗老歪的肯定。

“这你们就有所不知了，陈木匠和汤幺儿当年离开六合村后，两人分道扬镳，汤幺儿改名换姓成高汤，去了西安开了家餐馆，而陈木匠就去了北平，当时适逢动乱。陈塘给俄国人当了几年二毛子，再后来改投日本人当了二鬼子，专做那些缺德带冒烟出卖祖宗的事。”罗老歪一语道出了陈木匠的前前后后，让人不得不相信他说的话。

“啥？高汤就是当年的汤幺儿？”杜思琪更加诧异，罗老歪点了点头。

“这陈塘跟在日本人后面做了二鬼子后，一边帮日本人做事一边做着他的倒卖文物发财大梦。因为那一年他和汤幺儿离开六合村时，知道了月氏王庭的秘密，只可惜的是当年没有劝汤幺儿和自己去北平。为了找寻汤幺儿，他不惜自己在北平的荣华富贵窝在西安城里，功夫不负有心人总算找着了汤幺儿。可汤幺儿似乎并不买他的账。”

“可汤幺儿最终还是没有逃得了陈塘的手心，这事说起来也怪我，我若不让他帮我去探听些消息，或许他不会因此遭陈塘的毒手。”罗老歪说完这些长长叹了口气。

“陈塘也应该来六合村了。彪子和胡三死在血池边上，一定是他们想谋夺白翠花的金狼令，可他们两人却中了白翠花的地仙蛊。只是想不通的是白翠花为什么要在自己身上种下双头盘龙蛊？然后自己死在了血池里？”我挠着后脑勺，心里盘算着该相信罗老歪还是不相信他。

“白翠花之所以在自己身体内种下盘龙蛊是因为怕人从她身上得到金狼令。你们找到的那个驼背老者尸体不也是中了地仙蛊吗？还有六指神爬在高汤的铺子里透露过，在统万城下的龙雀宝穴里也有地仙刺猬的存在。”我们思来想去，罗老歪说得也不无道理。

“罗叔，我还有一个疑问，就是关于我家老宅下的那间房子到底是怎么回事？为什么地底下也有和我家一模一样的房子？就连摆设也一样，唯一不一样的是在我的房间内摆放着一只奇特的棺材，前几天我就差点着了他们的道，被一个和你戴着一模一样面具的人捉进了棺材，后来耀祖和唐子雨误打误撞打开了棺材救出了我。”杜思琪提出了心中的疑虑。

“如果猜得没错，这一定又是陈塘的故弄玄虚。他这几年就一直在寻找金狼令的下落，在你没回国之前，就已经做好了手脚，他知道你肯定会回祖屋，造了那座地下房屋只盼哪一天能够用得着。他抓你是为了能够顺利进入三龙堆下的月氏王墓穴，因为你是阴年阴月阴时生的，凡是这种纯阴的女子都能顺利进入月氏王宝藏。所以他们就抓了你，伺机而动。”罗老歪起身，然后拍了拍手上的泥土。

“那你是怎么找到我们的？又怎么会戴着金狼面具出现在炼尸屋里？当初为什么要对咱们隐藏你的身份？想不到你对咱们还这样躲躲闪闪的，枉我和耀祖这么相信你。”唐子雨捶了一下罗老歪的肩膀。

“隐藏身份是为了更好地找到事件的真相，至于我是怎样找到你们，对一个茅山道士来讲这并不是难事，只可惜我也着了陈塘的道，他和那个六指秃陀带着一帮人将我五花大绑，尤其他还带了一个神秘莫测的东瀛术士对我做了手脚，我醒来时就坐在这屋里了，一睁眼就看到思琪丫头中了那黄皮子的邪。还有你，你肚皮上是不是生出了鳞片，而且越来越多。”罗老歪拍着唐子雨的肩膀问道。

“是，是！我也才发现的，还有我的皮肤竟然出现黑白颜色，全身奇痒无比。”唐子雨脸上露出诧异的神色。

“这情况有多久了？”

“也就昨天的事，我估摸着他是中了白翠花的双头黑白盘龙蛊才会变成这样的，罗哥，你瞧老唐身上这邪恶的东西能够驱除不？”我一见罗老歪主动问起这件事，觉得他一定有把握能够帮唐子雨驱除。

“难啊！这很难说，眼下我只能控制他体内的蛊，但若要解蛊这就要看机遇了，这蛊在人体内会逐渐侵蚀人心，随着时间的推移，蛊就会占了人体的主导。”罗老歪欲言又止地说道。

“什么机遇不机遇的，有什么话你倒是快说，听得唐爷我心惊肉跳的。”唐子雨见罗老歪那样子，心里焦急得有点不耐烦了。

“你中的确实是苗疆的盘龙蛊，除非找到下蛊的人，不然的话只能等着准备后事了。”罗老歪叹了叹气面色凝重地说道。

“这……那……那白翠花都已经死了，老子还到哪去找下蛊的人啊？”唐子雨一听罗老歪的话，目光错愕，坐不住了，脸上憋得通红，两腿乱踢着脚下的石头。

“不过，也不是没得解，我们茅山术里有一种方法可以控制这种蛊毒的发展，至于能不能解了蛊，就要看老弟你的造化了。”罗老歪耸了耸肩膀。

“你咋不早说？经你刚才这一吓，唐爷我以为就这么交代在这里了。”唐子雨一听罗老歪说这蛊能够控制，深深地松了一口气。

罗老歪看着唐子雨摇了摇头，然后从挎包里掏出一掌宽半米长的白色带子，带子中间是不规则的血迹，血迹当然已经干涸得呈黑色了，散发出一种恶臭，我和杜思琪、唐子雨见状不禁往后退了数步。

“老歪，这是啥破玩意儿？怎么散发着酸臭味？你还藏在身上，也不嫌恶心。”唐子雨指着那布头皱着眉头说道。

“这是骑马布，上面涂了些黑狗血，能够辟邪去蛊。”罗老歪拿着布条干笑了几声，目光扫过我们三人。我却看见杜思琪的脸上显得有点尴尬，好像有什么不对。

罗老歪拉过唐子雨，不容分说将布条捆住唐子雨脑袋。我拉住杜思琪直想笑，杜思琪拿眼瞄了我一下，我连忙忍住。

只见罗老歪掏出三张黄色符纸，嘴里念念有词，然后咬破了食指，在三张符纸上连画出几笔，说也奇怪，那符纸立马燃烧了起来。罗老歪将燃烧完的纸灰撒在了唐子雨的头上，嘴里继续念叨起来。唐子雨紧闭着呼吸，头摇晃了起来。

“着——”罗老歪猛然大喝一声，对着唐子雨的脑门使劲地拍了下去，一瞬间，却见唐子雨捂着胸口，弯下腰来就哇哇直吐，一大堆的黑色粘稠物涌了出来，而粘稠物中可以看到里面竟然有一条细长的小蛇，仔细看去竟然还是双头蛇。

“老歪，你用这么大的力气，想一掌拍死我啊？还有这什么布，快给唐爷我解下来，再不解我估摸着我不被你拍死就被上面的气味熏死了。”唐子雨连续深呼了几次，然后骂骂咧咧道。

“得了，得了，净在这叽叽歪歪的，罗哥帮你这么大的忙，也没听你家伙感谢罗哥一句。”我连忙制止唐子雨接下去的唠叨，这家伙有点人来疯。“罗哥，你这茅山秘术真不是吹的，竟然这么实用。改天教我几招，对了这骑马布是什么东西？”

“这……这骑马布就是，就是……”罗老歪看了看杜思琪，然后愣在那里说不出话来。

“就是啥？快说啊，真够要命的。”此时唐子雨解下了捆缚在头上的布条急道。

“就是女人用过的那个月布。”罗老歪嘴里嘟囔了一声。

“啥？月……月布？”唐子雨眼睛瞪得滚圆滚圆的，就差把罗老歪给吃了，“你个王八蛋缺不缺德，竟然用这么晦气的东西系在老子头上，唐爷我和你没完。”唐子雨醒悟过来，手上的骑马布顺势就要去勒罗老歪的脖子，罗老歪连忙后退着身子，我见状也连忙拦住唐子雨，“老唐，安静点，先听听罗哥的解释。”

同时我也明白了骑马布是什么东西了，原来就是女人用的月布，也叫月经布，这也难怪刚才杜思琪的脸上有点不对了。

“好，若是他说不出个什么道道儿来，他今天得吞了这块布。”唐子雨愤愤地说道。

“女人的经血是天下至秽之物，加上黑狗血，再厉害的东西也会惧怕三分。还有刚才那三只符咒是浸过硫磺粉，所以这才驱出你肚皮中的双头蛇来。只可惜这并不能完全驱除出你肚皮里的蛊虫，只能暂时控制住。”罗老歪说得很简单，虽是简单，可这里面还夹带着茅山的秘术，并不是任何一个人都能够用的。

“你说你们茅山术里怎么会有这么个秘术？丢不丢人啊？”唐子雨听了罗老歪的话，心里怨恨道。罗老歪还能说什么？只能挠了挠头接过那块骑马布包仔细叠好，然后放到了挎包里。

“得，我们也别把时间浪费在这里了，此地不宜久留，咱们得赶快离开这里。估计彪子和胡三的死已经引起陈塘的注意了，他们也快找到这里了。”罗老歪看了看牛鼻子山洞那边，眉头紧锁道。但是我总觉得哪里不对，好像罗老歪说的与真实情况衔接不上。他是被谁捉到血尸屋的？是什么时间？而且他有意在回避我们所问的问题，碍于脸面，我没有马上戳穿他。

“罗哥，照此情形你应该知道三龙堆祭祀台了？”走了许久，我们已经是气喘吁吁了，我迫切想知道有关三龙堆的情况，于是向罗老歪问问关于三龙堆的一些情况。

“当年我紧跟着杜辰他们后面，只知道在东黑沟祁连山一带。再后来我略施小计把他们的祭祀计划打乱离开那里后，就再也找不到去时的路。若是现在要我说出具体的位置，还真不好说。”罗老歪咂了咂嘴巴说道。

“祁连山？你看咱们四周的山的主脉不就是祁连山吗？”唐子雨插嘴提出疑问。

“在清代以前，祁连山是指东黑沟一带的天山以及东天山，并不是现在所指的祁连山。‘祁连’在匈奴语中是指‘天山’的意思，而咱们现在所说的祁连山实际上是指《史记》、《汉书》所记载的南山或汉南山。月氏人在分裂成大小月氏之前，在汉朝唯一的文字记载就是‘敦煌祁连间’。这给现在人寻找曾经月氏王庭带来了地理性的错误。”罗老歪继续说道，好像他对这东黑沟早有研究。

# 第十九章　月氏旧事

“按照一些古文献记载，这月氏王庭应该就在镇西县东天山一带，古时候又称为蒲类国，西汉属西域都护府管辖，唐代为蒲类县，元代称为巴尔库勒……现今称为镇西县。”

“得了，你就别给我们灌这些迷魂汤了，说了也白说。来点实际的，不如由你带领我们去那鬼地方解开杜思琪身上的诅咒，然后寻找到她母亲。这丫头身上的诅咒一日不解除，她就一天不安全，保不准哪一天那五行金狼令的后代又要捉了她去祭祀。”唐子雨被罗老歪一大堆的话搞得云里雾里，别说是他了，就连我和杜思琪也找不着方向了，只有等到了实际的地方才能够理得清楚，当然或许五枚金狼令上的符号就能指引我们找到三龙堆。

几人出了牛鼻子村，找了家客栈暂时休息，等大家恢复了元气才能上路，刚好此时我们再增添一些工具，经过这些天，管插只剩下一把了，我们必须备足装备和干粮。好在我们并没有遇到陈塘和六指神爬张传良。对于张传良，我是迫切想要见到他，因为对于我父亲和唐沽风离奇失踪，他一定知道个中缘由。运用这段时间罗老歪又和我们说了些关于东黑沟一带的情况，当然也恶补了些月氏的历史，而我们所知道的也只限于罗老歪和杜思琪所说的。

月氏为公元前 3 世纪至公元 1 世纪一个民族名称。早期以游牧为生，经常与匈奴发生冲突，而后西迁至中亚。秦汉时，月氏的势力强大，与蒙古高原东部的东胡从两方面胁迫游牧于蒙古高原中部的匈奴，匈奴曾送人质于月氏。秦末，人质自月氏逃回，杀父自立为冒顿单于，这和我们之前所知道的情况是一致的。

冒顿单于举兵攻月氏，月氏开始弃河西走廊而向西迁徙。冒顿单于于公元前174年致汉文帝刘恒书中说："故罚右贤王，使至西方求月氏击之。以天之福，吏卒良，马力强，以夷灭月氏，尽斩杀降下定之。楼兰、乌孙、乌揭及其旁二十六国皆已为匈奴，诸引弓之民并为一家，北州以定。"月氏这次败后，更西迁到准噶尔盆地。直到老上单于时再破月氏，把大月氏的国王杀掉，并把国王的首级割下带返匈奴，把他的头盖骨作杯来使用。月氏人深恨匈奴，但苦于没有支援力量。而败亡的大月氏唯一再往西迁，来到粟特。在这里，大月氏征服了大夏，并在当地立国。

据一些当地的野史记载，在月氏西迁之时，月氏人将无头的月氏王埋葬在一个神秘的地方，这地方也就是我们现在唯一的线索"三龙堆祭祀台"。虽然只是令人怀疑的传说，但是如果没有传说，就不会牵扯出五行金狼令，更不会牵扯出圣女祭祀。

罗老歪带领我们三人经过几十小时的奔波，终于在这一天的傍晚时分抵达了东黑沟的石仁子村。整个过程中，杜思琪显得力不从心，毕竟她是一个女人，而且还要承受自己心理上的双重压力，自从知道自己母亲的下落，她就一直没有笑过，一路上眉头没有舒展过，我和唐子雨分担了她身上装备的重任。

我们几人落脚在当地的一农户家，此农户家只有一个瘸了腿的老婆婆古丽娜孜。由于天气比较冷，我们几人生了些炭火围坐在一起取暖，大家都已经疲惫不堪，未等吃上些东西，唐子雨就已经打起呼噜睡着了。杜思琪看着火堆发呆，我也不知她心里想些什么，我几次想劝她睡一会儿，话到嘴边却又吞回去了。而罗老歪此时一人蹲坐在门口抽着烟，看着远处的天空。

然而就在下半夜时，我突然被一阵嘈杂声吵醒，当我睁开眼看时，这才发现我和唐子雨竟被人暗算五花大绑在屋里的柱子上，在我们面前的桌子旁坐着一个人，程九爷。不！应该是陈塘。在他左右分别站着一个蒙面人和一个秃陀，再后面站立着四个打手，他们每人手里都握着枪，枪口一致朝着我们，我看了看四周却少了罗老歪和杜思琪的身影，我猜想他们应该是提早发现情况躲掉了，而那个老婆婆古丽娜孜被他们打晕在角落。

我嘴里被塞满了臭布，说不出话来，只能不停地挣扎，我用力踢踢旁边还在打呼噜的唐子雨，心里暗骂着。

“哈哈……老朋友，咱们又见面了！”陈塘尖着嗓子阴笑道，然后朝后面的打手挥了挥手，一个打手走了过来，扯开我嘴里的臭布，我猛力呼吸着新鲜空气，感觉到堵在胸中的闷气一下子打开了。

“你们这样鬼鬼祟祟的到底为何？”我抬起头大声问道。

“不为什么，我想和你做个交易。”

“什么交易，老子没有你们要的东西。”我屏住气，然后向陈塘猛力吐了一口浓痰。他身后的蒙面人手轻轻地一画，那口浓痰却停在了半空中，然后突然朝唐子雨的脸上飞去。唐子雨急得挣扎着躲避，可是他被捆得严严实实，哪里动弹得了。“啪！”浓痰一下子甩在了唐子雨的额头上，然后顺着鼻梁慢慢淌了下来。

这到底是什么功夫？此人黑衣罩身，只露出黑漆漆的两道苍眉，和一双深邃的眼睛，大冬天的还穿着一双木屐，我猜测此人应该就是那个东瀛术士。陈塘并没有生气，嘴角微微上翘，微微露出一丝笑容来。

“有，你们绝对有。只不过我要的东西不在你身上，而是在地下。”陈塘起身慢慢向我走了过来，我猜到他们定是为地下的月氏宝藏而来。

“我凭什么要帮你？”我愤愤地咬咬牙骂道。

“年轻人，不要太气盛，有话咱们可以慢慢说，我手中的筹码绝对能让你觉得有价值。”陈塘依然不动怒，笑着朝外面打了个响指。

只见两个黑衣人押着一个头发蓬乱的女人，闻那空气中的气息我就知道她是杜思琪，此时我看到那位老婆婆动了动，似乎已经醒来，眼睛里露出一丝令人寒战的目光。

“呸！”杜思琪猛地抬起头朝陈塘吐了一口唾沫，陈塘顿时阴下脸。

“耀祖，别信他，他是要拿了宝物献给他的主子。”杜思琪愤愤道，我看到杜思琪这副模样，心里隐隐有点作痛。

“哈哈！如果这个筹码不够，再加上这位驴脸的朋友，总算够了吧。”陈塘掉过头来，擦擦脸，然后又走到唐子雨身边。唐子雨一见他跑过来，奋力地挣扎着。

“别冲动，小心你体内的双头蛇蛊冲破了你的血管。”陈塘拍了拍唐子雨的脸坏笑道，“传说日本中村浩二家族的巫蛊术是没有人能够解得了的，据说他的三尸蛊虫曾经让好几位前辈都去了地下。”

“卑鄙、无耻！”此时我也明白了原来这双头蛇蛊和三尸虫都是这个东瀛术士所施，想必也定是他们害了白翠花，然后利用白翠花身上的蛊转移到唐子雨身上，唐子雨是唯一和白翠花有过接触的人。

“这交易就这么定了，不行也得行，其实我们没有必要和你来这一遭，到时你们只要打开了宝藏之门，老子就凭手中的这些长盒子枪，你们又能奈我何？我只是不想有什么无辜的伤亡。”陈塘看了看我，然后又回到了刚才的座位上。

“哈哈……如此这般，甚好！不过我们就是不答应呢？”突然从门外闪进一个身影，是罗老歪，只见他蹿到了那两个押着杜思琪的黑衣人旁边。只听见传来两声惨叫，罗老歪手上多了一柄短刀。

“罗歪嘴，就算你救得了这位女娃，又能怎样？你茅山术再怎么厉害，恐怕依然不是中村将军的对手，识相的还是早早退了吧。”陈塘并没有因为罗老歪砍了两个手下而发怒。罗老歪脸上闪过一丝诧异，扫了一眼那个中村，然后拉着杜思琪向我们这边跑了过来解开我们身上的绳子。

“陈塘，你个王八蛋！”我怕唐子雨再惹出什么祸事来，连忙示意他别乱来，此时那个被称作中村将军的人拖着木屐走到了陈塘身边，在他耳边咕噜咕噜着，陈塘看着罗老歪摇了摇头，看样子那日本人是想和罗老歪单挑，被陈塘制止了。

“刚才中村说了，只要他一催动，这位驴脸身体内的数十条双头蛇就会从他全身血管里钻出，让他三魂出窍，七魄散乱，生不如死。”陈塘继续说道。

“陈塘，老子了了你的心愿答应你，我们一同开启宝藏，你取了宝贝，你让这个王八蛋解了唐子雨身上的蛇蛊，各走各的。”我一听陈塘要使出狠招，怕唐子雨受到双头蛇的侵食，连忙出口应承陈塘。

“好，还是刘兄弟识时务，懂大体。行！咱们这就各自准备，立刻行动。”陈塘脸露喜色起身，站在他身旁的张传良也长长嘘了一口气，唐子雨深恶痛绝地剜了他一眼。杜思琪连忙跑过去扶起了倒地的老婆婆，嘘寒问暖。

夜幕依然笼罩在整个村庄里，冬天的气息依然冰冷恬淡，整个村里看不到一丝灯火。人们早已酣然入睡，每个人坚守在自己的命运里，守着自己的生活、守着自己的信仰，而这个世界，是这些内容的综合体，只是对于我们来说，很多人是无法想象无法接受的，就拿杜思琪来说，这只是她的宿命。

罗老歪说："对于这种古游牧民族遗址，我们现在这样漫无目标地寻找也不是个办法，不如咱们兵分两路扩大搜寻范围，缩短寻找时间，我们可以先从当地的山水寻找，或者先找寻当地人。"

陈塘点了点头："不如这样，刘耀祖、杜家丫头和我、张传艮一路；中村浩二和罗老歪、唐子雨一路。剩下的几人，每队安排三个。天亮的时候我们依然在此集合，然后统一线索再做打算。如果谁起了外心，那就别怪我不客气。"

# 第二十章　山坡鬼屋

大家似乎对这样的安排并无异议，众人将行李寄放在瘸腿婆婆家，轻装上阵，分头出发，我们这一队向村南的东天山北麓，而他们一队沿着石仁子沟水库寻找，临走的时候我把唐子雨拉过来将身上的金狼令给了他两个，让他藏好。并且嘱咐了几声，让他管住自己的脾气，别要泼乱来，唐子雨看着已经动身的中村浩二，咬了咬牙拍着我的肩膀也跟了上去。

历史上的镇西府是个奇特的地方，就像它的蒙古名字“巴尔库尔”一样，翻译成汉语就是老虎前爪，这个在汉代就名声大噪的地方，无论在古丝绸之路兴起之前的草原之路年代，还是今天，都赋予了人们同样的期待与神往。水草丰美的草原、地旷人稀的村庄，是古代多支游牧民族重要的活动区域，也是东西方向、南北方向文化交流荟萃之地。此行道路不算是难走，只不过我们走的路上，我老是觉得有一双眼在后面偷窥着我们的行踪，可是等我转过头去，那双眼睛却又再次消失。

一路上没有遇到一个人或者是动物，我们用了一个时辰到达东天山北麓，却任何线索也没找到，陈塘决定绕过前面的几座山坡返回。突然，走在前面的张传艮用手电光指着前面大声说道：“快看！前面有人影。”

大家伙连忙顺着他指的方向望过去，可是什么也没有，大家正欲责怪他时，山坡那边突然出现一个黑影。我们大家心里一紧，这大冷天的，会是谁在那里？陈塘揉了揉眼顿觉蹊跷，虽然是心里疑惑，但是他还是决定要前往查看个究竟，我见状也不好阻拦，毕竟我们是来找线索的。根据罗老歪留给我们的线索，东天山北麓附近。

等我们爬过几个山坡，刚才那身影早就没了踪迹。远处刮来一阵北风，吹得人心头都在打战。簌簌，山坡那边突然传来一阵异响，不知是鬼怪出没的声音还是刚才那人逃走的声音，陈塘不由得加快了脚步翻过山坡，手电四周扫射着。

“你们看，那是什么?”突然杜思琪指着山坡下一个奇特的建筑物尖叫道。张传艮手中的手电连忙照了过去，只见山坡脚下有一座奇特的房子，房子是用灰色的石头堆砌而成的，石屋的四周摆放着几尊不同形状的石人。每个石人全身都是通红通红的，像是被谁泼了血一样。还有那个石屋是一个圆筒形状的屋子。屋子的门是开在一个巨大的羊头雕塑的嘴里，羊头上的两只眼睛看上去十分恐怖，还有两只长长的角就像两把钢刀，显得阴森刺眼。整座建筑在山坡的晨曦中，透出森森的寒气。

几人颤抖着下了山坡，我们怕有诈，大家都捏紧了手中的武器，准备一遇到情况就下手。陈塘来到门前，门竟然自动开了，手电照去，里面却看不到一个人，那圆筒状的屋子里却有一张香案，香案上摆放着一只剥了皮没了肉的羊头，羊头前面是一座香炉，里面青烟缭绕。

张传艮怕里面有诈，捡起一颗石子扔了进去，却是没任何情况发生。陈塘朝张传艮甩了甩头，示意他先进去。张传艮咬咬牙，两眼中露出一丝恶光，却又不发作，至于他为什么甘于跟在陈塘后面，我想不出任何理由，我唯一能肯定的是，他一定有什么苦衷，只是不能言表罢了。

我见他们这么婆婆妈妈的，一把拿过手电，抬脚刚想跨进去，却见那羊头的眼窟窿里突然有东西在转动，我心里吓得暗叫一声，慌忙停住脚步。可是再看时，那羊头却是安然无恙，手电光照去，羊眼窟窿里面空荡荡的根本就没有什么东西。

“是不是我眼花了?”我缩回伸出去的脚，揉了揉眼睛道。

“怎么了？你看到什么了？别疑神疑鬼的!”陈塘连忙拉住我的胳膊说道。

“邪门！我感觉那羊眼窟窿里有东西在动。”我指了指香案上的羊头说道。陈塘当然不信，手电光再次照了进去，然后头慢慢探进门。

“你小子别蛊惑人心，那羊头皮剥了，肉抠了，哪会有什么东西在动?”陈塘回头瞧了瞧我一眼，眼睛里透出一丝冷光。

“九爷，我看咱们还是别进去，不如就在这外面等太阳出来了再进去不迟，咱们也不急在这一时。”张传艮说道。本来陈塘还想让他的手下进去试一下的，听张传良这么一说，觉得在理，他随即让一个手下先回瘸婆婆家和中村浩二会合，告知这里的情况。

大伙盘腿坐在怪屋的门前生起了一堆火来取暖，等待黎明、等待太阳。这怪屋本来就不大，冷风刮得呜呜直响，像一把刀刮蹭着我们的骨头。陈塘的其余两个手下显得有点害怕，俩人嘀咕着，被陈塘训斥了几声。杜思琪一言不发地看着这屋发呆，使劲地搓着手取暖，我心里当然也有点害怕，我确实看到那羊头眼窟窿有东西转动。

“耀祖，你真看到有东西在转动？”杜思琪抬起头问道。我点了点头，嘴角笑笑，我不知道该怎么说，怕吓着她。

陈塘的两个手下起身活动了一下身子，掏出烟来点燃，然后俩人跑到屋子的西门去方便。簌簌，突然一阵声响从他们所在的位置传来，我能听出那声音的不同，这声音混在大风中，空灵虚无，若有若无，回荡在怪屋的上空，搅得四周更加诡异异常，我下意识地将杜思琪向我身边拉了拉。

“怎么了？是不是发现什么了？”杜思琪扬起脸问道。我看着她点了点头算是回答。

“九爷，九爷，鬼……鬼啊！”那两个人突然也感觉到了不对，裤子来不及系上慌忙跑了过来，嘴里尖叫着。

“什么鬼啊妖啊？哪儿呢？”陈塘提着驳壳枪迎上去。我手电也连忙照了过去，我看到一个火红的身影站在屋子的后面，一动不动地看着我们，却又不敢走近我们。

“黄皮子！是血尸屋的黄皮子！它怎么也跟着过来了？”我一眼就认出了这只黄皮子，我能肯定是它，当初要不是它，杜思琪也不会撞邪。

“真是它！它也随咱们来这里了？”杜思琪疑惑道。此时陈塘也不管什么黄皮子不黄皮子了，举起手枪就要射过去。张传良一把抬住他的手臂，枪口朝天空放了一枪，我看到那火红的黄皮子并没有逃走，而是嘴角微微翘起来，像是在笑。

“九爷，这黄皮子千万杀不得，尤其像这种火红色的黄皮子，据说这种黄皮子是成了精的，你这一枪打过去，保不准咱们都要跟着遭殃。”张传良疾呼道。

“哪有传说中的这么邪门？正好老子饿了，打死它烤着吃。”陈塘挣脱了张传良的手臂，再次瞄准了黄皮子。我见状，连忙起身向黄皮子挥手，那黄皮子看着我，眼角眯成了一条线，我索性捡起地上的火棍扔了过去准备吓跑它。

“啪！”当枪声响起的时候，我愣住了。

“啊——”其中的一个手下突然大叫了起来，然后双手捂住裤裆，两腿紧夹着。而且嘴里直呼道，“打中了，打中了我的命根子！”

我们诧异地回过头去察看，却见他的两腿间流淌着殷红的血液。这，这怎么可能？他不是一直在陈塘后面吗，而陈塘的枪是朝前开的，这子弹怎么会打中了他，而且无巧不成书竟然打到了他的下身。

陈塘转过头来看着那手下，同时脸上也露出惊讶的神情，吓得连忙扔掉了手中的枪，“这……怎么可能？我明明是朝黄皮子打过去的啊？”大家再看那只火红黄皮子时，却不见了踪迹。

“九爷，救我，救我。”那手下紧夹着双腿哀求着，样子显得十分可怜。

“好了，别乱号了！你给老子说说这到底是怎么一回事？”陈塘抓住另一个手下的领子大声问道。

“九爷，我……我也不知道。”那人见状连忙摇手。

“呼……”此时圆屋的四周再次传来一阵忽大忽小的簌簌声，这声响在这寒冷的夜色中像一根根钢针直刺心脏，那两人吓得连忙抱成了一团，陈塘连忙捡起地上的手枪，惊骇地看着四周。这时一个黑影从圆房子的西侧窜出，原来是一只獐子，发出一阵阵叫声，看到我们在屋的门口，又连忙折了回去，我们几个人长长呼了一口气，后背冷汗直冒。

陈塘放下了手枪，走近了火堆，心里直犯嘀咕。然而还未等他蹲下，一阵怪异的风袭来，并且跨过火堆，卷起了地上的火星乱飞。我拉着杜思琪看去，隐约间看到一个黑影钻进圆屋，然后又飞快地开门窜出向刚才黄皮子消失的地方而去。张传良手中的手电一晃一声大叫：“谁？”随之追过去，我怕他中了什么人的埋伏，连忙拉起杜思琪就追赶他。

可我和杜思琪足足追了数百米远，张传良早就不见了踪影。杜思琪双手撑着两腿喘着粗气，而陈塘提着枪也气喘吁吁地追过来。

"他去哪里了?"陈塘急着问道。我摇了摇头，用手电朝四周乱照射着。

"啊——"可是还未等我们呼吸稳定下来，圆屋方向传来两声尖叫，我心里暗想，不好！怕是陈塘的那两个手下遭遇毒手了。我和陈塘相互看了一眼，然后朝圆屋急奔过去。

我果然猜得没错，陈塘的那两个手下此时躺在血泊中，他们的胸口各插着一根血淋淋的羊角，两人的眼睛惊恐地朝着圆屋看去。

"啪啪……"陈塘举起手中的手枪朝圆屋乱开枪，以泄心中的怒气。"出来，谁……谁。"

我和杜思琪蹲下了身子察看起两人的尸体，希望能找到一点线索。"嘶嘶……"一声声细细的嘈杂声从两具尸体身上响起，而且两尸体的肚皮出现上下的涌动，我一看情况不对，拉住杜思琪连连后退。

"嘣……"连续两声，只见那两具尸体的肚皮突然间爆裂开，一股恶臭夹带着戾气扑面而来。"快！屏住呼吸!"我用衣袖挡住嘴鼻，脚下却被什么东西绊了一下，差点被绊倒。此时陈塘也感觉到不对，提着手枪赶忙向我们这边跑了过来。

我看到那两具爆裂的尸体瞬间钻出一大堆的虫子，那些虫子暗红色有手指般大小，它们急速地在尸体的里里外外蠕动着，吞噬着，空气中充斥了它们吞食的声音。陈塘后退着身子，用手枪朝那两具尸体扣动了扳机，两具尸体的血肉爆飞了起来，直看得我和杜思琪心惊肉跳。

此时正在我们惊慌之际，突然又一股阴风刮过，我刚想回头，却感觉到我的全身僵硬了，不能动弹。不光是我，连同杜思琪也这样，我张嘴想呼叫陈塘，可是嘴张开却叫不出声音来。只见一只黑影跑到了我前面，两只手分别拉住我和杜思琪的脚跑了起来。地上的泥土、草根、石子不断在打在脸上生生疼痛，我很快就失去了知觉。

也不知过了多久，我迷迷糊糊地睁开眼，四周漆黑一片。我伸出双手摸索着，同时轻轻地呼叫杜思琪。"啪!"一声轻微的声响在旁边响起，黑暗中顿时一亮，我侧头看去，发现原来是陈塘摁亮手电。我连忙挣扎着起身向他移去，此时不管咱们的矛盾如何，只能团结一致对外了。

可是当我起身的时候，我看到了一张脸紧贴在陈塘的背后，那张脸上血肉模糊，看上去狰狞恐怖。“九爷……”我连忙指着陈塘的背后吱声地叫喊道，可嘴里却惊慌得说不全。隐约间我还看到那张脸正对着我露出诡异的笑容。

陈塘将手电照了过来，看到我奇怪的样子，诧异地转过头向后面看去。可等他看到那是一张血脸的时候，吓得失声蹬起双脚，嘴里喘不过气来。此时他动作迟疑地举起另一只手，迎着手电光照了过去，发现手上竟然满是刚才在两个尸体身上看到的虫子。它们在他手上蠕动着，红红的肚子紧贴着手上的肌肤。不光是他，而且我也感觉到我手掌里不对。

陈塘尖叫着，双腿乱蹬，两手不停地甩动。而我也焦急地拍着身上手上的虫子，我知道这虫子邪门得很，要不然先前在圆屋门口那两人也不会变得那般恶心模样。

此时我发现我们俩被困在一个两人高的圆坑中，坑内凌乱地躺着几具尸骨，从包裹在他们身上的衣服破旧的程度来看，他们死亡应该有些时日。许多恶心不堪的虫子在他们的脑颅中扭成了一团翻滚着。而且刚才死亡的陈塘的两个手下也被人扔了下来，一大批的虫子正朝两具尸身的头脑里钻，吃得嘶嘶作响，整个坑内充满了恶臭、血腥。

陈塘捂着胸口恐惧地看着眼前的情景，然后转身欲爬出圆坑，可是越急越是从坑壁上掉落了下来，这时刚才我看到的那张血脸朝我们这边跑了过来，吓得陈塘两腿直打哆嗦，随手操起地上尸骨的一根腿骨就要砸过去。

“是我，我是杜思琪。”那血脸带着哭腔说道，我连忙抓住陈塘手上的腿骨，拉过杜思琪，原来是她的脸被地上的杂物剐花了，所以这才没看清这张血脸是谁。杜思琪一下子抱紧了我哭泣了起来，而我只能用手不停地在她肩上拍打着安慰她。

“这是什么地方?”陈塘手上的腿骨继续甩打着地上的红虫。我抬头仰望着上方，坑四壁涂满了血液，血红血红的，用手摸去，滑滑的，我祷告着希望能够想到办法爬出坑去。

“啊——”陈塘仰着头大声呼喊，坑中立即响起回音震得人耳朵嗡嗡作响，而无数虫子从壁上不断掉落，陈塘急忙躲避闪让，吓得再也不敢叫喊了，只能不安地站在那里。

"沙沙……"突然那虫堆里爬出两只个头比较大的红虫，足有手臂粗，它们相互蠕动身体，嘴里不停地冒出白沫，并且空中的恶臭味越来越大。它们似乎是看清了目标向我们弓起身子爬过来，似乎要朝我们发起进攻。数分钟后果不其然那些刚才还在乱爬的虫子像是得到了命令，潮水般地向我们三人拥过来，我们吓得脸色煞白，拼命地乱踩。

"啪啪……"坑中响起红虫身体爆裂的声音，恶臭的虫液四溅，可是我们的举动并没有影响这些虫子的行动，它们前赴后继地朝我们爬过来，不一会儿血虫就裹满了我和陈塘的全身，我感觉到有些虫子已经开始噬啃起我的皮肤了。此时我发现一个奇特的情况，潮水般的虫子却对杜思琪没有丝毫进攻的意图，它们绕过惊恐的杜思琪，而杜思琪惊讶地瞪着双眼，伸出双手在我身上掸了起来。

"思琪，快找东西砸了那两只大虫。"我张嘴大声呼叫道，可嘴一张，一些虫子竟然爬到我的嘴里，情急之下我急忙乱嚼了起来，咯嘣咯嘣，一阵阵恶臭瞬间覆盖了我的所有味觉，那味道差点没把我熏死。杜思琪也明白了我的意图，连忙捡起地上的一只腿骨，奋力地向那两只虫王砸去，那两只大虫见状连忙相互缠绕在一起，快速地向旁边蠕动钻进了虫群不见踪迹。

陈塘承受不了这种压力，干脆躺在地上滚起来，啪啪又是一阵响声，那些恶虫瞬间死了一大片，我见状也连忙学着他的样子在地上打滚，待我感觉轻松许多时，我拉住杜思琪，然后示意她爬上我的肩头，让她踩上我的肩头爬出去。杜思琪摇摇晃晃地踩着我的肩头，由于心慌中途差点几次摔倒了下来，待她稳稳抓住坑壁的时候，她奋力地跳了起来，扒住了坑壁口。我踮着脚用手死死地托住她的双脚，然后猛力往上一跳，她才爬出了坑。

此时的陈塘也不管我愿不愿意，双手按住我的双肩也踩了上来，杜思琪在坑的上面抓住他往上拉。"耀祖，你怎么办？"待陈塘出去，杜思琪趴在洞口焦急地哭道，我在坑里也没了主意。

"刘耀祖，抓住这丫头的双腿爬上来。"陈塘拉住杜思琪的双手，然后慢慢把她的身子放了下来，此时也只能这样。我像抓住了救命稻草一样，奋力抓住思琪的两只脚，陈塘在坑口吃力地拉着杜思琪的身子，同时杜思琪也抓着坑壁向上爬，费了九牛二虎之力我才出了坑。

待大家缓过气来，杜思琪拍打着我身上带出来的虫子，我发现有几只虫子竟然钻到了我的皮肤里，翘着屁股摇得正欢，杜思琪见状，掏出一把匕首来，用刀尖将虫子挑出。

“奇了怪了，这些鬼虫为什么不叮咬杜丫头？”陈塘忍着疼痛诧异道，然后歪着头盯着杜思琪看。

“别问为什么了，咱们还是快点离开这鬼地方吧，再在这鬼地方待下去，我看我会疯了的。”我打断了陈塘的好奇，其实我是怕陈塘对杜思琪产生好奇，从而暴露杜思琪的月氏圣女身份。

此时已经是大白天，看太阳挂在天空中的位置应该已经是中午时分了，看来我们在坑内有些时候了，坑外是一个山坡，而那座挂着羊头的怪屋离我们差不多一百米远。

“咱们回去弄些炸药来，炸了这座鬼屋。”陈塘咬了咬牙道。

“炸了这里有什么用？这万一是村里的祭坛，你炸了它只会激怒村民，那样的话我们谁也逃不掉，说不定还会死得更惨。”我吓唬陈塘道，我其实真担心他会乱来。

陈塘看了看我，不再说话，然后走在了最前面，按照原路返回。等我们到了瘸婆婆家的时候，已经是下午两三点了。唐子雨和罗老歪正坐在门槛上抽着烟卷，朝我们这方向张望，中村浩二一人像一个鬼魂一样在屋子里，唐子雨和罗老歪见到我们三人回来，连忙站起来，陈塘的手下连忙上前搀扶着陈塘，嘴里直呼九爷长九爷短。

唐子雨眉头蹙着用手按着我脸上的坑洞，我疼得捂着脸哇哇大叫。“老唐，你个浑蛋，没看到我脸上被咬成这样子，存心用这么大的力气干嘛？”

“嘿嘿……我还以为这是假的呢，你们到底遇到什么了？怎么会变成这副鬼样？你们这么久不回来，快急死唐爷我和老歪了。”唐子雨搓着双手问道。我简单地将我们遇到的情况说了一遍，听得唐子雨直咂舌翻眼。

“陈塘不是派了一个手下回来报信了吗？”末了我连忙问道。

“啥时候？没看见啊！”

“就天快亮的时候。我们在山坡那边遇到了怪屋后，陈塘怕你们这边担心，所以派了一个手下回来。对了！你们这边发现什么线索了没？”我问道。

“没有，咱们这边什么线索也没发现。就在那头发现一眼泉水，而且奇怪的是那眼泉里冒出的水还是热的。”唐子雨耸了耸肩。

“好了，还是给伤口快上点药，别把伤口给感染了。”罗老歪从屋里的行李拿出一包云南白药，然后撒到我身上的伤口上，我感激地看着他。而此时杜思琪正被那个瘸腿婆婆拉着问这问那，老婆婆对杜思琪一脸的关心，让杜思琪一阵感动，杜思琪给她说到那些恶心虫的时候，她脸上闪过一丝不易察觉的神色，婆婆看到我在偷偷观察她，那神情立马又消失了。我有种直觉，瘸腿婆婆一定知道这些虫的来历，可是我又不好特意去问。

“说来说去都怪那什么狗屁六指神爬，我看他这次只能在地上爬了。”唐子雨愤愤地叫道。

“这次也不能全怪他，或许他有说不出的隐私，要怪只能怪那只火红色的黄皮子，若不是它出现在怪屋那里，我们也不会碰到这种怪事。”我瞄了一下罗老歪和唐子雨小声说道。

“对啊！那只黄皮子怎么会出现在这里？这也太奇怪了。”

“而且我们夜里出发的时候还发现有一个黑影鬼鬼祟祟跟随着我，我猜这事一定和这神秘人脱不了干系。”我继续说道。正在我们说话的当隙，天色骤变了下来，一会儿就下起了雨来，幽幽凄凄的，下得人心里烦躁。同时我不禁为张传良担心起来，这么久也不见他回转，他是不是遇到了什么不测？

“咳咳……罗爷，耀祖，大家都进来商讨一下咱们下一步的计划。”陈塘咳嗽着在屋里叫喊道，似乎对张传良失踪的事并不放在心上。我朝唐子雨使了使眼色，然后走进屋里，此时中村依然是那一副死样站在陈塘的后面，两只死鱼眼紧紧盯着我们。

“有什么好商量的？这里还不是什么事都是你说了算，我们都听你九爷的，你说怎么着就怎么着。”唐子雨没好气地说道。

“我觉得那怪屋一定和地下宝藏有关系。咱们不如再去看看，顺便带上炸药，如果不行，咱们就轰了它。”陈塘看了一眼唐子雨建议道。

“别！千万炸不得，这如果要触动了神灵可不是闹着玩的。”罗老歪坐在陈塘的对面说道。

“什么神灵？我看就是某些人在装神弄鬼。”

“要不等雨停了，咱们再去那地方打探一下，等摸清情况再做打算不迟，这事急不得。”杜思琪插嘴说道。

“还有你之前派回来报信的手下是不是逃走了？怎么没见他？”我说道。

“老子也弄不懂这个马奎到底哪里去了，咱们也别管他，死也好，走也好，都挡不住我陈塘发财。”陈塘嘴角挂着笑容说道，眼里全是贪婪的目光。

“对于张传良，咱们怎么办？”我扫视了他们一眼问道。

“还能怎么办？让他自生自灭吧，咱们还是顾好自己的命吧，咳咳……”陈塘又咳嗽了起来。

“对！让他自生自灭！我估计他小子正在哪里快活呢。更何况他就这么死了，对他来说说不定还是一种解脱呢。”陈塘的一个手下插话道。

“无耻！”我心里暗骂道。“不行，我看还是先找到他再说，而且是必须马上找，我怕时间长了他会遭到毒手。”我焦急道，陈塘可能是没想到我会为张传良这么担心，眉目间有点诧然。

唐子雨也有点惊讶我的决定，他拉了拉我的手肘弯，我转身就去翻行李找出我的装备来。此时外面已经完全黑了下来，而且天空中竟然下起了雪，整个石仁子沟村蒙上了一层白纱。唐子雨迟疑地看着我，我也看着他，眼神中满是期待，我当然希望他能够陪我去。

“耀祖，你真的想去救他。”杜思琪走了过来，拉住我问道，我点点头。

“那我陪你去！”杜思琪迟疑了一会儿说道，我知道她是担心我的安全，看我一个人去冒险，怕我遇到不测。

“我们也陪你去，看六指神爬这家伙到底搞什么鬼？”唐子雨和罗老歪走过来，唐子雨扯过我身上的挎包背在了身上。

“咳咳……这样吧，干脆咱们大伙儿都去吧，好歹大家伙都有个照应。”陈塘和中村浩二交换了一下眼神，然后起身道。

“啥照应？我看你们是怕我们找着宝藏独吞了。”唐子雨在后边嘟囔道，眼神里满是对陈塘的鄙夷。

# 第二十一章　鬼面具

此时外面刮起了大风，吹着一些浮雪打在脸上生疼生疼。我们各自裹了裹衣服向之前逃出来的方向走去。陈塘的几个手下走在队伍的最前面，陈塘和中村浩二走在中间，我和唐子雨、罗老歪故意落在队伍的最后面。

雪下很大，整个石仁子村笼罩在白茫茫之中，我们几人走在这样的黑夜，给这样的夜晚增添了一丝诡异。

“哎呀！我落下东西在瘸婆婆那里了。”走在我们前面的杜思琪突然尖声叫道，然后就要急着回去。

“大妹子，啥东西啊？要不要叫耀祖替你回去一趟。”唐子雨拉住杜思琪关心地说道，杜思琪微笑着看了我和唐子雨，然后摇了摇头。

“那快去快回，我们就在这里停下来等你。”我用手电光照了一下瘸腿婆婆的草屋，然后点了点头。

“女人真麻烦！要不是她，咱们也不会蹚上这一次浑水，更不会几次差点把命搭进去。”唐子雨看着杜思琪的背影摇摇头道。

“得，你还是少说几句吧！别让陈塘以为我们在密谋什么。”罗老歪拍了拍唐子雨的肩膀说道，然后看看前面，却发现少了中村浩二的身影，罗老歪诧异地扭头四下寻找了起来。“那个日本人不见了。”

“不见就不见了，有什么大惊小怪的。死了才好呢。”唐子雨没好气地说道。

“如果他死了，我估摸着你也活不长了。别忘了你身体里还有双头盘龙蛊。”我瞪了他一眼说道，唐子雨一下子闷声不语了。

“啊……”然而就在这时，我突然听到茅屋那边传来一声尖细的叫声。

“不好！是思琪，思琪出事了！”唐子雨伸长脖子看向草屋那里。而我早已撒开脚丫子奔向草屋，大家伙一见苗头不对，连忙都向草屋方向奔去。

“思琪!”我急呼呼地大声叫喊着，罗老歪和唐子雨也断断续续地在后面呼喊，可就是没有杜思琪的声音，我心里扑通扑通不能平静，心想这丫头不会真出了什么事吧。

可等我到了屋门口，我却看到杜思琪从屋里奔出来捂着喉咙，然后气喘吁吁地指着屋里说道：“鬼，鬼面具……有人要杀我……”

“思琪，怎么了？什么鬼面具？谁要杀你？”我连忙拉住她关心地问道。杜思琪不说话，只是指着屋里，脸上煞白。唐子雨一把拉住罗老歪跨进屋里，陈塘和他的手下紧跟其后。我也拉住杜思琪欲往屋里跑，可是杜思琪说什么也不肯走。

“大妹子，快进来，瘸婆婆怕是不行了。”此时唐子雨在门口手上提着一只面具说道。

“瘸腿婆婆？”杜思琪诧异道，然后急忙奔进屋里，我也感到甚是奇怪，连忙跟了进去。

走进屋里，只见瘸腿婆婆瘫坐在角落里，头靠着墙头，嘴角不停地吐着鲜血。而屋内一片狼藉，桌子、凳子凌乱地倒在地上，饭盆锅碗碎了一地，看样子刚才似乎发生了一场争斗。不会是杜思琪和瘸腿婆婆吧？我心里暗想道。

“婆婆，你怎么了？你怎么这么傻？为什么要救我？”杜思琪抱住瘸腿婆婆大声叫道，眼里渗出了泪水。

“咳咳……”瘸腿婆婆动了动身子，然后剧烈地咳嗽了起来，并且嘴唇不停地哆嗦着，似乎有什么话要说，却又说不出来。

“婆婆，是谁？是谁杀了你？你是不是有什么话要说？”我将嘴凑到婆婆的耳朵边问道。瘸婆婆缓缓地抬起头，看着杜思琪，嘴角露出一丝笑容来。

“婆婆，您先别动，什么都别说，等身体好了再说。”杜思琪哭泣着抚摸着婆婆的脸，婆婆吃力地伸出手慢慢靠近杜思琪的脸。

“孩子，离开……离开……永远都别回来……”瘸腿婆婆断断续续地说着，然后突然手重重地垂了下来，头向后仰去，永远闭上眼睛了。

“婆婆，你别死！你别死！”杜思琪显得有点混乱了，抱着瘸腿婆婆的身子大声地呼喊道，可任凭她怎么呼喊，瘸腿婆婆再也不会醒来了。

“大妹子，这到底怎么回事？瘸腿婆婆怎么会倒在这里的？”唐子雨焦急问道。

“刚才我进屋的时候，我看到婆婆和一个戴着鬼面具的人在争斗，那个戴着面具的人看到我进来，突然朝我射出一把寒光闪闪的东西来，婆婆看到连忙用身体挡在我面前，后来你们来了，那戴着鬼面具的人从后窗逃走了。”杜思琪抬起头说起了整件事的来龙去脉。

“到底是谁想要婆婆和思琪丫头的命？难道是中村那小子？”唐子雨突然说道，然后回头看了看陈塘他们一伙，此时中村浩二还没出现，这更加让人不得不猜疑。

“没有证据可别胡说八道瞎猜测！若是中村真想杀这丫头还要费这个神吗？”陈塘抬起眼不屑地说道，“再说瘸老太婆死就死了，有什么大惊小怪的？”

“陈塘！如果不是中村浩二，那你告诉大家中村浩二鬼鬼祟祟地去哪了？”罗老歪跳了出来。

“他去什么地方我哪里知道。总之我能肯定不是他所为。行了，我们还待在这里干吗？刚才谁在这里吵闹着去找张传良的？怎么现在不着急了？”陈塘看了看门外问道。

“你还算是人吗？”唐子雨愤愤地挥舞着手中的鬼面具叫嚷着，就差没把面具扔到陈塘脸上。那面具透着一股阴森死亡的气息，面具的形制比较简单，看不出面具的材质，感觉是用黄铜制成，又像是用某种木头。鬼面状如狼头，两耳高耸，额头中间有一个手指粗的窟窿。狼的眼珠高高凸起，一张血盆大口里露出两排牙齿，尤其四颗獠牙，看得人内心直跳。

“这面具，应该是种祭祀面具，和萨满法师的祭神法器差不多。”罗老歪拿过唐子雨手上的面具，仔细翻看着。这时门外突然刮来一道劲风，罗老歪手上的面具未拿稳一下子落在地上。

“咔——”还未等我们几个明白怎么回事，突然一个白影从门外重重地摔了进来，紧跟其后的是中村浩二。

白影是一个满是白发的老者，脸上的皮紧皱着，像霜打的茄子，看起来比那个面具更加恐怖。他的身体重重撞在墙上滚落下来，嘴里直吐着鲜血。中村浩二跨进屋里在陈塘耳边低声嘀咕，陈塘听得直点头，目光不停地看向那位老者。

“摁住他，别让他跑了。”陈塘突然大声命令手下按住白发老者，那几个手下也不知道陈塘和中村浩二的葫芦里到底卖的什么药，几人前进了几步却退缩着身子，他们是担心老者突然有什么变化。

“白养你们这些饭桶了，还不快动手，如果这老不死的逃了，你们一个也别想活。”陈塘照着其中一个手下猛踢了一脚叫道。几人壮了壮胆子，一拥而上按住老者。我们几个看得云山雾罩的，根本不知道他们到底要干什么。

“九爷，这老家伙好像已经断气了。”被踢的手下突然惊呼道。陈塘一听，连忙走了过来用手探了探那老者的鼻息，然后朝手下挥了挥，示意他们放开老者。

“你们也太没人性了，怎么能够乱杀人?”唐子雨忍不住地问道。

“你们不是要找杀瘸腿老婆子的人吗？喏！就是这个老鬼杀的，幸亏中村浩二将军早有防备，替你们抓到了这个逃走的老鬼。至于他怎么死的，你们都看到了，可不是我们杀的，是他自己撞在了墙上而死的。”陈塘捻了捻手指轻描淡写道，把老者的死说得和他们一点关系也没有。

我惊讶地看着地上的老者，心里一直盘旋着一个问题，就是他为什么要杀了瘸婆婆和杜思琪？而中村浩二到底暗藏着什么祸心，为什么狠下杀手杀了他？这与月氏王宝藏有关吗?

此时杜思琪捡起了地上的萨满面具仔细端详着，像丢了魂一样，可能是瘸婆婆因她而死，心里在自责吧。她好奇地举起面具贴在自己脸庞，我惊奇地看到面具上的两只凸出的眼球突然转动了一下，好像那张面具里藏有玄机。

“思琪，快放下面具。”我疾呼道，然后跑上前就要揭开盖在她脸上的面具。可是杜思琪却突然发出痛苦的哀叫声，只见她弯着腰，两只手扯住面具，那张面具却像生了根一样，面具紧紧地与她的脸庞贴合在一起，一时间竟然揭不下来。这下我们所有的人都惊呆了，谁也不曾想到会发生这样的事。我上前连忙扶起她，伸手想再次帮她揭开面具，杜思琪再一次发出沉闷的叫声。

“耀祖，快松手，别揭！再揭，怕是连她的脸皮都要被你撕下来了。”罗老歪连忙喝声止住我的动作，几人一时愣在那里，不知道该怎么办。就连中村浩二此时也瞪大着眼睛看着发生在眼前的怪事，陈塘和几个手下惊吓得直往后退。

“这可如何是好？这鬼面具怎么会这么邪门儿？咱们得赶快帮思琪把面具弄下来，时间长了会要了她命的。”唐子雨急道。

“冷静！冷静！大家千万别乱！”罗老歪拍着唐子雨的肩膀，此时看到杜思琪这副模样，我心如刀绞般疼痛。

“啊……”突然陈塘他们惊叫起来，眼睛紧盯着我们后面，嘴一直张着，却说不出话来，我隐约感觉到一阵阴风从我和思琪后面刮过，我想我后面肯定出现了什么异常情况。连忙按住杜思琪的肩膀，躬下身子向后看去，却发现刚才那个白发老者竟然不见了身影，

“快抓住他！”陈塘突然高声叫道。我这才明白刚才那阴风是白发老者起身刮起的，并且趁大家不备逃了出去，中村浩二和罗老歪急忙跳起追了出去，唐子雨和陈塘他们几人也相继跑出屋，由于思琪脸上的面具，我只能留下来陪着她。

“嘿嘿……”我刚抬头，却感觉我旁边的杜思琪发出异样的笑声，阴沉沉的，给人一种压抑的感觉，我看向杜思琪，隔着鬼面具我根本看不出她的表情。

“嘿嘿……”鬼面具后面再次发出刺耳的笑声，我看到面具后面的双眼又再次转动了一下，并且还发现面具的颜色竟然发生着变化，一股血红色瞬间布满了整张面具，血液好像要从面具上流了出来，而且我感觉到杜思琪的手正在用力地捏着我。

“啊——”一种前所未有的恐惧迅速充满我全身，我吓得连连后退身子，不住地大声惊叫起来，可是我发现我根本发不出声音来，慌乱间我抓住旁边的木凳挡在了面前。

杜思琪慢慢向我靠拢，并且阴沉的笑声越来越大，那样子十分恐怖。

我急忙用手上的木凳拄住杜思琪，可杜思琪竟然快速奋力抓住我手上的木凳，砰！木凳一下子被她掰断摔在了地上。声音惊动了屋外的唐子雨和陈塘，唐子雨跨进屋来看到这情形，一时呆住了。

“怎么会这样?”陈塘进屋看到我受到要挟，掏出撸子枪就要朝杜思琪扣动扳机，我连忙挥动着手让他停住。可就在迟疑间，杜思琪一把掐住了我的脖子，我满脸通红，拼命地踢腿挣扎，却始终碰不到杜思琪。

唐子雨担心杜思琪掐断我的脖子，慌忙抄起地上的那张断板凳就朝杜思琪的后脑勺砸去，可板凳砸到一半就停在半空中，因为此时杜思琪松开了我，正朝着唐子雨扑去，唐子雨一时忘记砸下去。

“砰!”陈塘终于还是扣动了扳机，子弹朝杜思琪脸上的鬼面具射去。我双手揉着脖子使劲地喘着粗气，我再也提不上力气劝阻陈塘了。“嘣!”就在我以为子弹会击穿面具射中杜思琪时，子弹在鬼面具上发出一声喷擦声后，竟然在鬼面上形成一个角度向陈塘反弹了过去，子弹恰好射进他一个手下的额头。那家伙都没来得及叫一声就倒下去了，血咕噜咕噜流了出来。

“嗷……”就在我们大家伙惊慌失措时，黑夜里传来一阵或远或近狼的叫声，那声音让人后脊背直冒冷汗。更让人惊讶的是覆盖在杜思琪脸上面具的血红色突然消去，而杜思琪的双臂一下子松下来，然后慢慢向屋外走去，陈塘几人神色大变，全身战栗，双眼因恐惧而张大，并且连忙闪开身子。

“耀祖，杜思琪怎么会变成这样？我们要不要追出去?”唐子雨向我询问道。

“这不是废话吗？快点跟上。”我依然揉着脖子说道。我感觉那个老者一定和月氏圣地有关，至于杜思琪的脸为什么被鬼面具覆盖住，或许和她月氏圣女身份有关，我心里只能祈祷着她千万别出事。

我和唐子雨矮着身子，向杜思琪消失的方向疾追。可杜思琪的身子走得极快，看她那样子好像是被人操纵了一般。外面的雪越下越大，我们不敢有片刻停歇，沿着风雪和杜思琪的影子一路狂奔，而陈塘和他那几个手下也紧跟在我们身后，丝毫没有落下，看来他们比我还想看个究竟。

我们直追了数里地，这才赶上杜思琪，此时我发现我们竟然到了一个山坡上，而杜思琪站在山坡的一侧，山坡比较陡峭，杜思琪干脆坐下来，嘴里咿咿呀呀地说着我们听不懂的话语。

“唉！你们两个跑这么快，赶着去投胎啊！追到你的小情人了没？”陈塘从后面追上来喘着粗气，扯着嗓门叫道。我连忙向他打手势，指指山坡那边的杜思琪。他一看情况不对，连忙蹲下来细看。

杜思琪坐在那里摇晃着身子，目光朝我们躲避的位置看了几眼，忽然倒地朝山坡下滚去，我和唐子雨根本来不及上前去救她了。“思琪——”我冲到山坡大声呼叫着，然后快速地冲下山坡。可是突然我感觉到我的小腿一麻，好像被什么东西击中，两腿根本抬不起来，浑身一种无力感，并且呼吸阻滞，我们只能看着杜思琪滚下去。此时我还发现不光是我，唐子雨和陈塘也和我一样，谁都抬不起脚，像被人施了定身咒定在山坡顶上。

大约一炷香时间，我才渐渐有了知觉，可全身却冻得直哆嗦。我顾不得拍打身上的积雪，快速冲下山坡去，却发现山坡下根本没有思琪的身影，我和唐子雨四下寻找，都无果，不由得泄气了。

“耀祖，这死的死了，失踪的失踪了，我们还是赶快撤了吧？”唐子雨跺了跺脚说道。

“撤！撤哪里去？不找到月氏圣地谁都别想离开这里，可别忘了，你们的小命还捏在我手里。”陈塘脸上堆满了奸笑说道。唐子雨一想到双头盘龙蛊，眉头蹙了一下，闷声不响了。

“九爷，快看，那里有火光！”此时陈塘的一个手下用手电朝我们的正前方乱射着，然后指着前方说道。我和唐子雨也觉得诧异，连忙转过头去察看，果然在山坡的那边出现一簇火光，不光如此，还有阵阵嘈杂声。

“走，去看看什么情况。”陈塘在后面催促道。我和唐子雨相继看了一眼，然后点点头朝前走去。朝前看去，火光忽隐忽现的，而声音却像是有千军万马在奔腾。

“九爷，看这情形别又是敌人的陷阱，他们这是要将我们一个一个地击破。先是摸金校尉六指神爬，接着是杜思琪，然后是罗老歪和中村，看来接下来就是我们了。”陈塘的一个手下说道。

“去去，二狗子，走你的路，别疑神疑鬼！再在这胡说八道，老子一枪崩了你。”陈塘踢了那人一脚吼叫道。我和唐子雨闷声不响直往前奔，听二狗子刚才那么一说，我们多少有点害怕。过了十来分钟，我们连续翻过了数个山坡，这才接近了火光处。

“耀祖，这情形不对，我怎么越来越感到这空气中的气味不对，好像臊味冲天。”唐子雨揉揉鼻子说道。此时陈塘也早已冲到了我们前面，手电光直射向那光亮之处。

“黄皮子，羊头鬼屋……怎会又是这个鬼地方?”陈塘手中的手电停住，结结巴巴地惊呼起来。

# 第二十二章　祭　祀

陈塘冷不丁的这一诈唬，我浑身顿时一激灵，然后踮起脚抬头往前看了看，果然在我们前面几百米远的地方就是那座羊头怪屋，屋的四周围满了一些动物，其中以黄皮子最多，而那只火红色的黄皮子也在其中。

此时那座羊头怪屋前点燃了数堆篝火，篝火前围着一群人，细看一下，惊奇地发现那些人竟然都戴着面具，面具上刻的是什么，我们看不清楚。

“难怪唐爷我觉得这里的气味这么臭。”唐子雨用手捋了头上的积雪道，“不过话说回来，这些人在这里干嘛？是不是在搞什么祭祀活动?”

“祭祀？对！你瞧，你们看门前两根羊角桩上绑着的两个人。”二狗子眼尖，指着怪屋前面的两根羊角桩说道。我仔细地观察，果然发现情况正如二狗子所说，我发现分别绑在上面的两个人竟然是张传良和杜思琪，而且我发现杜思琪脸上的鬼面具不知何时已经被揭掉了。

篝火燃烧得很旺，火光通红，周围的动物们目不转睛地看着篝火旁的人群，时不时地发出一阵躁动。我们几人猫着腰躲到了怪屋的后面，观察着情形，我下定决心了，只要他们对杜思琪有什么举动，我就是豁出去命也要救杜思琪，我早就将生死置之度外了。

“老唐，这前面也不知道会发生什么危险的事来，你怕不怕。”我有些拿不定主意，回头问道。

“什么怕不怕的！别这么小瞧了唐爷，咱俩在一起生活也这么久了，你还不知道我的脾气？别说是这些个妖人了，就算他们是鬼，唐爷我也得把他们给整了。等会儿见机行事，你先救人，我冲进去砍了他们。”唐子雨伸出脖子往那边张望了一下，嘴里不屑地说道。

“得了，废话少说！别惊动了这些畜生，要不然可有咱们受得了。”我推了他一把轻声说道，同时我也摸出了管插，拧上刀头，准备和唐子雨大干一场了，颇有一种英雄上战场的气势。我朝后看了一下，发现陈塘躲在后面缩着头，许是被眼前的情景吓坏了。

“喂！你们俩可别把命给送了，不如这样，我让二狗子和三侉子先去摸摸情况再说。”陈塘压低嗓门说道，我知道他是担心月氏宝藏，并不是担心我和唐子雨的小命。二狗子和三侉子一听头摇得像拨浪鼓，说什么也不肯冲在最前面。

我和唐子雨相继一笑，打着手势，就向屋前包抄而去，那些畜生并没有发现我和唐子雨的动作。我和唐子雨趴在地上，小心地观察着篝火前的情况。

怪屋前面好像确实在举行祭祀活动，在屋前的平地上站着一位白发老者，细一看正是那位杀了瘸腿婆婆的老者，罗老歪和中村浩二刚才正是追他而去的，如果不出我所料，他们两人应该也藏在这怪屋周围了。

在白发老者的四周站着一圈又一圈的人，他们每个人都用鬼面具遮着脸，看不清他们的表情，面具上的动物各式各样各不相同。那老者嘴里叽里咕噜地说着一大堆话，我们一句也没听懂，地下的那些人双手举着、挥动着，嘴里回应着叽里咕噜，然后老者向张传良走去，看这架势是要先拿他祭祀了。

“老唐，快动手！你先去搅了他们，我去救思琪和张传良。”我看情形不对，连忙拽了拽唐子雨说道，然后把手上的管插交给了他。唐子雨点点头，接过管插头也不回地冲了进去。

人群瞬间打乱，唐子雨抡着管插来回挥舞着，那些鬼面人迫于唐子雨手上的管插，将唐子雨包围在中间，有几个胆大的碰到管插，倒地捂着伤口号叫起来，白发老者见状离开张传良，向唐子雨走去，我见机会来了，连忙冲上前用匕首割断杜思琪和张传良身上的绳子，然后拉起似醒未醒的两人向陈塘他们躲藏的地方奔去。

此时一直在周围的黄皮子突然高声尖叫起来，并且一齐撅起屁股放起了毒气来，场面顿时臭气熏天。张传良和杜思琪被这瘴气熏醒，相继捂住口鼻向那边走去，陈塘和二狗子、三侉子也走了出来接应。

可是等我转身时，发现唐子雨竟然被那群人架着抛向了空中，然后再次接住他，继续抛着，那群戴着面具的人发出一阵接一阵的狼嚎声，并且向一个火堆走去，看样子是要让唐子雨落下来的时候，让他掉进篝火堆里，整个场面有点失控。

我冲了进去，抓起一只还在燃烧的树干，朝那群面具人挥舞着，面具人一哄而散，唐子雨从上方重重地落了下来，我看情势不对，连忙拾起掉在地上的管插，朝那火堆扫去，燃着的树枝凌乱地朝畜生们飞去，那些动物连忙后退着身子避让着。

“轰!”唐子雨的身子重重地落在了刚才的火堆处。

“耀祖，你就不能接着唐爷啊。哎哟!”唐子雨挣扎着起身，双手捂住腰部叫道。

“我来不及啊，如果不把火堆弄开，恐怕你现在正在火堆里烤着呢。”我拉起他就要往外围冲去。却发现刚才散去的动物们此时又再次聚集起来向我们包围过来，而且这次竟然发现了好几十头狼，我顿时吓得毛骨悚然，胆战心惊，看来我和唐子雨今天必须得交代在这里了，我想刚才那些面具人一定是使了传说中的唤兽术。

“呼!”就在我们惊慌时，突然从旁边冲出两个身影来，定睛一看原来是罗老歪和中村浩二。罗老歪手执一把木剑，手抓一把黄纸符咒，口中念念有词，然后用木剑挑起，符咒在木剑上突地燃烧起来，木剑顿时全身通红。罗老歪挥起木剑就冲向狼群。而中村浩二也不示弱，他挥舞着一把武士刀，满身杀气也冲进狼群，顿时狼群血光冲天。

我和唐子雨见状，也连忙挥起管插和树枝冲了过去，狼群和黄皮子群瞬间被我们打得逃之夭夭，它们死的死，伤的伤，剩下的全都逃命去了，好不凄惨。

“呼呼……”“好不容易赶跑了这些畜生。”唐子雨一屁股坐了下来，直喘着粗气说道，罗老歪和中村浩二似乎也斗累了，正盘腿坐在地上调息。

“老唐，情况不对，那些面具人哪里去了？怎么一个也不见了?”此时我才发现了这一情况，场上一个面具人也看不见了，连同那位白发老者。

“肯定是被咱们几人的神功吓跑了。”唐子雨笑道。

“去去，你就少吹嘘吧，差点被人做了叉烧还神功呢。”我没好气地说道。

“哈哈……刚才几位好神勇啊!”不知何时陈塘几人出现在我们面前，把我们吓了一跳。

“陈二鬼子，你能不能别这么鬼鬼祟祟的？吓死老子了。”唐子雨转过头扯起嗓门叫道，陈塘见状倒是没发怒。

“耀祖，唐子雨，你们都没事吧?”思琪蹲下身子关心地问道。

“没事，唐爷我身子骨硬着呢。”唐子雨接过话茬道。

“你呢！你没被吓坏吧?”我也关心地问道。

“没事！幸好有你们两个保护我，要不然我可能就惨了。”杜思琪脸上闪过一丝笑容和憔悴。

“刘兄弟，唐兄弟，多谢刚才慷慨相救，我张传良没齿难忘。”张传良也朝我们道谢起来。

“得了！老子受不起你的道谢。你不在北平陪着你老爷子，跑这里蹚浑水来了，而且还和二鬼子搅在一起，我和耀祖鄙视你。”唐子雨剜了他一眼，张传良一下子僵住，脸色十分尴尬。

“老唐，少说几句，或许他有什么不得已的原因。”我连忙推了一下唐子雨，张传良感激地看了我一眼。“对了！昨夜你不是去追那黑影的吗？怎么会被捉住绑在这里的?”我顺势问道。

“昨夜我紧追那黑影而去，可追着追着黑影却突然不见了踪迹，我意识到情况不对正准备打转时，却被人从后面打晕，等我醒来时才发现我被绑在了这羊角桩上，之后就看到你们来了。”张传良很轻描淡写地说道，“杜家丫头怎么也被抓住绑在这里的？你们遇到什么事了?”

我把我们遇到的事轻描淡写地说了一遍，只听得他连连咂舌，然后朝地上的那块面具看去，冷不丁打了个冷战。杜思琪看到那只鬼面具，连连后退身子。

“咱们砸了这鬼面不就得了，免得看到它提心吊胆的。”唐子雨握住管插就朝鬼面具砸去。

“嘣!”随着一声沉闷的声音，只见鬼面具被砸成了数十块碎片。而且我看到那些碎片上冒出一股股黑色的烟雾，大家见状连忙相互搀扶着后退，三侉子和二狗子不停地埋怨唐子雨。

随着烟雾的散去，羊头怪屋里面突然传来几声悠长的铃声和贯耳的鼓声，铃声和鼓声直钻人耳膜，这是西域巫师最有代表性的乐器腰铃和神鼓。

我们大家都有点茫然失措，不知道接下来会发生什么事。风渐渐大了起来，雪打在人脸上一丝冰凉直钻肌肤。唯一能够感觉到暖和的就是面前几堆篝火，火光暗淡，我知道这温暖并不能持续多久，也许马上就会消失得无影无踪。

突然一个黑影在门口晃过，我看清了那只是巫师的一袭巫衣，令人感到奇怪的是巫衣里却空荡无物，而整个巫衣看起来像是穿在人身上。一鼓一棒槌，一铃一铃鞭，鼓和铃的声音相互交替着，诡异异常。陈塘举起手中的撸子枪对准巫衣正要扣动扳机，可那巫衣却突然飘进屋里不见了踪迹，陈塘连吞几口口水正要走进去看个究竟，却被中村浩二一把拉住。

鼓和铃的声音，一声紧似一声，听得众人直打哆嗦。陈塘似乎受不了这种气氛，手中的枪砰然而响，子弹直射向怪屋里的那件巫衣，鼓和铃声戛然而止，取而代之的是一声刺耳的叫声，足足叫了有两分钟，看样子巫衣影子被子弹打中了。

“二狗子、三侉子快进去看看，是不是打中那鬼影了。”陈塘脸露喜色吩咐道。二狗子和三侉子两人畏畏缩缩的，拿着手电两腿筛糠般向大门走过去。

“磨磨蹭蹭的！给老子快点！”陈塘看到他们两个畏畏缩缩的，朝他们两个屁股上各踹一脚，两人跌跌撞撞相互推搡着闯进屋子。

屋子里死气沉沉，手电光在屋里胡乱地闪了几下，我们在外面心也提到了嗓子眼。“啊——”屋里猛然传来一声凄惨的尖叫声和一阵挣扎，手电光也一下子熄灭了，紧接着从屋里蹿出一个圆溜溜的东西，直奔陈塘的面门，陈塘连忙用手去挡，那东西一下子滚在地上。唐子雨连忙操起管插砸过去，我怕有诈，一把拉住唐子雨，好久才看清那东西竟然是香案上剥了皮抠了肉的羊头。

陈塘抬脚猛地一踢，羊头骨碌滚进了一堆篝火中，篝火发出一声爆响，火花四溅开来，我们吓得连忙后退躲避。“哈哈……”可还未等我们回过神来，屋里又传来一阵笑声，仔细听去，像是二狗子和三侉子两人在里面追逐的声音。

“二狗子、三侉子，你们两个给老子出来。”陈塘朝屋里面叫道，可等了许久就是不见二狗子三侉子出来，陈塘气愤地举起手枪。

“慢！听他们的声音好像不对！”罗老歪上前压住陈塘的枪口说道。“呼——”可还未等陈塘放下手枪，却见二狗子和三侉子从里面奔出来，令人惊骇的是他们的脸上竟然各自戴着一只恐怖的邪恶面具，但是追逐嬉闹的笑声却依然从屋里传来，看来并不是他们两人在屋里嬉闹。

“站住！”陈塘举起手枪对准二狗子和三侉子叫道，两人像是没有听到一样，依然朝大伙儿奔过来而且速度非常快，我看情况不妙，拉住杜思琪闪向一旁。罗老歪也赶忙拉住陈塘闪开，二狗子和三侉子的身影直向另一堆篝火扑去。

“大家快看！他们的脑袋怎么没了?”唐子雨眼尖指着两人的后背大声疾呼，嘴里像是吞了一只鸡蛋一样张着。我们借着篝火的亮光看去，三侉子和二狗子两人果然是没了脑袋，只有一只面具竖在他们的脖子上，而且没了头的脖子上还在喷着血液。

“谁在里面装神弄鬼，老子非炸了这里不可！”陈塘气得朝屋里连开几枪，枪声回荡在寂静的夜空，却显得是那么无力。屋里的鼓铃声间断地响起，直刺大家耳鼓，我壮了壮胆用手电扫了一下屋里，却看见香案上竟然摆放着二狗子和三侉子两人的人头，两人的眼球外凸，狰狞恐怖。此时陈塘已经摸出一只炸弹来，手哆嗦着点燃就要扔进去。

“呼噜噜……”一团黑影突然冲出屋，我看清那团黑影竟是数百只蝙蝠簇成的团，它们散开后迅速结成一张网，将陈塘扔出的炸药挡在门外，更要命的是燃着的炸药竟然向我们一下子弹过来。

“不好！大家快逃！”张传良尖叫一声，连忙朝目瞪口呆的我们推了过来，可急人的是我和杜思琪竟然在这紧要关头摔倒在地。

## 第二十三章　怪屋驭鬼

“轰！”只见一直没见动静的中村浩二突然跃起，挥起手中的武士刀向炸药甩去，炸药箭一样地飞了出去，在空中猛地爆炸了。

“陈二鬼子！你少做点缺德事！老子玩不起！”唐子雨抹了抹脸上的灰尘指着陈塘吼叫道。陈塘站在那里一时不知所措，我看到他浑身都在打战，显然被刚才出现的情况吓着了，要不是中村浩二那一招，我们几人恐怕都得去阎王殿喝汤了。

可就在唐子雨的话音刚落，几只蝙蝠向他俯冲了过来，利爪朝他头上抓去。“老唐！快躲开！”我爬起来大声叫道。唐子雨一脸迷茫地看着我，在他一旁的罗老歪也看到情况不对，猛地拽住他的衣服，唐子雨那笨重的身子重重地摔倒在地上，嘴里直呼。

再看那几只蝙蝠见唐子雨倒地，并没有停止住俯冲，而是朝陈塘的头上抓去，只听陈塘惨叫一声，陈塘的头发几乎全部被那几只蝙蝠扯掉，满头都是血液，陈塘疼得弓着腰跪在了地上杀猪般地号叫着。

我们在他不远之处，看得心惊肉跳，脚后跟不停地蹬着地面向后面急退着身子。“咕噜！”然而正当我们惊魂未定时，我发现我们脚下的泥土里发出一阵奇异的怪响，我们停止住了后退，也顾不得蝙蝠是否还会冲过来。

隐约间泥土地里好像有什么正在往上拱，刚才还算平静的地面，突然冒出了一团团毛茸茸的东西来，在我和杜思琪的旁边就有一个，并且越来越清晰，渐渐可以看出那东西竟然是人的头颅，头颅上的脸庞正对着我们，一只腐烂穿孔的鼻子不停地呼着气，一张塞满泥土的嘴巴不断地张合着。

杜思琪拉着我失声尖叫起来，我一把拉住她急呼呼地往后退着身子。“铃铃！”“当当！”铃鼓声再次响起，一声紧似一声，而从地面冒出的人头也越来越多，密密麻麻的。我们几人心惊胆战地爬出数十米，然后起身相互搀扶向一处山坡奔去。

“这地下面怎么会有这么多的人头冒出来?”唐子雨一下子仰在了地上，全身好像是虚脱了，嘴里不停地喘着粗气。

“这一定是失传已久的驭鬼术!”罗老歪掏出一支烟来点上，猛抽了一口吐出烟雾来。

“驭鬼术?”陈塘诧异道，由于被蝙蝠扯掉了头发，流出的血竟然经不起这么低的气温冻住了，头部稍微用点力，就疼痛难忍。

“对！这种巫术失传数千年了，想不到今天会在这里见识到。驭鬼术其实就是控制魂灵的邪术，巫师用一个怨气极深的血进行祭炼，然后再把祭炼过的血撒在死去的骸骨上，这样才能控制他们。传说中巫师利用铃铛或神鼓控制它们的行动。”

“这可怎么办？怪屋实在太诡异了，人进不去，炸药炸不掉，我们总不能死耗在这里啊？陈二鬼子，我看咱们还是打道回府吧？你的手下全都死了，而且你自己也搞得人不人鬼不鬼的，再这么下去，咱们几个的小命可得都交代在这里了。”唐子雨扯着嗓门说道。陈塘没有说话只是瞪了他一眼，然后又看了看中村浩二，中村浩二只是摇了摇头，看不出他的任何表情。但是从他摇头的动作，看来咱们要撤自然是不可能了。

此时山坡下聚满了人头，由于山坡的坡度，人头并不能滚上山坡顶，它们只好拥簇在坡底，密密麻麻的。远处蝙蝠吱吱的叫声再次响起，并且它们聚集在一起准备向我们这边冲来，我连忙脱下外套裹住头部，以免被它们袭击扯了头发。

突然罗老歪的身影跳出，只见他左手执着一把桃木剑，然后右手在桃木剑上抹了一把，桃木剑上沾染了他的血液。接着他在地上走起了一套奇怪的步法，同时口里念念有词。

如此反复七次后，桃木剑发出一道血红色的光芒，罗老歪从怀里掏出一把符咒散去，桃木剑一指，符咒瞬间起火，并且向蝙蝠和坡底的人头飞去。说也奇怪，着了火的符咒只要一碰到蝙蝠，就会“砰”地发出爆浆声响。而符咒碰到人头，人头就会发出碎裂的咔嚓声，罗老歪如此动作看得我们是目瞪口呆，心中不由得深深佩服他的茅山神术来。

然而此时铃鼓声忽然消失，刚才如潮水的嘈杂声一下子消失得无影无踪，而罗老歪似乎已经精疲力竭了，脸色煞白地一屁股坐在地上。

“罗哥!”我急忙上去扶起他，然后掏出水囊喂了他些水，他的脸色这才慢慢有了起色。

“老歪！你刚才那一招太厉害了，什么时候教我几招防防身。”唐子雨围了过来扯起犊子。罗老歪苦笑了一声，然后摇了摇头。

“这是茅山驱鬼术，这些人头都是冤屈至死的，他们的魂魄被邪恶之术控制住，守在这里。如果我猜得没错，他们都是月氏一族的士兵，当年他们跟随月氏王与匈奴老上单于的兵马决战，可谁曾想到，月氏王惨败，可怜了这些士兵。之后匈奴巫师将它们的魂魄祭炼成骷髅兵。”罗老歪接着说道。

“呼呼……”罗老歪的话音刚落，怪屋那里再次出现了情况。我们站起来将手电光照过去，果然从怪屋里飞出一袭灰色的身影来，仔细一看，却发现身影只是一套红紫色的巫衣和一张萨满面具，巫衣上贴满了鬼、蛇、蛙、四脚蛇，由于距离远，看不出是不是真的动物尸体，而且腰间挂了数只铜镜……

只看见巫衣舞动，却看不见巫衣里面有任何人，并且此时铃鼓声骤然响起，这次的响声和之前的响声大不相同，而是先急促的铃声，后慢悠悠的鼓声，然后是慢悠悠的铃声，急促的鼓声，接着又是急促的铃声和慢悠悠的鼓声……如此循环，并且铃声鼓声各响七声，巫衣随着铃鼓声来回地舞动着，直瞧得我们大气不敢出，手心直冒汗。

“大家都把招子放亮了，看这情形怕是有更古怪邪异的东西要出来了，我体力不支，一时间恢复不过来，接下来要看大家伙的了。”罗老歪眉头紧皱道。

“簌簌……”罗老歪的话音刚落，地面上再次响起了直刺人心的声音。我们连忙把手电光照射过去，只见地下爬出一具具白森森的无头骨架，每一具骨架的腹腔，都悬挂着一颗血红的心脏，借着手电光看去，竟然还在搏动着。骨架随着巫衣的舞动，也各自咯吱咯吱扭动了起来。

“看来咱们只得背水一战了。”陈塘摸出手枪来说道，手里不停地颤抖，唯有中村浩二一人依然像一尊石像站在那里，不动声色。

“砰!”陈塘再也控制不住了，手中的枪随即而响，并且子弹射中一具骨架腹腔中的心脏。“噗——”心脏轰然而碎，可那具骨架丝毫没受到影响，依然在扭动着关节。

铃鼓声戛然而止，巫衣忽地飘入怪屋，而刚才还凌乱扭动的骨架相继排出一列列的队伍来，看此情形像是要向我们这边攻过来了。

“看来今天我们是活到头了，横竖都是一死，老子这就过去杀个痛快。”唐子雨耐不住性子了，抡起管插就冲下山坡，紧接着张传良也跟着冲了出去，我刚想开口喊住他们，可是已经晚了。我怕他们俩有险，也加入到了他们的队伍。

“刷刷……”此时排列成队的骨架分成了两股，一股向我们包围过来，另一股包围了整个山坡。

“咚……”唐子雨手上的管插用力戳住了一具骨架腔内的心脏，然后使劲地搅动了起来，那具骨架轰然倒塌，但是又立马站起来，重新面对我们。而张传良也和骨架干上了，他硬生生地拽断了怪屋前的一根羊角，向骨架群扫去。

“哗啦啦……”骨架倒了一大堆，可是它们却依然爬起身来，重新包围我们。我掏出一把匕首防身，朝着接近我的骨架砍去，才一会儿，我就已大汗淋漓了，若是这样继续下去，我们真得嗝屁下地狱了。

而此时，包围住山坡的骨架已经慢慢向坡顶爬去，把陈塘、罗老歪、中村浩二、杜思琪包围住，杜思琪躲在罗老歪后面尖叫着，中村浩二抽出武士刀朝骨架的腿关节砍了起来，被砍了腿骨的骨架轰然倒塌，再也爬不起来。

“老唐，张爷，砍他们的腿骨。”我也看出了名堂，连忙朝唐子雨和张传良叫喊道。如此这般，那些骨架瞬间倒下一大片，地上到处都是骨头，而且堆中的红色心脏依然不停地搏动着。

由于大家只顾着战斗，我突然发现杜思琪竟被几个骨架架住，杜思琪在上面吓得手舞足蹈大声号叫着。“老唐！快救思琪。”我大声叫道，然后冲过去。可是那些架着杜思琪的骷髅似乎也看到我们的意图，加快脚步朝怪屋走去，未等我们追上她，他们竟然进了怪屋，我心想杜思琪这下定是完蛋了。

我顾不得恋战，径自朝羊头怪屋冲去，奇怪的是那些骨架却在门口止住，不敢走进怪屋。就在此时我发现杜思琪竟然穿着那件红紫色巫衣，一手执铃、一手执鼓朝我们走了过来。

“思琪！快脱了这件衣服。”唐子雨惊叫着，我深知这衣服的古怪，顾不得怪屋内的危险跑过去抓住杜思琪身上的巫衣就要扯开，可巫衣像是生了根一样，牢牢穿在杜思琪身上，并且我惊奇地发现巫衣上的鬼、蛇、蛙、四脚蛇竟然活了，它们扭动着身躯朝我的手扑了过来，吓得我连忙缩回了手。

杜思琪好像并没有感觉到我们的存在，而是依然朝屋外跑去，我们也急忙跟上，但是惧怕巫衣上的动物，我们只能与她保持着距离。说也奇怪，杜思琪一出屋门，那些骷髅骨架竟然自动退避，并且全都双膝骨倒在地，像是臣服。

杜思琪摇动起手中的铃铛，接着手鼓，七急七慢，然后七慢七急。那些骷髅骨架像是听到了命令朝泥土里沉去，不消片刻竟然消失得无影无踪，我们长长松了一口气，大家一屁股瘫坐在地上。

“属下参见公主。”突然从怪屋里飘出那个白发老者来，手里高捧着那张令人胆战心惊的萨满面具。老者喉咙处发出嘎嘎几声，带着一丝哭腔，看样子似乎很悲痛，只是他的眼睛中却挤不出一滴眼泪。

“公主？啥公主？”我心中暗惊，不光是我，陈塘、中村浩二、罗老歪他们也都被惊住了。

杜思琪脸色微微一怔，脸带怒色说道：“我不是你们的什么公主，我是一个普通的女子，你们到底是谁？为什么杀了婆婆，而且三番五次地想杀我？”

那老者抬头看了杜思琪一眼，然后又突然全身战栗低下头。“公主，你终于回家了。我是守候月氏圣地的国师啊，我们祖祖辈辈守候在这里已经几千年了，只为迎候公主回家。”这下我们听得如坠迷雾，根本是摸不着头脑。

“圣地？月氏圣地！果然没错，待会儿我们抓住这老头，必定能够找到月氏宝藏。”陈塘在中村浩二耳边轻声说道，然后死死盯着那白发老者和杜思琪。

“不是！我真的不是你们的公主，你们认错人了。”杜思琪连连拒绝，看来她是晕头转向了。

“一千多年前，大王被匈奴王稽粥砍去了头颅做了酒器，我们在此拼死抵抗，后来迫于形势，月氏一族不得不往西迁徙，我们受公主之命保卫月氏圣地，前前后后算起来数千年了，到我们这一代已经是第三十代了。”老者一直恭敬地捧着面具跪在地上。“当年我们的祖先追随公主隐于我们曾经的王庭约有两百余年，我们一直没有停止过对匈奴的追杀，后来听说赫连氏是稽粥的后代，而且他们手上有着大王的头颅，这是我们族人的耻辱，于是公主你远去东胡欲从赫连氏手里夺回大王的头骨，可这一去，却是一千多年，我们一直在这里等待公主回家。”

“你是大祭司？”罗老歪十分好奇地问道，老者不屑地看了罗老歪一眼。

“刚才那么多的骷髅是不是都是当年与匈奴抗击并被砍了头颅的月氏武士？”罗老歪又问道。

“是的！作为月氏法师唯一能做的就是将他们的灵魂收集，让它们继续守护在月氏圣地，守护着王庭。”老者断断续续地说道。

“可你为什么杀害瘸腿婆婆？她与你们有什么深仇大恨吗？”杜思琪愤愤地怒斥道。

“说来话长，因为她是月氏圣女，是祭祀大王的圣女，二十几年前她竟然私通民间男子杜辰，触犯了祖训，所以她必须得死。”老者答道，可他的话像是一枚定时炸弹，照此说来，瘸腿婆婆难道是杜思琪的母亲？

“二十年前是你们从杜辰身边捉走她？是你们将她囚禁在这荒无人烟之地？”杜思琪心里充满了疑问瞪大了眼睛问道。

“对！我们捉她回来，是想让她忏悔，让她认识到自己犯下了无法弥补的错。可谁知她心里依然怀念着杜辰和她的女儿，并且泄露了月氏圣地的地址，所以她必须得死。”老者依然侃侃而说。

“你们为什么这么残忍？为什么？她是我母亲，不是你们的圣女。”杜思琪听老者说完，变得甚是暴怒，这种情况换成任何一个人都难以平静，更何况她才知道瘸腿婆婆是自己的亲生母亲，她们还没来得及相认，还没来得及相互诉说这二十几年来的相思，连杜思琪开口叫一声娘的机会都被剥夺了。二十几年来，杜思琪从小就活在没有母亲的童年里，她是多么渴望自己能够像周围的孩子一样拥有一份母爱，可是现在突然冒出来一个母亲，可这消息来得太晚了。

"自从大王被砍去了头颅后，月氏人就一直被匈奴和东胡人疯狂攻打，我们的族人不得不西迁，由于走得仓促，大王的尸骸不得不葬在这里，可匈奴兵和东胡人从未放松对我们的袭击，使得我们残余的族人死伤无数，不过幸亏我们精通法术，施展唤兽术、驭鬼术一次又一次击退匈奴兵和东胡人。"

"这唤兽术和驭鬼术太邪恶了，我们刚才差点就这么死了。"唐子雨惊讶地打断老人的话。

"这个当然，如果刚才公主不下令斥退我族当年冤死的亡灵，你们不死也得脱一层皮了。"老者脸上露出一丝邪恶的笑容。

"没这么夸张吧？刚才我们可是占了上风！"唐子雨依然不依不饶地说道。

"老人家，照此说来你知道月氏王庭在哪里？"陈塘开口问道，同时手向腰间的手枪摸去。

"不知道！"谁知那位老者摇着头说道。

"老东西，别给老子耍花样，说！月氏王庭到底在哪里？要不然老子一枪嘣了你的脑袋。"陈塘掏出手枪一下子顶在了老者的脑勺，老者并没有感到害怕，而是看了一眼陈塘，嘴角露出一丝诡异的笑容。

"关于圣地，只有公主和五行金狼勇士知道在哪里。公主那一年走的时候，铸造了五行金狼令，并且加入了青蚨血在里面一同锻造，只为日后它们能够自动回来，她将圣地的地图刻在五行金狼令牌隐蔽之处，然后将金狼令交给了四位法师保管，而自己带着另一块金狼令去了东胡寻找大王被砍去的头颅，并且规定每一轮回年必须用圣女祭祀圣地这一规矩，每一个圣女都必须由法师和公主的后人送来圣地。"

“你们这些蛮夷，为什么这么残忍？用圣女祭祀圣地顶个屁用，不还是注定要灭亡。”唐子雨愤愤地说道，我连忙拉住唐子雨，示意他别乱说，以免招来老者的报复。

“她真的不是你们的公主，不过我知道你们公主的下落。”张传良望着那老者说道。那老者一听大急，连忙奔跑过来一把抓住他，大声说道：“真的？快些说来听听，我的祖先在此守护一千多年，就是为了能够等到她的消息。”

“你们的公主西里可诺娃确实找到了月氏王的头颅。”张传良沉吟了良久，慢慢说道。

“哈哈……公主果然不负重望，果然不负重望。”老者一听欣喜若狂，大声笑道。

“不过接下来这消息恐怕要让你失望了，你们的公主找到月氏王头颅后死在了赫连氏的大夏国，并且葬在统万城地下的龙雀王陵里。”张传良道。老者随即一下子呆住，笑声戛然而止，脸上露出一丝哀痛，雪渐渐大了起来，屋前的几堆篝火在风雪里渐渐熄灭。

“得了，你也别太伤悲，这东西就是你们公主当年在统万城找到的头骨。”唐子雨一把将背在后面的月氏王头骨往老者手上一推。老者双手连忙恭敬地捧住，然后仔细打量头骨，嘴里不住毕恭毕敬道：“恭迎大王回家，恭迎公主回家!”

“老东西，别再磨磨蹭蹭的了，赶快把月氏圣地宝藏说出来。要不然我将这只头骨打得稀巴烂!”陈塘耐不住性子了，手上的枪头指住月氏王头骨上，嘴里露出阵阵冷笑。

老者慢慢转过头来，面露笑容看着陈塘。“啊!”还未等大伙明白怎么回事，陈塘突然惊叫起来，诧异看去只见从地下冒出几只骷髅手一把抓住陈塘的脚往下拉，陈塘吓得连忙直拔脚，手中的枪吓得落在地上。

“噌——”中村见陈塘中招，挥起手中的武士刀就朝那些骷髅手砍去，“咯咯……”随着一阵声响，骷髅手全部被砍断，陈塘慌忙用手去抓吊在腿上的尸手，愤愤地摔在了地上。乘此混乱之际，我向杜思琪挤眉弄眼，让她赶快脱了身上的那件巫衣要紧。

然而中村浩二一下子把武士刀横在了杜思琪的脖子上，陈塘见状连忙说道："老东西，放老实点，要不然我这就让中村将军砍了你们公主的头颅。"中村浩二乘机一把揪住杜思琪的头发往后拉，思琪嘴里发出一声哀叫。我和唐子雨在一旁心急如焚，手慢慢向腰间的匕首摸去，罗老歪连忙按住我的手，示意我不要乱来。

此时我发现杜思琪的眼睛突然闪出一丝血红色的萧杀之气，同时脸上出现一条条的裂痕来，模样十分恐怖，但是这现象又瞬间消失了。

"走！前面带路，带我们去找月氏圣地。"陈塘脸露笑容道。

"陈塘！你个王八蛋，快点让中村浩二放了杜思琪，你别信了他的鬼话，月氏公主已经死了一千多年了，她怎么会是什么破公主。思琪姑娘要是有个三长两短，我和耀祖定将你个二鬼子的头骨砍下来当尿壶。"唐子雨大叫道。

"宁可信其有，不可信其无，咱们也顾不了这么多了。你可别忘了你的小命还在中村浩二将军手里捏着。"陈塘威胁道，唐子雨一听顿时闷了。

"好，只要你放了公主，老朽这就带你们去圣地。"老者一时慌了神，生怕杜思琪有个闪失，连忙说道。

"呜……"正在我们大家惊慌的时候，只见一道火红色的影子从旁边蹿了出来，并且跳起，直向中村浩二的后脖子上跳去。等我看清楚后，更是大吃一惊，我们发现那火红色的影子正是跟着我们从牛鼻子洞而来的黄皮子。

黄皮子瞪着双眼，嘴肆意地咧着，然后张开嘴就要朝中村浩二脖子咬去，可中村浩二也突然发现了不对，松开抓住杜思琪头发的手，向脖子后面抓去。

"吱……"黄皮子偏过头，尾巴却被中村浩二牢牢抓住。中村浩二用力将手中的黄皮子向高空抛去，然后抽出横在思琪脖子上的武士刀向落下来的黄皮子刺去。可黄皮子机警地在空中翻了个身，并且扭动着身子，一下子落在屋顶。

"罗哥！这次思琪变成这副模样，是不是又和这只黄皮子有关？"我低声地问罗老歪，罗老歪皱着眉头紧闭着双眼。

“我也不知道啊，这事太邪门了。这只火红色的黄皮子三番五次出现，其中定有玄机。咱们先不急，等等再说。”罗老歪睁开双眼神秘地说道。

“吱……”黄皮子在屋顶尖叫着，声音尖细刺耳，声音听起来感觉那黄皮子就趴在我们耳朵边叫唤。

“呼——”中村浩二身上突然冒出火焰来，他一下子也吓得乱跳起来，慌忙间扔掉武士刀，双手在身上拍打着，张传良和陈塘见状也连忙过去帮忙，我和唐子雨吓得赶紧一缩身子，拉住杜思琪就往旁边跑。

可我们才跑了几步，我就感觉四周传来一阵异响，声音直刺耳膜，像是有千军万马正往我们这边冲过来，我暗道大事不妙，怕是又有什么怪异情况发生了。我连忙将手电光朝四周扫射，发现我们四周竟然出现了无数只各色各样的黄皮子，它们从四面八方源源不断地向怪屋会聚而来，一瞬间早已是密密麻麻了，直看得人头皮发涨。

我一直关注着那只火红色的黄皮子，它始终没有离开过怪屋顶部，它抖动着全身向四周的同类吱吱地叫了几声，像是在发号着命令，四周的黄皮子似乎对它十分恐惧，一时间全部静止下来看着它。

只见它发出一声凄厉的长叫，然后转过身来将臀部朝着我们。“噗——”只见一阵浓烟直喷出来，所有的黄皮子都掉过头朝我们狂奔而来，我们下意识地后退数步，陈塘一脚踩空摔倒在地，他连滚带爬地往后缩着身子。

忽见罗老歪跳出，拔出桃木剑，嘴里念起咒语，然后牙紧嚼舌，张口朝桃木剑上喷出一口舌尖血，同时脚走七星禹步，步罡踏斗，三步一闭气，连走九步。待他站稳，仰面朝怪屋，掏出一把用朱砂写满符咒敕令的黄纸朝空中猛地一扔，手中的桃木剑脱手而出。

罗老歪不敢有稍许喘气，盘坐于地，双手结印于胸口，鼓气吹于印上，然后双手连连翻滚，如此快速来回九次，一丝烈阳之火从手印中间蹿出直扑向黄纸符咒，符咒瞬间烧起，并向黄皮子群飞去，只见所有的黄皮子身上突然着火，空气中弥漫起一股股烧焦的味道，但是火势并没有阻止黄皮子的前进，依旧朝我们狂奔而来。

# 第二十四章　大祭司

“啊——”杜思琪吓得失声尖叫，双手死命地抓住我的手臂。而中村浩二也一把拖住陈塘的后领，向后退去，唐子雨和张传艮两人各自挥舞着武器，准备大显身手与黄皮子进行肉搏大战，唯独白发老者没有丝毫恐惧，他很是淡然地看着周围的一切，并且眼光时不时地关心着杜思琪。

而此时罗老歪额头上早已是大汗淋漓了，他口中再次念念有词，念完后，那飞出去的桃木剑突然快速刺向最前面的黄皮子。

“嘣——”随着几声爆裂声，那些本来着了火的黄皮子倏地出现尸破，顿时火光四射，我们四周浓烟四起，整个怪屋被火光笼罩着。待桃木剑刺完最后一只着了火的黄皮子时，桃木剑突然折断落地，罗老歪张口狂喷一口鲜血。我眼疾手快上前扶住他。

“快，快杀了它。”罗老歪手指怪屋上面，可是等我看去时，火红色的黄皮子早已没了踪影。

“别找了，它早就走了。”中村浩二、陈塘他们也围上来，看陈塘那样子满脸是汗，脸上就像鬼画符一样。

“歪哥！你太英雄了，等这件事一过，我老唐第一件要做的事就是拜你为师，专学茅山神术。”唐子雨走过来拍着罗老歪的肩膀，满脸兴奋道。

“呕——”罗老歪肩膀突然抖了抖，整个身子抽搐起来，紧接着嘴里连连喷出血来，把整个地面的雪都染红了。

“老哥……老哥……”我吓得连声呼叫，大家伙也都吓了一跳，目瞪口呆地看着他，可他连睁开眼的力气也没有。

“唉！天命不可违！”白发老者突然摇头叹道。

“难道你有办法救他？”杜思琪歪过头看着他说道。

“是！”老者脸上闪过一丝狡黠的目光。

“真的？那你杵在这里干嘛？还不快滚过来救救罗哥师傅，要是我罗哥师傅有个三长两短，唐爷我第一个就拆了你的庙!”唐子雨一听，大声呵斥道，他这会儿连师傅也叫上了。

“没有公主的命令，老朽绝不会出手相救。”白发老者对唐子雨的呵斥笑了笑。

“都什么时候了，你还真能摆谱!”张传艮在后面附和唐子雨。我看向了杜思琪，杜思琪也正看着我，我轻轻地点了点头，她随即明白了我的意思。

“国师，我现在命令你立刻救人。”杜思琪清了清喉咙说道。那老者连忙恭敬道：“是！谨遵公主之命。”话音刚落，白发老者已经跑到了罗老歪面前，然后将手里的面具慢慢盖在罗老歪的脸上。

“你敢保证你所做的能救得了罗哥？这鬼面具会不会像上次那样盖在思琪脸上一样拿不出来?”唐子雨一把扯住老者手上的面具说道，我和杜思琪都着实吓了一跳。老者笑而不言，我怕唐子雨误了大事，连忙一把夺过面具又交到了老者手上，这过程我感觉这张萨满鬼面具竟然发出一股阴森森的寒气。

老者接过鬼面具，继续刚才的动作，当面具与罗老歪的脸贴合时，我看到那面具上突然出现无数道红色的裂纹，并且在面具上形成一张血网，仔细看去，发现那道道裂缝竟然像人脸上的血管一样。老者那只形如枯槁的手在面具上慢慢划过，罗老歪的身子突然抖了一下，然后一下子端坐起来。

“罗哥……”我和唐子雨一齐叫道。大家也都觉得非常奇怪，尤其中村浩二，两眼睁得老大老大，生怕错过眼前这一精彩的场面。

“我……我，我还活着?”罗老歪活动着双手在自己的身上摸着诧异地问道。

“歪哥！你命硬着呢！哪会这么容易死啊。别忘了我还要拜你为师学茅山道术呢。”唐子雨脸上露出笑容道。

“这面具怎么会在我脸上?”罗老歪突然感觉到脸上的异样，双手捧着脸上的面具准备掀开。我急忙双手按住他道：“罗哥，千万别揭开，这面具没有这老者的巫术是拿不开的，否则只会连你的脸皮一道撕开。”我深知这鬼面具的厉害，罗老歪以为我骗他，双手用力猛揭，却立即哇哇直叫，双手急得在面具上乱动。

“喂！没见罗哥醒了吗？还不快点揭开这鬼面具。”唐子雨朝老者大呼小叫道。

“面具还未到该揭下来的时候，等到了时辰，它自然就会脱落。”老者起身，然后跑到杜思琪旁边毕恭毕敬地站着。

“老家伙！你表演也结束了，告诉我们月氏圣地到底在哪里！”陈塘依然不依不饶地在后面喝道，只是没了刚才那种嚣张，并且这次中村浩二也只站在旁边并不出手，许是被刚才的那遭吓得有点不敢贸然动手了，抑或是还沉浸在老者神奇的巫术中。老者抬眼看着陈塘，嘴角露出诡异的笑容。

“卓木法师听令！闯入圣地者，格杀勿论！”杜思琪举着手中的神鼓和铃铛高声叫道，声音和刚才的声音听上去却是完全两样，而且两眼透射出一丝凌厉的目光，和我们所认识的杜思琪判若两人。

“是！”只见老者躬身答道，接过杜思琪手上的鼓、铃，然后有节奏地摇了起来，“当……”“铃……”鼓声铃声再次相互交错骤响了起来，时缓时急，直颤得我们内心激荡。

“格杀勿论！格杀勿论！”就在铃鼓声音停住的时候，突然四周响起一阵吼声，接着从怪屋里冲出五位身穿巫衣，脸盖鬼面的人来，他们齐声高叫，气势汹汹。看他们这样子是冲我们而来的，照此看来我们此时已经踏入了月氏圣地，要不然他们也不会如此激动，只不过想不通的是杜思琪为什么会变得连我们也不认识。她到底怎么了？难道她真是什么月氏公主吗？

“月氏圣地，闯入者，格杀勿论！”老者站了出来振臂呼叫道。

“一群乌合之众，装神弄鬼！看来老子不给你们点颜色瞧瞧，以为我们是病猫了！”陈塘清了清喉咙，他迅疾掏出手枪，砰的一声，一颗子弹朝杜思琪呼啸而去，突如其来的变化让我的心一下子提到了嗓门，我们大家只能眼睁睁地看着子弹直射向杜思琪的身体。然而杜思琪却是临危不惧，左手一伸，竟然将疾飞的子弹抓在手中，然后拇指用力一捻，子弹瞬间变成了碎屑。同时她左手甩出，手上的碎屑向陈塘的全身射去，陈塘一看不妙连忙跳了起来躲闪，而一旁的中村浩二眼疾手快地抽出武士刀，在陈塘面前舞起一团刀花，噌噌……空气中传来一阵碎屑与武士刀相撞的尖锐响声。

陈塘虽然有中村浩二相帮，但是他的左腿还是被子弹的碎屑射中，疼得他双手抱住腿嗷嗷鬼叫，由此可见杜思琪甩出的力气极大。看到杜思琪转危为安，我的心这才落地。

“陈二鬼子，你在背后搞偷袭，算什么人?”唐子雨扯起嗓门吼叫道。此时陈塘只顾着揉腿，哪里还顾得上这些。

“你们不请自来，而且数次闯入月氏祭坛，今天即便你们能逃得出去，我们就是追到天涯海角也要将你们追杀！杀！杀!”卓木法师冷声道。

此时五位巫师在卓木的一声令下，相继跳出，然后冲我们杀过来，我心里直打战，加上卓木的一番话，我们更加害怕了。

中村浩二撇开陈塘，抡着武士刀朝杜思琪和卓木冲了过来，架势看上去甚是勇猛，他应该早已做好了擒贼先擒王的打算。五位巫师见状，分散开来，未等中村浩二接近杜思琪，迅速包抄了中村浩二。中村浩二一手握刀，一手探入怀里，随后旋转身子，一阵阴风急速旋起，数只手里剑夹带着阴风向五位巫师射去。

巫师们见手里剑来势凶猛，大惊失色，不敢正面迎接，连忙惊慌失措地低下头来左躲右闪，可射出的手里剑像是长了眼睛般，紧随他们。“啊!”一名法师尖叫一声，一只五方手里剑噗地刺穿巫衣射入他的胸口，然后贯穿他的后背冲了出来，身体重重倒了下去，其余四名巫师几经躲闪方才躲过。

陈塘见中村浩二当场将一名巫师射死，竟然不顾腿上的疼痛站起身来，哈哈大笑，巫师们见状，一起转过身来，齐刷刷地改变了方向，齐向陈塘这边飞扑过来。陈塘一见如此架势，慌忙拐着腿朝后退缩。刚刚脱困的中村浩二也顾不得去攻打杜思琪和卓木法师了，急忙奔过来，身子挡在陈塘前面，陈塘这才得以放心，大口大口地呼吸着。

巫师又再次散开，中村浩二再次将手伸进胸口，他们见识过手里剑的厉害，还是有点惧怕中村浩二，他们连忙后退。中村浩二拔出手，巫师又再度围拢过来，中村浩二再次去摸手里剑，他们再度后退，如此反复多次，双方僵持在原地。

“当……”“铃……”卓木手上的铃鼓骤然急响，巫师们像是听到了冲锋杀敌的命令，再也不顾中村浩二拔不拔手里剑了，一起朝中村浩二和陈塘疾冲而去。再看中村浩二却是甩不出手里剑，原来他刚才只是虚张声势吓阻他们，他身上早已没有手里剑。他迅速拉住陈塘，嘴里快速念着一通咒语，地上冒起一阵黑烟。大家再定睛一看，中村浩二和陈塘早已不见了踪迹，四位巫师也愣在当场。

然而此时却看到他们周围的雪出现了大范围融化，“不好！怕是他们几个要吃亏了！”罗老歪外突然叫道，“这是日本忍术土遁里的黄泉沼。”

“黄泉沼？什么东西啊？”唐子雨急忙问道。

“就是乘敌人不注意的时候，把地下的泥土变成一滩深不可测的泥沼，然后敌人不注意，淹没在泥沼里，刚才中村浩二就是使了这么一招。”罗老歪说完，然后连忙向几个巫师打手势，让他们快点离开，可他们不知是看不懂手势还是怎么的，站在那里一动不动。

“思琪，快让他们跑开，不然要被淹死在泥沼里。”我连忙朝杜思琪呼喊道。杜思琪向我看了一眼，然后朝卓木法师点点头，卓木法师连忙打起手鼓，四位巫师听到鼓声，急忙跳开原地。也就在那一刻，只见那地方果真出现一个不大不小的泥潭，若不是他们躲得快，恐怕他们几个现在早就陷进去了。

“耀祖，为什么要帮他们？他们不是要杀咱们吗？再说了如果中村浩二和陈塘这两个浑蛋真有个三长两短的，我可得就完蛋了。”唐子雨拉住我低声责问道。

“看来得谢谢你的关心了，我们暂时还死不了。”陈塘和中村浩二突然在我们身后冒了出来，把我们着实吓了一跳。

“你们俩能不能别这么鬼鬼祟祟的？像个冤孽的鬼魂一样。”唐子雨拍着胸口叫道。

“废话少说！我们还是快点离开这里再说，晚了怕是我们几个都得躺在这里冻成人棍了。”中村浩二拉了一下衣服帽子，把头缩得更深。

“唉！”罗老歪叹了一口气，然后突然揭开脸上的鬼面具，露出那张歪了嘴的脸，“我有办法让他们知难而退！”

我们几人一听罗老歪的话，都惊讶地看着他。只见他掏出了数张画满了符咒的黄纸，叠成了一只公鸡的模样，然后咬破了手指，手上的血浸透了符咒。罗老歪马不停蹄，口中念念有词，“有因有果，有善有报，茅山第一百零八代弟子罗占江，与天相逐，今请昴日星官，光耀玄冥，妖魔厉鬼，亡身灭形，急急如律令！”

说也奇怪，罗老歪手上的纸折公鸡，竟然张扑着翅膀，飞了起来，落在了怪屋之顶，阴沉的空气中传来一阵急促洪亮的公鸡打鸣声。杜思琪突然双手抱住头，然后脸上再次出现无数的裂缝，眼球上也未能幸免，一直在旁边的卓木法师见此情况，却是束手无策。他朝其他的巫师一挥手，他们一拥而上将杜思琪捆了起来，我们竟然忘了上前去救杜思琪。

“这到底怎么了？他们这是要对思琪做什么？”唐子雨连忙道。

“她这是中邪了，她本来是纯阴之体，容易冲撞那些亡灵，这次她冲撞的是月氏公主。刚才我使用茅山术请得昴日星官，吓走她身上不干净的东西，她身体虚弱所以才晕倒。”罗老歪用手一招，折纸公鸡全身着起了火，瞬间烧了个精光。

“罗哥，她是怎么惹上月氏公主的？难道是刚才在神屋里？”我诧异地问道。

“还记不记得刚才那只火红色黄皮子？”罗老歪转过脸神秘地说道，“它应该知道月氏圣地的准确位置。”

“是不是咱们只要跟着它就能找到月氏宝藏了？”许久没有说话的张传艮问道，“只可惜刚才我们没有注意它逃去的方向。”

“你怎么早不说？现在说有个什么用？”陈塘凑了过来说道。此时我顾不得这些，眼下救回杜思琪才是最重要的。我和唐子雨相互对望了一眼点了点头，然后同时冲向杜思琪被捆绑的地方。

“站住，你们再敢往前走一步，我就让她血溅当场。”卓木法师喝住我们。

“她可是你们的主人，你杀死了她，估计你得要遭天谴的。”唐子雨在一旁故意和他乱扯起来。

“只要你们交出五行金狼令和五行珠，然后全部撤离这里，我们就放了这位姑娘，保证不伤她分毫。”卓木法师说道。

“五行金狼令？五行珠？”唐子雨诧异道，“五行珠是什么东西？爷爷听都没听说过。”对于卓木法师所说的五行珠，我也是愣住了，心里自然也在想，五行珠到底是什么样的圣物？

“耀祖，你那天在坟场不是从汤三那里得到三颗奇怪的珠子吗？会不会是那个？”罗老歪在后面突然说道，我立即想起来了，是有三颗珠子，当初我还发现了珠子里的异常情况。

“先放了她！我要看到思琪安全！”我掏出珠子和身上的五行金狼令举在胸前说道，我用眼神示意唐子雨别暴露还有两枚金狼令在他身上，这样做我是怕卓木法师拿到珠子和金狼令会反悔杀了杜思琪，只能先稳住他们几个再说，等救了杜思琪再做打算。

“千万别给他们！”陈塘突然从后面伸手来夺，我来不及躲闪，加上陈塘用力一推，珠子和金狼令飞了出去。

卓木身边的两位巫师见状连忙飞身过来欲接住金狼令和五行珠。然而中村浩二如鬼魅般跳了出去，抡起武士刀就朝他们伸出的手臂砍去。

“啊——”一声哀号，只见两位法师的手臂齐刷刷地掉落在地，他们断了的手上还抓着那三枚金狼令和三枚五行珠，而他们的身子却冲向了中村浩二，中村浩二来不及躲闪，被他们的身子撞了个正着。再看去时，却发现两位巫师竟然张嘴咬住了中村浩二的手臂，中村被他们咬住手提不起力气来，只能在原地奋力地甩着。

陈塘、张传艮和唐子雨连忙上前俯身拾取金狼令和五行珠，可就在这时卓木法师突然再次摇起铃鼓，我发现地上的四只手臂竟然动了起来。

“老唐！快回来！”罗老歪猛然叫道，我跃了过去拉住唐子雨。此时地上有两只手臂一下子飞了起来，然后猛力地朝陈塘和张传艮脸上甩去，而另两只握住金狼令和五行珠的手臂向卓木法师飞了过去。

“啪！”“啪！”两只手臂分别打在陈塘和张传艮的脸上，两人哀叫一声痛苦地用双手捂着脸庞。而此时和断臂法师纠缠的中村浩二也甩开了他们脱了身，手中的武士刀猛力地砍落了他们项上的人头，鬼面具掉落在地，令大家惊骇的是却不见有丁点血冒出来。两位法师的人头滚到了陈塘和张传艮脚步，两人吓得哇哇大叫，然后顾不得脸上的疼痛，抬脚踢去，咕噜咕噜……两颗人头相继滚落到旁边的篝火里，发出一声爆响，两人连忙回转身朝我们跑了过来，看到他们两人的狼狈相，我心里一阵欢欣。

卓木法师似乎对两位法师的死并没有太多的悲悯，此时他拿起五行珠和五行金狼令端详着，脸上露出诡异的笑容，令人惊讶的是他竟然从自己身上也掏出两颗五行珠，原来他早就私藏了两枚五行珠，此刻他已经拥有了三枚金狼令和五枚五行珠。

“还有两枚金狼令，速速一并交出来，否则本法师就得用这位姑娘鲜血祭祀我们的祖先。”卓木高声叫道。

“先放了她，另外两枚才能给你。”我微微哆嗦了一下，我不知道他急欲得到金狼令和五行珠干什么，他和刚才对杜思琪毕恭毕敬的样子完全判若两人。

“不过在另外两枚金狼令给你之前，我想问你几个问题。”罗老歪突然说道。

“哈哈……行！事到如今，告诉你们也无妨！有话快说！本法师没闲心跟尔等浪费时间。”卓木法师阴笑道。

“你到底是谁？”

“卓木大祭司！”

“你不是月氏大祭司！如果猜得没错，你应该是匈奴大祭司。你用巫术控制这些怪物是什么目的？”罗老歪指着死去的两位法师和押住杜思琪的两位。

怪物？他们是什么怪物？此时想来确实如此，难怪刚才看到他们的手臂和头掉下了没有一丝血液，他们原来是卓木用萨满巫术控制的怪物僵尸。

“哈哈，他们是不死之物！他们是月氏人，而且是一千多年的月氏族人，竟然被你看了出来，而且连本法师的身份也瞧得一清二楚，佩服。”卓木笑道。听到这个消息我们更加是云里雾里了，他刚才不是说自己是月氏大祭司吗？而且把杜思琪当成了他们的公主，一眨眼怎么又突然变成了匈奴大祭司了？

## 第二十五章　阴阳五行

“当年月氏狗王被我们英勇的天之骄子稽粥大王砍去头颅，头颅被做了饮酒的器具。月氏一族逃的逃、亡的亡，没逃没亡的躲了起来。后来听说他们的残余族人还厚葬了月氏王，并且摆了一个风水阵，留了五行金狼令追杀我们匈奴人，断了我们胡人的风水。我等受单于大王之命在此寻找月氏圣地，将无头的月氏王拉出来鞭尸，我的祖祖辈辈在此已经一千多年了，一千多年也该是个头了。”卓木法师继续说道。

“五行金狼令和五行珠是打开圣地的唯一线索，只要有了它们，我们家族的光荣历史任务就算是完成一半了，等打开了月氏地下王陵拖出月氏王的无头尸，我们从此就会消失。”卓木满脸的兴奋，却又充满了悲伤。

“罗哥，咱们就别和他这么多废话了，我估计这老家伙是疯了，连自己也不认识自己是谁了，一会儿是月氏祭司，一会又是匈奴祭司的。”唐子雨显得极不耐烦了。

“甭管他到底是谁，咱们齐心杀了这老家伙，拿回五行金狼令和五行珠，取了宝藏各自分了。”陈塘在一旁怂恿道，他见我们对他的话置之不理，显得有点尴尬。

“凭你一人之力要打开圣地王陵恐非易事。不如这样，我们各退一步！大家一同寻找月氏圣地开启古墓，然后你完成你的任务，我们取了宝藏，大家各不相扰，天下太平。”中村浩二在陈塘旁边说道。

此话一出，一片哗然，卓木沉思了片刻，他时而皱眉，时而摇头，“也罢！”我们大家伙松了一口气。

“那你还不赶快放了思琪姑娘？一点诚意都没有。”唐子雨高叫道。卓木向两个形如僵木的巫师摇响了铃鼓声，两巫师松开了抓住杜思琪的手。

“思琪！”我疾步上前抱住杜思琪。思琪看上去瘦多了，脸色蜡黄，憔悴之下却是楚楚怜人，毫无精神的眼中露出茫然。我们休息了片刻思琪恢复了些许意识和体力，只是还有点不清醒。

“卓木法师！你之前为什么要救我？”罗老歪突然问道。卓木不说话，只是看着罗老歪笑着，“你怎知我是救你？”

罗老歪一下子哑然了，不是救人，难道是害人？莫非他也中萨满法师的巫术？罗老歪暗自检查了全身，也没发现有何不妥之处。

“别查了，我给你戴的萨满面具虽说有起死回生之功效，其实是把你的灵魂和死神签下了合约。”

“契约？什么契约？”罗老歪内心一紧问道。

“水能载舟亦能覆舟，鬼面是在九九八十一个孕妇胎儿的至阴之血和彼岸花粉地混合物里浸泡过九九八十一天，救了你的命，自然也会要和你签下合约，你只能听命于我一人，我就是死神，而你只能和他们一样变成行尸走肉。”卓木法师指着后面的两个僵尸巫师阴笑着。

“恶魔鬼面!”中村浩二惊道，我们听到他的描述，只觉得浑身起鸡皮疙瘩。

“没错！就是恶魔鬼面！想不到这世上还有人知道这项失传已久的西域神术！戴过它的人，都会和死神签了合约。这是一种失传了许久的西域秘术，传说婴儿之血是至阴之血，是破解各种神通法术的利器，九九八十一个婴儿的血，九九轮回生生不息，长生不死；而彼岸花是地狱之花，恶魔之花，它开在地狱的路上，指引亡魂，亡魂踏着它到达彼岸，人只要一沾上婴儿之血和彼岸花的花粉混合液体后，人的灵魂就会游离在黄泉路上，但是永远也不会死去，时间一长，这种毒水就会与人体内的血液混合在一起，变成人非人鬼非鬼的不死之物。”卓木转身看向中村浩二，眼神里露出一丝赞许之色。我不禁暗自咂舌，卓木法师口中的不死之物并不是僵尸，而是被人设计变成了怪物。

“无耻！你不如痛快地杀了我!”罗老歪的脸上，露出从未有过的阴霾和愤恨，我知道他是不想成为别人的傀儡。

“还没到杀你的时候！等时间长了，你就会生不如死。不过你只要老老实实配合，我自然会解了这份契约。”卓木叹了口气说道。

“你这妖人搞这么多花样，老子真恨不得立即将你大卸八块。”唐子雨勒紧拳头。

“哈哈，瞧你印堂发黑，血管涌动，你是中了盘龙蛊，怕是下蛊之人一定是个阴邪之人，要不你也拿了血阴鬼面戴一下，盘龙蛊自然会被解。”

“滚！老子不稀罕，老子就是被盘龙活活吞噬死也不会戴上你这妖邪面具。”唐子雨高声叫道。

“行了！咱们也别相互争斗了，不如拿出五行金狼令来，早日找出地图。”陈塘接过话茬道。卓木阴阴地看着我们，然后掏出三枚金狼令来，放在了前面的地上，我很不情愿地让唐子雨掏出另外两枚。可他们却对五枚金狼令束手无策，根本看不出什么端倪来。

“将金狼令对准强光源，就能看出每一枚金狼令上出现一些相连的裂缝，只需按照一定规律将这五个裂缝排列起来就会得到一个图形符号，这个图形也许就是大家要找的地图。”我实在不想浪费精力，于是将我知道的全说了出来。

他们几人将信将疑地将金狼令对准了手电，正如我所说。那些图形立即清晰地显现了出来，然后他们把图形一一画了下来，却不知道怎么排列。

“不对，这些裂缝并不是图形，是金木水火土的象形文字。”张传艮突然若有所思地说道，我不动声色地将驼背老者传递给我的图形画了出来。

“这图形原来是按照五行方位排列的，木为东方，火为南方，金为西方，水为北方，土为中央。”陈塘一眼看出了图形中的玄机，并指着图形叫道。

“看来月氏后人当年所造的风水阵必是阴阳五行八卦阵了。”罗老歪挠了挠脸庞。“五行八卦阵是利用了万物相生相克的原理。所谓的五行就是金、木、水、火、土五种基本元素。道家有云‘太极生两仪，两仪生四象，四象生八卦’与周易的‘一生二，二生三，三生万物’有着异曲同工之妙，从此周而复始生生不息。

“在太极图的外侧的是五行八卦，木生火、火生土、土生金、金生水、水生木，水克火、火克金、金克木、木克土、土克水，它们环环相生相克，最外就是八卦图，环绕在四周，八卦占据八个不同方位。乾为天，坤为地，坎为水，离为火，震为雷，艮为山，巽为风，兑为泽，其中以乾坤天地二卦为万物之母，万物生于天地宇宙之间，水火为万物之源阴阳之基，风雷为之鼓动，山泽终于形成，有了山泽，生物开始滋生，生命开始孕育，人类因此繁衍。

“月氏人能够运用阴阳五行八卦阵来摆风水，这确实是很少见，如果这一发现是真实的，那就说明要比诸葛孔明运用五行八卦阵作战还要早数十年。”张传艮感叹道。

“错！这风水大阵应该就是三国之后之作，并不是西汉时期的，谁也不能否定五行八卦阵是诸葛孔明的作品。虽说匈奴大破月氏、砍了月氏王头骨的时候中原是西汉时期，但摆这风水阵的时间绝对是三国后期之作。”罗老歪对张传艮的话提出异议。

“对！月氏圣地确实是三国后期方才出现的，我们卓木家族受命单于大王命令时中原正是西晋宣帝高祖，我们的祖先虽然逼得大月氏人西迁，但最终自己也不得不从华夏历史上消失。

“东汉时期，我们胡人分成了南北两支，南部归附了汉人，北部一直跟汉庭和胡人南部周旋，直到有一年斐岑和司马达两次杀我单于大王呼衍王，我们这才不得不西迁到锡尔河流域的康居国，在阿兰国停留，并且杀了阿兰国王，征服阿兰国。

“在我们胡人部落西迁后，我们才知道当年被我们赶出西域的大月氏人在浦类海布下了一个风水大阵，旨在破坏我们胡人的风水龙脉，我卓木家族受命返回故土寻找月氏圣地，扒出月氏王的无头之尸进行鞭尸，可是我们卓木家族一留就是一千多年，我们根本找不到月氏圣地的位置，加上卓木家族人丁凋零，没有人力和物力对地下勘探，而我们派出去的一拨又一拨的人寻找打开月氏王庭线索，可都是有去无回。”

“等等，那潜伏在牛鼻村的白翠花和小翠花是否都是你们的人?”我突然想起她们两人来，卓木点了点头。

“直到十几年前，我才知道了月氏圣地的秘密，而且得到一首令人难以读懂的四句话，三龙堆祭祀台，无头尸圣地葬，圣女血五行变，破风水八卦乱。这十几年来我一直在琢磨这四句，却依然百思不得其解，不过过了今晚，我想这个谜底应该解开了。”卓木吉默紧皱着眉头说道。

“瞧你呆头呆脑的，除了会用你的龌龊思想操纵它们帮你装神弄鬼外，你还会什么？估计留下这四句话的人也不是什么好人，不是和你一样呆头傻脑就是二百五一个。”唐子雨听卓木吉默说完，高调地扯上了话，把我们大家逗得直乐。当然除了一个人，中村浩二，他两眼露出杀机看着唐子雨，我明显地看到两眼冒出来的愤恨。

不妙！我心中暗道。“啊——”果然，唐子雨张开的嘴突然合不上来，脸上的青筋暴突，血管里的血来回涌动。

“老唐!”我大叫着上前扶住他，大家也都被眼前的情形吓坏了。

“中村浩二！你有种现在就让双头蛇爆了我，别在背后耍阴招。”唐子雨口齿不清地叫嚣着。

“中村浩二！你这是为何，唐子雨哪里得罪你了?”罗老歪连忙制止中村浩二，中村浩二瞪了唐子雨一眼道：“别乱说话！否则有你好受。”

“因为这位小兄弟放屁熏着他了。”卓木吉默看着唐子雨咧嘴笑道。

“老家伙！你才放屁放毒。”唐子雨刚喘过气来，急促地问道。

“如果猜得没错，这几句话是留给卓木吉默的吧!”罗老歪也盯着中村浩二喝问道。大伙听得莫名奇妙的，诧异地看着他们几个。

“哈哈……你又怎么会知道？是又如何？不是又怎样?”中村浩二大声尖细道，我却明显感觉到他的声音有点变了，没有刚才那种沉厚，感觉有点胭脂气。

“因为我是徐子真的徒弟，我认识你的这双眼睛，这些年来我一直在寻找杀我师父的凶手。”罗老歪眼露杀气，有点仇人相见的气氛。我们更加听得稀里糊涂了，这怎么又扯上罗老歪的师傅了?

“徐子真，他该死!”中村浩二连忙跳离罗老歪身旁，并且对罗老歪十分警惕着。

“你更该死！今天我要为我师傅报仇雪恨。”罗老歪抽出藏匿于身上的匕首道。

“哈哈……好，好！正好我也要让十几年前徐子真对我所做的一切血债血偿！想不到这个老东西竟然还有你这么一个徒弟。”中村浩二叫嚣道。

“慢！慢！你们之间到底有何恩怨？听得我们摸不着边际。你们说明白了，等会儿也好有个理由为你们收尸。”唐子雨上前夹在了他们两个当中。

“说来话长，因为我师父就是大月氏圣地的守陵人，我们祖祖辈辈一直守护在这方草原上。当年他和日本强盗橘瑞超来西域寻宝，意外得到了月氏圣地的秘密，并且用东瀛惨无人道的三尸虫杀害了我师傅，得到了刚才的四句话。”罗老歪愤愤地叫道。

“什么？你师傅是月氏圣地守陵人？这到底怎么回事，我怎么越听越不明白了。”唐子雨满脸的疑惑说道。

“可徐子真老狐狸当年却阉割了我，让我忍受了十几年不男不女的生活，和他比起来我所受到的伤害太大了。今天我中村浩二一郎就要好好领教领教茅山妖术。”中村浩二抽出了东瀛武士刀说道。

原来中村浩二是阉人！唐子雨一听更加来劲了，正欲大放厥词，我怕他有个闪失，急忙奔过去拉住他往后拖。“不行，不行！如果中村浩二公公死了，我身上的盘龙蛊谁来解，不可能真听了卓木老家伙的话，戴上血阴鬼面，驱赶双头蛇。”唐子雨嘴里急叫道。

“如果不想我死，那你就烧香拜佛保佑我杀了这歪嘴。”中村浩二扭过头来说道。

“你家唐爷我巴不得你早点死，永不超生。”唐子雨憋红了脸，可话说完却又有点后悔了，脸上露出不安之色。

然而就在我们以为他们会争得你死我活的时候，却看见罗老歪突然瘫倒在地，看样子是毒性发作了，我和唐子雨眼疾手快地冲上前一把拉下他，而中村浩二停止了对罗老歪的攻击，然后发出一声怪笑。

“罗哥！这可怎么办？我们到底有没有办法解除这种恶魔之毒。”我急得大叫着，完全没了主意。罗老歪双手死命地抓着我和唐子雨，指甲掐得我很痛很痛，他的眼睛里充满了邪异的蓝光，而脸上竟然出现了许多的裂纹，细看上去，竟然发现那是一朵妖异的花朵，和杜思琪脸上刚才出现的裂纹情况一模一样，我知道这就是卓木嘴里说的彼岸花了。血慢慢从裂痕里渗透了出来，好像有什么东西在往外顶，血红血红的，只看得我们内心颤抖。

“放心！他是不会死的！七十二小时之后，恶魔之毒才会蔓延全身，并且是无药可解，不过他稍会儿就会恢复。”卓木吉默摇头叹道。

“魔鬼！你不得好死！为什么你要这样对罗哥?”唐子雨指着卓木啸叫道。

“因为我要他们血债血还，他们摆下阴阳五行八卦风水阵守了月氏圣地一千多年，而我们找了这座圣地一千多年。一千多年里，我们两族人争得你死我活，要不是十几年前中村浩二杀了徐子真，恐怕我这把老骨头就会被他挫骨扬灰了。徐子真未来得及告诉他的徒弟一切就双脚一蹬，眼睛一闭去了地狱。要不然这十几年来，我哪还有时间钻营我祖先留下来的萨满神术。哈哈，现在我要让他自己动手，挖了他们守了一千多年的月氏圣地，让他们死不瞑目。”卓木大笑，眼睛里全是复仇的眼光。

“好！好！让这个歪嘴死不瞑目!”陈塘在后面随口应附道，他嘴上虽这么说，但从他脸上的神情来看，对卓木还是有点惧怕的。张传艮跟在后面傻笑着，我完全看不懂他。罗老歪的脸色果然不大一会儿就恢复了原状，我扶着他做了起来，只是没之前欲与中村浩二拼个你死我活的精气神。

“得了，我们还是速办正事！寻找月氏圣地重要!”中村浩二收起情绪说道。

# 第二十六章　三龙堆

“五行有相生、相克的顺序。相生的顺序是，木生火、火生土、土生金、金生水、水生木；相克的顺序是，水克火、火克金、金克木、木克土、土克水。‘行’的是指自然运行，是种有规则而持续的运动，我们现在唯一要做的就是要找出这种规则，图形的形状是不是就是要告诉我们五行的排列?”张传良挑了挑眉毛说道。

“三龙堆祭祀台，是不是直接告诉了我们圣地的位置?”中村浩二细声细气地说道，听得我们浑身起鸡皮疙瘩。

“《后汉·南匈奴传》中曾经提到了‘三龙堆’，说那地方是匈奴人祭祀中心。这里的三龙堆是不是就是指匈奴人的三龙堆。如果是，那到底在哪里？这里吗？还是别的地方?”看来陈塘是有备而来，竟然连古书都搬出来了。

“不会是这里，这里是我卓木家族随便找的一块地方建的一座祭祀屋，再说了，这里哪有什么三龙堆?”卓木连忙摇手否定了这一想法。此时我突然看到旁边的地上的石头有些奇怪，一个若有若无的字模糊地映入眼帘，却是那么熟悉。我连忙将覆盖在上面的残雪抹掉，我注意到这石头表面被岁月镀上了一层黄斑，看上去要比我们在石仁子村见到的那些石像要苍老得多。石头上面的字被磨掉了大半，只剩下很浅模糊的字体。

品！是一个品字。我心里暗自一惊，这品字已经是三次出现了，一次是在坟地王启的棺材上看到的，还有一次是在杜家老宅地下密室里的凤棺壁上看到的，这次竟然又再次出现，只不过这次是在石头上，这难道是巧合吗？它们之间有没有联系？

“刘耀祖！怎么了？是不是发现了什么?”杜思琪拉着我的手肘问道，我迷茫地看着她，却不知道如何说起。这时大伙也都发现了我的异样，一起围了过来。

“卓木法师，这块石头是从哪里运来的?”我指着脚下的石头问道。

“你问这块石头?我们这里别的不多，就是石头石人多，我们游牧的牧民要搭个石围子就直接上那里搬。这种石头没什么稀奇的，十块石头就有八块是这样，上面都刻有三张嘴。”卓木吉默说道。

“哪里搬的?能记得清楚在哪里吗?”我向四周看了看。

“在那里!”

我顺着他所指的方向看去，那里确实是有好多的小山坡，这么多的山坡根本看不清楚。

“耀祖，当年你父亲不是留给你一只罗盘吗?拿出来捣腾捣腾看。”唐子雨的一句话提醒了我。我从行装里摸出罗盘向那些山坡走去，却见罗盘的磁针为投针是指针上浮不达顶下沉不达底，果然山坡下面有古怪。

“颠颠倒，二十四山有珠宝；倒倒颠，二十四山有火炕。指针半浮半沉，月氏圣地一定就在这附近。看来我们得细心寻找寻找，莫要错过一丝的线索。”张传艮看了一眼我手中的罗盘说道。

“什么颠颠倒，倒倒颠?我看你人才颠颠倒，倒倒颠，颠倒不分。”唐子雨乘机损了他一句。

“你们看，那边三座连在一起的山坡，反过来看像不像一个‘品’字。”陈塘指着前面的三座三坡说道。我们大家一起看了过去，此时已经天亮了，雪也住了，不需要借着手电就可以看清周围的情况，果然如他所说，在我们不远的前面有三座山坡相互依靠，看上去像一个倒扣着的“品”字，被雪覆盖着，我歪着头看了又看，才看了个明白。

三座山坡比其余山坡稍高，山坡上凌乱地散着几块和怪屋门口地面上的石头。“果然是，果然像三条盘旋着的龙。想不到我们祖祖辈辈找了这么多年的月氏圣地竟然被你不费吹灰之力就找到了，前途无量啊。”卓木吉默一脸兴奋地看着我。

“没说自己笨，估计你祖先也好不到哪里!瞧你脸皮笑得咧开了，刚才没听神爬说，倒倒颠，山下有火坑。”唐子雨不屑一顾道。

“火坑也好，刀海也好，我卓木吉默这一次一定会不辱使命，毁了月氏圣地，鞭尸月氏王，还我胡人的一个大好世界。”卓木吉默依然乐不拢嘴，眼睛里沉淀了些坚定。

由于一夜未睡，此时早已饥肠辘辘了，我掏出些干粮分于唐子雨和杜思琪、罗老歪，然后狼吞虎咽了起来，稍作休息。罗老歪和杜思琪也都恢复了状态，只是不知道下一次他们又会在何时突然发生刚才那种可怖的情况，还是个未知数。此时陈塘早就迫不及待地提着铁锹在山坡上捣鼓起来了，由于天气冷，地上的石头都和泥土冻住了，铁锹根本就很难挖。

“我看得弄两颗雷子轰了上面的冻土，然后咱们再用铁锹挖。”陈塘扫了我们一眼，然后就要从行装里掏出一根雷子。

“我看他是想宝藏想疯了，他用炸药一炸，这鬼地方不塌方才怪。”罗老歪轻声说道。“随他折腾去，咱们还是骑驴看唱本吧。”我牵着杜思琪点了点头。

“罗哥，你真是月氏圣地的守陵人？你怎么不早说，还当我们是兄弟吗？若不是看你中了卓木吉默的萨满巫术，唐爷我定不饶了你个浑蛋。”唐子雨凑了上来，一脸的怒道。

“得了，你还是省省心吧！别再招惹事端，等会儿若是进了月氏圣地，多注意着点，我看中村浩二和卓木吉默他们绝不是善茬，他们一定会想办法杀了我们。”我瞪了他一眼道。

“唉！你说咱们这次来这里是对了还是错了？”唐子雨点上香烟，仰着头看着天空吐着烟圈说道。

“现在不是讨论错与对的时候，咱们已经是砧板上的鱼肉了，还是多想想该怎么全身而退吧。”

“你们凑在一起嘀咕啥？快点过来看看。”陈塘朝我们挥手道，也不知道他怎么弄的，此时山坡上的雪早已化掉，并且刚才还有点冻住的泥土也出现了松软，没了刚才的僵硬，我估计一定是中村浩二或卓木吉默使了什么巫术。

此时张传良正在那里和中村浩二、卓木吉默悄悄地谈论着，而在开挖的是那两个被卓木控制的千年不死之物，他们使用的是大揭顶，从山坡中间挖，两个不死之物能顶十个活人挖土，他们挖土的速度非常快。张传良见我们过来，堆着笑容指着面前道，“罗师傅、两位兄弟，你们快来看这里果然发现了情况。我初步判断，这地方一定是草原名族祭祀的地方。”

“艮爷，你不是号称六指神爬吗，而且背后还有日本人给你撑腰，这点破事你判断就行了，不用这么热脸贴着冷屁股来问罗哥。”唐子雨一见张传艮就来气，话中带刺。

张传艮脸上红一阵白一阵，气氛十分尴尬，我知道张传艮定有难言之隐，刚想插话缓解一下气氛，却见卓木吉默摇着神鼓和铃铛，两个不死之物继续朝下挖去，不大一会儿地面就堆上了半人高的泥土。

“咔嚓!”突然从坑里面传来一声奇怪的声响，看样子是泥土里的东西硌着铁锹了。“停！快让他们停!”中村浩二连忙推了推卓木吉默道，卓木急忙收了铃鼓，两个不死之物停止了动作，我探身看去，见铁锹刃口旁出现几具骨头，看样子是一些牛羊的骨骼。张传艮见状自告奋勇下坑清理，中村浩二示意陈塘也跟着下去。

张传艮很快挖出泥土中的东西来，我们这才弄明白，原来我们挖着了一个殉葬的牲畜坑，从尸骨的形态来看，应该是羊坑，而且我们发现羊骨的头都朝着一个方向，看样子并不是随意造成的，这应该是当时祭祀时所留下来的一种规律性。细细数了一下，有七只羊头，四周还散着一些陶土的器皿，罗老歪下了坑，然后用手抓了一把掺杂着木炭的泥土放在鼻子下闻了闻，然后说道：“这应该是祭祀坑，不是殉葬坑，如果我没看错，三龙堆祭祀台一定是指这里了。”

“对！确实是祭祀坑无疑，并且七只羊骨头是一个奇特的数字，在西方七是一个很神秘的数字，比如上帝用七天创造了世界，七大魔王，七大天使，等等；而七在中国来说更加是一个神秘诡异的数字，我们中国人死后每七天算做一个‘七’，共七个‘七’，合四十九天。各‘七’的最后一天都要祭祀亡灵。《说文》中说，七，阳之正也。从一，微阴从中斜出也。再比如七宝、七苦、七宗罪等等。”张传艮接过话头解释道。

“行了！这不是你摆弄的时候。接着挖吧!”陈塘朝他翻了一下白眼道。

卓木吉默等三人爬出坑来，继续摇着铃鼓，两个千年不死之物听到命令再次往下挖，接下来每隔一层或厚或薄的土层不断地挖到一些东西，有不完整骨骸，烧得泛黄泛黑的大圆石等等，看来这里不只出现一个时代的祭祀，应该是几个时代几个名族累积而成的祭祀堆，这里不光出现过用牲畜祭祀，而且还出现用人来祭祀。

两个不死之物不断挥动着手臂，铁锹上下翻飞，我们几个相互轮流着休息了片刻，毕竟我们数日没睡好觉了，由于天气冷，我和唐子雨也抡着铁锹在坑中挖土，这样运动可以取暖，不知不觉天又开始黑了。

“咔吱吱!”突然我手上的铁锹碰到了硬邦邦的东西，大家也都相继摁亮手电靠近一瞧，在我们脚下竟卧着一块巨大的青石，卓木吉默施法让两个不死之物靠近边上，我和唐子雨小心翼翼理着泥土，青石很快裸露了出来，足足有三四个平方。看着这么大的青石板，我们傻了眼。这石板没个七八千斤也有三四千斤，我不由地皱起眉头来，这青石板该如何移走，凭我们数人的蛮力是不可能的。

“之前不是谁在这牛哄哄的吗？现在怎么都憋掉了？你们继续牛啊？”唐子雨看着张传艮挖苦道，张传艮脸上挂不住。

“哈哈，还是瞧我的吧，幸亏你们给老子留下了这两个活宝，要不然此时就要让你顶上了。”卓木吉默扫了一下大家，然后指着罗老歪道。他说完，挥手让大家后退，接着伸手握住那具诡异的面具戴上，同时脚下走动起来，并且摇动铃铛和神鼓，铃鼓声时急时缓，而两个不死之物在铃鼓的声响下绕着青石板转了一圈，然后两人找到相对的着力位置，卓木吉默口中念诀，同时掏出一把褐色的粉末朝他们身体撒去，两人双手扣住棱角。

却见他们踩在地上的双脚如同踏在了刚下的雪中，扑哧一声陷进去好深好深。巨石终于动了一下，并且离开了原先的地方有半腿高，我心中不禁暗暗大惊，想不到卓木的巫术竟然这么神奇，能够催动两个千年的不死之物抬起数千斤的大石，实在让人太惊讶了。

“呜!”随着一声巨响，青石板一下子飞了出去，死死陷在旁边的泥土里，而两个不死物似乎出现了状况，一屁股坐在了地上，看样子也累得他们够戗的。卓木吉默似乎也累了，满头大汗，然后拿出水囊，一下子喝了好多水补充体力。

青石板移开，然而却发现石板下仍是泥土，我们心里泄气了，挖了一天都快把整个山坡挖掉了，竟然还没挖到我们实际想要的东西，何时是个头啊，好在不用我们吃力挖，有卓木吉默控制的两个千年怪物，我们省事了不少，我们自然只站在旁边观望。

这次卓木吉默并没有摇起铃鼓，而是再掏出一把红色的粉末朝他们身上撒去，两人抄起铁锹你一下我一下地挖了起来，进度非常神速，不出数十分钟，下面显现出一个通道来，我们大家都闪出一丝欣慰，终于有情况了。两个尸巫再次向旁边挖了数十分钟，我们用手电朝里观察了一下，通道不大不小，能两个人并排走，通道前面隐约看见两扇石门。卓木吉默急令尸巫靠边静止，然后大家陆续下了石道向前移去，空气中弥漫着难闻作呕的气味，罗老歪暗自递给我三颗药丸，并且朝我挤弄着眼睛，我心领神会，把另外两颗暗自递给了唐子雨和杜思琪，然后掩饰着吞下。我顿觉好受了些，那种气味随即而消。

看着前面的石门，心中不禁生出一丝悲凉来，我仿佛看到了千年前一群月氏人，在月氏王的后人带领下秘密在这里挖土建陵，布下五行八卦风水阵，然后将他们爱戴被匈奴单于砍去了头颅的月氏王埋葬于此，那种情景说不出的无可奈何，无比凄凉。而祭祀台上面的黄土盖了又盖，一群又一群的族人替了又替，这片草原帝国的传说只能消失在历史的长河里。

如今，我们却重新站在他的面前，寻找真实的源头。匈奴和月氏世世代代的纠缠，世世代代的因果循环，似乎又回到了起点，一切都因为这个五行风水阵。应该有个了结了，虽然这个故事太过于沉重和离奇、荒唐。匈奴萨满法师、月氏守陵人、龙雀宝穴、五行金狼令、五行珠、千年尸巫、千年骨兵等这些，我不愿相信这一切都是真实的，可它确实真实存在着，真实的源头就是我们要找寻的秘密。

陈塘露出一脸的坏笑，目光扫了我们一眼，“大家看，接下来是谁先进去呢？是罗真人，还是神爬子，或者是发丘天官？”这个时候是最关键的时刻了，因为谁也不知道在我们眼前的墓穴里到底藏着什么。前面是危机重重，杀机四伏，弄不好就得阿弥陀佛了。

“我先进吧！”我皱了皱眉头说道，说话间杜思琪用力抓了我一下，我侧头看她，眼睛里全是关心，似乎有点舍不得我，怕我会有危险。唐子雨见我毫不犹豫应承，又看到杜思琪和我难舍难分，也连忙叫道："思琪妹子，你就放心好了，我和耀祖一起，保证会安全。"卓木吉默和中村浩二一愣，目光中随机露出几分赞赏。

"好！两位小兄弟果然胆识过人，请！"卓木吉默往旁边让了让。

"慢！耀祖、唐子雨，你们谁都别先进，要进还是我先进，毕竟这五行八卦阵是我们茅山祖师所布，我一定有把握。"罗老歪拍了拍我的肩膀道。我和唐子雨相互望了一眼，点了点头，仍要坚持，罗老歪道："你们不要再坚持了，就这样决定了，我在前，你们在后跟上来。"罗老歪说罢提着手电靠近石门，我和唐子雨、杜思琪不放心，紧随其后，然后是张传良、陈塘、卓木吉默和两个千年尸巫，最后面的是中村浩二。

洞道里的气氛很是压抑，死亡笼罩在我们每个人的心头，石门上的锁早已锈得不成样子，罗老歪上前用管插砸了几下便落了下来。"哐当！"随着一声刺耳的声音，大门被罗老歪撬动了，从里面涌出一股气息拍打着每个人的脸面。杜思琪紧靠着我，虽然手里拿着手电和武器，但仍是心有余悸，生怕里面蹦出个什么怪物或者粽子来。

我们大伙儿继续紧贴着通道壁，待看不见有灰尘飞，罗老歪这才动身朝里走去，我们大家继续紧跟在后面。手电光朝里扫射过去，竟然是一眼望不到尽头。行至数百米，罗老歪忽然停了下来，我也连忙停住脚步，由于后面的人没看到我们急停，陈塘一下子脚下收不住，手拿着一把火把撞了上来，我们心里本来就十分紧张，感觉到后面阴风吹过来，唐子雨大叫一声不妙，然后头也不转，抡起手中的管插就甩向后面，陈塘慌忙向后躲闪，同时用火把迎过来。

"咔嚓！"唐子雨手上的刀凶狠地砍在了火把上，着火的那一头掉落在地，吱吱地燃烧着，陈塘后退着的身子撞在了卓木吉默身上，卓木连忙伸手推住他，方才站稳。

"陈二鬼子，你长长眼睛好不好？别老是神不知鬼不觉地出现在人的后面，这样会吓死人的。"唐子雨扯开嗓门叫嚷道。

"没说你长得五大三粗的，像只水桶样挡住我等视线，若不是老子逃得快，我项上的这颗人头怕是得要搬家了。"陈塘也不甘示弱和唐子雨对着干。

“算了，算了，还是赶紧跟着罗真人，别跟丢了。”张传艮见状连忙从中做起和事佬。

“你滚一边凉快去，我还没问你当初你和唐沽风、刘天一他们在统万城到底遇到了什么情况，后来他们为什么被日本人抓去？你给我和耀祖解释一下，这到底是怎么一回事？你们兄弟俩是不是在和日本人做什么见不得人的勾当？”唐子雨对张传艮毫不客气。

“当初情况我也不知道，当时载沣像一条疯狗一样追得我四处逃，若不是找日本人当靠山，恐怕我们摸金这一门就完结了，我也不知道刘天一和唐沽风他们的下落……”张传艮停顿了一下，然后瞄了一下最后面的中村浩二。

“要不是这次陈塘在中村面前蛊惑，我也不会跟着他们来这鬼地方冒这种险，当初我早就想好了，只要能从统万城地下王陵逃出，我就会金盆洗手的。这次我实在是迫不得已！”张传艮简单支支吾吾地说了一些，看来他果然是有苦衷，不得已而为之。

“啥？迫不得已？我看你身体里的血性就是奴性，还以为你拜陈二鬼子为师了呢。”唐子雨口气一下子小了下来，脸上显得有点挂不住。

“你们别在这磨磨唧唧的，快到前面问问歪嘴，怎么停下来不走了？”陈塘在后面催促道。我咬了咬牙，往前跑去，“老哥！怎么不前行了？”

“你看，这里才是古墓的真正入口。”罗老歪手中的手电光束绕在前面一道门上说道。我们往前望去，只见前面幽暗之处出现一堵石门，石门中间隐约刻着两个字“圣地”，也不知道出自何人之手，两个字被灰尘覆盖着，显得迷迷糊糊。石门是半掩着的，好像有人刚进去而忘记了关门。罗老歪向前又走了数步，靠近了石门，我也凑了上去，手电光在石门四周寻找着异样。

“圣地埋在地下这么多年，没人进来过，石门怎么会是虚掩的，会不会……”杜思琪说着连忙停了下来，然后头侧过去向门口看去，经过杜思琪这么一说，我们只感觉到有点毛骨悚然，虚掩着的石门后面不知有什么情况，心中甚是不安。

正在这时，我突然看到从里面探出一只尖尖毛茸茸的脑袋，接着从门缝里走出一只火红的动物来，是那只从牛鼻子山一直跟随我们来到这里的火红色黄皮子，我们不由得倒抽了口凉气，心里立即生出一丝战栗来。我们几次三番遇到这只黄皮子，并且每次遇到它后都会发生一系列可怕可怖的事，我想接下来准又得跟着遭殃。

黄皮子蹲坐在门口看着我们，眼睛半睁半闭，像是在迷惑我们，又像是在提防我们。“它怎么会从里面出现？”大家诧异地看过去，杜思琪颤抖着声音问道。

“呼！”可还未等我们恢复情绪，突然中村浩二的武士刀快速地从我们后面向黄皮子飞过去，黄皮子猛地转过头来看向我们，然后赶紧转过头朝门缝里躲去。

“当——”武士刀一下子刺中了石门，由于石门坚硬，武士刀落在了地上发出一阵嗡嗡刺耳的声音。

“磨蹭什么？不就一只黄鼠狼吗？起不了什么大浪。”中村浩二得意地笑道。我摇了摇头，他这是不知轻重，要知道得罪了黄皮子，是吃不了兜着走的。中村浩二刚才那一击无疑是得罪了黄皮子，恐怕接下来可有苦头受了。

罗老歪走近石门，然后双手紧贴在门上，嘴中念起我听不懂的咒语，门在他的努力下，慢慢开了，同时发出一声一声咔嚓声。我们站在门外，心里依然还想着中村浩二对黄皮子那一刀，等这事结束了他会不会像这样了结了我们。

罗老歪未作迟疑走了进去，我们几人心里是七上八下，精神有点不集中。门内异常宽敞，我们每个人都摁亮了手电和火把。幽冷的墓穴显得格外明亮，墓中的情景全部映入眼帘。虽说当年建造圣地的时间紧促，月氏王的无头之身下葬得十分仓促，但这墓穴甚是讲究，我估计就是当年真正的月氏王庭也比之不上。

# 第二十七章　阴兵阴将

我们站在门口的石阶上，下方是各种形状的石头拼凑而成，石头却光滑异常，细细看去，却发现每一块石头上竟然都有一幅各不相同的图画，至于画的是些什么，我是看不出来。抬头看去，发现整个墓室有两百多平方米，四五丈高，四周的墙壁皆由光滑的石头拼成，墓室是一个偏正方的空间，看样子只是一个耳室而已，在墓室的四个角落分别有一根白玉柱，每根玉柱估计要三人合抱方才抱住，都有图画，画的是些游牧民族祭祀的画面，由于距离有点远，看不清他们是如何祭祀的。

在墓室的中央是一根更粗的玉柱，柱上雕刻着一些浮雕。雕刻的手笔无不精湛，巧夺天空。浮雕上是游牧民族围着篝火跳巫舞的情节，他们身穿兽皮，头戴花翎，光着脚赤着上身，围着篝火跳着唱着，神采飞扬，栩栩如生。手电光照去，感觉自己正在一千多年前的那场篝火中跳着舞着。

“只要随便搬走一块玉石，咱们就一生一世吃喝不愁了。”唐子雨贪婪地看着墓室中的玉柱，禁不住惊呼起来，同时便抬脚下了一节台阶欲上前看看。可是却被中村浩二的武士刀一把拦住，中村浩二道：“且慢!”

“我就看看，你看我都快要到地狱报到了，你就做点好事，让我抱抱这些玉柱做做白日梦也行。”唐子雨死皮赖脸地说道。

“就怕你白日梦没做到就已经下了地狱了。”中村浩二指着当中的白玉柱不屑道。我们一起向那根柱子看去，刚才我们只顾着看柱子了，却是没看见玉柱的四周竟然有些玄机。在玉柱的四周围有一个宽数米的圆坑，坑内隐隐约约地好像有东西在里面。

唐子雨本来对日本鬼子就疾恶如仇，加上他生性桀骜不驯，而且他身中中村浩二的盘龙蛊，所以对中村浩二说的话毫不在意，他撇了撇嘴，转过头又下了一台阶，然而他每下一节台阶，就见墓室的地面上出现裂缝，不光如此，而且坑内发出一种令人战栗的声音，那声音好似吊桶在深井里打水，带着吊桶从井口落水发出的声音。紧接着，从地面的裂缝里爬出了两个东西，通体血红色，身上满是黏稠的胶状血液，他们的眼球挂出了眼眶外，似乎还在滴着血水。他们的整个身子看上去没有了皮，隐约看去似乎还能看见他们的内脏。

在尘封了数千年的空间内冷不防出现这样的情景，顿时让人觉得毛骨悚然，心脏乱跳，后背直冒冷汗，大家禁不住向后倒退了数步。“砰!”我们后面的石门却轰然闭合，这下我们成了瓮中鳖盆中餐了。张传艮和陈塘连忙转身在墙壁上寻找是否有机关。我拉着杜思琪大气不敢出，卓木吉默紧靠门站着，在他身侧是两个千年尸巫，中村浩二抽出了手中的武士刀，准备迎战。

“唐子雨！快回来!”罗老歪面不改色下了台阶一把抓住唐子雨的身子，两人急速爬上了台阶，与我们会合，而那两个东西继续朝我们爬了过来，我手举着管插上前挡在了唐子雨和罗老歪前面与两个邪恶的东西对峙着。

此时卓木吉默上前数步摇动起手中的铃鼓，两只尸巫听到命令，机械地朝那两个东西扑了过去，我这才松了口气。

“罗哥，这鬼东西到底是什么？看上去怎么这么恶心?”我转过头问道。

“这些是守墓的阴兵阴将，古人建墓，最忌讳的便是偷盗挖掘，还有就是防止仇人闯入古墓对死者进行报仇，古墓的设计者在建古墓时早就把这一因素考虑进去，于是在古墓中设置陷阱机关等来预防以后盗墓者对坟墓的偷盗，他们怕陷阱机关会因为时间的关系而腐蚀失去了效力，他们就想方设法弄些玄虚进去，这间耳室里的设计装置除机关外，还巧妙地加进了这些殉葬的阴兵阴将，刚才唐子雨踩着的台阶可能就是机关，从而使得地面出现了裂痕，同时放出了这些殉葬的阴兵阴将，他们可能生前就是些高手，他们被殉葬前，被施了某些巫术，然后在古墓里沉睡千年，一旦有人闯入误动了机关，他们就会蹦起保护墓穴。”说话间，两只尸巫正架起一个阴兵，一个扯住阴兵的双手，一个扯住阴兵的双脚，然后奋力一扯，阴兵被撕扯成数块掉落在地。同时另一个阴兵冲了过来，直扑尸巫，两只尸巫在卓木吉默的铃铛下发出一阵吼叫声，然后一拳照着阴兵的胸口捶去。

“砰！”阴兵的骨体瞬间被摧残得粉碎，我们心里不由得叫好。

“他们不同于尸巫，虽然他们都活了有千年之久，尸巫是一直被人操纵着，而阴兵阴将生前与死者达成统一协定。他们比尸巫更可怕，因为没有人可以控制得了他们，除非死者能活过来。”卓木吉默接口说道，“这些阴兵阴将一定是当年你们的祖先帮月氏王设计，想不到我们竟然这么幸运遇到。”

“要进来的是你们，一个要鞭人家的尸，一个要取人家的冥器，怪设计的人何事？”唐子雨一听更加来气了。

“不好！卓木吉默，快控制好你的这两个手下，别让他们踩上台阶。”突然身后传来陈塘的尖叫声，原来卓木吉默只顾着和我们说话，忘了停止手上的铃鼓，两只尸巫踩上了台阶。他们这一踩，可算是彻底完蛋了，因为地面上又出现了好几道裂缝，从裂缝中正源源不断地爬出阴兵。

卓木吉默见此情景，手中一惊，铃鼓掉落在台阶上向下滚动。数十只阴兵包围住了尸巫，两只尸巫没有了卓木吉默铃铛的控制，战斗力明显地下降。其中几个扯掉了尸巫脸上的面具，我们这才真正看清了尸巫的模样，枯萎的肌肉贴在骨头上，看上去和骷髅没什么区别，他们的眼睛也早已不存在了，只剩下两个红色的强光。

数个阴兵对尸巫是左扑右挠，牢牢地反扣住，“咔嚓——”两只尸巫的头一下子被众阴兵扭断，并且尸巫的尸体很快被阴兵扯得粉碎。我们几人直直后退，这俩尸巫死得好恐怖，想不到这些阴兵竟然如此厉害，接下来被扭断的恐怕是我们的头颅了。

那些阴兵见猎物已死，张嘴长啸，然后向前慢慢爬来，步步逼近我们。我回头看了看罗老歪，希望他能有什么办法对付，罗老歪摇着头。卓木吉默见手中的尸巫已死，甚是气愤，他直了直身子往前一站，嗖地飞奔跳下，身法之快令人目不暇接，而一旁的中村浩二也不示弱抡刀冲了上去。

众阴兵一见新的猎物，显得甚是兴奋，却见中村浩二身法奇快，刀法精湛，闪转腾挪，瞬间他们四周垒起了厚厚的一层阴兵骸骨。而卓木吉默的手中不知何时多了一把不短不长的法杖，和中村浩二手上的武士刀差不多长，他丝毫不比中村浩二差，只见法杖一下一下准确无误地刺中阴兵们的头颅，那些阴兵躲闪不及，连连被击中，只一愣神的工夫，阴兵尸体重重摔地，然后痛苦不堪地捧着头骨挣扎着，像是有什么东西在他们头脑中吞噬，那样子极其恐惧，最后倒地的阴兵们不动了，全身化成了一摊浓浓猩红色的血液。纵是如此，却依然未见阴兵们的斗志消弱，反而是越战越猛，而且地面的裂缝中依然还有阴兵爬出。

眼前的情景着实让我们大家惊在心头，一是为卓木吉默的巫术而惊，自从遇见他，我们只见他能唤兽、能控制尸巫，却是没见识过他的真实本领，刚才所见让人不由得叹服。二是为缝隙中涌出的这些阴兵而惊，如果照此一直这样，中村浩二和卓木吉默总有筋疲力竭的时候，到那时我们几个恐怕都得死了。

我悄悄回头看了一眼罗老歪，希望他能有个办法，让他决定我们几个是不是也要加入他们的战斗中去，罗老歪摇头叹气。张传艮和唐子雨似乎也受不了这种煎熬了，两人几乎同时抡起手中的武器跳了下去与阴兵们混战在一起。我拉着惊恐万状的杜思琪和陈塘站在罗老歪的旁边。

“耀祖，陈塘，你们二人快想方设法去那圆形坑里弄些里面的液体回来。”罗老歪用右手中指在地上画了一个不大不小的“十”字，然后把腿压在“十”字上，右腿压在左腿上，盘腿而坐，同时从挎包内掏出一只黄色的三角令旗，口中念念有词，然后使劲地朝地面戳去，令旗柄竟然戳穿地面立了起来。

我朝陈塘看去，陈塘却后退着身子，看样子是十分惧怕眼前的情形，没有胆量下去取坑中的液体。我怕罗老歪等急了，连忙跳了下去，手中的管插挥得呼呼直响，碰触到管插的阴兵不死也让他们再脱一层皮了。

“老唐，快掩护我去坑旁取些坑中液体让老歪作法消灭阴兵!”我朝一旁正在酣战的唐子雨大声呼叫道，唐子雨和张传艮见状急忙向我这边移动过来。然后在我前面开出一条道来，我们慢慢向坑中靠近。待我们靠近圆坑时，我早已是大汗淋漓，浑身毫无力气了，并且我发现我犯了一个愚蠢的错误，就是忘记带一个容器，靠近了坑中也无力取坑中液体。

“耀祖，你倒是快点啊！我和神爬子快吃不消了。”唐子雨见我对着圆坑束手无策，急得大声吼叫道。

“快脱下外衣，在坑中浸泡，然后再回去交给罗师傅。”张传良一下子看出了我的窘迫，帮我出谋划策。我一听他的建议确实只能如此了。我手忙脚乱地剥下我的外套，一手拎着衣领伸入圆坑中搅动，衣服很快被里面的血液浸透。

“咕噜!”正当我准备回身时，突见圆坑中冒出一个阴兵的身子，但是又和阴兵不一样，他穿戴着一副锃亮的铠甲，铁片镶嵌的短皮裙，手套镶金手套，脚穿黑色的皮长靴，看此打扮或许他是一个阴将，他躲在圆坑里控制着阴兵的行动，他双手扒住当中的白玉圆柱，咧着嘴瞪着我诡笑着。

“啊——”我一声号叫，一只手上的管插朝他插去，他却巧妙地躲过，我的尖叫声，引来了卓木吉默和中村浩二的回望，唐子雨一见那怪物，也微微一愣。

“耀祖，你快带着血衣回去，这里交给我们!”唐子雨一把拉住我的手往旁边拉，然后朝卓木吉默和中村浩二道：“我说你们两个老不死的！别在那里死耗着，快点掩护耀祖把血拿过去交给罗哥作法。”

中村浩二和卓木吉默愣了一下，然后醒悟过来，两人同时向我们这边冲了过来。我也顾不得他们了，跌跌撞撞地往回走，可等我回头时，却看见一大批的阴兵正慢慢爬上台阶向罗老歪和杜思琪、陈塘他们那边靠近，罗老歪面前的黄色令旗急速地旋转着，他两手连续掐诀，然后朝眼前的阴兵们甩去，“噗噗……”爬在最前面的阴兵浑身起火燃烧了起来。而没有烧到的阴兵绕过罗老歪向陈塘和杜思琪爬去，杜思琪吓得脸色苍白，陈塘吓得更加害怕了，他竟然抓过杜思琪的身子挡在了自己面前。

“陈塘！你算是男人吗？快放下思琪!”我大叫道，心中充满了愤怒，同时脚下加快速度。此时正在和阴兵酣战的众人也发现了陈塘的举动，个个面露愤怒之色，只怪自己都被阴兵们缠住，而且还有一个诡异莫测的阴将。

“张爷！快随我去罗哥那里，我怕一人对付不了!”我朝靠近的张传良叫道，张传良点着头。

“耀祖，快点过来!”罗老歪手持桃木剑，大声叫道。他并没有回头去帮助杜思琪，我知道他这是争取时间。我将手中的血衣干脆绕成了一团，朝罗老歪抛了过去，血衣在空中画了一个抛物线稳稳地落在罗老歪的面前，我和张传良马不停蹄地朝陈塘和杜思琪冲去。

“啊——”正当我为杜思琪担心时，身后突然传来唐子雨的哀号声。我心中暗道不妙，连忙转过头去，却见刚才从血坑中爬出的阴将此时双手死死抓住唐子雨的左手臂，长长的指甲陷进了唐子雨的肉里，并且阴将的嘴竟然咬住了唐子雨的手，唐子雨忍受不了疼痛，大声哀号着，另一只手上的管插朝阴将砸去。

卓木吉默和中村浩二手中顿了一下，卓木吉默手中的法杖随即向阴将的头脑刺去，法杖稳稳刺中了阴将的头脑。而中村浩二手上的武士刀寒光一闪，砍向阴将，阴将的双手和头颅齐齐砍断，却一直挂在唐子雨的手臂上，唐子雨依然哀号着。我见阴将已经被他们消灭，这才和张传良上了台阶，猛地推了一把陈塘，拉过杜思琪，杜思琪一把抱住我，惊恐地躲在我怀里。

“陈塘！你个王八蛋！你还是男人吗?”我抬脚朝陈塘屁股踢去，陈塘连忙捂住屁股朝罗老歪旁边躲去，并且顺手拔出地上急速转动的黄色令旗朝我扔了过来，我一把抓住令旗，看形势不对，怕他扰了罗老歪作法，停止了追击，“站住！快别去打扰罗哥作法!”

最令人惊讶的是，那杆令旗虽然经过陈塘一拔乱扔脱离了刚才的地面，在我手中却依然没有停止旋转，我只觉得令旗柄在我手下摩擦，手中顿时火热。此时罗老歪手中的桃木剑插进了血衣，桃木剑全身血红，他左手稳稳握住桃木剑身，然后口中念起了威天大法神咒：“吾奉威天大法，江河日月山海星辰在吾掌中，吾使明即明，暗即暗。三十三天神在吾法之下，使东即东，使西即西，使南即南，使北即北。从吾封侯，不从吾令者斩首。”

左手在桃木剑的刃口上移动，血从他的手中流出，而桃木剑飞了出去，嘴里再次念起了度文，“始青符命，洞渊正刑，金钺前导，雷鼓后轰。兵仗亿千……凝阴合阳，理禁邪原。妖魔厉鬼，束送穷泉。敢有干试，摄赴洞渊。风刀考身，万死不原。急急如律令。”

握在我手上的三角令旗旋转得比刚才更快，我的手受不了摩擦带来的钻心疼痛，不由得松开了，令旗落在地上，却不见它折倒。而飞在空中的桃木剑突然急速旋转，宛若一条血龙朝阴兵们连连穿去，桃木剑所到之处，如同蚕食桑叶一般侵蚀着阴兵们的尸身，然后倒地，很快被化成了一摊脓血。刚才还气势汹汹的阴兵，此时却消亡得一个不剩，就连刚刚又从血坑里冒出来的两只阴将也是如此。

罗老歪朝空中招手，桃木剑快速地飞回，在地上旋转的黄色三角令旗也一下子砰的一声倒在了地上，我们大家长长地嘘了一口气，大家的神经总算可以放松片刻了。

“陈塘！滚出来，刚才你差点打断了罗哥的作法！”我朝陈塘喝道，陈塘一见连忙逃开。

“耀祖！罗哥！快帮我瞧瞧我的手臂怎么样了？火辣辣地疼痛，唐爷我差点就这么挂了。”唐子雨这下没敢踩上台阶，而是跳跃了上来。

只见他手臂上的衣服早已撕破，露出早已血肉模糊的手臂来，手腕处两排深深的牙印洞赫然入目。看上去情况并不乐观，尤其牙印洞竟然还在不断地冒着黑色的黏稠液体，四周的肉出现腐烂往下掉。

“罗哥！这可怎么办？老唐的手还能不能保得住？”我上前扶住罗老歪焦急地问道，罗老歪睁开眼拿过唐子雨的手仔细瞧了起来，许久也不说话。卓木吉默也从下跃上来一言不发，而中村浩二，却举着手中的武士刀擦拭着。我看到他嘴角微微上翘，露出一丝不易察觉的笑容，而且我还看见罗老歪朝他点着头。

“呼！”一道寒光从我眼前闪过，我连忙后退，待我站稳时，却发现唐子雨那只被阴将咬过的手竟然被中村浩二手中的武士刀齐戳戳砍断了，烂了的那一段掉在地上，惨不忍睹，上面的肉经过这么一落地，腐肉散落，就连手骨头也发出乌黑的颜色。

“啊——”突如其来的变故，让唐子雨疼痛难忍，他左手捂住伤口，弯下腰杀猪般地哀号着，脸上冒出黄豆般的汗珠，瞬间脸上变得煞白煞白。

“中村浩二，你……”我一把扶住唐子雨，然后惊骇地看着中村浩二露出的狞笑。

“我这是在救他！如果我不一刀砍下去，我估计他不光是整条手臂废了，而且不出一炷香的时辰，他整个人都会变成骷髅，并且全身骨头发黑。”中村浩二收起武士刀不屑地说道，我看向罗老歪，却见他朝我们点着头。

“少装好人，你就是没安好心。还有罗哥你，枉我和耀祖把你当成神一样，你竟然和日本人来算计我，唐爷我和你势不两立。”唐子雨哆嗦着嘴唇说道。

罗老歪不说话，起身掏出一张黄纸，然后右手的食指和中指并拢，小指和无名指弯曲向掌心，大拇指压住无名指、小指的纸背上，结成剑指。同时口念止血咒：“一二三四五，金木水火土，茅山弟子来，截住血路口，剑指一点断洪流，切断三江水不流，止！止!! 止!!!”

罗老歪边念边用剑指在黄纸上画出一个符咒来，然后朝唐子雨的断手上贴去，符咒一下子沾在了伤口处，而刚才还血流如注的伤口瞬间停止流血，并且唐子雨脸上的表情也有所舒解，没了刚才的那种撕心裂肺的疼痛。

“老唐，你是中了阴将体内的血毒，如不砍去你的手，恐怕此时你正在地府喝着孟婆汤呢。你看，你的手骨已经被阴将的毒血腐蚀变黑。老哥我先用符咒止住血，待出了圣地，我再寻找一只与你合适的手帮你接上。”罗老歪心平气和地说道，同时向中村浩二点头致谢。

唐子雨见罗老歪答应给他接手，加上罗老歪分析了其中的利害，变得不再那么蛮横，只得点头同意，然后眼睛瞄向中村浩二，心里恨得直痒痒。

“此处虽为殉葬坑，其实是一个小的五行八卦阵，这阵圆转混成，不露丝毫破绽，地面上的这些画有岩画的石头内含五行生克变化，之所以会冒出这么多的阴兵阴将，是因为刚才唐子雨踩着了台阶上的机关，使得本来被封在地下的阴兵阴将破五行阵而出，并且源源不断，刚才我用滋养它们的血液加上茅山神术，这才打破阴兵阴将，并且封住了地面的出口。不过依我看来，这只是暂时的。我们眼下之急是尽快走出这间墓室。”罗老歪眼睛扫了一下我们。

“这些东西还不都是你们茅山道士所作的孽，为了保护一个断了头的月氏王，你祖先竟然大费周章地在此兴建圣地，而且还殉葬了如此之多的奴隶。现在想来，你们茅山派全是欺世盗名之辈。”卓木吉默白了一眼罗老歪说道。

“当初茅山祖师爷和月氏公主设下五行阵防的就是萨满巫师，你们一直不是大言不惭想鞭了月氏王的尸吗？你有本领，那么自己进来，别拉着我们几个下来啊！到底谁是鼠辈？”唐子雨虽然手被砍了，但是嘴依然不饶人。

“老唐！别瞎起哄，听罗哥分析怎么才能走出这里。”我推了唐子雨一把。

“地上的岩石总共二十七行十五列，刚才唐子雨是踩中了第一行的第八块，这才触醒了怪物，如此分析每踩中第八列的岩石，就会产生左右共醒，出现裂缝，冒出怪物，我们走时要避免直接去踩第八列所有的岩石。”张传艮指着地面说得头头是道，我却听得是云里雾里，晕头晕脑的，一句也没听懂。

罗老歪点了点头，眼睛露出对张传艮的赞许，看来他确实说出了罗老歪内心所想。“不过，这耳室的出口在何处，我还没弄清，我们大家现在处于一个封闭的囚室中，也许我们下一秒就会躺在这里，然后变成这里的阴兵阴将。”张传艮继续说道。

“八卦阵按休，生，伤，杜，景，死，惊，开八门。从正东‘生门’打入，往西南‘休门’杀出，复从正北‘开门’杀入，此阵方才可破。”罗老歪点了点头说道。

“得了，你们俩还是赶快告诉我们怎么走吧。”唐子雨听得不耐烦叫嚷道。

罗老歪不说话，小心翼翼地下了台阶，然后开始跑在了岩石之上，我们几个大气不敢出紧跟着他，张传艮走在最后。等罗老歪跨上第八列最后一块岩石板时，突然墓室中央的白玉柱摇晃起来，同时白玉柱上出现了较多的裂纹，似乎片刻之间白玉柱就会化为乌有。

“轰……”还未等我们明白怎么回事，在罗老歪前面的一道石墙上出现了两扇石门，并且石门正在缓缓打开，看来是这间耳室的出口了。在我们后面的陈塘一看见石门，不管三七二十一撒开腿就冲了出去。

陈塘的自私举动使得两扇正在打开的石门突然停止住，并且开始往回关。而白玉柱的裂缝冒出了血液来，看得我们心惊肉跳，心里不由得直骂。就在这时走在最前面的罗老歪突然跃出，双手推住正在移动的石门，然后憋住气大声叫道："快过去，快！"

我们稍微迟疑了一下，两扇石门依然没有停止向当中靠拢，我牵着杜思琪和唐子雨从罗老歪腿下钻过，紧接着是卓木吉默和中村浩二，最后是张传艮，罗老歪此时猛地大吼一声，随着他的身体冲出，两扇石门轰地一声相撞，然后紧紧贴合在一起。

"陈二鬼子，你个自私自利的王八蛋！差点害得我们大伙都被闷在里面。"待大家都缓上来一口气，唐子雨扯开嗓门叫道，然后四处寻找起来，可眼下哪有陈塘的影子，我们大家心里咯噔了一下，更加惊慌起来。

## 第二十八章　月氏王庭

我们朝四周打量着，却见我们此时处于一个富丽堂皇的墓室中，墓室的地面全都是用玉石铺设，每一块玉石上面都有一只狼图形，而每一只狼的形状都不一样，有坐着的、躺着的、仰头的，等等，在墓室的另三个角落也有三处石门，石门紧闭，模样和我们后面的差不多，看样子也定是月氏王的陪葬室。

墓室的正中央是一个用墨绿玉石拼成的大型八卦图，按照方位分别是乾一，兑二，离三，震四，巽五，坎六，艮七，坤八。而最引人注目的是八卦中心停放着一口金色巨棺，棺高四尺，长有一丈五左右，棺身刚好停放在太极的两仪之处，棺材的侧身雕有一只狼，和五行金狼令上的雕刻一模一样。在金棺四周放着十几只红色大箱子，箱子内堆满了金银珠宝。

在箱子旁边发现陈塘正捧着箱子里的宝贝，脖子上挂了左一串珍珠右一串玛瑙，眼睛里露出兴奋的目光哈哈大笑着，“宝贝！宝贝！我们终于找到月氏王宝藏了。哈哈……”

“嗷……”突然墓室内传来一声极其诡异的狼嚎声。

“陈塘！快放下手上的东西！”中村浩二大声叫道。可陈塘依然沉浸在兴奋状态，对中村浩二的话根本是听不进去，在他眼里只有眼前的珠宝。

我们此时是被墓里的富丽堂皇怔住了，这月氏王幸亏是下葬仓促，若是时间充足，陵墓必然要好上十倍万倍。

“嗷……”一声刺耳的声音充满了墓室，同时我看见陈塘笑容一下子停在了脸上，而身子也突然僵住了。咕噜！陈塘的身子突然倒在了一个装满金银珠宝的箱子里，再也爬不起来。

“陈塘！”中村浩二试探地呼喊着，可此时哪里还有陈塘的应答之声。

“咕噜噜！”箱子里的珠宝一阵翻动，陈塘的身子向箱子底下而去，似乎有什么怪物正在底下拖住陈塘。

“呼——”中村浩二跃身而去，欲去抓住陈塘。可当他的脚刚碰触到八卦时，从一只红色的大箱子中突然蹿出一只血红的身影，朝中村浩二扑去。中村浩二连忙抡起手中的武士刀砍去，那血影噗地落地，没有丝毫挣扎，我们大家发现那血影竟然是一头被剥了皮的狼，看样子又是和刚才在殉葬耳室里遇到的阴兵阴将是同一个性质了。

中村浩二停在了八卦图外面踌躇不前，只能双眼干瞪着陈塘被拖进箱子中，隐约间还听见箱子里正传来咯吱咯吱的啃骨头声。

“活该！”唐子雨不解恨地说道，中村回头看了他一眼，我立即拉住唐子雨示意他不要乱说话，以免惹起中村的不满，而催动盘龙蛊，这样他就吃不了兜着走了。

“想不到月氏圣地竟然是这般富可敌国，看来是当年月氏迁徙之时没来得及带走的珠宝全部作为了陪葬。”卓木吉默低声叫道，陈塘的死并没有影响到他的情绪，他依然沉浸在发现月氏圣地的兴奋当中。

“你别太得意，一得意就忘形！没看见刚才比你还要得意的陈二鬼子吗？估计他此时正在地狱陪着月氏王喝酒聊天呢。”唐子雨时不时的说些话刺激他。

我们几个围着八卦图转悠着，没有丝毫办法靠近金棺。我想如果没有刚才陈塘遇难那一幕，恐怕我们也正肆无忌惮地捧着这些珠宝乐颠着呢。张传良建议，先弄清楚箱子里的情况，再做下一步打算。

“这些箱子的盖子全部打开并未闭合，里面的宝贝尽数外露，虚虚实实，让人捉摸不透，其中定有埋伏，陈塘的遭遇就是很好的见证。”张传良说道。

“照箱子里刚才的情况来看，一定是给月氏王殉葬的某种生物，它们和阴兵阴将一样，被人施以巫术变成了毫无思想的怪物，它们一直守在这里，一旦这里的磁场发生变化，它们就会察觉，然后出来保护墓主不受外界的侵扰。”卓木吉默来回在八卦图外面跑着步子。

“咱们必须小心谨慎，切不可对箱子中的宝贝起了贪婪之心，那只是一个幌子。”罗老歪抬了抬眼说道，“我们不如先对箱子里的怪物下手，先灭了后顾之忧，然后再动了金棺。”

“那咱们如何对箱子里的怪物下手？我们能够近得了这些箱子吗？”我小心翼翼地插了一句。

“我看不如在每个箱子里投上炸药，一下子送它们去西天报到。”唐子雨摩拳擦掌道。

“切不可乱来，咱们还是引出箱子里的怪物，逐个消灭。”卓木吉默随即否定了唐子雨的办法。

大家伙研究来研究去，各抒己见，也没能拿出一个可行的办法。正在此时，我想到了罗老歪的那一招茅山引火术，何不让他引火烧了它们？我立即把我的想法说与大家听，众人一听来了兴致，一起看向了罗老歪。

“这倒是个很不错的方法，只可惜这些宝贝了。”卓木吉默说道。

“什么宝贝不宝贝啊！还是活命要紧。钱财乃身外之物，只要咱们能活着出去，比什么都强。”唐子雨一脸的不屑道。

“好！我们必须神不知鬼不觉地进行，先用这方法除了它们再说。”罗老歪脸上虽然露出一丝不愿，但还是不得不答应，眼下只有这样走一步算一步了，看到陈塘死于这箱子的怪物，他内心深处不由得怀疑这些东西是不是自己的祖师爷所变的。

罗老歪从随身的挎包中掏出一叠黄纸，右手成剑指，在黄纸上画起了符咒来，然后嘴里念念有词地将符咒向箱子抛去，桃木剑一指，每张符咒纸准确无误地落在了箱子之上，最后罗老歪一声喝令，符咒倏然起火，并且火势极猛。

“呼啦啦……”片刻之间箱子里发出一阵奇怪的声响来，里面的东西如同泥鳅沾盐翻滚着，有几个怪物欲从箱子里爬出，却碰到燃烧的符咒，根本无法冲出来，只得受那烤刑之苦了。这过程中我看清了它们全是清一色被剥了皮的狼，它们咆哮着，挣扎着。如此这般，数分钟的样子，就再也没了踪迹，奇怪的是，那些箱子和箱子里的宝物却依然完好无损。

我们长长地出了一口气，刚想准备跨过八卦图去瞧个明白，就在此时，意外再次发生了。“呼啦啦——”只见最靠近我们的一只箱子上出现一个洞，从洞口钻出一只血肉模糊的狼头，张着嘴，发出一声低沉的吼叫声，咧着嘴拖着浑身滴血的身子朝我们冲了过来。一只、两只、三只……原来这些箱子的底部是相通的，罗老歪虽然用火符封住了箱子顶部，但是这些血狼却另寻辟径扒开了箱子从里面逃了出来。

他们火红的眼眶中渗出无比愤恨的眼神，它们千年来守护着金棺，憎恨前来打扰月氏王灵魂的人。它们曾是草原帝国的图腾，以前是，现在是，以后一直都是。它们活生生地被残忍的法术制成了守墓的精灵，注定了一生的忠诚，它们是万恶法术的牺牲品。

大家见状，汗毛直竖。此时我们几个人都已做好了作战的准备，我和唐子雨保护着杜思琪，其余人都迎了上去。

“咔嚓……”中村挥舞着手中的武士刀，连续砍了数只扑向他的血狼，此时却有数只血狼疯了似的向我们扑来，我和唐子雨一下子乱了手脚。罗老歪忽然挥着桃木剑冲了过来，砍落了一只血狼的头，其余的血狼并没有停止进攻，张牙舞爪继续朝我们冲了过来。

“啊——”我和唐子雨嘶吼着挥着管插迎了上去，管插一下子插进了一只血狼的眼眶内，血液顺着管插流淌了出来。另一只狼机警地躲过我们的正面冲击，悄悄躲在杜思琪的后面，准备突然偷袭杜思琪。杜思琪也发现了不对，失声尖叫起来。可是那只血狼抓准时机冲了过去，前腿一下子抓住了杜思琪的衣服，张嘴就要朝杜思琪的脖子上咬去。

“着——”卓木吉默一下子蹿了过来，手中的匕首照准杜思琪后颈的血狼戳去，然后攥足力气从头划向血狼的尾部，血狼的身子一下子瘫倒了下来，顷刻间噗地一声摔落在地，杜思琪也在这一刻昏了过去。

经过大家的奋战，此时墓室中四处散落着血狼的尸体，眼下只剩下四只血狼了，张传良和罗老歪、中村浩二、卓木吉默各自对付一只，张传良显得稍微吃力些，唐子雨见状连忙过去帮忙，最终它们全都被歼灭，众人早已经是大汗淋漓疲惫不堪了。

我们原地休息了片刻，中村浩二和卓木吉默商议决定准备打开金棺了。月氏金棺，大家围在它的周围，心中各怀思量。唐子雨想冲在最前面，被我一把拉住。说实话我不想他有什么意外。打头阵的重担自然落在了张传良身上了，由于他受制于人，不得不充当炮手。

我掏出鬼摇铃挂在东南角处，张传艮点上了蜡烛也放在旁边，这是我们两大门派的规矩，不能少。张传艮和罗老歪两人靠近了金棺，金棺盖上凸显出五个和金狼令一样大小的圆形洞，当中一个，四个角落各有一个，看样子得安放五行金狼令，才能掀开棺盖。卓木吉默掏出金狼令按照五行相克的方位安放，棺盖却纹丝不见动静。

罗老歪围着金棺转了起来，最后站住拿出两根绳子绑住棺盖的飞檐，然后和张传艮站在另一侧，欲拉动绳子。可是试探了数次，却依然不见棺盖有丝毫松动。中村浩二见状拔出武士刀插入棺盖与棺身的缝隙间，然后双臂使力。

"嘣——"最后卓木吉默和唐子雨也加入了他们拉绳子的行列，棺盖呼地一声被掀开，嘣地一声砸在了旁边的几只箱子上。正当我们准备上前去看金棺内的情形时，棺内突然蹿出一只火红色的影子来，我们怕有诈，立即躲闪开，待站稳发现那火红色的身影竟然是三番五次出现的黄皮子。黄皮子身体不算大，双眼中充满了疑虑盯着我们看。

"噗——"黄皮子突然撅起了屁股放起了毒来，我们急忙捂嘴避让，生怕中了黄皮子的道儿。中村浩二脸露笑容在卓木吉默耳边捣鼓了一会儿，卓木吉默慢慢走到我们前面来，说道："不必怕，这黄皮子就算是妖物，本法师定会将它降服。"

卓木法师本是巫师，深知其中玄机，他手执铃鼓向黄皮子走去。那黄皮子瞪眼龇牙看着卓木，弓着身子然后直扑卓木法师。卓木吉默侧身向后一闪，避开了黄皮子的扑咬。

只见卓木法师动作很是娴熟，接连带着黄皮子忽左忽右地周旋，而黄皮子甚是敏捷地在那些箱子旁弄得沙沙作响，这一人一兽就这么缠斗在一起。卓木吉默翻转跳跃，忽见他从巫衣的皮囊里取出一只小木盒，同时按下木盒边缘的卡簧，木盒弹开后，从里面蹿出一只牛虻，浑身如血，足有拳头大小。

卓木吉默摊开掌心，让血牛虻在手心活动，然后趁黄皮子不注意，用嘴一吹，血牛虻嗡地一声飞了出去，向黄皮子疾飞而去，最后粘在黄皮子的脸上再也不肯动弹。黄皮子一个转头，前腿作合抱之势欲抱住卓木吉默，卓木吉默见势不妙，再次跃起，嘴里念起咒语。

此时那黄皮子突然头直伏地，前腿不住地刨地，却见那只血牛虻竟然钻入黄皮子的额头，此时正撅着屁股挥舞着翅膀吸着血。黄皮子受不了血牛虻的攻击，嘴里发出阵阵哀鸣，最后蜷缩在地上再也不敢乱动，两眼可怜巴巴地看着我们。

卓木吉默并没有停止嘴里咒文，黄皮子已经失去了戾气和妖孽之气，摇着尾巴，全身痛苦不堪地颤抖着，卓木吉默眉头一扬，大喊一声："破!"只见那只血牛虻全身钻进了黄皮子的头脑，黄皮子剧烈地抽搐，连最后的哀叫声也发不出来了，顷刻间黄皮子四肢乱蹬，死去了。看得我们大家十分惊奇，卓木吉默眼里透出一丝丝杀机，瞳孔中射出鬼魅般的疯狂。

"嗡!"血牛虻从黄皮子的嘴里钻了出来，浑身满是鲜血，它挥动着翅膀回到了卓木吉默的手心，卓木吉默面带一丝诡异的笑容将血牛虻放入盒子，然后看了我们一眼道："罗真人，你若是要什么花样，这就是你们的下场。"

我们见这情景，不由得后脊背直冒冷汗，这种巫术和中村浩二的三尸虫比起来，更胜一筹。黄皮子本已丧失了对我们的攻击能力，卓木吉默却依然残忍地驱使血牛虻啃噬了它的脑袋，实在太灭绝人性了。我知道他这是杀鸡儆猴，是要我们向他屈服。

黄皮子已死，我们每个人的心却无法平静下来，因为到现在为止我们还未看到金棺内有何物。月氏王骸骨吗？我们带着疑惑看去，金棺内的情景却是令我们产生了迷惑，因为里面什么都没有，别说是什么宝贝了，连根枯骨也没看到。

月氏王的骸骨不在这里，那他到底被安葬在哪里？这问题一直在我们脑海中来回。"月氏族人真是太小题大做了，连没了头的尸体也藏得那么缺德。"唐子雨叫嚷道。

罗老歪直摇头，忽然停止住若有所思地说道："当年墓室里的玄机是我茅山祖师设下的，茅山派属于道教，道家修炼的门径被称为玄关，或称为玄牝，玄牝重在一个玄字，不属于有，不属于无；不离于身，不在于身。道法三千六百门，人人各执两边根，谁知些子玄微处，不在三千六百六门。"

"罗老歪，咱们哪有心思听你在这胡嚼舌头，什么门不门的？唐爷我还窗呢。你挑简单的说，别说得那么深奥。"我们大家听得是一头雾水，唐子雨忍不住嚷声道。

罗老歪回头瞪了他一眼，接着说道："道家的门不在这个宇宙世界，而是在于阴阳两仪，两仪生四象，四象生八卦，八卦生万物，这门就在阴阳两仪四象八卦之中。"

我听后，顿时大悟，罗老歪的意思是说，这墓室内的八卦就是门了，而门就是八卦之内的两仪之中。这只金棺横亘在八卦的两仪之上，两仪的点刚好是在金棺底。同时卓木吉默和中村浩二也明白了过来，然后两手按住棺材口，看向棺材底，我们也连忙围了上去，却是什么也没看到。

墓室内的八卦是用整块的墨绿色的玉雕琢而成，每卦的长短取老阳之数，九尺九寸，高出地面三寸三分，金棺比较庞大，纯金打造，估摸着有数千斤，金棺刚好镇住太极。如果暗门在棺材底，那棺材底下必是另有一番洞天。

"神神秘秘的！看什么呢？"唐子雨探进头没看到什么，然后又缩了回去。

"老唐，别在那磨磨蹭蹭的，快看看金棺上有没有特别之处。"我顺手拉了一把唐子雨，然后开始在金棺四周寻找起来。摸索了半天，大家也没弄出个所以来，正在这时，杜思琪突然暗自拉了我一下指着棺材侧面所雕琢的狼问道："耀祖，你看这图画有什么古怪之处没有？"

众人听闻也连忙围了上来，我们是左看右看愣是没看出个什么。"初看这些狼的雕刻确实没什么特别之处，如果细看，不难看出，群狼所追逐的两只头狼透出一丝怪异。我们近看是两只狼交缠在一起，但是我们如果跑远一点再看却是大不一样。"杜思琪所说的话透着一丝悬疑。

"有什么不一样？看来看去还是两只狼在打架。思琪妹子！都什么时候了，你就别卖关子了。"唐子雨歪着头细看金棺侧身的雕刻，却是什么也没看出来，显得有点不耐烦了。

"你们看左右两边的狼是不是都弯曲着身子？近看它们似在头尾追逐嬉闹，远看它们的造型是不是像一个不规则的太极八卦？"思琪受不了唐子雨的诈唬，于是不再保留谜底。不过经过她这么一说，还真觉得正如她所说的一样。

张传艮仔细端详起棺身上的雕刻，然后又抬起头说道："这些狼的雕刻除了这一处奇怪之处，还有一个地方非常特别，你们看群狼的排列像不像某个图形？"

"怎么越看越像隐藏在五行金狼令里的图形拼成的地图。"我观看了许久慢慢说道。"当初驼背老者三番五次给我传递这个怪异图形，到底是在指引我们什么？"

说话间卓木吉默取出了棺盖上的五枚金狼令，然后凑在了一起，用灯光透着看金狼令上所显示的图形，刚才只顾着打开金棺，和黄皮子混战后，加上现在扑朔迷离的图形，我们差点忘了五行金狼令还镶嵌在棺盖内。

我们按照五行位置排列，得到的图形果然如棺材上狼雕刻所排列的图形一样。罗老歪走近了金棺，再次仔细观察起这幅群狼追逐图。

"好，好！果然玄妙！"罗老歪突然点头惊叹。

"何处玄妙？我看茅山派也不过如此，倒觉得你祖师爷装神弄鬼般耍小丑。"中村浩二尖声尖气地说道，犹如给罗老歪泼了一盆冷水。罗老歪抬头瞪了他一下，然后咬了咬牙，忍住了发作。

"看样子罗真人是不服了！这幅群狼追逐图其实最特别的并不是中间的那两只交缠的狼，而是群狼图中的五个地方。群狼追逐图是五行金狼令里隐蔽图形所拼，这确实不假，问题的关键是在五行的小图形中各有一个凹点。若是把五行金狼令相应的排列顺序安放在凹点内，这恐怕是关键的。你们看这边的一小块图，是木狼牌里的图，图中最后一只狼的眼睛就是凹点所在，还有金狼牌图、水狼牌图、火狼牌图、土狼牌图，凹点在狼图的各个部位。"中村嘴角扬起一丝笑容，侃侃而谈。

与此同时中村浩二从卓木吉默手中拿过五行金狼令，向棺材身上的群狼图安去。然而就在他安放完手中的五行金狼令时，突然中心两只狼所形成的八卦图发生了转动，同时传来一阵咔嚓嚓的声音，听上去这声音好像轧在我们的心上。

待声音停止时，我们几人急忙再次扒着金棺朝里面观察，却看见金棺底部出现了一个骷髅般大小的凹槽，凹槽内圆碌碌的，看上去极其古怪。

“在和我们捉迷藏呢？怎么搞出这个骷髅头坑来了？”唐子雨跺脚说道。

正在我们大家狐疑间，卓木吉默突然走到棺盖旁边，然后拿出一只放在后背的月氏王头骨比画起来，接着又对金棺内的凹槽也比画了一下，我们发现月氏王头骨果然和金棺底部出现的凹槽大小一致。

卓木吉默嘴角笑了笑，然后小心翼翼地翻进金棺，双手捧住月氏王头骨欲要往凹槽里放，可是却又有所顾忌，看得大伙心里急躁躁的。他长长舒了一口气，然后两手同时松开，月氏王头骨骨碌一声滚入了凹槽内，紧接着我们看见月氏王头骨竟然与凹槽咬合，然后头骨在凹槽内翻滚了几下，开始顺着凹槽内下沉。卓木吉默怕有诈，连忙扒着棺身跳出来。

“咕噜噜……”金棺地下突然传来一阵汩汩的水声，大伙对水声随即警觉起来，都觉得不可思议。令我们惊喜的是，金棺底部随着那阵阵水声再次发生了变化，金棺棺身一点点地向旁侧移动，好像有什么东西在旁边牵引着金棺往旁边移动，金棺旁侧的珠宝箱子被金棺剐到，发出刺耳的声响。我估计这金棺的移动一定是利用了水的某种特性设置的。

金棺好不容易才停了下来，最后露出八卦图的全貌来，并且在太极图的最中心处出现一个深深的坑洞，手电照去，却是看不到底，一股阴阳的冷气突然袭来，让人心底直发怵，生怕里面蹦出个什么怪物来。

“啧啧，这种设置太奇妙了。月氏王撒手走了，想不到他的后人为了保护他的无头尸身竟然劳民伤财动用了这么多的心思花在这个上面，搞得这件事扑朔迷离，看来真不让人省心。”张传艮转过头对我说，似乎也是在对罗老歪说。

“行了，你就别在这磨嘴皮子了，咱们还是赶快动手，下去看看，这地下到底是什么，果真是月氏宝藏吗？”唐子雨瞄了张传艮一眼，说完就张罗着要顺着这洞下去瞧个究竟。

“等等，你就不怕有诈？照目前的情势来看，主墓室应该分为上下两层，最上面的一层是一个虚墓，而下层应该就是月氏王的葬身之地了，当初月氏后人这样设计主要是为了掩人耳目，制造悬念。只是没想到他们竟然把月氏王头颅也考虑进去了，问题是他们之前应该是没有得到月氏王头骨，他们怎会知道月氏王的头骨有多大?”罗老歪立马拉住唐子雨说道。

“这世界上想不通的事多了去了，别废话了，赶快下去瞧瞧，这里头到底是不是月氏族的圣地。”卓木吉默终于也沉不住气，催促道。“耀祖，张传良你们两个身上有各自门派的镇邪之物，发丘印、摸金符皆为一身正气，你们先下去。罗老歪有一身茅山道士神通，紧跟后面，余下的人紧随着就来。”

卓木吉默如此分配，恨得我直咬牙，我知道他这是把我和张传良当成了炮灰，他们在后面拣现成的。我沉思了片刻，点了点头，然后交代唐子雨照顾好杜思琪，在后面看好这些人，若是有什么异样，立即大声叫嚷，好让我们有个准备。

# 第二十九章　日轮花

我点燃了一根火把，然后从洞口扔了下去，我趴在洞口看去，随着一声闷响，我估计了一下洞口到地下的高度，有三十几米。看火把在落地的时候好像还弹了一下，似乎底下有缓冲物，火把落地后随即散开，然后熄灭了。

我和张传艮相互看了一眼，点了点头，收了东南角上的摇铃和蜡烛，然后抛了一根绳子下去，绳子的一端紧扣在了金棺身上，然后深呼吸了几下，双手握住绳子滑了下去。下去的速度非常快，我落地后，张传艮也很快到了，由于罗老歪怕里面有诈，也急忙紧跟了过来，他下来后，递给了我和张传艮一人一粒褐色的药丸。

“快点吞了它，能够驱散空气中的浊气。”罗老歪吩咐道，我和张传艮一听，想也没想就直接扔进了口中，然后吞了进去。

“喂！你们几个别在底下磨磨蹭蹭的，里面有什么发现了没?”中村浩二在上面叫嚷道。我们三人在下面把整个空间观察了一下，这是一个十分宽大的墓室，比上面的主墓室还要大上几倍，椭圆形的墓室，墓底与墓顶有三十几米高，长有一百多米，宽有四五十米。由于担心上面的唐子雨和杜思琪，我们也没心思去仔细观察，等了数分钟，见没有事件发生，连忙举起手中的手电朝上，熄灭摁亮三个回合，这是大家相约的信号。于是众人纷纷顺着绳子滑了下来，先是中村浩二和卓木吉默，然后才是唐子雨和杜思琪。

昏暗的空间，浊气逼人，由于刚才大伙的一番动作，卷起了地上的灰尘，唐子雨和杜思琪受不了这种呛人的空气，连连咳嗽了起来，罗老歪上前扶住他们俩，然后也暗暗给了他们两粒药丸，唐子雨偷偷看了我一眼，我朝他点了点头，他背过身子吞了一粒，接着暗中递给了杜思琪一粒。

我们几人在墓室内杂乱地打量起来，墓室的地面并不是很硬，也不知道是什么材质的，我们所处的位置紧靠在一堵墙壁，墓室的正中央却是被一层墨绿色的藤状植物覆盖住，看不清下面的东西。这种藤状植物细叶，藤长，并且还开着好多娇艳的花朵，花朵宛如太阳的光轮，使劲嗅去，竟然夹带着一丝兰花的香味，令人心旷神怡。

“大家快看，这墙壁上怎么会有黑洞?”唐子雨突然叫道，手电光照在了墓壁上，我们这才发现墙壁上果然有数个洞口，我数了数，差不多有七个，并且它们是按照北斗七星所排列，一股阴风从黑洞中吹出，有些冷，我裹了裹衣服。

我连忙深吸了一口气，摇了摇头，提起精神。杜思琪在我旁边突然轻轻戳了我一下，然后指了指走向墓室中央的罗老歪。“耀祖，你看罗叔怎么停在那里？是不是有什么发现了?”我一听也觉得很纳闷。我们刚才只顾着看墓壁上的黑洞，没发现罗老歪走向墓室中心，我连忙凑了过去，罗老歪缓缓地转过头，借着手电光，我看到他的嘴哆嗦得甚是厉害，而且歪嘴有些扭曲了。

“怎么了?”我一看情况不对，连忙伸手稳住罗老歪的双肩。罗老歪连忙拉住我们往后退缩，尖叫道：“后退，后退，别……别碰那些植物。”罗老歪这样说自然有他的道理，我拉住杜思琪急速后退，身子却撞上了唐子雨。

“一惊一乍的？怎么了?”唐子雨揉了揉胸口问道，脸上闪过一丝好奇。

“走，别靠近那里。”我推了他一下说道。

“罗叔！到底怎么回事?”杜思琪颤声地问道。

“日轮花，它们是食人魔鬼日轮花!”罗老歪的神情甚是凝重。

“日轮花？我还月轮花呢。你唬谁呢？瞧你，还是茅山道士第一百零八代传人！竟然被一个破花吓得这般模样，唐爷替你感到羞耻。”唐子雨听罗老歪说完，有点诈唬起来，同时挣开我，向那些花朵跑去。

“老唐！别胡闹！快回来!”我大声尖叫起来，中村浩二和卓木吉默、张传艮也被吸引了过来。

“怎么回事？在这里鬼叫什么？叫得人心惶惶的。”中村浩二喝声道。

此时唐子雨已经靠近了那些开满了花朵的植物，同时抡起手上的管插就朝花朵扫去。可是就在这时，那些植物突然邪恶地伸出许多细小的叶子卷住唐子雨手上的管插，唐子雨用力拽，管插却急速地脱离他手中，唐子雨一下子吓得当场怔住。

“老唐，快点回来。”我看到情况不对，正欲上前去拉唐子雨，罗老歪从旁边却一把拉住我，“耀祖，别过去，危险。”

罗老歪的话完，我突然看到刚才包裹管插的细叶突然像鸟爪一样朝唐子雨伸卷过去，并且很快将唐子雨的全身包裹住，动弹不得，然后死劲地朝植物拖去。同时我看到细长的叶子下面爬出无数只蜘蛛向唐子雨包围过去，这些蜘蛛腹部黑褐色，还有一个黄色沙漏状的斑记，它们的腿部比较长，腹部不是太大。

“不好！是黑寡妇！”卓木吉默突然面露惊慌之色，身体连连后退。

“黑……黑寡妇？”我吓得哆嗦起来，因为我知道黑寡妇蜘蛛是毒性最强的蜘蛛，它们富有攻击性，正常人只要被它叮咬，数小时内就会出现恶心、剧烈疼痛和僵木，以及呼吸困难。难怪罗老歪刚才看到我要去拉唐子雨而加以阻拦我，原来他是知道这一点的，看来今天唐子雨要交代在这里了。

唐子雨身上被日轮花的细叶包裹，数百只黑寡妇蜘蛛又包裹在最外面，唐子雨难以动弹一下。“罗哥，快救救老唐！”我向罗老歪央求道，罗老歪摇了摇头，看样子他也是没辙了。我们大伙都惊恐地看着眼前的一幕，完全忘记了要逃跑，就是想到逃跑，怕是也未必能逃得出这里。

“啪！”就在我感到绝望的时候，突然看到唐子雨的身子稍微动了动，爬在他身上的黑寡妇蜘蛛一只只落在了地上，并且很快化成了一摊摊乌黑发臭的液体。

“嘶——”只见包裹住唐子雨身子的日轮花细叶突然爆开，唐子雨从里面挣扎着走了出来。“什么东西，差点闷死唐爷我了。”

“老唐！”我再也控制不住兴奋朝唐子雨跑了过去，然后抓住唐子雨的肩膀细看起来，“你知不知道刚才差点吓死我了，我还以为你就这么去阎王殿报到去了。”

“呵呵，我这不好好地站在这里吗，阎王爷暂时还不接收我。”唐子雨打着哈哈笑道。

“咦！这些蜘蛛怎么回事?”唐子雨用脚碾着地上的蜘蛛，诧异地问道。我连连摇头，此时罗老歪和杜思琪他们也都围了过来，眼睛里露出一丝丝惊讶。罗老歪一声不吭，然后拿起唐子雨仅有的一只手给他把起脉来，许久他的脸上露出一丝宽慰的笑容。

“罗哥，到底怎么回事?”我迫不及待地问道。

“这我也说不上来，老唐这次应该是因祸得福啊。”罗老歪摇了摇头说道，“之前唐子雨在上面的耳室中了阴尸毒，并且因此剁掉了一只手，加上在张掖的时候身体内又误中了中村浩二的阴毒盘龙蛊，如果没有之前的这经历，恐怕此时唐子雨真要去阎王殿了，这些剧毒的黑蜘蛛咬了唐子雨的剧毒之体，反而被唐子雨体内的毒反噬，所以这些黑寡妇蜘蛛才掉落在地上。刚才我细细把了一下脉，老唐体内的盘龙蛊毒和阴兵毒，都已经消失了。”

“原来这么回事！这回我可赚了！你们不知道当时可把我吓死了，这么多的蜘蛛拥出，还是第一次看见。现在好了，这些蜘蛛死了，所有剩下的都不是问题了。我们只需扯掉这些娇艳的日轮花就可以摸清这里的情况了，或许这些妖异的植物下面就是月氏王的棺椁。”唐子雨拍着胸口吐着舌头道。

“咱们先看看周围的情况再说，也不急于这一刻。大家趁此时间吃些东西填饱肚皮再做打算。”张传艮提议，大家没有反对，相继拿出干粮大口大口嚼了起来，我吃了点干粮，喝了几口水，围着这堆植物细看了起来，由于刚才唐子雨的惨样，我只能心有余悸地围着植物转，却不敢靠近。

“老唐，这些日轮花看来对你存在惧意，不如你先扯掉它们看看这下面有什么情况?”中村浩二推了一把唐子雨叫道。

“推什么推?你有本事自己去弄啊!”唐子雨满脸的不高兴，由于体内的蛊毒被蜘蛛毒解去，中村浩二手上的筹码就无任何用处了。

“再这么废话，休怪老子不客气!”中村浩二将手中的武士刀横亘在唐子雨的脖子上。

“中村浩二，先放了唐子雨，大家商量后再作打算，我们这样冒昧上去乱砸，恐怕再次着了道。日轮花和黑寡妇蜘蛛是相互利用对方，相互依存的，日轮花的细叶负责将猎物包裹住，躲在日轮花下的黑寡妇蜘蛛便蜂拥而出爬到猎物身上，细细吮吸和咀嚼，美美地饱吃一餐。当蜘蛛吃了猎物后，消化排出的粪便又成为日轮花的肥料。”罗老歪喝声道，中村浩二听完慢慢拿掉了架在唐子雨脖子上的武士刀，然后向棺材上的日轮花砍去。

“嗞——”可中村浩二的武士刀还没落下，日轮花的细叶长藤猛然甩了过来，中村浩二连忙缩手躲避。唐子雨一见中村浩二这副模样，咧着嘴直笑。

“要消灭日轮花并不是要蛮力，而是要用巧力。”罗老歪嘴角微翘，“你以为这些日轮花真是靠蜘蛛吞噬猎物而排泄的肥料存活吗？这一千年来哪有这么多的猎物？”

“不靠蜘蛛的排泄物存活，那是靠啥存活？这里啥也没有。”唐子雨转过头来问道。

“靠墓室中的怨气。”卓木吉默接过话茬说道，“在当时的月氏年间流行活祭祭祀，就是将人活活殉葬在古墓里，久而久之，这些死者灵魂的怨气就会越积越多，越积越大，如果猜得没错这些日轮花就是靠这些怨气而活到现在。”

“你怎么会知道是怨气？”恐惧瞬间笼罩在每个人的心头，中村浩二皱着眉头问道。

“因为这里的地面下全是尸骨。”卓木吉默说完，立即摇动起手中的铃鼓，此话一出，更是语惊四座。我们见识过卓木吉默的巫术，而且他真摇晃铃鼓，这对我们简直是一种煎熬。我突然发现我们脚下的柔软的泥土发生一种躁动，无数只枯骨手从泥土里伸了出来。

“你个老东西快别摇了！你想这些骨头爬起来吃了我们啊？”唐子雨抬起脚朝那些从泥土里爬出的尸骨踩去，然后朝罗老歪身旁躲去。

“卓木，快停止！”一旁的中村浩二被地下的尸骨抓住急忙大声呼叫道。与此同时罗老歪连忙一只手作剑指，另一只手掏出一把符咒，口中念念有词，然后朝地上撒去，地上突然亮起一团团火光，那些冒出来的尸骨一下子不见了踪迹。

罗老歪马不停蹄从腰间拔出一把匕首，然后抓住自己的一撮头发，刀子一横，割下了那一撮头发。他将头发揉成一团，握在手中，同时抽出桃木剑猛地挑住发团，咬破舌尖朝发团喷去，发团瞬间起火，罗老歪舞动起桃木剑，桃木剑上着火的发团向棺材上面的日轮花撒去，霎时间那些日轮花急速地收缩着，空气中传来哔哔的燃烧声音，夹着一股兰花香气。

许久墓室内才归于平静，再看眼前，此时眼前全是烧焦了的日轮花藤，花藤下是一些看不清模样的陶俑，看得人心生胆怯。我看了看卓木吉默，他的表情非常诡异，我想他应该是被罗老歪的神通吓住了，此时他的心情应该是非常复杂的，有些无奈、有些嫉妒、有些动容。

“哗哗……”就在我们松了一口气时，突然从四周传来一阵水流的声音。张传艮连忙将手电光照向了四周，我看见墓壁的七星黑洞中流淌出一汩汩的血水，一股浓浓的血腥味充斥着整个空间。隐约中我有种不祥的预感，这些血水会不会吞噬了我们。建造这个墓穴的人为什么会有这样的设计，这是要置我们于死地吗？如果我们不寻找办法出去，我们大家有可能都会被血水淹死在这里了，然后变成灵魂怨气，最后变成日轮花的养料。

想着想着，我突然感觉头显得越发沉重了，并且视线里的事物越来越模糊。我看到自己正站在远隔千年的战场上，一群士兵骑着马朝我奔来，为首的是一个戴着盔甲的彪悍将军，他举着手中的长矛刺向我的头，我连忙下意识地躲避，那将军瘦瘦的，看上去却是比较眼熟，待他再次靠近我时，我发现那将军不是别人，正是我自己。我不禁呆住了，自己杀自己，怎么会有这样的情景？

呼！随着一声长矛破空的声音，长矛刺中了我的心脏，我大口大口地吐着鲜血，一只手握住胸口的长矛，使劲地拔出，血一下子从伤口喷溅了出来，同时我举起刀用尽了最后的力气向骑在马上的自己刺去。

“啪！啪！”“耀祖！”突然我的脸上传来一阵火辣辣的剧痛，同时还传来了一个疾呼我的声音。我猛然惊醒，发现自己依然置身墓室中，眼前根本没有刚才那惊险的场景，更没有什么骑马的自己。

“耀祖！耀祖！快点醒来！”我眼前只有杜思琪尖叫的声音，我连忙摇头晃脑使自己清醒过来，并且发现墓壁上根本没有鲜血在流淌，我正站着，刚才脸上的疼痛是杜思琪在我脸上甩的耳刮子，手上正拿着中村浩二的武士刀架在自己的脖子上，脖子上被划了一道伤口，还好，伤口不是很深，就差那么一点，我死在自己手上了。

“耀祖，你刚才差点杀了自己?”杜思琪夺过我手上的武士刀扔在了地上，眼睛里满是关切的目光。而且我还发现墓室里除了杜思琪一人神情自若，其余几人都倒在了地上，脸上扭曲着，看情形好像是中了邪。

“思琪，刚才到底怎么回事？他们怎么一个个都倒在地上?”我用手摸了摸脖子上的伤口诧异地问道。

“刚才大伙都像中了邪一样，相互扭打成一块，我怎么劝也劝不开，后来我看到你拿过中村浩二的武士刀朝自己脖子上抹，我甩了你两个耳刮子，你这才清醒过来，吓死我了。”杜思琪眼睛里露出一丝惊骇。

我使劲地回想刚才的情景，此时却什么都想不起来。怕他们有危险，我和杜思琪蹲下身去查看众人。他们还算好，并没有伤着哪里，我在罗老歪脸上拍了拍，然后掐住他的人中，他才慢悠悠地醒来，呼吸畅通了。然而对于唐子雨和张传良、中村浩二、卓木吉默，任凭我怎么弄，他们就是醒不来，并且他们的表情甚是痛苦，双目紧闭，呼吸急促。

“罗哥，快救救他们。他们到底怎么了？是不是中了鬼遮眼了?”我焦急地问道，罗老歪望着我和杜思琪无助的眼神，然后盘腿坐定问道：“耀祖，你和杜思琪是怎么醒来的?”

“我，我是被思琪甩了两个耳刮子抽醒的，刚才我差点用中村浩二的武士刀抹了自己的脖子!”我指了指脖子上的伤口答道，然后把目光看向杜思琪。

“我……我也不知道怎么回事，我看到耀祖用武士刀抹自己的脖子，一时心急用手去抓武士刀，可他的力气好大，后来我手上被武士刀划破，一时情急我就甩了他两个耳光。”杜思琪一脸的迷茫。

“你手上流血了?”罗老歪突然问道，然后抓住杜思琪的手察看。果然杜思琪的右手有一道不深的口子，由于刚才我心急，一时没看见，现在看到她手上伤口，感觉心像是被抽了一下。我连忙撕扯下一块衣服，就要替她包扎，罗老歪却阻止住我。

“罗哥，怎么了？现在不替思琪包扎，我怕她的伤口会被墓里的细菌感染了，那就麻烦了。”我心急道，罗老歪并不应答我的话，而是从随身携带的包里急忙掏出四张黄纸，轻轻挤了一下杜思琪的伤口，并且掏出一纸朱砂笔沾了沾她手掌的血，接着在每一张黄纸上快速地画了几道令符，然后起身嘴里念着咒文，快速将符咒贴在了他们几人的面门上。

说也奇怪，他们几人扭曲的脸庞迅速松了下来，呼吸也不再急促，最先醒来的是卓木吉默和中村浩二，接着是张传良、唐子雨。他们几人面面相觑看着我们，脸上充满了疑问。

“你们别谢我，要谢就谢这个丫头，是她的血救了你们。”罗老歪耸了耸肩膀说道，“当初建月氏王墓室的时候，在墓室里引入了西方日轮花，并且以怨气为养料而培养日轮花，同时利用日轮花与黑寡妇蜘蛛狼狈为奸的习性，对付以后的掘墓人。在这密闭的空间里堆满了众多活葬者的尸骨，他们怨念丛生，戾气极重，刚才我用茅山术烧毁了日轮花，使得大家迷迷糊糊产生了幻觉。幸好我发现杜思琪的血能唤醒你们迷失的灵魂，所以你们大家才得救，要不然仅凭茅山术，那也是无能为力了。”

“为什么大家都受到这怨气的影响，唯独这丫头没有大碍？她的血怎么会有这个功效？”唐子雨刚恢复了体力，就打破沙锅问到底了。

# 第三十章　地狱陶俑

“会不会是因为她是月氏圣女?”卓木吉默说道，“圣女血五行变！这一句话是不是就是直指圣女血可以改变墓里的五行风水阵?”

接下来大家陷入了一片沉默，因为大伙谁也说不上来。“好了，大家别再乱想了，眼下还是看看这些花藤下的情况再说。”中村浩二迫不及待地用武士刀挑开裹在陶俑身上焦枯的花藤，我和唐子雨也迅速过去帮忙。我们眼前陶俑身上的花藤很快全被清理干净，此时我们发现这些陶俑各式各样，模样甚是骇人。

“啊！鬼啊!”杜思琪靠近一个石俑一声尖叫，吓得她跌坐在地上，苍白的面容没有一丝血色，唐子雨和我也吓得连忙跳了出来扶住杜思琪，然后手上的手电慢慢重新照过去仔细打量起眼前的这些陶俑。

“这……这太恶心了。”许久，唐子雨结结巴巴地说道。

我深深呼吸了一口气，眼前的画面直看得我们心惊肉跳，后脊背直冒冷汗。在我们面前陶俑是两尊彩色陶俑，一个打扮怪异的彩色陶俑双手被捆绑着跪在地上，嘴巴大大地张着，在他旁边放着一个冒着火焰的火盆，一个面目狰狞的鬼一样的陶俑手拿着一把烧红的钳子，死死夹着那人的舌头，并且那人的舌头被夸大地拉得很长很长，他的嘴边满是鲜血。

“怎么搞这么骇人的陶俑?吓死人了!”张传艮摇了摇昏涨的脑袋，拍着胸口道。

“我说各位，这些陶俑不会是真人做的吧?”唐子雨颤悠悠地说道。

真人?我们惊恐地看着两只陶俑，而我随即想起在统万城地下龙雀宝穴时遇到的那些真人泥俑，越看越觉得唐子雨说得是真的，仿佛这两尊彩俑随时就会动，我忍不住打了几个哆嗦。

“别嚼舌头根，当心被那钳子夹舌头。”卓木吉默走近两尊彩俑，放好手中的铃鼓，然后摇出一双褐色手套套在手上，紧接着伸手向那两尊彩陶摸去。

“呼！”可就在卓木吉默把手从石俑身上拿开时，地上的那只陶盆，突然真的冒出了一团火，也不知道火盆里用的什么燃料，火光将他的脸照耀得甚是诡异。突如其来的情况，吓得我们几人后退了数步，只有罗老歪一声不吭地站在那里。

“老棺材瓤子！准是你乱动了什么，想吓死老子啊。”唐子雨扯着嗓门叫道。

半晌，卓木吉默脸上闪过一丝奇怪的笑容，回过头来脸上带着一丝哀伤，“你们知道这两尊彩陶俑是用什么做成的吗？”

“当然是用泥土做的，难道真是真人啊？”张传艮随口答道。卓木吉默点头，脸色比较难看。

“不……不是真的吧？我刚才只是胡乱猜测的。”唐子雨惊愕地看着眼前的两尊彩陶俑结巴道，我们只能满腹疑惑地看着这陶俑，想不到彩陶俑果真是真人所做，可这被夹舌头的人是谁？为什么会受如此极刑？

“哈哈，如果没猜错，再往前看去，还是两尊彩陶俑，他们一个是拿着剪刀在剪另一个人的十指。”罗老歪抖动着嘴巴笑道，他说完一旁的中村浩二早已向前挑开焦枯的花藤了。果真如他所说，呈现在我们眼前的确实是两尊彩陶俑，一个面目狰狞的小鬼拿着一把大剪刀，在剪一个人的手指，整个画面令人窒息，触目惊心。

“罗哥，这古人怎么这般无聊透顶，竟然弄了这么些鬼玩意在墓里，我怎么感觉像是在地狱啊？”唐子雨凑上前问道。罗老歪笑而不答，然后走上前去，用桃木剑挑开前面的花藤。

“这不是鬼玩意，因为这里就是地狱！”罗老歪嘴上说着，眼前又再次出现了一个血腥的陶俑，一个人赤身裸体被挂在了一棵奇怪的树上，而树上长满了无数的利刀，刀尖在那人的身体上戳出无数的窟窿，隐约还能看见鲜血直淌和皮肉翻卷。

罗老歪和中村浩二继续往前清理花藤，不断地有彩陶俑出现在我们眼前，第四个画面是一个人跪在一面铜镜前，铜镜里出现一个妖怪模样的人。

第五个是一个人被捆绑着，放在一个大蒸笼里，而蒸笼下面是几个面目狰狞的小鬼在生火。

我们强忍住心中的恐惧把接下来的每一个彩陶俑看完，细细数了一下，这种残忍暴戾的画面竟然有十八个，十八个画面紧紧包围了一个庞大的棺椁。每个陶俑都活灵活现，每个受酷刑的人都极其血腥，加上之前卓木吉默说这些彩陶俑是真人做成的，看得我们是直打哆嗦，相互搀扶着。

“这些画面代表了十八层地狱，十八种酷刑。从我们看到的夹舌酷刑开始，到刀锯劈身结束，十八层地狱分别是：拔舌地狱，剪刀地狱，铁树地狱，孽镜地狱，蒸笼地狱，铜柱地狱，刀山地狱，冰山地狱，油锅地狱，牛坑地狱，石压地狱，舂臼地狱，血池地狱，枉死地狱，磔刑地狱，火山地狱，石磨地狱以及刀锯地狱。”罗老歪停顿了一下，目光瞄了一下卓木吉默。

“而且，在这十八层地狱受此酷刑的是草原帝国称霸的三代匈奴国王头曼单于、冒顿单于、老上单于。”罗老歪继续说道。

“停！停！罗哥，你说这些受酷刑的是匈奴王？这怎么可能？”唐子雨打断了罗老歪的话问道。

“原来这一切都是真的！原来这一切都是真的！”一直神色凝重的卓木吉默突然吼叫道，然后竟然对着眼前受苦难的彩陶俑跪了下来，并且对着他们一个一个地去磕头，老泪纵横，直看得我们心惶惶的，不敢发出声音来。

“行了，行了！别在这穷起劲哭，谁能告诉我们这到底是怎么回事？”中村浩二耐不住性子了。

“一千多年前，月氏王被匈奴老上单于栾提稽粥砍去头颅后，月氏后人一直怀恨在心，直到那一年，月氏人在茅山道士的帮助下，盗取了匈奴王坟墓，并且运用茅山术将三代匈奴王的魂魄困于十八尊陶俑里，然后又布下了十八层地狱酷刑，让三代匈奴王的魂魄永远受苦。十八层地狱的区别不在空间的上下，而是在时间与刑法上面。生前做坏事的人死后都会下到相应的地狱，第一层地狱是以人间的三千七百五十年为一年，在这一层受酷刑的众生必须在此生活一万年，早死一天都不行，第一层地狱的一万年相当于阳间的一百三十五亿年，第二层第三层接下去每一层地狱的时间和寿命都是依次倍增的，到了第十八层地狱，就是以亿亿亿年为单位，如此长期的受刑时间，可说是名符其实的万劫不复，痛苦和残酷的景象，是世人所难以想象和理解的。”罗老歪边说边观察着这些陶俑，像是在欣赏着一种艺术。

“这够残忍的，本来我们还以为是匈奴王最残忍，想不到这月氏人更加残忍。”唐子雨做了个鬼脸说道。

“可是这十八层地狱与月氏圣地有何关联？我们还是想办法打开十八层地狱所包围的月氏王棺椁吧，再这样耗下去，咱们可得都撂这儿了。”张传艮抬头瞧了瞧那个稳坐在墓室中央的棺椁，棺椁依然被一层又一层的日轮花藤包围，根本看不出是什么材质。

张传艮话完，带头开始清理棺椁上的日轮花藤，顷刻，一个庞大的棺椁模样呈现在我们面前。棺椁是白玉的，棺椁侧身有一条蜿蜒腾空的龙，龙身较长，身躯饱满，龙头在棺椁的当头，双目突兀，龙爪强劲，开口低吟。整个棺椁的造型端庄，我心中不由得产生一种威严的震撼，棺盖与棺身之间根本看不到任何空隙。

“看来这破玩意儿是个整体！根本没办法打开啊。”唐子雨用力拍了一下白玉棺椁。

“老唐，别乱来，小心上面有机括。”我怕唐子雨又发疯乱搞一通，上前拉住他。唐子雨吐了吐舌头，然后继续围着棺椁转了起来。由于一时也弄不出个所以然来，肚子有些饿了，我拿出些干粮吃了起来。

“大伙有什么发现了没？”罗老歪抬头问道，我们大家都摇了摇头。

“咱们要不这样，用东西砸开它！”唐子雨提议道。我一听他这办法，干粮差点卡在喉咙口。

“老唐，你所谓的办法不是炸就是砸！你能不能静下心来好好动脑子想想。”我白了他一眼，然后递给他一些干粮。

“只要能打开这白玉棺椁就成，管他是炸还是砸。”唐子雨不服气地说道，张传艮在后面偷偷笑出声来。

“死爬子！你躲在人屁股后头笑什么？你不是号称关中六指神爬吗？难

道你没发现什么?"唐子雨瞪了张传良一眼。

"我，也没发现啥!"张传良耷拉着脑袋说道，"不过，要说古怪，我觉得这条龙有些特别。"

张传良一说，几人立即又重新围了上去。"有话快说！别藏着掖着，你焐小鸡啊?"唐子雨抬眼说道。

"我想先问问咱们中国民间传说中的龙有几足几爪?"张传良活动了一下身子说道。

"龙有四足，至于龙爪就不能统一了，元以前的龙基本是三爪的，有时前两足为三爪，后两足为四爪。明代流行四爪龙，清代则是五爪龙为多。周朝'五爪天子、四爪诸侯、三爪大夫'，但也有一种民间说法'五爪为龙，四爪为蟒'，这说法形成于清代，主要作为皇帝与下臣服装上纹饰的差别，皇帝穿'龙袍'，其他皇族和下臣穿'蟒袍'，但这只是名称上的差别而已，从龙的形式上来讲无论龙和蟒都是四足蛇类，形状无差异。"罗老歪随即说道。

我们也猜到了大概，张传良所言之意应该是指龙足了。棺椁身上的龙，前身是两足，后身却只有一足，每只足有三趾。让我们产生疑问的是后面的一条足，这条足被雕刻在龙身里侧，而外侧却空在那里。

"会不会和上面的八卦金棺一样，机关就在这龙身上?按照常理来说三足龙应该不是雕刻的工匠犯的错误，退一万步讲，就算是三足龙，这第三足不应该是在龙身的一侧，而是在龙身的正下方，除非真有机括。"卓木吉默说道。

我们继续观察着龙身，同时不由得伸手在龙身上摸索了起来，并且纷纷拨弄着龙的三条足，但是并没任何奇怪现象或者声音发生，大伙不由得再次沮丧。

夹舌地狱的惨状依然冲击着我的眼睛，尤其那只着了火的火盆，我蹲了下来沿着火盆的火光向龙的最后一只足看去，可这一看我发现那只龙足竟然张开三趾似乎要朝我抓来，我连忙起身却发现那条龙足依然安然无恙在那里，没有刚才的那种惊心的景象，只是发现那只龙足是指着地上的火盆。我突然有一个奇怪的想法，龙足和火盆是否有关联，如果有关联，又是什么样的关联。

我立即将心中所想的说了出来，立即得到大伙的认同，除了卓木吉默依然跪在地上磕拜陶俑外，其余几人立即转身朝周围的十八酷刑陶俑看去。

“我就想不明白，这火盆怎么就着起火来了？这个被拔舌的匈奴人和小鬼根本没有任何部位接触到地上的火盆。”张传艮诧异地问道。

“肯定是卓木吉默暗中捣鬼，想吓唬我们。”唐子雨瞥了一眼卓木吉默。

“不对！火盆着火，是暗指五行中的火。按照五行相克规律木克土，土克水，水克火，火克金，金克木，火盆突然着火定是暗示我们接下来找到十八地狱酷刑中的金、木、土、水。欲打开棺椁，定有玄机，而玄机就在暗指的五行元素中。”

“这还不简单，咱们一个个地查查看不就简单了。”唐子雨说完就向另外几尊陶俑走去，完全忘记了刚才卓木吉默法师所说，这些彩陶俑是有生命的。

“在十八层地狱酷刑的刑具含有金元素的，有铁钳、剪刀、铁树、铜镜、铜柱、刀山、油锅。在一千多年前青铜器的使用比较广泛，应该在铜镜、铜柱这两个当中。”张传艮指着前面的铜镜、铜柱酷刑说道。

我们几人立即走到铜镜、铜柱前细细观察起来，“大家别乱动，千万不可大意了，弄错了就会触动了墓室内的机关，否则大家就万劫不复了。”罗老歪急忙提醒大家。

“按照月氏人的复仇心理，我想应该是在铜柱刑具上，大家看这铜柱被火烧得通红，不正是印证了火克金?”我突然一个激灵，觉得自己的想法十分对。按照我的想法，我果然发现了铜柱上的玄机，那只封有单于魂魄的陶俑抱住铜柱的双手间发现了一个隐蔽的圆形凹坑，大小形状和五行令牌的大小相符，大家一阵兴奋。

接下来我们按照五行元素和筛选法，在十八层地狱的刑具蒸笼、牛坑、冰山、火盆各找到一个与五行令牌相符的凹坑。在罗老歪的吩咐下，将五行令牌同时放入与之相对应的金、木、水、火、土圆坑中。

“咔嚓嚓……”随着五行令牌同时放入圆孔中，白玉棺椁发出一声声刺耳的响声，我们大家内心一阵欢跃。几只手电齐刷刷地照向棺椁，只见棺椁盖慢慢地向两边移动起来，我们怕里面会冒出什么诡异的东西来，收住了内心的兴奋，手紧紧捏着武器。

待棺椁盖停住不再有任何声响，我们这才动身向前准备细看棺椁中的情形，果然不出大家所料在棺椁的中央漂浮一具木质棺材，丝毫没有腐烂的样子，估计是楠木的。棺材与白玉棺椁最近的距离也得有两三米的样子，而棺椁内壁与水棺之间的缝隙里全是银亮的水银，这也是楠木棺材没有腐烂的原因，至于水银到底有多深，我们根本无法探测，要揭开棺盖定要大费周章，倘若我们一不小心掉进了水银里，那就吃不了兜着走了。

卓木吉默的脸上现出了一丝诡异和舒缓，他撇过眼睛看向罗老歪，罗老歪眼睛紧盯着楠木棺材一言不发。此时他们的心情应该很复杂，大概会想起很多往事，想起各自家族的使命。

“咱们动手吧，里面的水银一旦接触到空气就会有挥发，我怕时间久了大家会中毒，咱们不能再等了。”中村浩二迫不及待地伸出武士刀去够楠木棺材，可是距离还是远了，中村浩二试了几次最终还是放弃了。

“不中用的东西！身上绑上绳子跳上棺材，然后我们往回拉不就成了。”唐子雨嘟囔了一句。中村浩二回过头来看着唐子雨，然后又看向张传良和我。

“得了，别看了，还是我去吧。”张传良说完，拿过腰间的绳子绑住腰，然后把绳子的一头交给了我，自己爬上白玉棺椁壁上，拼足了力气纵身一跳，身子重重落在了楠木棺材上。由于楠木棺材是漂浮在水银上的，受不了张传良这么猛力，载着还未站稳的张传良摇晃了起来。

“不好！张爷快躺在棺材盖上，耀祖！快拉！”罗老歪疾呼道，待张传良躺在棺材盖上，我连忙用力往回拉绳子。嗡！楠木棺材撞在了白玉棺椁上，发出一丝细微的声响。我们几人赶忙拉住张传良，然后用手稳住棺材，以免再次漂浮到棺椁的中间。而且我们惊奇地发现楠木棺材盖上竟然有五个细小的洞口，看样子应该是放五行珠的。

“卓木，真要打开它吗？”罗老歪抬头问道。

“废话，不打开它，那我们费尽心思来这里干嘛？”卓木吉默怒目圆睁。

“我是怕棺材里的千年古尸会变成粽子跳出，那样我们必会恶斗一番。”

罗老歪叹了口气道。

“都死了一千多年了，再说了他不是成了无头尸吗？成不了气候。就算成了粽子，也没有什么好怕的，有我神术和你的茅山法术，定会取了他的性命。”卓木吉默笑道。

“二位，二位，别再费口舌了，快点取出五行珠，开了棺材。”中村浩二催促道。说话间卓木吉默掏出了五颗圆珠子，然后小心翼翼地放入棺盖上的洞内，而我自然掏出发丘信物，放于东南角，准备一试身手，可是我们等了许久也没见棺盖有何发现。

“圣女血五行变！圣女血是关键之物，快点取些圣女的血来。”中村浩二看着杜思琪坏坏地笑道。我和唐子雨连忙挡在杜思琪的面前，生怕他对杜思琪乱来。

“滚开！咱们赶时间！没有圣女血，楠木棺是打不开的。”中村浩二瞪着眼睛吼叫道。此时杜思琪拉开我和唐子雨，卷起了袖子，表现得很慷慨。

“这就对了！还是这丫头识时务！”中村举着匕首走近杜思琪，然后晃身走近了杜思琪，手中的匕首在杜思琪手臂上划了一块，血一下子猛淌了出来。我狠狠地咬了咬牙，心里咒骂着中村浩二太残忍了，或许轻一点也能够取得圣女血。

中村浩二拿出一只大搪瓷杯子接住杜思琪手上流下来的鲜血，然后在她的伤口撒了一些药止住了血，整个过程杜思琪没有掉一滴眼泪，我不由得佩服起这丫头来。中村浩二将搪瓷杯里的血缓缓倒进了棺盖上的五行洞中，血很快把洞注满了，迟疑间，我发现五行珠竟然发生了变化，变得和血一样，甚至于比血更加红。

大伙都被眼前的情节吓住了，我心里有个激灵，心想这一定是五行珠在吸血，原来五行珠这么有灵性。咚！就在这时，棺材里突然传来一阵利器抓挠的声音，同时棺材盖突然裂开，落入了水银池里。

# 第三十一章　月氏尸王

只见棺材内躺着一具无头尸，身穿金丝敛服，龙冠短靴，那些丝绸衣物由于和空气接触瞬间变成了飞灰，整个尸体埋在金银玉器之中，霞光流碧，冷焰袭人，想必这就是月氏无头王了。

“咦！他手中的兵器我好像在哪里见过！”我小声嘀咕道，然后想起，这兵器正是之前我中邪的时候想杀了我的长矛。我心中一惊，不由得后退了数步，不知是过度紧张，还是感觉气温冷，我的身子连打了几个寒战。

我们大家所有的注意力全部被棺材吸引了过去，我还发现一个惊讶的情况，棺材内的月氏王尸体竟然没有丝毫糜烂，就像活人一样。尤其他的那双手，竟然还微微动了一下，本以为不管我们如何动，棺材内的尸体不是变成干尸就是糜烂成尸骨，但现在看来，宛如刚被割了人头一样。

“这尸货快尸变了，你不是要鞭尸吗？还不快动手？”唐子雨用仅剩的一只手扒住棺材口抬头叫道。

“咚！”可是还没等唐子雨松手，棺材内月氏王的手突然一把抓住了他。大家一时不知所措，出于本能，全都往后退着身体。棺材旁只有唐子雨一人在使命挣扎，脸上吓得煞白，没有一丝血色。我见状，连忙抽出腰间的匕首来，猛力朝月氏王的手臂砍去，月氏王的手齐手腕处切断。由于惯性，唐子雨收不住身子，一屁股坐在了地上，而那只手却依然紧抓着他的手，唐子雨吓得去拽月氏王手。

“老唐！小心扯伤了它！”此时却见罗老歪喝声道，然后掏出一张符咒，运用茅山法术，贴在尸王手上，尸王手一下子安静了下来，罗老歪小心翼翼地再掏出几张符咒裹住了尸王手。

“罗哥！要这鬼手干嘛？快点毁了它，免得遭了他的毒手。”我诧异地问道，罗老歪看着唐子雨笑而不答。

“老歪嘴！又怎么了？我脸上有脏东西啊？盯着我看啥？”唐子雨剜了他一眼。

“天机不可泄露！”罗老歪站起身来，然后朝棺材奔去，并且我发现他手上竟然多了一样东西，就是那颗从统万城带回来的月氏王头颅，之前在上面用来开取八卦金棺时，后来也没太在意，原来是被他藏起来了，至于他要干什么，我就不知道，但是我相信他一定有办法带着我们逃出这个鬼地方。

“罗老歪！你这是要干嘛？”卓木吉默一见情况不对，连忙上前拦住罗老歪，同时掏出了腰间铃鼓，只要他下定决心一摇，罗老歪也许在瞬间就会变成行尸走肉了，这是我不愿意看到的，因为罗老歪还有仇未报，我不希望他就此去了。

我瞅准了机会，偷偷跑到卓木吉默后面，然后跳出将他一把抱住，可是仅凭我的力气哪里是他的对手，相反我差点被他甩到棺椁里的水银池里。此时杜思琪看到我数次差点丢了性命，不顾一切地也冲了上来，她那弱小的身子直接撞在了卓木吉默身上，卓木吉默收不住，手中的铃铛神鼓脱手而出，竟然落入了水银池里，而他的身子重重撞在了手拿火钳的拔舌小鬼彩陶俑上，彩陶俑手上的火钳一下子掉落下来。

在一旁一直看戏的中村浩二见卓木吉默受到杜思琪的这么一冲，阴笑一声，就要往杜思琪这边冲，张传良连忙挺身而出，正面迎战中村浩二。而罗老歪也看准了情形，捧着手中的月氏王头骨抛入楠木棺材内，然后从怀里掏出一张三生符抛向空中，然后嘴里念起了咒文：天地无极，心法归一，一生二，二生三，三生无穷，急急如律令！念罢，他手执一支黄色小令旗朝楠木棺内指去，在空中飞舞的三生符快速飞入了棺材中。

“呵呵……”就在我迟疑的时候，突然从楠木棺材内发出一声沉闷阴邪的笑声，大家立即停止争斗，一起看向棺材内。

“耀祖，这老棺材瓤子鬼鬼祟祟的到底要做什么？棺材内的月氏王会不会复活过来？”唐子雨靠近我颤声地问道。我扶着杜思琪，用眼神示意他继续向棺材那边看去，我知道，接下来肯定要有事发生了。

“骨碌碌！”果然棺材内的月氏王突然坐起了身，脖子上正顶着头颅，头颅与尸身连接的地方正是罗老歪抛出的那张三生符。我们吓得连连后退，许久也没回过神来，心想罗老歪也太神了吧，竟然能让封存了一千多年的月尸王复活。

“罗老歪，你这是助纣为虐！赶快停止你愚蠢的法术。”卓木吉默大声喝叫道，显然他也有点被这匪夷所思的情景吓怕了。

“老神棍！你不是要鞭月氏老鬼的尸体吗？快去啊！别磨磨蹭蹭的！”唐子雨幸灾乐祸地叫道，卓木吉默一时哑在了那里不吭一句。唯独中村浩二手举着武士刀走在了前面，看样子欲与月氏王拼个鱼死网破。

“老鬼，快点交出长生之术，我定留你一个全尸，否则休怪我手上的武士刀让你的头颅再次分家，让你的灵魂也饱受亿亿亿年的十八层地狱的酷刑。”中村浩二喝声道。我们大家听得是云里雾里，什么长生之术？月氏王的尸体不腐烂难道是得了什么长生之术？原来他和陈塘搅这趟浑水就是为什么长生之术。

“这世上哪有什么长生之术？天道循环，生死有命，非你我能够改变得了，如果真有什么长生之术，我大月氏王也不会落得个如此悲惨下场。”罗老歪接口道，而棺材中的月氏王此时已经站起了身。

“你骗得了别人，骗不了我。这老鬼死了一千数百年了，身体却不腐不烂，而且身体如同刚被砍了头一样，仅靠棺椁内的水银是无论如何也做不到的。”中村浩二喝声道。

“这是因为我茅山法术神通广大，我祖师爷当年用五行八卦风水阵封住了月氏王的灵魂在这口棺材内，加上水银的密封性，还有每一个轮回年的圣女血祭祀，才会不腐不烂。如今我利用茅山神术将他的头颅接回，并且利用法术控制他的行为，是让他的灵魂给我们指出墓室的出口。”罗老歪说完，黄色小令旗立即指向月氏王的尸身，并且连续在面前交叉地挥舞着。

月氏王的尸身立即又有了动静，它摇晃着项上的头颅爬出了棺材。卓木吉默双手勒得咯咯直响，看样子他是在控制住自己的情绪。

“罗老歪！你就别糊弄我了，当年你师傅死的时候，可是亲口承认了这世上有长生之术，并且指明了在月氏圣地，这难道会有错？而且我们中村家族已经为这长生之术死了数位勇士。”中村浩二越说越悲愤。

"有，这世上确实有长生之术。"我在旁边突然说道。

"耀祖，你……"众人一听连忙一起看向了我，杜思琪不解地看着我。

"真有？快点交出来。"中村浩二眼睛里射出一束骇然的眸光道。

"你问卓木法师要，在月氏祭坛的时候，他的几个手下不就是一千多年前的月氏人吗？你若学得此法，你们的天皇定能长生不老。"我忍住笑声给他摆起了乌龙，用手指着卓木吉默说道。中村浩二明白过来我这是在调侃他，手缩了进去，然后出奇不意地甩了过来，几只手里剑破风而来，我心叫不妙，怕是中了他的暗器了。

然而就在我低头的时候，月氏王刚爬出来的身子在罗老歪的令旗挥动下，闪身挡在我前面，几把手里剑随机插入了他的身体内，却不见月氏王有任何不妥，依然刚才那副模样，我头皮直发麻，心想这些手里剑若要插进了我的身体里，那我可就得把命丢在这儿了，幸好罗老歪紧急关头让月氏王的肉身替我挡住。

"扑哧——"正当我庆幸逃过一劫，中村浩二手上的武士刀一下子刺入了月氏王肉身的胸口，锋芒从后背露了出来，奇怪的是却不见有血液淌出。而罗老歪手上的黄色令旗突然折断，罗老歪一下子跌坐在地，中村浩二抽出了武士刀，月氏王肉身扑通一声，栽倒在地，项上那颗头骨，瞬间掉落。中村浩二朝我们瞄了过来，同时双眼之中杀气四溢，嘴角透出狰狞，令人不寒而栗。

"中村浩二，你究竟想怎么样？"唐子雨喝声道。

"想怎么样，大家不都看到了吗？我中村浩二今天要杀人了。想我族人为了寻找长生不老之术，牺牲了多少性命，也未停止脚步，可到头来却是一场空，今天我要用你们的性命祭祀我那些死去的族人。"中村浩二狂笑道，说完飞身朝我们撞来。

张传良离中村浩二最近，他趁其不备跳了出来从后面一把抱住中村浩二，想使用蛮力束缚住他，可中村浩二早已发觉，眉头紧皱一转身甩出，手中的武士刀朝他扬去，武士刀扫出一道寒光，张传良的头皮被砍去了一大块，鲜血顿时染红了他的大半个身躯。谁也没有想到会发生这样惨烈的事，当场都愣住了。

张传良见自己如此惨样，也顾不得停顿，直接反扑了过去，用尽力气抱住中村浩二的身体往前直冲。“轰!”两人随即被脚下的东西绊倒在地，我看到中村浩二的头刚好扣在地上那只火盆，并且还发出一阵头发烧焦的味道，然后火势一下子蔓延了他和张传良身上。

我们见此惨状，不由得对张传良肃然起敬，想不到他在这种情况下，竟能挺身而出，救了我们。火光中的中村浩二挣扎着，似乎全身着火并没有给他带来什么，只见火光突然爆开，火光中只剩下了张传良支离破碎的身影，我几次欲奔过去想去扑灭，由于火势比较大，被罗老歪和唐子雨死死拉住。

“耀祖……”就在我还沉浸在悲痛中时，传来杜思琪的呼叫。不好，怕是中村浩二要对杜思琪下毒手了。待我们转过身，果然看到用火遁逃跑的中村浩二一只手死死掐住杜思琪的脖子，另一只手举着武士刀对我们警戒着。不过我们发现中村浩二竟然也受伤了，一直包裹在他头上的黑布，被刚才的火烧光了，头上的头发一根不剩，他的前额出现一个月牙形的伤口，一定刚才磕在地上的火盆上了。

“中村浩二，放了杜思琪，否则唐爷我会让你死得很难看。”唐子雨一手举起管插向中村浩二扔了过去，嘴里怒吼着。趁唐子雨和他起劲的时候，我悄悄从旁边向中村浩二后面摸去，欲想给他来个出其不意。而罗老歪也束手无策傻愣在那里，我不知道此时他心里在想什么。

“卓木老鬼，我们做个交易，只要你帮我逃过今天一劫，我定会给你在我们关东军司令部谋得一官半职，总比你窝在这鸟不拉屎的地方守着死人强。而且只要我们取了五行珠，带着圣女逃出墓去，献给天皇，你我将会有享不尽的荣华富贵。”中村浩二突然朝卓木吉默说道。

卓木吉默似乎被说动了，目光从中村浩二身上移向了我们，思想在激烈地斗争着，我朝唐子雨打着手势，示意他先稳住卓木吉默再说。“卓木吉默，千万别被他的花言巧语骗了，他们日本人都是杀人不眨眼的魔头。”

卓木吉默并不为唐子雨的话语所动，朝唐子雨和罗老歪他们走了一步又停住，然后双手在腰间摸索了起来，他应该是在寻找法器，控制罗老歪的行动，幸好他的铃鼓之前被杜思琪撞入了水银棺椁里。即便是这样，我还是为罗老歪暗自担心了起来，他没有了铃鼓，定还有别的法器可以控制罗老歪，一旦被唤醒，罗老歪就会变成行尸走肉的不朽尸巫了。

令我们诧异的是卓木吉默寻找一番后，并没有朝唐子雨和罗老歪走去，而是改变了方向向中村浩二走去，脸露怒光，搞得大伙一时摸不着头脑。

“中村浩二，把这女娃娃交给我，这杀人的任务就交给你了。”卓木吉默诡异地笑道。我心头稍微松了一下，原来他也是在贪恋五行珠和圣女血。那中村浩二也不傻，露出无比愤怒的目光连连后退。我也停止住脚步，心想何不先让他们两虎相斗，然后再乘机救出杜思琪。

“站住!”中村浩二喝声道，同时一扬那只握着剑的手，数只手里剑从袖口里飞出，直扑卓木吉默的面门。卓木吉默闪身躲开，中村浩二的第二轮手里剑再次飞了过来，卓木吉默奔跑着躲到了被夹舌的陶俑后面，而中村浩二也快速闪身靠近了墓壁，杜思琪被他打晕了，然后拖拉着。

“咔嚓……”然而就在我准备上前时，突然传来一阵沉重的声响，我连忙朝四周望去，发现挡在卓木吉默前面的那只彩陶俑忽然动了动，全身发出怪异的响声，而卓木吉默手上多了一根短小的神杖，神杖是巫师送魂时用的法器，杖上刻有神的神像，有无尚的威力，能够控制灵魂的行为，这东西就和罗老歪作法时用的令旗差不多。

卓木吉默挥舞着，那只彩陶俑受到了罗老歪的召唤，机械地拖着笨重的身体咔嚓咔嚓地向中村浩二扑去，我们大家看得是目瞪口呆。中村浩二手握着武士刀，摆好了阵势。

“砰!”彩陶俑并不惧怕中村浩二，而是挺胸朝他手里的武士刀迎了上去，彩陶俑的坚硬长舌被中村浩二砍落下来。彩陶俑继续朝他撞去，中村浩二双手紧握住刀柄，高举着，然后拼足了力气朝彩陶俑迎面砍去。

“轰!”彩陶俑一下子被砍成了两半，然后轰然倒地。

“咔嚓嚓……”卓木吉默继续挥舞着手中的法杖，口中念着一些我们听不懂的咒语，我们惊讶地发现，墓室里所有的彩陶俑竟然在一瞬间都复活了，它们的关节咔嚓咔嚓地直响，我见来势汹汹，朝杜思琪悄悄走了过去，准备出其不意救出杜思琪。

“呼——”中村浩二随即朝我发出了手里剑，我连忙矮身下来，方才躲过。也就在这片刻的当隙，拥过来的彩陶俑将中村浩二和杜思琪团团包围住，幸好我逃得快，否则也被包围在里面了。

“当当……”墓室内武士刀砍着彩陶俑的声音，许久我看到几只恶鬼彩陶俑摁住了中村浩二，然后群体压在了他身上，也就在此时杜思琪突然醒来，看到眼前这种场景，吓得用脚后跟蹬着地向后移动着身体。中村浩二受不了这种残酷的摧残，发出一阵哀号，随即就哑声了，估计这次他不死也要了他半条命了，此时卓木吉默也收起了神杖，不停地喘着粗气。

“思琪!”我和唐子雨焦急地向杜思琪跑去，可就在我们刚靠近思琪的时候，我看到杜思琪的眼睛瞪着我们后面，似乎有什么不妥。

“思琪！怎么了?”我诧异地转过头去。

我看到卓木吉默手拿着那只长长的彩陶舌头朝我甩了过来，而我们后面也不见了罗老歪，估计是遭了他毒手了。未等陶土舌头打过来，我推着唐子雨向一边跳去，陶土长舌一下子砸在了我的小腿上，一阵剧烈的疼痛瞬间传遍全身。

“耀祖，你怎么样了?伤着哪里了?”唐子雨翻身爬了起来，拉着我叫道。此时卓木吉默一把捉住了杜思琪，双手紧扣着她的脖子，杜思琪一时喘不上气来，脸憋得通红通红的。

“卓木吉默，这丫头要是死了，你会后悔一辈子的。”不远处罗老歪颤悠着身子站了起来，满脸是血。

“后悔?做梦去吧！喝了她的血，吞了五行珠，老朽我就长生不老了，我还后悔什么啊。”卓木吉默说完，用力捏着杜思琪手臂上的伤口，血一下子流淌了出来，卓木吉默低下头张嘴伸出舌头舔着杜思琪的伤口准备吸了她的血。

“作孽啊！作孽啊！卓木吉默，她……她可是你的亲生女儿!”罗老歪指着卓木吉默喝声道。罗老歪这句话犹如一声惊雷，将我们每个人都怔住了，杜思琪是这老鬼的女儿?这可能吗?她不是杜辰和古丽娜孜的独生女吗?这不会是罗老歪的缓兵之计吧?

“我……我……我亲生女儿?”卓木吉默一下子愣住了，伸出的舌头不听使唤，连说话也说不清楚了。

“对！她可是你和古丽娜孜的亲生女儿！”罗老歪耸了耸肩说道。

“不是的，不是的！这不可能！她怎么没有告诉我，一定是你个歪嘴骗我上当。”卓木吉默的手颤抖了起来。

“是不是，你自己心里清楚！”罗老歪说道，“难道你忘了当年你和古丽娜孜是怎么分开的吗？”

“当年……当年古丽娜孜突然失踪，后来我才知道是杜辰劫走了古丽娜孜，可我一直忘不了我们卓木家族的使命，一直没有离开这里寻找她，但我知道古丽娜孜一定还会回来的，在古丽娜孜失踪的第五个年头，她突然回来了，却一直不肯见我，她一直住在石仁子沟，再后来我就天天去骚扰她，我想要一个答案，可我们一见面不是动手打斗就是斗嘴，这种日子一直持续了有十几年了。”卓木吉默一下子陷入了回忆，“直到你们出现在石仁子村，我从你们的谈话中，得知这丫头姓杜，而且她手上还有金狼令，我知道我报仇的机会来了。可是后来我发现这丫头竟然和古丽娜孜一样，都是纯阴之身，是所谓的月氏圣女。我就假装自己是月氏圣地的守护者，从你们手里骗得月氏王头骨。后来我知道你一定会揭露我真实身份，所以这才亮出了本来的身份。罗老歪，这是真的吗？这丫头真是我亲生女儿？”

“是不是亲生的？滴血认亲不就得了，在这啰唆什么？快点放了大妹子，你看大妹子都快被你掐没气了。”唐子雨在旁边嘟囔道。卓木吉默一听，连忙松开了手，杜思琪双手捂住喉咙剧烈地咳嗽起来。

“当年古丽娜孜知道自己最终的命运，她知道杜辰和汤三的到来一定会取了你的性命，于是心甘情愿跟着杜辰远走，当时她已经身怀六甲。杜辰清醒后，知道她心中爱着你，一直没有碰她，并且对待杜思琪如亲生女儿一样，待杜思琪稍微懂事时，古丽娜孜就离开了牛鼻子村来寻找你。可到了这里后，她发现你竟然变成了一个滥杀无故的刽子手，还暗暗养了一大帮千年尸巫，于是她不见你。她就一个人孤零零地在石仁子沟住了下来，而你却把她当成了仇人一样，骚扰她侮辱她，而且还打折了她的腿，可她却一直坚持不肯离开石仁子沟，因为她心里依然还装着你，可你倒好，竟然杀了她，而且现在竟然还要杀了你的亲生女儿，造孽啊！”罗老歪擦着脸上的血渍说道。

“古丽娜孜！古丽娜孜！”卓木吉默嘴里哆嗦了起来，眼睛里噙着泪花。然后拉住杜思琪的手端详起来。看到杜思琪没有了危险，我们大伙儿心里也顿时松了口气，如果他们说的是真的，卓木吉默就不会吸了杜思琪的血。

“你个魔鬼！不是，我不是你的亲生女儿！我是杜辰的女儿！是你杀了我母亲，我要为母亲报仇！”杜思琪双手死死掐住卓木吉默，十只手指甲全部陷进了卓木吉默的肉里，卓木吉默却不喊疼。

“孩子！你掐吧！我不怪你，是我……是我对不住你们娘儿俩！”卓木吉默老泪纵横，心里自责了起来。杜思琪依然不依不挠地拒绝着这突如其来的亲情，是不要，也不敢，更是不信，她一口咬住了卓木吉默的耳朵，卓木吉默痛得完全松开了杜思琪，杜思琪见状连忙撒开腿朝我们跑来。

“嘣！”可当她跨出几步时，彩陶俑突然散开来，我们连忙后退身子，我看见从陶俑的最下面伸出了一只血肉模糊的手，那手一把抓住杜思琪的脚，杜思琪收不住身子，扑通一声倒在了地上，然后失声尖叫砸着那双手。

中村浩二！这浑蛋竟然没死！我心里猛烈地咯噔了一下，此时我和唐子雨上去营救已经是来不及了，我们只能眼睁睁地看着那只手拽着杜思琪。

“老鬼！快点砍了鬼子的手！”罗老歪朝卓木吉默吼叫道，惊慌中的卓木吉默醒悟过来，抓住地上的武士刀，跳起来，砍刀朝中村浩二的手臂落了下去，咔嚓！中村浩二的手瞬间被砍断了，断了的手还抓在杜思琪的裤腿上没有落下，杜思琪奋力爬了起来，用手拽开中村浩二的手臂。

“琪儿，你没事吧！”卓木吉默双手抱住了杜思琪，惊慌失措的杜思琪连忙把头埋在了卓木吉默的怀里，见杜思琪没事，我们长舒了口气。

“老哥！不好！地上怎么有这么多的水？”突然唐子雨惊慌地抬起脚叫道，我们这才注意到墓壁的七个黑洞中不断地涌出暗红色的血水来，而且越来越急，由于卓木吉默和杜思琪所在的地方地势高，加上心思全都在杜思琪的生死上，一直没有发现这一情况。

“不好！会不会我们刚才触动了墓室的自毁装置，快点寻找出口！不然咱们非得淹死在这里了。”罗老歪神色慌张地说道，说完连忙朝墓壁上摸索了起来，我和唐子雨也慌成了一团。

“呼！”可就在我们四下寻找出口时，陶俑下的中村浩二突然蹦了出来，同时伸出了另一只手，直向杜思琪的后心贯穿而去。卓木吉默看到情况不对，连忙将杜思琪推向旁边，中村浩二的手一下子插进了卓木吉默的肚子。

我一把拉住杜思琪，看着眼前突然发生的情况，一时间忘记了该如何应付了。卓木吉默强忍住疼痛，双手抱住血肉模糊的中村浩二向棺椁冲去。

“咚!”随着一声闷响，两人同时落进了水银池里，咕噜咕噜！两人同时呛到了水银，他们不时地把头伸出了水银面，看来他们两个只能先行一步了。

“爹……”惊慌中的杜思琪扒着白玉棺椁口悲惨地叫唤着，我拉着她，防止她被中村浩二拉进棺椁里呛着水银。而我们只能眼睁睁地看着他们两个在水银里相互撕扯着，却是无能为力去营救。此时墓室内的血水越来越多了，并且已经齐膝盖了，如果我们依然没有找到出口，今天只能去十八层地狱报到了。

“罗哥，我们该怎么办？再不出去，咱们都得死了!”唐子雨拉着罗老歪说道。

“天意啊！看来这就是天意啊！我们茅山派奉命守住月氏圣地，而我不光是监守自盗，而且还引狼入室，这是报应啊!”罗老歪呢喃着。

“老唐，罗哥！你们快看他们!”我忽然发现棺椁中的情况不对，此时撕打中的卓木吉默已经解决掉了中村浩二，精疲力竭的卓木吉默手扒着水银面上漂着的楠木棺材，而且发现棺材下面竟然是和白玉棺椁底是用链子连着的，卓木吉默正奋力地摇晃着楠木棺，欲利用这道力气扯断链子。

“咔嚓!”链子终于承受不住卓木吉默的力气，应声而起。棺椁中的水银冒起泡泡，像是沸腾了，而且我们发现白玉棺椁出现了一道道蜘蛛网状的裂缝。

“快避开！棺椁要散了!”罗老歪拉住我，招呼着唐子雨向旁边急闪而去。

“哗!”当我们依靠着墓壁站稳，白玉棺椁轰然而碎，水银一下子散了出来。

“咕噜——”同时我们还发现，刚才还在那里的卓木吉默一下子没了踪影，连同早已断了气的中村浩二。在刚才棺椁中心出现一个不大不小的缺口，墓室中所有血水和着水银不停地往缺口处涌，中村浩二和卓木吉默估计是被缺口吸进去了，并且里面还传来哗哗的水流声。

“原来出口在这里！害得咱们瞎担心一场。”唐子雨向洞口移动了几步欲看个究竟，由于水流湍急，他怕有危险，然后又紧贴着墓壁。

“罗哥，咱们要不要下去？免得夜长梦多，如果这些彩陶俑堵住了洞口，咱们又得费力气了！”我看向罗老歪，希望他能尽快拿出主意。

“再等等，水银刚淌下去，估摸着这下面是条暗河，水银会沉淀下去。我们现在急着下去，身体接触到水银的机会就越大，那样就越危险了。”原来罗老歪早就打算好了。此时墓室中的血水也慢慢少了，一只彩陶俑挡在洞口。我们慢慢抬起脚向洞口移去。

“轰轰……”可我们还没走到洞口，整个墓室摇晃了起来，看样子这墓室要倒塌了。

“快！快搬开洞口的陶俑，跳下去。”罗老歪疾呼道，我顾不得腿上的伤势和唐子雨两人加快脚步，拉住那只陶俑，可陶俑却死死卡在洞口，拽不出进不去。

“耀祖，让开，让我一脚踹下去。”唐子雨焦急道。

“咚！”随着唐子雨的一脚下去，那只陶俑掉了进去，此时墓室也开始掉下石头了，我推了一把唐子雨，让他快速跳了下去，并叮嘱他在下面接住杜思琪，最后我和罗老歪陆续跳下，而整个墓室传来了一阵剧烈的轰鸣。

当我们跳下后，也不知身在何处，只感觉到整个身子泡在了冰冷刺骨的水里。黑暗中我拉着一只手，似在梦里，却又是那么真实。我的意识又再一次模糊了，一种从没有过的疲惫，很想就这样睡去

“耀祖，你说说话啊？”黑暗中传来唐子雨的呼叫声。

我依然沉浸在这种阴森的困惑中，因为我知道此时危险还没有散去，我们要漂向何方？前面是安全地吗？而我的眼前不断浮现出一张张脸孔来，白翠花、驼背老者、汤三、陈塘、张传良、古丽娜孜、卓木吉默、中村浩二，还有人脸山猫、尸巫、火红色的狐狸，他们在我眼前渐渐变得混乱，但我知道，这一切都是真的，却又是假的。而造成我有这种判断的原因却不得而知……

不知不觉中，我们的身子突然停住，我睁开眼看去，发觉我们竟然躺在了一条河里，此时已是黎明，我也知道，这个地方是石仁子水库，我们竟然还能活着，唐子雨、杜思琪、罗老歪也都活着，跟着我们出来的还有那只堵住墓穴洞口的恶鬼彩陶俑。

太阳出来了，异常晴朗。周围很寂静，水面也很平静，我们相互搀扶着爬上水库岸边，惊起一群觅食的野鸭。我剧烈地咳嗽着，这让人很难过，却又感觉到很真切，这不是幻觉。呼吸！对于我们来说是多么亲切，因为这代表我们还活着。

我们足足花了两个时辰到达古丽娜孜的草屋，大伙换下了湿漉漉冰冷刺骨的衣服，升起了一堆火烤着，然后吃了些东西，血液开始加速循环，时近中午时，我们这才各自活动着身体。由于我们担心墓穴的入口敞着会影响附近村民的正常生活，我和罗老歪合计了一下，点了些炸药，将墓穴口封住。

夜色降临后，我们几个人相对无言，思想很混乱。罗老歪拉过我们围着火堆坐下，然后神神秘秘地掏出那只尸王手，揭开包裹在上面的黄纸符咒，那只手依然不见任何腐烂，就好像刚砍下来的一样。

“罗哥，搞这么个鬼东西干嘛？留着做纪念啊？”我不思其解地问道，搞不清楚他葫芦里卖的什么药。罗老歪笑而沉默，然后吩咐我准备开坛作法。

“开什么坛？作什么法？不是都已经过去了，还装神弄鬼啊！”唐子雨打着哈欠揉着眼睛说道。

“罗叔是不是想把尸王手接在子雨手臂上？”杜思琪若有所思地问道。我和唐子雨一听，顿时内心颤抖了一下。

“不，不！说什么我也不接这鬼手，断就断了，不就是一只手吗？大不了我就靠着耀祖和你吃喝。”唐子雨挣扎着起身，欲拒绝罗老歪给他接手。

“老唐！你真想耗着我啊，想得美！你可别坑害我，赶紧听老哥的话，把手给接上，有手总比没手强，你这样，以后还怎么娶婆娘啊？”我用手捅了一下他的胳膊。唐子雨想了一会儿，终于答应了。

接下来罗老歪取了几滴杜思琪的圣女血，以及唐子雨的生辰八字，大张旗鼓地念起度文踱起七星步，作起了茅山法术，一个时辰后待尸王手和唐子雨的手臂处的伤口完全重合，罗老歪掏出沾有圣女血的黄纸符咒裹住伤口，我们大家这才长长嘘了口气，然后相继休息。

第二天一大早，我们就被罗老歪摇醒，催促我们动身回西安。临走的时候杜思琪在古丽娜孜坟墓前祭拜一趟，然后就向镇西府大街而去，买了辆马车带上我们唯一的战利品恶鬼彩陶俑，之后拐道上了大路直奔西安。

回到西安后，我们把杜思琪安顿在罗老歪铺子里，让罗老歪多开导开导她，免得她落下个什么忧郁症，当然那只彩陶俑我们带回了自己店铺，准备用来作为镇堂之宝。